ハヤカワ・ミステリ

SEBASTIAN FITZEK

アイ・コレクター

DER AUGENSAMMLER

セバスチャン・フィツェック
小津　薫訳

TOKYO
HAYAKAWA
BOOKS

A HAYAKAWA
POCKET MYSTERY BOOK

DER AUGENSAMMLER
by
SEBASTIAN FITZEK

Translated by
KAORU OZU
First published 2012 in Japan by
HAYAKAWA PUBLISHING, INC.
This book is published in Japan by
arrangement with
AVA INTERNATIONAL GMBH,
GERMANY (www.ava-international.de)
through JAPAN UNI AGENCY, INC., TOKYO.

装幀／水戸部 功

リュディガー・クレクラウを追想しつつ。
世界を変えるのは夢想家たちであって、
エンドウ豆を数えて売るようなケチな人間たちではない。

遊びは偶然を用いた実験である。

――ノヴァーリス

わたしが開始するところが結末である。

――ザ・スクリプト

この本は章立て、ノンブルが逆になっています。
エピローグ、405頁から始まって、最後が1頁になります。
（編集部）

アイ・コレクター

おもな登場人物

アレクサンダー・ツォルバッハ………新聞記者。元ベルリン警察の交渉人
ニッチ……………………………………アレクサンダーの妻
ユリアン…………………………………アレクサンダーの息子
アリーナ・グレゴリエフ………………物理療法士
テア・ベルクドルフ……………………アレクサンダーが勤める新聞社の編集長
フランク・レーマン……………………同実習生
トーマス・トラウンシュタイン………クリーニング・チェーン店の経営者
ルチア……………………………………トーマスの妻
トビアス…………………………………トーマスの息子
レア………………………………………トビアスの双子の姉
アドリアン・ホールフォート教授……プロファイラー
マルティン・ロート……………………ツォルバッハの主治医
リーヌス…………………………………ストリート・ミュージシャン
カタリナ・ヴァンガル…………………看護師
フィリップ・シュトーヤ………………ベルリン警察警部。アレクサンダーの元同僚
ショルレ
（ミーケ・ショロコフスキー）………同警部補

エピローグ

アレクサンダー・ツォルバッハ（わたし）

命を脅かす螺旋《らせん》状の物語というものが存在する。それは聴かされた者の意識のなかに、錆《さ》びついた銛《もり》のようにぐいぐいと食い込んでいく。わたしはそれを〝永久運動〟と名付けている。始まったこともなければ、いつ終わるとも知れない物語なのだ。なぜなら、それは永遠の死を扱っているからである。

ときにはそれが、破廉恥《はれんち》な者によって語られることがある。その者は、聴き手の目に浮かぶ激しい恐怖を見て喜んだり、夜な夜な独りでベッドに横たわり、まんじりともせずに天井を凝視している者がかならず悪夢に襲われるのを楽しんだりする。

この〝永久運動〟はしばしば、本の形をとることがあるが、その場合は、本を閉じれば逃れることができる。わたしは今ただちに忠告したい。このあとを読んではいけない。

あなたが、どうやってこの本に出くわしたのかは知らないが、あなたに読ませようとしたものでないことだけは確かだ。こんな恐怖の記録は誰の手にも落ちてはならない。あなたの宿敵の手にも。

どうか信じてほしい。わたしは経験から語っているのだ。わたしは目を閉じることができなかった。本を脇へ置くことができなかった。なぜなら、涙が血の滴《しずく》のように目から溢れ出る男の物語――数分前まではまだ呼吸し、愛し、生きていた人間のねじ曲げられた軀《むくろ》をひしと胸に抱きしめる男の物語――これは映画でも伝説でも本でもない。

わたしの運命。

わたしの人生なのだ。

なぜなら、苦悩の極致にありながら、死は今やっと始まったばかりだと悟らされた男——その男とはわたし自身だからだ。

最終章　結　末

「ねんねしな、ねんねしな。

父さん羊の番をして……」

〈あんなことはやめさせろ〉警察の特別機動隊指揮官のがなりたてる声が、わたしの右の耳から聞こえてきた。

「母さんこの木を揺すったら、
上から夢が落ちてきて……」

〈すぐにやめさせろ。あんな唄を歌うのを〉

「はい、はい。自分のなすべきことは、充分、わかっています」わたしはちっぽけな無線マイク越しに答えた。それは動員された特別機動隊の技師が、何分か前にわたしのシャツに取り付けたもので、それを通してわたしは指揮官と連絡を取り合っていた。「それ以上、怒鳴らないでください。でないと、レシーバーを耳からはずしますよ。いいですか？」

わたしはアウトバーンA一〇〇号線にかかる橋の中央へと近づいていった。十一メートル下の市内高速自動車道の交通は、その間に両車線とも遮断されていた――わたしからバス一台分の長さを隔てたところに立っている錯乱状態の女を護るためというより、車の運転者たちを護るためだった。

「アンゲリケ？」わたしは大声で彼女の名を呼んだ。急ごしらえの特別機動隊司令部で口頭による簡単な概況説明を受けていたおかげで、彼女が三十七歳であり、二度にわたる幼児誘拐未遂の前科があり、この十年間のうち少なくとも七年間を、精神病院で過ごさざるをえなかったことも、わたしは知っていた。遺憾《いかん》なことに、四週間前、物わかりのよい心理学者が、彼女の社会復帰を奨励する鑑定書を提出したのだった。

〝ありがたいこった。まったく、とんでもないことになったもんだ！〟

「異存がなければ、もう少し接近します」わたしは言うと、両手を挙げた。何の反応もなかった。女は錆びついた欄干《らんかん》にもたれかかり、両腕を胸の前で揺りかごの形に組んでいた。ときどき身体が前のほうに軽く揺れ、両肘が欄干から突き出ることがあった。

わたしは震えていた。緊張のせいでもあり、寒さのせいでもあった。気温は十二月にしては零度をはるかに上まわっていたが、体感温度は間違いなくヤクーツクの気温に匹敵した。三分間、戸外のここで風に吹かれているうちに、耳が引きちぎれそうになっていた。

「やあ、アンゲリケ」

わたしの重いブーツの下で砂利が軋《きし》んだ。彼女は初めてこちらに顔を向けた。ゆっくりと、高速度映画のように。

「わたしの名はアレクサンダー・ツォルバッハだ。あなたと話がしたい」

〝これが職業だからだ。今日のわたしは交渉人だ〟

「とってもきれいでしょう？」彼女はついさっき歌っていたのと同じような口調で訊いた。「ねんねしな、ねんね……わたしの赤ちゃん、とってもきれいじゃない？」

わたしはそうだと認めはしたが、この距離からは彼女がやせ細った上半身に抱きしめているものを、はっきりと見きわめるのはほとんど不可能だった。枕か、折りたたんだ敷布か、あるいは、ぬいぐるみの人形のようでもある。だが、それは空しい願いだ。彼女が両腕に抱きかかえているのは、何か生きているもの、何か温かいものであることを赤外線カメラが証明していたからだ。わたしにはまだ見えないが、代わりに声が聞こえてきた。

生後六カ月の赤ん坊が泣いている。やや衰弱してはいるが、ともかく、今はまだ泣いている。

これまでのところ、これが今日最良のニュースだった。

最悪なのは、赤ん坊の命が風前の灯火《ともしび》だということだ。

心の病に冒されている女が、仮に赤ん坊を橋から投げ落とさなかったとしても。

〝くそっ。アンゲリケ。今回、おまえはどの点から見ても、不適切な赤ん坊を選んでしまった〟

「その可愛い子の名は何というのかな」わたしは、あらためて彼女との対話をつづけようとした。

彼女は堕胎手術が失敗したために、子どもを産めない身体になっていた。正気を失ったのはそのせいでもあった。他人の赤ん坊を誘拐して自分の子だと言いたてるのは、これで三度目だ。そして、三度とも、彼女は病院近くで通行人によって発見されたのだった。今日は、誘拐後、早くも三十分後に自転車に乗った宅配人が橋の上で、泣いている赤ん坊を抱いた裸足《はだし》の女を見つけた。

「名前はまだないの」アンゲリケは言った。彼女の抑圧状態はかなり進行しており、この瞬間、腕のなかの子が自分自身の子であるという確固たる前提から出発していた。そうではないと説得しても無益であることは、よくわかっていた。七年間の集中治療が果たせなかったことが、七分間で成功するわけがない――そして、そうする意志もわたしにはまったくなかった。

「ハンスというのはどうかな？」わたしは勧めてみた。

彼女との距離は、今、十メートルにまで縮んでいた。

「ハンス？」彼女は抱いている包みから片腕を離し、その覆《おお》いを開いた。赤ん坊がすぐさま大声で泣きだしたのを聞いて、わたしはほっとした。

「ハンスは響きがいいわね」アンゲリケは無我夢中で言った。彼女はわずかに後退し、欄干から少し身を離していた。「『幸福なハンス』みたいね」

「そうだ」わたしは同意しながら、用心深く、前に一歩進んだ。

〝九メートル〟

「それとも、ほかのメルヘンのなかのハンスか」

彼女はこちらを振り向き、訝《いぶか》しげにわたしを見た。

「ほかのメルヘンって、どんな？」

「ほら、水の精ウンディーネの話」

正確に言うと、これはメルヘンと言うよりはゲルマン伝説だ。でも、この瞬間、そんなことはどうでもよかった。

「ウンディーネ？」彼女は口をへの字に曲げた。「知らないわ」

「知らない？　ああ、じゃあ、話してあげよう。とっても美しい物語だよ」

〈どういうつもりだ？　完全に頭がいかれちまったん

じゃないのか？〉特別機動隊の指揮官の叫びが右の耳から聞こえてきたが、わたしは無視した。

〝八メートル〟わたしは一歩ずつ、彼女のペナルティエリアへと進んでいった。

「ウンディーネは神聖な水の精で、比べようもないほど美しかった。彼女は騎士ハンスに身も世もあらぬ恋をしていた」

「聞いていた、坊や？　あんたは騎士なのよ！」

赤ん坊は大声で泣いて、それに応えた。

〝まだ息をしている。やれやれよかった〟

「そうだ。でも、騎士があまりにもハンサムだったので、すべての女が彼を追いかけた」わたしはつづけた。「そして、残念なことに、彼はほかの女に惚れ込んで、ウンディーネを見捨てた」

〝七メートル〟

わたしは赤ん坊がふたたび大声で泣きだすまで待ち、それから話をつづけた。「ウンディーネの父親である海の神ポセイドンは、怒りのあまりハンスを呪った」

「呪った？」アンゲリケは揺りかごを揺する動きを止めた。

「そう。それ以来、ハンスは無意識の自然な呼吸ができなくなった。彼は息をするために精神を集中しなくてはならなくなった」

わたしは冷たい空気を音もなく肺に吸い込み、話しながら、断続的にそれをふたたび吐き出した。「息を吸う。息を吐く。息を吸う。息を吐く」わたしの胸はこれ見よがしに上がったり下がったりした。

「一度でも息をすることを忘れたら、ハンスは死ぬことになる」

〝六メートル〟

「メルヘンの結末は？」わたしが車の長さほどまで、彼女に近づいたとき、アンゲリケは疑わしげに訊いた。彼女はわたしの接近よりも、メルヘンの変転が気に入らなかったようだ。

「ハンスは眠り込まないように、ありとあらゆる努力をした。疲労とも戦ったが、しまいには、やはり、瞼《まぶた》が閉じてしまった」

「彼は死んだの？」アンゲリケは気の抜けたような声で訊いた。やつれきった顔から、喜びがすっかり消えていた。

「そうだ。眠れば、どうしても息をするのを忘れるから。つまり、それは彼の死を意味している」

わたしの耳のなかで、ガリガリと雑音が聞こえたが、今回は、指揮官も口をつぐんでいた。郊外のここでは、市内を走る車の轟音が遠くから響いてくるほかには、何も聞こえなかった。頭上高く黒い鳥の群れが東の方角へと去っていった。

「美しいメルヘンなんかじゃないわ」アンゲリケはやや前方によろめき、強く抱きしめていた赤ん坊を全身で揺すった。「美しくなんかないわ」

わたしは彼女のほうに片手を伸ばしながら、さらに近づいていった。「そう。美しくはない。そもそも、これはメルヘンではないんだ」

「じゃあ、何なの？」

わたしは少し間をおき、赤ん坊が生きている何らかの証《あかし》を聞き取ろうとした。だが、もう何も聞こえなかった。静寂があるばかりだった。「これは本当の話なんだ」そう言ったとき、わたしの口は乾ききっていた。

「本当の話？」

彼女は激しくかぶりを振った。このあとわたしが話すことを、すでに予感しているかのように。

「アンゲリケ。どうかわたしの話をよく聴いてほしい。あなたが抱いているその赤ちゃんはウンディーネ症候群を患《わずら》っている。わたしが今話したメルヘンをもとにして名付けられた病気だ」

「嘘よ！」

〝いや、本当のことだ〟

悲劇なのは、わたしが駆け引きのために嘘をついているのではないということだった。ウンディーネ症候群は稀《まれ》に起きる中枢神経の障害である。この病にかかった子どもは、意識的に呼吸に集中しないかぎり窒息してしまう。これは生命にかかわる病気だった。ティム（赤ん坊の本名）の場合、目覚めているときは、その呼吸活動によって小さな身体に充分な酸素を供給できた。だが睡眠中は、人工呼吸を施さなければならなかった。

「これはわたしの子どもよ」アンゲリケは、ふたたび例の子守唄を歌うような声で抗議した。

「ねんねしな、ねんねしな……

見てごらんなさい。わたしの腕のなかで、こんなに安らかにまどろんでいるわ」

〝ああなんてこった〟

その言葉どおり、赤ん坊はうんともすんとも言わなかった。

「父さん羊の番をして」

「そう。それはあなたの赤ちゃんだ、アンゲリケ」わたしは強い口調で言いながら、さらにもう一メートル近づいた。「そのことは誰も疑っていない。でも、赤ちゃんは眠ってはいけないんだ。いいかね？　でないと、メルヘンのなかのハンスみたいに死んでしまうんだ」

「嘘よ、嘘よ、そんなこと！」彼女は強情にかぶりを振った。「わたしの赤ちゃんは悪いことなんかしていないわ。呪われてなんかいないわ」

「確かに呪われてはいない。でも、その子は病気なんだ。どうか、わたしに渡してほしい。そうすれば、お医者たちの手で、また健康を取り戻すことができるんだ」

わたしは彼女のすぐそばまで来ていた。彼女の洗っていない髪の甘く脂《あぶら》臭いにおいがする。安っぽいジョギングスーツの繊維の隅々までしみこんでいるそれは、身も心もなおざりにされていた者の発するにおいだった。

アンゲリケはわたしのほうを向いた。わたしは初めて赤ん坊に目をやることができた……やや赤味のさした、ちっぽけな……〝寝顔〟。わたしは愕然としてアンゲリケを見やった。その瞬間、わたしは自制心を失った。

〈おい、やめろ。そんなことをするな！〉耳のなかで指揮官が怒鳴っていたが、もはや、わたしには聞こえていなかった。〈下ろせ、それを下ろすんだ！〉

この言葉もそれにつづく言葉も、後日、調査委員会の委員長から示された特別機動隊調書から読み取ったものだ。

わたしの人生が破滅したあの日から七年たった今日、わたしにはもはや確信が持てない。本当にそれが見えたのかどうか。

それ。

彼女の目のなかにあった何か。混じりけなしの、絶望しきった自己認識の表情。だが、あのときに、わたしには確信があった。

何なら、予感、直感、あるいは烱眼《けいがん》と呼んでもらってもかまわない。わたしは五感のすべてでそれを感じ取った。アンゲリケがわたしのほうを向いたその瞬間、彼女は自らの心の病を自覚していた。彼女自身もよくわかっていたのだ。病気であることを。赤ん坊は自分の子ではないことを。そして、いったん、わたしが赤ん坊を抱き取ったが最後、二度と彼女の手には戻さないということを。

〈おい、やめるんだ。バカな真似はよせ〉

わたしはボクシングのトレーニングを受けていたので、相手の動きを前もって察知するには、何に注意すべきかについての経験を積んでいた。それは相手の肩だ！　そして、アンゲリケの肩はある方向に動いた。その解釈はただ一つしかなかった。しかも彼女はゆっくりと両腕を開いたのだ。

〝三メートル。あとわずか三メートル〟

彼女は赤ん坊を橋から投げ落とすつもりだった。

〈武器を下ろせ。繰り返して言う。ただちに武器を下ろせ〉

だから、わたしは耳のなかの声には注意を払わず、拳銃をまっすぐ彼女の額に向けた。そして、撃った。

わたしが叫び声をあげながら目を覚まし、つかのま、すべては悪夢にすぎなかったと喜ぶのは、たいていその瞬間だった。だがそれも、手を伸ばしてベッドの隣が空《から》であることを手探りで確かめるまでのこと。これは実際に起きた事件だったのだと思い浮かぶまでのことだった。事件のおかげで、わたしは職と家族と、そして、夜、悪夢に妨げられずに熟睡するという能力を失った。

あの銃撃以来、わたしは不安に怯《おび》えながら生きている。明瞭で冷やかで、すべてを突き通す不安。その不安のエッセンスがわたしの悪夢の供給源だった。

あのとき橋の上で、わたしは一人の人間を殺した。

それによってもう一人の命を救うことができたのだと、どれほど自分に思い込ませようとしても、この方程式では割り切れないことは確かだった。もしあのとき、わたしが誤っていたらどうだろう？　アンゲリケは赤ん坊に危害を加えるつもりなどなかったとしたらどうだろう？　彼女が両腕を開いたのは、わたしに子どもを渡すためだったとしたら？　わたしの撃った弾が彼女の頭蓋《ずがい》を貫通したあの瞬間、それがあまりにも速かったので、彼女の脳は両腕の力をもう少しゆるめようという思いつきを送りそこねてしまった。あまりにも速かったので、わたしは彼女の死んだ手から赤ん坊が滑り落ちるより前に、赤ん坊を受け止めることができた。

〝あのとき、もしわたしが無実の人間を殺したのだとしたら、どうなるだろう？〟

もしそうなら、わたしはいつの日か、自分のあやまちを償《つぐな》わなければならない。

それだけはわかっていた。だが、その日が早々と訪れようとは予想もしていなかった。

第八十三章

こうしてわたしは、ふたたび息子を連れてここを訪れた。ベルリンで、子どもが死ぬにはここ以上の場所はないと言われている。

「本気なのか？ このヘリコプターを？」わたしは訊くと、長い廊下づたいに運んでいる開いた段ボール箱のほうに顎《あご》をしゃくった。「よく考えたんだろうな？とにかく、これはパワーブース付きのヘリコプターだからな」

ユリアンは懸命にうなずいた。彼はいっぱいに詰まったイケアの重い袋を両手で引きずりながら、リノリウムの床を歩いていた。

わたしは手を貸してやろうかと何度も言ったが、ユリアンはその重い袋をどうしても一人で病院のなかまで引きずっていくのだと言い張った。〝自分はもう充分強いのだ〟という、すべての少年がある時期、一度は抱く幻想の典型的な例だ。〝独りぼっちではいたくない〟時期と〝なんでも任せてほしい〟時期の中間あたりで抱く幻想だ。

彼のプライドを傷つけずにわたしにできることは、やや速度をゆるめて歩くことだった。

「もうそんなものはいらないよ！」ユリアンはきっぱりと言いきったが、そのあとで咳をしはじめた。最初はただむせただけのようだったが、しだいに深い咳をするようになった。

「だいじょうぶか？」わたしは段ボール箱を置いた。

家の外に連れ出したときから、彼の顔に赤味がさしていることには気づいていた。だが、ユリアンはひどく重い袋をがんばって一人で庭まで運んできたので、彼の手が汗ばんでいるのも、うなじの髪が湿っているのも、その努力のせいだろうとわたしは思っていた。

「まだ風邪が治っていないのか？」わたしは心配になって訊いた。

「もうよくなったよ、パパ」彼は額をさわろうとしたわたしの手を拒んだ。

そのあと、ふたたび咳をしたが、確かにさっきよりはよくなっているように聞こえた。

「ママはお医者さんに連れていってくれたのか？」

〝こうやって病院まで来ているのだから、ここで診察してもらってもいいかもしれない〟

ユリアンはかぶりを振った。

「ううん、ただ……」彼は言いよどんだ。わたしは怒りがこみ上げてくるのを覚えた。

「ただ、何？」

ユリアンは気が咎《とが》めたようにそっぽを向き、袋の紐《ひも》に手を伸ばした。

「ちょっと待った。おまえたちはまさか、また例の巫《ふ》術師《じゅつし》のところに行ったんじゃないだろうな？」

ユリアンは何かバカなことをしでかしたのを告白するかのように、おずおずとうなずいた。だが、この件に関して、彼には何の罪もなかった。ユリアンの母親のせいなのだ。彼女は秘教的な邪道にますます深く関わるようになり、息子を耳鼻咽喉科よりもむしろ、インド人の得体の知れない教祖のような男のところに連れていくほうを選んだのだ。

ずっと以前、ニッチに恋をしていたころのわたしは、彼女の風変わりな言動を楽しんでいた。それどころか、彼女がわたしの手相から未来を占ったり、前世で自分はギリシャの女奴隷だったと打ち明けたりするのを面白いとさえ思っていた。しかし、年月がたつにつれて、その罪のない奇矯《ききょう》さは、完全に常軌を逸したものとなっていった。わたしが初めは精神的に、そのあと肉体的にも彼女から離れていった責任の一端は、この点で彼女にもあるのは確かだった。少なくとも、わたしはそう思い込むようにしていた。結婚の失敗を自分一人のせいにはしたくなかったのだ。

「そのインチキ……その巫術師はいったい何て言ったんだ？」わたしは訊き出そうとしたが、攻撃的にならないように努めなければならなかった。でないと、ユリアンは自分が咎められているように思うだろう。そして、母親が校医の言葉も進化論も信じていないからといって、ユリアンには何の責任もなかった。

「ぼくはチャクラ（中心輪。ヨーガの用語。人体の霊的エネルギーの中枢となる部位）がきちんと充電されていないと言った」

「チャクラ？」

わたしの顔に血がのぼった。

〝やっぱりだ！　なぜそのことに思い至らなかったのか！　二年前にユリアンがスケートボードで滑っていて手首の骨を折ったときも、そのせいにしていたんだな〟わたしは無言でニッチをなじっていた。あのときも彼女は外科医に向かって、麻酔の代わりに催眠術は使えないかと訊いていた。

「何か飲んだほうがいいな」わたしは話題を変えようとし、飲み物の自動販売機を指さした。「何がいい？」

「コーラ」ユリアンはたちまち歓声をあげた。

〝もちろんコーラだよな〟

ニッチにこっぴどく非難されるだろう。それだけは間違いない。

まだ離婚にまで至っていないわたしの妻は、基本的にエコ・ショップとビオスーパーマーケットでしか買い物をしない。彼女の買い物リストには、化学物質を含んだカフェイン飲料はぜったいに含まれていない。

〝ふん、だが、ここにはウイキョウ茶などあるわけもないし〟わたしはそう思いながら、上着のポケットに手を入れ、財布を探った。そのとき背後で思いがけず、若いけれども、くたびれた感じのする声が聞こえ、わたしはびくっとして身をすくめた。

「まあ、これは思いがけない。ツォルバッハさんじゃありませんか！」

どこからともなく現われた金髪の看護師が、彩り豊かなティーワゴンを押しながら病院の廊下に立っていた。その上唇の目障りなピアスのせいで、前の年にここを訪れたときのことを、わたしはぼんやりと思い出した。

「こんにちは、モニー」ユリアンは言った。彼もどうやら、見分けがついたらしい。看護師は、〝子どもの患者はわたしの友だち〟風の、お定まりの微笑を浮かべた。そして、わたしたちの荷物に目をやった。

「今年はずいぶん多いんですね？」

わたしは上の空でうなずいた。まだ財布が見つかっていなかったからだ。

〝おかしいな！　身分証明書もクレジットカードも、おまけにキーカードまで入っているんだ。あれがないと、大部屋のオフィスにも入れない〟

昨日、編集部の自動販売機の前に立ったときには、まだ財布があったことを覚えている。そして、それを上着のポケットに押し込んだことも断言できる。だが今、財布は消えていた。

「はい、毎年、玩具《おもちゃ》がふえまして」わたしは小声で言いながら、同時に、それがあまりにも後ろめたく聞こえることを、われながら腹立たしく思った。それが玩具を手放す際の典型的な決まり文句であることは明らかだった。でも、わたしが、息子のために好んで贈り物を買うのも事実だった。その際、木彫りのトラクターのほうが、ちょうど今、看護師がイケアの袋から引っ張り出した、暗いなかでも光る水鉄砲よりも教育的価値は高かったかもしれない。しかし、〝教育的価値がある〟という論拠のおかげで、わたしはすでに両親から充分苦しめられてきた。両親は、わたしが友だち全員が使っているからというだけの理由でウォークマンやBMX自転車を欲しがっても、頭っからそれを認めようとせず、わたしを浅薄《せんぱく》だと言った。だがわたしは、息子には自分のようなアウトサイダーの運命を免《まぬが》れさせてやりたかった。もちろん、彼を仲間はずれにさせないというだけの理由で、どんなくだらない物でも買い与えていたわけではない。しかし、彼が学校で日々新たに戦い抜かねばならないダーウィン流の生存競争に、徒手空拳で臨まないようにさせたかった。

モニーはその間に、蜘蛛《くも》男の人形のほうに移っていた。「こんな素晴らしいものをぜんぶ手離すなんて、本当に感心ね」彼女は言うと、ユリアンにほほ笑みかけた。

「問題ないよ」ユリアンはにっこり笑い返した。「喜んでやっているんだ」彼の言葉は本当だった。一年に一度、彼の誕生祝いの玩具がさらにふえる前に部屋を整理するというのは、わたしのアイディアだったが、ユリアンはすぐさま、それに同意した。「整理整頓して、何かよいことをする」彼はわたしの言葉を繰り返し、すぐにその仕事に取りかかった。こうして、二人で名付けた〝日光の日〟が生まれた。その日が来ると、父と息子はより分けた玩具を小児病院に運んでいき、幼い患者たちに分配した。

「これはたぶんティムにぴったりね」看護師はほほ笑みながら言うと、蜘蛛男の人形をほかの玩具のなかに戻した。それから別れを告げて、遠ざかっていった。

わたしは彼女を目で追いながら、自分が必死で涙をこらえていることに狼狽《ろうばい》していた。

「だいじょうぶ？」ユリアンはわたしを見つめながら訊いた。彼は父親が三階の日光ステーションに足を踏み入れるが早いか、泣き虫になることにもう慣れていた。彼自身はまだ一度もここで泣いたことはなかった。おそらく死というものがまだ遠い彼方《かなた》にあり、想像もつかないからにちがいない。だが、わたしにとって重病を患う子どもたちのためのホスピスは、ほとんど耐えがたい世界だった。すでに一度、人を射殺した者は、感情がどこか鈍麻《どんま》していると思われるかもしれない——とくに、わたしの場合、警察から停職を命じられ、警察番記者として金を稼がなければならなかったからだ。わたしは四年前から、どんな流血事件でも扱う、ベルリン最大の新聞社で働いている。そして、その間に、ドイツで起きた残虐きわまりない暴力犯罪について の報道をおこなう記者として、いささか名を知られるまでになっていた。だが、この世界の恐怖に満ちた残虐行為について書けば書くほど、わたしはなおいっそう、死を受け入れがたくなっていった。まして白血病や心臓病やまたはウンディーネ症候群などを患う罪のない子どもたちの場合はなおさらだった。

〝ティム！〟

「あのとき、パパが救った男の子はティムという名だったんじゃない？」

わたしはうなずき、そして、財布を探すことをついにあきらめた。運がよければ、財布はわたしのボルボの座席の下に落ちているかもしれない。だが、十中八九、どこかでなくしたのにちがいない。

「そうだよ。でも、ここに入院しているのは別の子だ。名前が同じなだけで」

わたしが射殺したあの女によって誘拐されたティムは、クリスマスが来るたびに、わたしにカードを送ってくる。両親から強いられてやっているのだろう。へたくそな字で書かれたその言葉は子どもが自発的に思いついたようなものではなかった。冷蔵庫に貼られたまま放置され、いつか自然に落ちてしまうような類のカードだった。

だがともかく、それはティムが重病を患いながらも、小児ホスピスで半睡状態のまま最期を迎えるのではなく、自宅の両親のもとで、ある程度普通の生活が送れていることを伝える消息ではあった。

「ママは言っていたよ。あの橋の上でのことがあってから、パパは人が変わったって」ユリアンは大きな目でわたしを見つめた。

〝あの橋の上でのこと〟

ときどき言葉が森羅万象を簡潔に言い表わすことがある。たとえば、〝きみを愛している〟だとか、〝わたしたちは一つの家族だ〟といった他愛のないアルファベットの組み合わせが人生に意味を与えたりする。その一方で、人生を奪い取ってしまうような言葉もある。〝あの橋の上でのこと〟は明らかに後者に属していた。そんなに悲しいことでなかったら、家族のなかで、ハリー・ポッターの小説のなかの登場人物たちのように、あからさまに言わずに匂わして笑っていたかもしれない。わたしがその命を奪った、心を病んでいたアンゲリケは、わたしの個人的なヴォルデモート（『ハリー・ポッターと賢者の石』などに登場する最強の魔法使い。暗示的に〝例のあの人〟と呼ばれている）になっていた。

「ユリアン、これから子どもたちが待っている休憩室まで行ってくれないか？」わたしは彼の目と同じ高さになるまでひざまずいた。「車に財布を置き忘れていないか、急いで調べてくるから」

ユリアンは黙ってうなずいた。

わたしは彼が廊下の角を曲がって姿を消すまで目で追い、さらには、彼がスニーカーを踏みしめながら重い袋を引きずっていく音を聞いていた。

そのあと、わたしはようやくまわれ右をし、病院から出ていったが、二度とそこには戻らなかった。

第八十二章

ボルボは病院の前に植わっている巨大な栗の木の下に停めてあった。冬の朝は薄暗く、わたしはイグニションキーを差し込んで、助手席上部の読書用ライトを点灯させてから、足元の至るところ、後部座席の上、積み上げた古新聞の下まで隈《くま》なく探した。わたしはズボンのポケットに物をいっぱいに詰め込んだまま運転するのが何より嫌いだったので、いつもは鍵も携帯電話も財布も助手席に放り出してから運転することにしていた。どうやら今回はその儀式を守らなかったらしい。というのも、見つかったのはボールペン一本とガムだけだったからだ。わたしは新聞の山を足元に移し、座席と座席のすきまも探した。何もなかった。財布は消えたままだった。

座席の下をもう一度探したあと、グラブコンパートメントを開けたが、そこに警察無線を傍受するための受信機以外の物をしまったことは一度もなかった。記者生活が始まったばかりのころは、かつての同僚たちの声がそこから聞こえてくるたびにショックを受けた。だがしだいに、自分はもう彼らの仲間ではないのだという事実に慣れていった。それに編集長のテア・ベルクドルフは、わたしが警察の内部事情に通じているからこそ、この仕事をくれたのだ。車の走行中はいつなんどきでも警察無線を傍受しつづけること。それを暗黙の条件として雇用契約を結んだのだ。とりわけ最悪の事態が想定されている昨今は。そんなわけで、受信機はわたしがイグニションキーをまわすとすぐにスイッチが入るように調整されており、グラブコンパートメントのなかでシューシューと耳障りな音をたてながらクリスマスツリーのようにピカピカ光った。

探すのをあきらめ、ようやくユリアンのもとに帰ろうとしたそのとき、声が聞こえた。それは消え失せた財布への心配が一挙に吹っ飛ぶようなものだった。

〈……ウエストエント、キューレン・ヴェーク、アルテ・アレー……〉

わたしはグラブコンパートメントのほうに目をやった。そして音量を上げた。

〈繰り返す。キューレン・ヴェークで１０７。ＡＳ４の出動可能な機動隊、現地に急行せよ〉

わたしは計器盤の時計に目をやった。

〝くそっ。またなのか〟

１０７。それは死体が見つかったという公式の無線暗号を意味していた。

ＡＳ４。

目の収集人が、四度目のゲームを開始したのだ。

第八十一章

（最後通告の期限まで、あと四十四時間と三十八分）

トビアス・トラウンシュタイン（九歳）

〝暗い、黒い。いいや、黒くはない。黒という言葉は誤りだ〟

パパの新しい車の塗装とはぜんぜん違う。でも、突然、目を閉じたときに見える、ピクピク震える斑模様《まだら》の暗さともまた違う。また、クヴァント先生と出かけた夜の散歩で知った、どんよりとした陰気な黒さでもない。ここのは別ものだった。なんとなくもっと濃くて、もっと不気味だった。まるで油桶にもぐり込んで、目を見張ったかのようだ。

トビアスはあらためて瞼《まぶた》を開いた。

〝何も見えない〟

彼のいる暗い穴は、去年の夏、クラスで行った夏期キャンプ場を取り巻く森よりも、もっと見通しがきかなかった。あのポストフェン湖畔には月光がさし、懐中電灯の明かりがあった。そのなかで、キツネ狩り遊び（細かな紙片をまき散らしながら逃げる者を大勢で追跡する遊び）をし、グルーネヴァルトの森の道で紙切れを探して歩いた。でも、ここには何の光もない。土や木の葉や猪《いのしし》の糞《ふん》のにおいもしなかった。彼の手を握ったり、カサコソという音やポキッという音がするたびに身をすくませる双子の姉で泣き虫のレアもいなかった。もっともここでは、レアに恐怖心を起こさせそうな物音は何も聞こえなかったけれど。ここがどこであれ、何も……〝なかった〟

彼を萎縮させる底なしの不安のほかには、何もなかった。暗黒に腕がないことは彼も知っていた（美術のハルトマン先生から黒は色がないのではなく、光がないのだということも教わって知っていた）。でも彼は、その黒に堅く締めつけられたかのように感じていた。

　自分が立っているのか横になっているのかさえ、わからなかった。もしかしたら、さかさまにぶら下がっているのかもしれない。それなら、額の下に圧迫感があることや、ひどく悲しい気分なのも説明がつく。それとも、〝へべれけ〟というのは、こんな感じなのだろうか？　仕事から帰ってきて、浴槽に湯を入れてくれとママに命じるとき、父親はいつも口癖のようにそう言っていた。

　トビアスは〝へべれけ〟が本当はどういう意味なのか、訊く勇気がなかった。子どもたちが知りすぎることを、パパは好まなかった。この教訓を彼は夏休み中に学んだ。二年前、家族でイタリアに旅行した際、夕食の席で彼は思い切って二度繰り返し質問したのだ。〝カルド〟というイタリア語は本当に〝カルト〟というドイツ語と同じ意味なのかと（カルドは熱い、カルトは冷たいという意味）。パパはいいかげんにそういうバカな質問攻めをやめにしろと注意した。父親のイタリア語の知識に疑いをさしはさまないほうがいいと、ママはきっと視線で彼に注意したはずだった。でも、トビアスは、もしそれが本当なら、ホテルの水道の栓はみんな壊れているにちがいない。その証拠に〝カルド〟と書かれた栓からはお湯しか出てこないと言わずにはいられなかったのだ。パパの手が飛んだ。あのときレストランで平手打ちをくらって以来、トビアスは質問攻めをやめにした。くそいまいましいことに、それが大失敗だったことが今になってわかった。彼は〝へべれけ〟の意味もわからずじまいだったし、どうしてこんなに気分が悪く、身動きがとれないのかもわからなかった。足も頭も万力で締めつけられたかのようだったし、腕の感覚はもうなかった。〝いや、違う〟肩の感覚はまだあり、その下のあたりが急に、耐えられないほどチクチクしはじめた。親友のケフィンといっしょに遊んだ〝針千本〟みたいだ。あの威張り屋のケフィンは本名をコンラットと言うのだが、この〝ゲイみたいな名前〟で呼ぶと、殴ってやるといって脅した。

〝ケフィン、コンラット、くそったれ〟

肘から下の部分はぜんぶ、つまり、いつもなら左右にじっと垂れていたり、ぶらぶら揺れていたりする前腕や手首や手のすべてが――消えていた。〝くそっ、ぼくの手はどこなんだ？〟

叫ぼうとしたが、口が、いや喉《のど》全体が渇ききっていた。かろうじて出てきたのは、哀れっぽいしゃがれ声だけだった。

〝なぜ痛みを感じないんだろう？　もし両手が切られたのだったら、どうしてぼくは血でびしょびしょに濡れていないんだろう？　切断っていうんだっけ？　そのこともぼくは質問していなかったんだ〟

トビアスの鼻のなかに、腐ったバターみたいなどこか甘くて古びたようなにおいがしみ入ってきた。でも、においが強かったのは初めだけだった。しばらくして彼は、身体を締めつけている万力のまわりには壁があるにちがいないと気づいた。自分の口臭がそれに当たって、顔にはね返ってきたのだ。そのあとだいぶたってから両手も見つかり、彼は心底ほっとした。手は背中の下敷きになっていたのだ。

〝ぼくは縛られている。いや違う。締めつけられて動きが取れなくなっている〟

それからそれへと考えが浮かんできた。

〝いずれにしても、ぼくは自分の両腕の上に横たわっているんだ〟

彼は夢中で考えた。ここへ、この何もない場所に来る直前、自分は何をしていたのだろうかと。でも、頭のなかに痛みの波が押し寄せ、記憶を洗い去ってしまったかのようだった。

思い出した最後の記憶は、例のおかしなコンピューター・ゲームでレアとテニスをしていたことだ。これをするときはテレビの前でバカみたいにピョンピョン跳びはねなければならなかった。そして、勝つのはいつもレアだった。そのあとママがレアを寝かしつけに行った。そして今、彼はここにいる。何もないここに。

トビアスは唾《つば》を飲み込んだ。すると、不安は一挙に大きくなった。自分の脚のあいだを臭い液体がチョロチョロと流れていることにも気づかなかった。生き埋めにされるという不安は、目に見えない牢獄の狭さから来る不安よりもはるかに大きかった。それは彼から気力を奪った。

トビアスはあらためて唾を飲み込み、暗闇は人を捕らえて離さない生き物みたいで、飲み込んだら金属の味がするような気がした。

胸がムカムカしてきた。車で長距離を走行中だったあのときみたいだ。彼が少し休んで本を読みたいと言うと、パパは不機嫌になった。車を停車させなければならないからだ。トビアスは吐かないように息をこらしていた。そのとき、突然……

〝くそっ、何だろう……?〟

トビアスは口のなかで舌をあちこちに動かした。すると、何か異物に触れたのだ。

〝いったい、何だろう?〟

その異物は上顎にはりついていた。吸いついたポテトチップみたいに。ただ、その表面はもっと硬く、もっとなめらかだった。

〝それに、もっと冷たい〟

舌をその物へと滑らせていくと、どんどん唾が溜まってきた。彼は思わず鼻で呼吸し、今にも飲み込みそうになる衝動をぐっとこらえた。しまいにその異物は、ピチャッとかすかな音をたてて上顎からはずれ、彼の舌の上に落ちた。

やっと正体がわかった。トビアスはどうやってここまで来たのかも、誰が彼をここまで引きずってきて隠したのかも、なぜここに捕らえられているのかも思い出せなかったし、彼を取り巻く何もないこの暗闇がいったい何なのかもまったく想像がつかなかったが、少なくとも、この謎だけは解くことができた。

〝一枚の硬貨〟

トビアス・トラウンシュタインが世界一真っ暗なこの地下の牢獄に放り込まれる前に、何者かが彼の口に硬貨を入れておいたのだ。

第八十章

（最後通告の期限まで、あと四十四時間と三十一分）

アレクサンダー・ツォルバッハ（わたし）

「あなたは薄情で、信用がおけなくて、骨の髄までエゴイストよ」

「きみは〝不快で〟と、〝あつかましい〟の二つを言い忘れている」

わたしの声は冷静だった。まだ妻である彼女と交わしたどんな口論のときよりも。わたしたちは、この前の話し合いで離婚を決めたばかりなので、ニッチは〝まだ〟妻だった。彼女はあの晩、わたしに面と向かって投げつけた言葉を、今回もまた繰り返した。「ときどき本気で疑問に思うことがあるわ。どうしてあなたのような人といっしょになれたのかしらって！」

〝けっこうな疑問だ。で、おれはジョーカーだったというわけか！〟

正直なところ、女性たちがわたしをどう見ているのかは、まったくの謎だった。ニッチとわたしが知り合った大学の心理学科の教室だけでも、わたしよりもっとハンサムでもっと背が高く、間違いなくもっと魅力的な男は大勢いた。それなのに彼女はわたしを選んだのだ。容貌のせいではありえなかった。わたしは自分の写っている写真を見るのが嫌だった。二百枚のスナップ写真があっても、自分を恥ずかしく思わないものは、せいぜい一枚しかない。その一枚も、たいていは画像がぶれていたり採光が悪いために、できかけている二重顎が見えないだけのことなのだ。以前は、哀愁を帯びた眼差しのせいで、ニコラス・ケイジに似ていると言われたこともあるが、現在、彼と共通しているのはたぶん、髪の毛が薄くなっているところだけだろう。三十歳の誕生日を迎えて以来、わたしは、一年に一キロは体重がふえてきている。ファスト・フードを控え、週に二度はジョギングしているのに。二人の関係が始まったばかりのころ、ニッチはわたしを〝愛好家向き〟だと明言したことがある。修復の必要なクラシックカーのようなものだ。解体の奨励金が受け取れる古さで、欠点もあるが魅力も充分あるので、あっさり新車と取り替えるには忍びないというわけだ。そうこうするうちに、ニッチは当然、その考えを変えたにちがいない。

「十歳の息子を末期患者のホスピスに置き去りにするような父親がどこにいるの？」彼女は息巻いた。

あのとき、わたしは車からユリアンに電話し、緊急事態が発生したので、一人で贈り物を分配してくれないかと頼んだが、彼は快く了解してくれた。だが、ニッチにそのことをわざわざ説明するつもりはなかった。いずれにしても、わたしは犯行現場に赴かなければならず、十歳の子どもを連れていくわけにはいかなかった。

「それなら言わせてもらうが、気管支炎にかかった息子を巫術師のところに連れていく母親がどこにいるんだ？」わたしは応じた。

〝ああ。今、無性にタバコが吸いたい〟

わたしは思わず、禁煙パッチの貼ってある上腕をつかんだ。受話器は顎とうなじのあいだに挟んでいた。

「お話にならないわね、アレックス」彼女は少し間を置いてから言った。「あなたはユリアンにタクシー代も渡しておかなかったのよ」

「どこかで財布をなくしたんだ。ちくしょう！　物事はいつも順調にいくとはかぎらないものだ」

〝ときには子どもが誘拐され、殺害されることもある〟

「あなたの世界ではそうでしょう、アレックス」ニッチは答えた。「あなたの世界ではつぎからつぎへと不幸が起きているわ。あなたに、そういう陰りがあるからよ」

「よしてくれ、その話は……」

わたしの両手は震えていた。わたしはハンドルを持つ手に力をこめることで、自分を抑えようとした。禁煙を試みて以来、わたしは以前に比べて内面の落ちつきを失っていた。

〝上腕の三頭筋にむずがゆい禁煙パッチが貼ってあるのに〟

「あなたの否定的なエネルギーのせいよ。あなたは悪を引き寄せずにはおかないんだわ」ニッチはほとんど憐《あわ》れむように言った。

「わたしはただ悪について記事を書いているだけだ。事実を報道しているのだ。外の世界では病的な犯罪者が大手を振って歩きまわっている。彼は残忍きわまりない方法で家庭を崩壊させる。わたしの働いているへぼ新聞でも、すべてを詳細に報道するだけの勇気がないほどなんだ」

〝彼は世界最古の遊戯、つまり隠れん坊をしているのだ。そして、家庭が完全に崩壊するまでそれをつづける。これは、死に至る遊戯だ〟

わたしは助手席に置かれた古い新聞のほうに目をやった。自分自身がまとめた大見出しが見えた。


目の収集人またもや現わる！

三人目の子ども、死体で発見さる。


交渉人という以前の仕事でもそうだったが、新聞記者という新しい仕事においても、わたしはしばしば、我慢の限界に直面することがある。目の収集人は誘拐した子どもの母親を殺害し、父親には子どもを見つけるためにわずかな時間しか与えず、子どもはその間に人目につかぬ隠し場所で窒息死するという新手《あらて》の恐怖をもたらした。そして、この病的犯罪者が、毎回、子どもの死体から左目をえぐり出したその事実は、およそ考えられる限界を吹き飛ばすものだった。

「否定的な考えを持つと、はっきりと態度に現われるものなのよ」ニッチは説教をつづけた。「肯定的に考えれば、肯定的なものに出会うわ」

そうこうするうちに、わたしはベルリン環状道路の、メッセダムへの出口に達していた。わたしは十から逆に数えていったが無駄だった。七まで数えただけで、もうへまをやらかしていた。

「肯定的に考えるだって？　きみは頭がいかれちまったんじゃないのか？　目の収集人はすでに三回も戦いを挑んできたんだ」

〝六人の死者。そのうち三人は母親、二人は女の子、一人は男の子〟

「きみは、ぼくが今、右折して現場に向かい、何か楽しい唄でも歌えば、やつの犯行を止められるとでも思っているのか？　いや、もっといいのは、きみのナイトテーブルに置いてあった本に書かれていたように、宇宙に向かってお願いをするだけでいいのかもしれんな」わたしは激怒していた。「それとも、きみが大金を浪費している星占いホットラインとやらに電話をかけるかだ。電話に出た主婦は、たぶん、カップの底に残ったコーヒーのおりをちらっと見て、目の収集人はどこに隠れているのかを占ってくれるんじゃないのか？」

わたしは携帯電話を耳から離し、誰からかかってきたのかを確かめた。

「ちょっと待っててくれ」わたしはニッチに言うと、二つ目の電話をありがたく受けた。

第七十九章

「や、アレックス。ぼくです。あなたのお気に入りの実習生」

〝フランク・レーマン〟

こんなときでなければ、彼に訊いたことだろう。「お気に入りの実習生だって？　まさか退職を申し出たんじゃあるまいな？」と。だが、今は冗談を言う気分ではなかったので、短く「やあ」と答えるに留めた。

「昼寝の邪魔はしたくないんだけど、ツォルバッハ。でも編集長が、あなたが十二時の会議に出席するかと訊いているので」

編集部のほとんどの同僚たちは、フランクの生意気な態度に手こずっていた。でもわたしは、この二十一歳の青二才にぞっこん惚《ほ》れ込んでいた――たぶん、年齢の違いを超えて、同じ気質をそなえているからだろう。編集部で働くたいていの新入りたちには間違った動機がある。彼らはマスコミで働くのはかっこいいと思い、いつの日か、自分の手がけたストーリーと同じように注目を集めたいと願っている。フランクの場合は違っていた。彼にとってジャーナリズムは職業というより天職だった。たとえもっと薄給だったとしても、おそらく彼はこの世界で生き抜いていくだろう。彼はたびたび自発的に残業しているが、その時間給たるや、今現在、ソマリアの野外労働者のレベルでしかなかった。

以前のわたしは、小説中に〈きみのなかに、ぼく自身が見える!〉という表現を見つけるたびに白目をむき、その俗っぽい決まり文句を飛ばして読んでいた。

しかし四週間前、コピー室でフランクの寝袋を見たとき、わたしはそれと同じ思いに駆られたのだ。この実習生は、警察で訓練を受けていたころの自分自身を思い起こさせた。わたしはひたむきで、極端なまでに労働意欲に溢れ、ときには指導者にたいして、おそろしく無礼な態度をとっていた。

「あなたへの伝言だけど、商売敵《がたき》の新聞のウエブサイトでもうとっくに流れているようなものじゃなく、もっとましな事実を提示してもらいたいそうです。ほかにもあります。あのガミガミ女の言葉をそっくり引用させてもらうと、こうです。〈たんなる喝采ではなく、やんやの拍手喝采を〉」

フランクはいつにも増して興奮しているようだった。まるで、眠りから覚めたばかりであることを、ぜったいに気づかれまいとしているかに聞こえた。たぶんコーヒーのせいだろう。今日もすでに、何杯もがぶ飲みしたにちがいない。

〝編集会議〟

わたしは軽くうなった。「編集長に伝えてくれ。今日はとうてい無理だと」

〝今回も……〟

「ああ、なんてこった」フランクは笑った。「厳しい追及にさらされるのはあなたなのに、編集長は彼女の怒りをぼくにぶつけてくる。そして、ハエを漁《あさ》るような年次記者会見とかくだらないところにぼくを送り込む」

「今日は、わたしがきみを必要としているんだ。彼女には忘れてもらう」

フランクはいらだたしげに咳をした。おそらくこの瞬間、自分のパソコン越しに編集長のオフィスのほうをうかがい、何かを企むような顔つきをしているにちがいない。

「ぼくに何をしてほしいんですか、ミスター・プレジデント？」彼はささやくような声で訊いた。

「わたしの机まで行ってほしい。どこかの引き出し、たぶんいちばん下だと思うが、そこに五十ユーロとクレジットカードが一枚入っている。ゴムバンドで止めてある」

しばらくのあいだ、ガサガサという音や、大部屋の編集部に特有の雑音が聞こえてきた。

「二十ユーロしかありませんよ、ほら吹きさん。それからグリーンのアメックスが一枚あります。ゴールドカードじゃなくて」

「両方ともすぐに届けてもらいたい。わたしは財布をなくしてしまって、車のタンクにはもう一滴のガソリンも残っていない」

「財布を？　なんとまあ」

オフィスの椅子が軋む音がした。フランクがわたしの机の前にすわり、携帯電話を鎖骨と顎のあいだに挟み、両肘を机の上に乗せ、髪を短く刈り込んだうなじのところで両手を組むという、彼一流のポーズを取りながら話しているのが目に見えるようだった。

「財布には、一枚ぐらいは子どもさんの写真が入っていましたか?」

〝ユリアンの?〟

「何だって? いや、入っていない」わたしは少し、うろたえていた。

「それはまずい、非常にまずい」

フランクは咳払いした。独り言の確かなしるしだった。目の前で、小型バスの運転手が理由もなく車線を変更したので、わたしは注意をそがれ、フランクのつぶやきが大げさなものにならないうちに抑えるチャンスを失った。

「イギリスのハートフォードシャー大学の研究によれば、なくなった財布は、そのなかに何か個人的な物が入っているときのほうが、戻ってくる確率が高いとのことです。たとえば幼い子どもや、あるいは子犬の写真のようなものが」

「じつに興味深い話だな」わたしは言ったが、声に皮肉が含まれていることに、フランクは気づかなかったようだ。

「研究では、二百四十個の財布を意図的に捨てて、そのうちの何個が戻ってくるかを調べたそうですが……」

「フランク、もう充分だ。きみのおしゃべりに付き合っている暇は皆無なんだ。いいかね?」わたしはようやく、こちらの用件を伝えることができた。「金を引っつかんで、こちらに向かってくれ」

わたしは住所を教え、「急ぐんだ。どうやら、また始まったらしい」という言葉で、締めくくった。

電話は急に死んだように静かになった。故障が起きたのではないかと心配になったとき、電話の向こうからガサガサと小さな音が聞こえてきた。

「目の収集人のこと?」フランクは訊いた。

「そうだ」

「くそっ」彼は小声で言った。フランクはまだ若くて経験が浅いため、こういう情報にたいして、無感覚ですれっからしな感想を述べることができなかった。わたしが彼を重んじている理由の一つでもあった。彼は、バカげた決まり文句がいつ過ぎ去るかを知っていた。

わたしは一年前、殺到する応募者のなかからフランクを引き抜いた。編集長テア・ベルクドルフの反対を押し切って。彼女はむしろミュンヘンのジャーナリスト学校出身の可愛く魅力的な女の子を採用したがっていた。フランクの写真を見たとき、彼女は〝若造〟と評した。「まるで、ビスケットの袋に描かれている坊やみたいじゃない。どこに姿を見せても、信用してもらえそうもないわね」

とはいえ、フランク・レーマンは履歴書ではなくストーリーを携えて応募してきた唯一の人間だった。そのレポートは、私立の老人ホームで認知症患者たちが、いかにひどい扱いを受けているかについて書いたもので、新聞の第四面に採用されたのだった。それればかりか、フランクは調査の鬼でもあった。もっとも、通信社や図書館やインターネット上で知り得た無用の知識を、場所柄もわきまえずに聞かせたがることはあったが。

「十五分後に、落ち合おう」わたしは言うと、電話をニッチのほうに切り替えた。彼女は意外にも、まだ切っていなかった。

「きみにユリアンを迎えに行かせる結果になって、すまないと思っている」わたしは愛想よく言おうとつとめた。ふたたび雨が強くなってきた。気温は氷点すれすれにまで下がっていた。そのとき、わたしの前方に、帽子をかぶった男が一人うずくまっているのが見えた。

「二度とこういうことがないように約束するから。しかし今は、どうしても仕事に行かなくてはならないんだ」

ニッチはため息をついた。彼女のほうも、その間に少し冷静さを取り戻したようだった。「アレックス、いったい、あなたはどうなってしまったの？　書こうと思えばどんなことでも書けるでしょうに。たとえば幸福や愛について。あるいは、私利私欲を捨てて世の中を変えようとしている人々の行為や思想について」

わたしは家庭菜園地区を通り過ぎ、アスファルト道路から穴ぼこだらけの森の道に変わるところまで来た。以前はしばしば、ここでテニスをしていたので、この界隈《かいわい》のことはよく知っていた。目的地であるキューレン・ヴェークまでまっすぐの道ではないが、こういう事態の場合、むしろ、正面から入っていくよりも利点があった。

「でも、あのときの事件で……」

〝橋の上で……〟

「……あなたのなかの何かが壊れてしまった。あなたには全面的に無罪の判決が下ったのに、自らの裁きではそうじゃなかった。そうよね？　わたしたち何度も何度も徹底的に議論したじゃない。あれは正当な行為だったのよ。あなたの行為は正しかった。あなたの証言を立証する、素人《しろうと》の方の撮ったビデオもあるのよ」

わたしは無言でかぶりを振った。

「あなたは運命の指示に従って自分の人生を変える代わりに、いまだに犯罪者を追跡しているわ。拳銃はもう使わないにしても、その代わりにディクタフォンとボールペンを使って。性懲《しょうこ》りもなく、破滅の淵を探し求めている」ニッチの声は震えていた。「どうしてなの？　どうして、子どもも家庭も、自分自身までなおざりにしてしまうほど、死に惹《ひ》きつけられるの？」

わたしは震える手で、ふたたびハンドルをしっかりと握りなおした。

「自分を罰するため？　悪を探し求めるのは、もしかして自分を悪い人間だと思っているから？」

わたしは息を詰め、無言のまま、フロントガラス越しに前方を凝視しながら、じっと考えていた。ようやく何かを答えようとしたとき、かつて、死のみが二人を分かつと信じていた女は、すでに電話を切っていた。

森の道は、踏みならされて自然にできた馬道へと変わった。左側には、小市民的な家庭菜園が延々とつづき、右側には〈テニス・ボルッシア〉のテニスコートがいくつかあった。わたしは車の乗り入れを禁止する標識板を無視し、ボルボを揺らしながら、ゆっくりと角を曲がっていった。

〝最悪なのは〟と考えながら、わたしは二百メートル先に何台ものパトカーが停まっているのに気づいた。警報ランプを明滅させ、キューーレン・ヴェークへの乗り入れを禁じている……〝最悪なのは、ニッチのひねくれた世界観に、一片の真実が含まれていることだ〟

わたしはボルボをバックさせ、森の道と人けのないテニスコートを仕切っている、泥まみれのフェンスのそばに停めた。

この長い年月、彼女と共に暮らしてきたのには、それなりの理由があった――対立もあり、子どもの教育や生活設計についての果てしないいさかいはあったにしても。ここ半年間、わたしたちは別居生活を送っているが、それでもなお彼女は、この地球上のどんな成人よりも近い存在であることに変わりはなかった。

わたしは車から降り、トランクの蓋《ふた》を開けて、スポーツバッグの下から特別出動用スーツケースを引っ張り出して、開いた。

〝彼女はおれの心を見抜いている〟わたしは思いながら、犯行現場を汚さぬためと称する防護服を身につけた。雪のように白いプラスチックのスーツだ。薄緑色のプラスチックのオーバーシューズのほうは、履《は》き古したブーツの上から、はめこんだ。

〝おれは悪に惹《ひ》きつけられる。いやおうなく。おれにはわからない。なぜなのか〟

わたしはトランクをバタンと閉じ、犯行現場に通じる道のほうを窺《うかが》った。そのあと、向きを変え、森のなかに姿を消した。

第七十八章

（最後通告の期限まで、あと四十四時間と六分）

フィリップ・シュトーヤ警部
（ベルリン警察殺人捜査班班長）

死者の目を見たシュトーヤには、その叫びが聞こえた。無言で非難しているのを感じた。法医学科の主任教授は常々、学生たちに警告を発していたが、だからといって、死体が発見者に向かって叫んでいる非難を聞き流すわけにはいかなかった。ときには非情な刑事ですら恐怖に駆られるような光景に一定の距離を置いていたとしても、また、人間の手で辱《はずかし》められ暴力を加えられ、ゴミさながら廃棄され、虫や野生動物や天候によって破壊されるにまかされた肉体は、もはや人間ではなく、一個の証拠物件でしかないと見なそうとしても、死体はその目で叫んでいた。

フィリップ・シュトーヤは向きを変え、耳を塞《ふさ》ぎたくなった。今日は死体の叫びがことのほか大きかったからだ。

若い女は裸足で、薄い部屋着しかまとっていず、その下には、パンティーもブラジャーもつけていなかった。その日の午前、そのルチア・トラウンシュタインは市内にある邸宅の庭で、切り石でできた物置小屋から数歩しか離れていない芝生の上にうつぶせに倒れているところを、夫によって発見されたのだ。両脚は大きく広げられ、毛のすっかり剃《そ》られた恥部を人目にさらしていた。それでも、死体が性的犯罪とは無関係であることは、ほとんど疑いの余地はなかった。

行方不明の双子トビアスとレア、そして、ルチアの手に握らされているストップウォッチが、それとは別の言葉を語っていた。

〝心を病んでいる目の収集人の言葉だ〟とシュトーヤは思った。

戦後に起きた犯罪のなかで、もっとも残忍な連続殺人事件が始まったのは三カ月前のことだった。四十一歳の左官工ペーター・シュトラールはフランクフルトでの大規模な建設工事を終えて週末、家族のもとに帰ってきた。一家の主《あるじ》である彼が規則正しく不在になるので、結婚生活にはひびが生じていた。とくにそのときは作業が長期に及んだのだ。彼は埋め合わせのしるしに、妻には花を、娘のカルラにはプラスチック人形をみやげに持ち帰ったが、結局、どちらの贈り物も渡すことができなかった。妻は首の骨を折られて床に倒れていたのだ。彼女はあるものを手に握りしめていたが、あとになって、ストップウォッチであることが判明した。ドイツではもっともよく売れているブランドのものだった。

鑑識課の警官が、そのスポーツ用のストップウォッチから死体の指をはずそうとしたとき、カウントダウンが始まった。デジタルの針が動きはじめたのだ。時間は逆行していった。

最初は爆弾ではないかと思われ、そのトレップタワー賃貸住宅の十二世帯の全員がただちに退去させられた。だが、最終的には、カルラへの最後通告に関わるものだという残酷な教訓を学ばされることになった。少女は跡形もなく消え失せ、そして、見つかったときにはもはや生きていなかった。警察も絶望した父親も、病的犯人が少女をどこに隠したのか見つけることができなかった。四十五時間の期限が切れた後で少女が殺された隠し場所。だがこの点については、ともかく法医学の見識に頼るしかなかった。幼いカルラが見つかったマリーエンフェルトの町はずれの野原は、ぜったいに殺害現場ではありえなかった。そこには水がなかったからだ。世間では、殺された子どもたちは隠し場所で窒息死させられたことになっていた。基本的には正しかったが、捜査戦術上の理由から、検視解剖によってもたらされた重要な情報は伏されていた。じつは、犠牲者たちは〝溺死〟させられていたのだ。溺れながら反射的に水を吸い込んだ結果、気道に泡ができていた。そのなかに汚れた雑排水の痕跡が見つかった。どの犠牲者の場合も同じだったので、目の収集人はどの子どもも同じ犯行現場に連れていったとの前提が成り立った。水の分析からも、皮膚の汚れの分析からも、河川や湖などの自然の水でないことがわかっており、捜索すべき隠し場所は限定不可能となっていた。地下室にスイミングプールを持つ家はすべて、捜査の対象となりえた。

〝それどころか、浴槽でも充分かもしれない〟とシュトーヤは思った。

一つだけ確かなのは、カルラもメラニーもローベルトも——何週間もたたないうちに相次いで子どもたちが犠牲となった——野外で殺害されたことだった。

〝そして、そこで子どもたちの左の目がえぐり取られ……〟

「やつを殺してやる」シュトーヤが身じろぎもせず死体の前にひざまずいていると、背後で抑えた声がした。死でさえも、ルチアから、ダイエットとフィットネスで鍛えた魅力を奪い去ってはいなかった。それは基本的に高齢で、醜く——そして、忘れてはならないのは——裕福な夫を持った妻に、よく見られることだった。ベルリン最大のクリーニング・チェーン店の経営者であるトーマス・トラウンシュタインなら、きっと一軒以上の邸宅を構えることができただろう。そして、ルチア以外にも女がいるにちがいない。

「誓って言うが、そのブタ野郎を殺してやる！」

背後から身を乗り出した同僚は、技師が数分前に庭に設営したばかりの防水布のテントにはおさまりきれなかった。ミーケ・ショロコフスキー（通称ショルレ）は二メートルはあろうかという巨漢だ。引っ越しの際、五階まで冷蔵庫を運び上げなければならないときに電話で呼び出したくなるような類の友だった。

「あるいは、やつは女かもしれん」フィリップは小声でつぶやいた。死んだ女性から目を離さずに、ゆっくりと立ち上がろうとすると、膝がポキッと音をたてた。「ほら、ほら」

「彼を殺すか、彼女を殺すかだ、ショルレ。われわれは犯人の性別さえ、まだつかんでいないんだ」

女性も子どもも、犠牲者たちは全員、とくに大柄でも逞しくもなかったので、犯人が強い抵抗に遭ったとは思えない。闘いの痕跡がまったく見られないところから、犯人は不意を襲ったものと推測された。ルチアの死およびトビアスとレアの誘拐に責任を負うべき人間は男女いずれでもありえたし、チームを組んで動いている可能性もあった。それが、この事件で警察に協力しているプロファイラーのアドリアン・ホールフォート教授のこれまでの見解だった。残念ながら、それ以上のことは、ほとんどわかっていなかった。

ショルレは洟《はな》をすすり上げ、二重顎をさすり、頭が奇怪な九十度の角度にねじ曲げられた女性をじっと見つめた。〝首がへし折られている〟それが、目の収集人の行為を暗示する、もう一つの特徴だった。

かっと大きく見開いた死者の目は、二人の警官を無視し、驚いたように雲の垂れ込めた空を睨《にら》んでいた。

〝いや違う。睨んでいるのではない。彼女は叫んでいるのだ〟

「くそっ。おれにはどっちでも同じだ」ショルレはその言葉を冷たい空気中に、文字どおり吐き出した。「たとえ尼僧であったとしても、おれはやっぱり、彼女を殺す」

シュトーヤはうなずいた。第六殺人捜査班の班長である彼には、もっと客観的であれと部下に忠告する義務がある。だが、その代わりに彼は、「そのときは、おれも手伝う」としか言わなかった。

〝これ以上はもう無理だ。つくづくいやになった〟今度こそ、彼らはこの変質的な隠れん坊に勝ち、目の収集人を逮捕しなければならない。最後通告の期限が切れ、ジョギング走者が窒息死した子どもの死体につまずく前に。

〝変質者によって左目をえぐり取られた子どもの死体……ああ、無念だ。なんという朝だろう〟

シュトーヤは、怒りにまかせてテントを引き裂きかねないショルレのほうを見やった。そして、またも自分が相棒とは別の動機に駆りたてられていることを、認めないわけにはいかなかった。

ショルレの欲しているのは復讐だったが、シュトーヤ自身の望んでいるのは、もう少しましな人生だった。二十年ものあいだ反社会的なブタ野郎たちを追いつづけてきたおかげで、四十代半ばにして、早くも腐ったリンゴのような顔になっていた。染みだらけの肌、しわだらけの目の隈《くま》、後頭部のはげ。すべて、長期にわたるストレスと不眠の代価だった。その仕事によって預金残高がふえるのであれば、何の問題もなかった。その場合、女たちは外見には重きを置かなくなるのが普通だ。しかし、彼に来るのは残高不足の通知ばかり。彼はずっと独身のままだった。そして、彼が追跡するほとんどの犯罪者たちが一時間に稼ぐ高《たか》は、彼の一カ月の給料よりも多かった。

〃ショルレは復讐を、おれは出世を欲している〃

まったくいまいましいかぎりだ。彼はほかのみんなと違って、それをあからさまに口に出すには頭がよすぎた。シュトーヤは両手で汚物を掘り返すような仕事にはもう飽き飽きしていた。彼の夢は、朝食会に出て政策を論議するような幹部の椅子だった。勤務時間が一定で、収入が多く、大きい仕事机の向こうにどっしりとすわっていられる。

〃雨のなかで、裸の女の死体のそばにうずくまるのは、ほかのやつらに任せればいい〃

だがこの瞬間、彼は夢から何光年もかけ離れていた。そして、早急に成功をおさめることなく制服と手を切ることができたとしたら、よほどの幸運だといえるだろう。あれこれ動機の違いはあっても、少なくとも彼もショルレも同じ目的を追求していた。

〃おれたちは、気のふれた犯人を見つけなくてはならない〃

シュトーヤはズボンのポケットのなかの、ビニールの小袋を指でまさぐった。法医学者にはすでにこの事件の特殊な状況について知らせてあり、彼が到着ししだい、シュトーヤは邸内に入っていくつもりだった。被害者の夫は心理学者に面倒を見てもらっていたが、そのあと、浴室に引きこもっていた。これからの四十五時間、自分を覚醒状態に保ってくれるだけのものが、ビニールの小袋に残っていればいいがとシュトーヤは願っていた。

〝いったいこれは……？〟

シュトーヤは音から、変化に気づいてあたりを見まわした。テントから二メートルほどはなれたところで、森の地面ではなく硬い物の表面を雨が打つ音がした。衣服の上をだ。正確には、鑑識の警官が着るような白い防護服を雨が打っているのだ。

「ちくしょう、やつは、こんなところで何をしているんだ？」ショルレが訊いた。目の収集人にたいする彼の怒りが、ついに、はけ口を見つけた。声の届くところで彼らをじっと見つめている新聞記者は、以前から、警官仲間にとって目の上のたんこぶだった。アレクサンダー・ツォルバッハはグルーネヴァルトのほうから、この敷地にこっそり近づき、今、彼より頭ひとつ小柄で、ずっと若く見える男といっしょに庭の垣根のそばに佇《たたず》んでいた。

〝フリッツ、フランク、いや、フランツか〟シュトーヤはおぼろげながら、一度、記者会見の折に、ツォルバッハからその助手を紹介された記憶があった。

「そっと立ち去れ！」ショルレは怒鳴り、携帯電話をつかんだ。が、シュトーヤはなだめるように彼の肩に手を置いた。

「ここにいろ。おれから説明する」

第七十七章

シュトーヤはダウンジャケットのフードを頭からかぶって、どしゃ降りの雨のなかに出ていった。一歩踏み出すごとに怒りが募ってきたとはいえ、一瞬だけでもこの悲惨な状況から逃れられたのは嬉しかった。

「ここで何をする気なんだ?」シュトーヤはツォルバッハのいる垣根まで来ると、訊いた。若い忠実な部下は数メートル後ろに身を退いていた。「いったい、ここで何をしているんだ?」

　彼はツォルバッハに握手の手を差しのべなかった。また、庭木戸から外に出て、木陰で身を守ることもしなかった。

「教えてくれ。わたしが一番乗りなのか?」ツォルバッハは訊いた。その声には、少なくとも勝ち誇ったような響きはなく、むしろ驚いているように聞こえた。シュトーヤの知るかぎり、ツォルバッハは決して前面にしゃしゃり出ることのない男だった。彼にとっては真実のみが重要だった。そして同僚の誰彼と違い、ツォルバッハは調査の行き届いたルポルタージュにも、一度としてフルネームで署名したことはなく、匿名《とくめい》に近い略語を用いていた。それでも、A・Zが誰なのかは、しだいに全員の知るところとなった。

　シュトーヤは濡れた両手を、腹立たしげにポケットに突っ込んだ。

「そうだ。おまえが一番だ。どうやって、やってのけたのか、こっちが訊きたいくらいだ」

　ツォルバッハは困惑したように笑った。髪はずぶ濡れで、両手とも寒さで真っ赤になっていた。でも彼は、まったく気にしていない様子だった。

「よしてくれよ。いったい何年付き合っていると思っているんだ、フィリップ。まさか、まったく偶然に、ここを通りかかったのだと言わせたいんじゃあるまい」

「もちろんだ。オーバーシューズに防護服姿だものな」

シュトーヤはかぶりを振った。〝偶然〟という言葉は欲深な新聞記者たちが決まって使う言い逃れだった。内密の警察無線を傍受することは禁止されているからだ。

「だがアレックス、今回ばかりは見逃すわけにはいかない。おれは真実が知りたい。おまえのくだらぬ直感では通用しないぞ」

ツォルバッハは非凡な人材だった。共に働いていたころから、彼の勘の鋭さを同僚たちはときどき不気味に感じたほどだった。彼は大学の心理学科を中退していたにもかかわらず、警察随一の交渉人だった。その感情移入能力、相手の感情の細かいニュアンスを重んじる能力は伝説的だった。最終的に、橋の上での事件が彼の命取りとなったのは、残念なことだった。

「どういう意味なのか、よくわからない」ツォルバッハは言うと、眉から雨の滴《しずく》をぬぐい取った。「わたしがこの事件に最初から関わっていることは、あんただって知っているだろう。あんたたちの不利益になるようなことは一切書いていない。それどころか、わたしはあんたを助けようと努めている。申し合わせをしたつもりだが」

シュトーヤはうなずいた。フードの人造毛皮の縁取りから、大きい雨粒が落ちてきた。ツォルバッハは公式には警察を退職したが、彼らとのあいだには引きつづき、実り多い共生関係ができていた。事件から七年たった今でも、ツォルバッハとシュトーヤは折に触れて会っていた。そうした非公式の話し合いの場でツォルバッハから投げかけられた決定的な疑問が、捜査の進展を促したことは一度や二度ではなかった。そのことへの感謝とこれまでの結びつきによって、ツォルバッハは優遇され、いつも他の記者たちに先んじて、重要な情報を得ることができた。

だが今日、かつての同僚は限度を超えていた。

「ゲームをしている場合じゃないんだ、アレックス。本当のことを言ってくれ。なぜ、おまえはここに来たんだ？」

「先刻承知じゃないか」

「言ってみろ」

ツォルバッハはため息をついた。「警察無線を傍受したんだよ」

「からかうのはよせ」

「いったい、どうしたんだ？」

シュトーヤは相手の腕をぐっとつかんだ。「こっちが訊きたい。さあ、ここで何をやっているのか、いいかげんに吐いたらどうだ！」

ツォルバッハは蒼白になり、口角を震わせた。彼はシュトーヤの手を、とりあえず振り払おうとした。

「バカなことを言うなよ。あんたたちは107を伝えていたじゃないか」

シュトーヤは激しくかぶりを振った。「第一に、この暗号はもう使われていない。第二に、最後に死体が発見されて以来、目の収集人の事件に関しては、より安全確実な回路だけを使って伝達せよという内密の指示が出された。おまえの報道のおかげで、われわれはどっちみちもう世間の餌食になっている。こんなデリケートな情報を、われわれがアマチュア無線家たちに吹聴《ふいちょう》すると、本気で思っているのか？」

遠雷のうなりが聞こえた。空はいっそう暗さを増してきた。

「冗談じゃないんだろうな？」ツォルバッハには信じられなかった。彼は濡れた髪に手をやった。

「そうだ。警察無線は使われなかった。われわれは何も伝達していない」シュトーヤは怒りをこめて、疑わしげにツォルバッハを見つめた。「さあ、ゲームはやめて、本当のことを聞かせてくれ、アレックス。ここで死体が見つかったことを、どうしてこんなに早く知ったんだ？」

第七十六章

（最後通告の期限まで、あと十三時間と五十七分）

アレクサンダー・ツォルバッハ（わたし）

「悪くなる一方です」わたしは言うと、診察室をじろじろと眺めまわした。「今では、声まで聞こえてきます！」

初めて来たときから疑問に思っていた。ここには、私費で受診している多数の裕福な患者が湯水のように金を注ぎ込んでいるのに、いったい、それは何に使われているのだろうと。砂岩でできた染みだらけの塀に囲まれた私立精神病院は、すでに外見からして、くたびれ果てているように見えた。そして内部は、それにもまして修復が必要だった。これまでの通院で、わたしが担当医から治療を受けた三つの部屋は、いずれも天井から壁を伝って、ピカピカに磨かれたリノリウムの床へと水の染みが広がっており、ただ、その大きさと色に違いがあるだけだった。

「ドクター・ロート、わたしには、あなたほどの学はありませんが、外傷性ストレス傷害はもう克服したと思っていました。だからこそお訊きするのですが、今度も、やはり、あのことと関係があるのでしょうか？」

〝七年前に一人の女性を射殺したこと〟

医長は机の向こうから、わたしを注意深く見つめたが、何も言わなかった。ドクター・マルティン・ロートは人の話を聴く天分に恵まれていた。それは精神科医という職業にとって宿命とも言うべき特性だった。驚くべきことに、彼はかすかな微笑を浮かべたのだ。記憶を探っても、治療中に彼が微笑したのはこれが初めてだった。まったくもって、時宜《じぎ》を得ない微笑だと、わたしには感じられた。

わたしが椅子の上で落ちつきなく脚を組み、タバコが吸いたくてたまらなくなっている一方で、ドクター・ロートの微笑はますます強くなり、もともと若く見える彼をいっそう若く見せていた。最初に診察を受けたときには、彼を学生かと思ったほどで、数年前、ドイツじゅうで名を知られた精神科医ヴィクター・ラレンツの治療と並んで、わたしの働く新聞にでかでかと書きたてられたほどのエキスパートだとは思えなかった。

大多数の人々と同じく、わたしも彼を過小評価していた。それもそのはず、治療困難な人格障害の分野の第一人者が、こんなにも若々しいとは誰も予想していなかったからだ。ロートの肌はしわがなく、バラ色に近い。白目の部分は、身体にぴったり合ったポロシャツの下に着ている純白のTシャツよりも白く輝いている。ただ、薄くなった生え際と、大きくはげ上がったこめかみだけは、彼がもう若くはないことを、わずかに暗示していた。

「どうぞ、気を楽になさってください」しまいにロートはそう言うと、そばに置かれたプレキシガラスの棚から、薄い書類を引き抜いた。「ご心配には及びません」

〝心配には及ばない？〟

「昨日、初めてその声が聞こえたのです。実際には流れていない警察無線の声が。それでも、心配には及ばないとおっしゃるのですか？」

ロートはうなずいて、書類を広げた。「わかりました。もう一度、一つ一つ、見直してみましょう。あなたは橋の上での事件のあと、治療を受けに来られた。あの当時、あなたには知覚障害がおありでした」

わたしは低くうなって、同意を示した。

〝悪夢がわたしの人生をぐらつかせたのだ〟

それよりましな表現を、わたしは思いつかなかった。最初はにおいがし、つぎに物音が聞こえ、最後には〝見えた〟のだ。悪夢のなかで、わたしを追いかけてきた物が。それはかならずしも橋の上にいた女性と赤ん坊とはかぎらなかった。悲劇の二週間後、わたしは、たとえば稲妻の夢を見た。何秒かの間隔を置いて、何度も、すぐそばに落雷した。わたしは命からがら裸足で駆けだし、道を覆っているガラスの破片やクギや、錆《さ》びたブリキ缶で怪我《けが》をした。ずっとあとになって、ゴミ堆積場《たいせきじょう》に来ていることに気づいた。その中央には一本の光り輝く木がそびえ、わたしはその木陰に身を隠そうとした。

〝柳には近寄るな〟

自分がすがりついているのが、何の木なのか見分けがつかず、わたしは泣いていた。

〝樫《かし》はよけて通れ〟

自分が落とし穴に落ちたと思い込んでいたのは確かだった。致命的な落雷を今か今かと待ち構えていた。

〝橅《ぶな》を探せ〟

震える手で樹皮に触れたとき、身の毛がよだつようなことが起きた。木が変身したのだ。樹皮が柔らかくなり、ゼリーのような粘りけを帯びてきた。何かしらねっとりしたものが指に付着した。手のなかだけでなく周囲一面で、うじ虫が身をくねらせているのを知って、わたしは叫びだした。そして、樹木を含むゴミ堆積場全体が、かぶと虫やうじ虫やその他の虫けらから成る一個の構成物であるのが見えたとき、わたしは大声でわめいて、目を覚ました。

しかし、目を覚ましたあとも、ゴミ堆積場の腐った悪臭は部屋じゅうに充満していた。わたしは窓に駆け寄り、ぱっと開けたが、それでもなお、まともに呼吸できなかった。新鮮な空気ではなく、新手の、負けず劣らずの悪臭が、寝室にゆらゆらと入ってきた。よく晴れた雲ひとつない日曜の朝なのに、空では稲妻が光り、窓の前の木に落雷した。木は爆発して何千匹ものうじ虫に分解し、ピクピク痙攣《けいれん》する怒濤《どとう》となって芝生に流れ込み、家に狙いをつけた。

うじ虫がすでに家の外壁まで進み、こちらをめがけて這い登ろうとした瞬間、わたしは背後から何かにつかまれ、窓から引き離された。ニッチだった。

わたしの叫びで彼女は目を覚まし、死ぬほどの恐怖にとらえられたのだ。あとになって彼女の言うには、わたしが気を鎮めるまでに、まる一時間もかかったとのことだった。

「あのとき、あなたはただちに、薬による治療を受け入れられた」ロートはつづけ、わたしのカルテの一ページをめくった。

「抗精神病薬が投与され、そのあと、あなたは快方に向かわれ、二年あまりで、症状は完全に消えました」

「そして昨日、ふたたび現われた」

「いいえ、違います」

ロートは書類から目を上げた。ふたたび、見慣れぬあの微笑が口元に漂っていた。

「違うのですか?」わたしは驚いたように訊いた。

「ご承知のように、今のこの短時間の診察では、もちろん最終的な診断を下すことはできません。そしてまた、あなたを襲った幻覚を否認するつもりもありません。ただ、あなたには統合失調症の素質がおありなのではないかと、強い疑いを抱いています」

「なぜでしょうか?」

「性急に結論を出したくはありません。どうか、明日まで待ってください。血液のスクリーニングの結果がすべて出そろえば、わたしの疑問に誤りがないかどうか証明されるでしょう」

わたしはどう考えていいのかわからぬままに、うなずいた。ほかの患者なら、ロートの推察を喜んだにちがいない。わたしだって、自分の症状に無難な解釈が与えられたことを、どれほど喜びたかったかわからない。だが、もしわたしが知覚障害を患っていないとしたら、その意味するところは……

……あの声が本物だったことになる。そして、わたしと目の収集人とのあいだには、つながりがあることになる……

こう考えたとき、わたしの右の耳でピーピーという音が鳴りだした。まるで誰かが、頭のそばで音叉《おんさ》をたたいたかのようだった。わたしは微笑を浮かべようと努めながら椅子から立ち上がり、ロートに手を差しのべていとまを告げた。だが、気持ちを集中することは困難だった。診察室を去ったあとになって、睡眠薬の処方箋《せん》を書いてもらうためにもう一度引き返したくなった。このところ眠れぬ夜がつづいていたからだ。そのとき、ズボンのポケットのなかで携帯電話が振動した。

〈電話してほしい!〉というメールだった。そのあと、耳のなかでピーピーという音がふたたび大きくなった。

〈急いで。手遅れにならないうちに〉

振り返ってみると、それが死との競争の始まりだった。

第七十五章

「何があったんだ？」

フランクは最初の音で電話に出たが、わたし以上に興奮しているようだった。

「不安なんです」

〝不安？〟記憶にあるかぎり、フランクが自分の感情を口にしたことは一度もなかった。ふだん、彼は生意気な口をきくことで、本当の感情をわきにそらそうと努めていた。たとえば、介護施設で老人たちが虐待されているという自分の記事についても、ただ、〈腐りかけた肉の話〉と呼んだだけだった。だがわたしは、行間に彼の怒りと絶望を読み取ることができた。とくに、末期の肺ガンを患《わずら》っていた認知症の女性患者にたいして、費用がかさむとの理由から鎮痛剤が与えられなかったというくだりに。〈いったい彼女は、どこに苦痛を訴えればいいんでしょう？　彼女の子どもたちは週に一度しかたずねてこず、そのことすら、彼女はもう思い出すことができないのです〉フランクは兵役代わりの社会奉仕のために働いていた、ある経営不振の施設で知り合った看護師の言葉を引用していた。おそらくフランクは心の奥底では、自分のルポルタージュが発表されたあとで、問題の介護施設の職員全員の首がすげ替えられたことに喝采を叫んでいたにちがいない。わたしに向かっては一度もそうした気持ちを露わにしたことはなかったが。

「どこにいるんですか？」フランクはせき込むように訊いた。

「調査だ」わたしは答えながら、病院の出口のドアを通り抜けた。これまで、わたしの健康問題について知っているのはニッチだけだった。これからもそうでなくてはならない。「いったい、何が起きたんだ？」

「あなたなら知っているでしょうけど、あらゆる誤審の九十パーセントは、誤った状況証拠に起因しているそうです」

「この際、講義ははぶいて本題に入ってくれ。何の話だ？」

「あなたの財布のことです」

〝ああ〟わたしは思わず頭に手をやった。昨日のごたごたのせいで、クレジットカードを停止させることを、すっかり忘れていたのだ。

「警察が知らせてよこしたのか？」わたしは訊きながら、どんより曇った十一月の空を見上げた。ロートの診察を受けているあいだに、気温はめっきり低くなっていたが、ともかく雨はやんでいた。

「警察は編集部まで来たんです。あなたが携帯電話にも出ず、家にもいなかったので」

そのせいで、病院に行く途中、ひっきりなしにシュトーヤから電話がかかっていたのだ。わたしは診察が終わりしだい、こちらから電話しようと思っていた。

「中身が空っぽだったなんて、言わないでくれよ」

「もっと悪い状況です」

〝もっと悪い？　財布から中身が抜き取られる以上に悪いこととは、何だろう？〟

「ああ、もしかしたら話してはいけなかったのかもしれませんね」

わたしは昼どきで混み合う病院の駐車場で自分の車を探した。「きみは酔っぱらっているんじゃないだろうな？」

「ぼくはコーヒーを取りにいこうとして、テアの執務室の前を通りかかり、偶然、耳にしただけなんです」

〝テア・ベルクドルフ？　警察は編集長に何の用事があったのだろう？〟

「さあ、フランク、まわり道はやめて、何があったのか、もう聞かせてくれてもいいだろう？」

「では話します。ぼくの聞き誤りでないとしたら、警察は財布を見つけたんです。中身はすべて無事でした。現金も」

どこかの大バカものが四輪駆動車をわたしのボルボすれすれに押し込んでいた。おかげでわたしは塗装にひっかき傷をつけないために、助手席側から乗り込むしかなかった。

「だが、それはむしろ、いいニュースじゃないか」わたしは言った。

「とんでもない。警察は財布を犯行現場の近くで見つけたんです。庭のどこかで」

今まさに車のキーをズボンのポケットから引き出そうとしていたわたしは、途中で、その動きを止めた。

〝犯行現場の近くで？〟

ありえなかった。とたんにフランクからの電話がまったく非現実的なものに聞こえた。助手の彼が今話したことを、わたしは信じることができなかった。いや、信じたくなかった。

「庭のどのあたりだって？」わたしは訊いたが、答えは一つしかありえなかった。

「母親の死体が見つかったところですよ」フランクは小声で言った。

「四度目の隠れん坊の犠牲者……」

わたしはさえぎるように「目の収集人の」と言った。

第七十四章

結局、わたしは運転席側のドアから無理やりに身体を押し込んだ。四輪駆動車をこんな間近に停めた者に、気を遣うこともあるまいと思ったのだ。そいつはテニスラケットほどの大きさのあるサイドミラーだけでも、たたんでおけたはずなのに。

わたしは病院の敷地を出るまでは速度を厳守したが、外に出るや否や加速し、ポツダム通りをとばしていた。

〝よく考えることだ。じっくり考えなければならない〟

これまでの人生で、わたしは慎重で思慮深い行動はむしろ苦手だった。つい二、三カ月前も、新聞の最大のスポンサーと悶着を起こしたばかりだ。その食品製造業者は、自分の食肉処理場でひそかに撮られた写真を握りつぶすのと引き換えに、わたしに金を払うと申し出た。その中の一枚は、ぎゅうぎゅう詰めのトラックから一頭の牛が、脱臼させられた片方の前足にロープをくくりつけられ、ウィンチで引き上げられている光景を撮ったものだった。わたしは五千ユーロを現金で払わせ、その写真をまんまと新聞の第一面に載せることに成功し、〝口止め料〟を動物保護連盟に寄付した。新聞は大スポンサーの一つを失ったが、わたしはジャーナリスト連盟から賞をもらうと同時に、テアの合意も取りつけた。

ほとんどは、わたしの激情的な性格のせいで引き起こされた過去のさまざまな問題と、今置かれている窮地とには大きい違いが一つあった。わたしには盛り上がり、押し寄せてきた雪崩《なだれ》を誘発するようなことをした覚えがないということだった。

警察が編集部に姿を見せた。よく考えてみれば、当然の反応だった。犯罪者が犯行現場に惹《ひ》きつけられるというのは、何もハリウッド式のパターンとはかぎらない。担当刑事しか犯行現場を知らないときに、誰かが死体の発見現場に現われたとしたら、わたしだって、その男について調査を始めるだろう。

さらには財布の問題もある。わたしはすでに何時間も前に、あのホスピスですべてのポケットを調べたのだ。トラウンシュタインの邸宅の前で、ズボンのポケットから落ちたとはとうてい考えられない。しかも、わたしは鑑識用の白い防護服を着ていた。あれは、犯行現場がどんな衣服の繊維にも汚されないようにとの配慮から作られたものだった。シュトーヤはそれを着ているわたしを見ていた。うまくいっても、わたしが財布をわざとあそこに捨てたとみなされるのが落ちだ。最悪の場合、わたしは容疑者にされるだろうが、その結論に達するほうがはるかに自然だった。

わたしの脳はしだいに、電子レンジに入れられたポップコーンの袋のようになってきた。頭蓋冠《ずがいかん》の下で数えきれないほどの考えが飛び跳ね、捉えるいとまもなく、はじけていった。遅かれ早かれ、わたしは警察から事情聴取されるだろう。その前にまず整理し、落ちついて、誰か信頼できる人物とじっくり話をする必要があった。

わたしは電話に手を伸ばし、チャーリーにかけようとした。たびたびあることだが、今回も彼女は携帯電話に出なかった。それ以外の電話番号も本名も、彼女は教えてはくれなかった。

いつもなら、彼女は機を見て、向こうからかけなおしてくれるのだが、今日のわたしには忍耐心がなく、彼女が夫の影響の及ばない時間にかけてくれるまで待つことができず、もう一度試みた。だが、ふたたび留守番電話のアナウンスが聞こえてくるばかりだった。

〝いったいぜんたい、きみはどこにいるんだ？〟

わたしはここ何日も、チャーリーと話をしていなかった。

わたしたちの情事――そう呼んでいいものかどうかわからないが――が始まったのは、よりによってニッチが離婚話を切り出した日のことだった。チャーリーとの最初の出会いの状況はバカげていると同時に、ばつの悪いものでもあった。

今となれば包み隠さず話すことができるが、わたしとニッチの結婚が決定的な破局を迎えた直後、わたしの血中アルコール濃度は危険な数値を超えていた。あの日は、この世のすべての不実な女たちに復讐したいとの思いが手伝っていたことも確かだ。でも、クラブに足を踏み入れたときには、それに加えて、むしろ自分自身を罰したいという思いがあったようだ。

タイル張りの控え室で服を脱ぎ、着ていたものをロッカーにしまいながら、この夜が、ツォルバッハにとって新しい時代の幕開けになるのだと思い込もうとしていた。二度と恋はせず、ただセックスしかない時期なのだと。ところが、バーまで来て、空いたカウンター席を探しているうちに、自分のしていることのバカらしさに気づいた。

　グループセックスのクラブを訪れたのはこれが初めてだったのに、すでに何百回も来ていたかのように感じられた。すべてが、まさに想像どおりだったのだ。売春宿風の真っ赤な照明、ピッツァ店にも合いそうな家具、素人《しろうと》っぽい裸体のスケッチで飾られた壁。案内板がサウナ、SM地下室、泡風呂などへの方向を指示していた。そのすぐ横には、〈セックスをしたい者は、愛想よくなければならない〉と書かれた標識がかかっていた。

　部屋の中央にあるカウンターの上部にはテレビが吊り下げられていたが、カウンターの右手にある遊戯場を訪れた者が楽しみながらポルノ映画を見られるような角度に設置されていた。わたしが初めて訪れたときは、遊戯場のラテックスで覆われたマットレスには誰もいなかったが、その一方、バーには大勢のカップルや、一人で来ている男性客たちがすわっていた。全員が浴用スリッパをはき、タオルを腰のまわりに巻きつけて。

　驚いたことに、ほとんどの客たちは想像に反して、それほどいかがわしくは見えなかった。ある若いカップルなどはとくに魅力的だったし、シャワーを浴びたばかりらしく髪の濡れたほっそりとしたブロンドの女性も同じく魅力的だった。彼女はわたしの隣にすわった。あとになって知ったことだが、そのチャーリーは二人の男性との同時のセックスを終えたばかりだったのだ。彼女は何も知らない夫の待つ家に帰っていく前に、あと一杯だけ飲もうとしていたのだった。彼女は一目で、わたしが初めての客であることや、万一ここで知り合いに出会った場合にそなえて用意しておいたわたしの嘘も見破った。

　なぜともわからぬ理由から、ここへ来た本当のわけを彼女に知られるのはきまりが悪かった。わたしがやむをえずグループセックスのクラブに来たのだと、この美しい女性に思われたくなかったからだろう。

　彼女はにっこりとほほ笑んだ。「つまり、新聞のために調査をしているというわけね。で、わたしのほうは、営業監察局から来ているのよ」

　わたしは両親から、偏見のない教育を受けて育ったが、彼女との会話に気持ちを集中するには大変な努力を要した。彼女は一糸まとわぬ姿で、いまだに自分がここには〝所属していない〟ように思えると説明した。だが、ともかく性的欲求を持っているのに、夫とはもう長いあいだベッドを共にしていないとも話した。そのあと、彼女はわたしを奥のほうにある部屋部屋に案内し、何組かのカップルがパートナーの交換をおこなっている鏡付きの部屋を見せ、さらにはスペイン壁（折り畳み式の屏風）にも案内した。その前で、数人の男性がオナニーをしている一方で、二人の女性が互いに愛撫し合っていた。

　その晩、わたしたちはセックスをしなかった。その日ばかりでなく、それからの日々にも、しなかった。

　わたしたちはプラトニックな関係を保っていた。それは二人が定期的に逢っているという状況から考えると、きわめて矛盾しているとさえ言えた。なぜならチャーリーはそのクラブでのみ、わたしに逢いたいと言い張ったからだ。「逢い引きをするのに、ここ以上に秘密が守れるところはないわ」

　そんなわけで、わたしたちはたびたび逢っては、いっそう心おきなく話をするようになっていった。だがそれは、こういう場所から予想されるような類の話でも話し方でもなかった。

　ほかの客たちが性行為をおこなっているあいだに、わたしたちは何時間も語り合った。そしてしだいに、彼女の夫が抜け目なく、かなりの財産を築き上げたことを知った。そのありがたい金を、彼はとくに、世界中でもっとも高価な酒類を偏執狂的に飲みあさることに用い、粗野で無作法な田舎者であることを際立たせていた。彼は結婚式の直後から早くも変わりはじめた。気むずかしく、攻撃的になり、病的なまでに嫉妬深くなった。一年前までは夫が彼女の人生で唯一の男性であったにもかかわらず、彼女にいつも不倫の罪を着せ、それればかりか、自分が子どもたちの父親であることにも疑いを抱きはじめた。他方では、もし彼女が離婚を考えたりすれば、子どもたちと引き離すと脅しをかけた。一度、彼女を何度も殴打し、淫売呼ばわりしたことがあった。そのとき彼女は決心した。夫の罵倒にふさわしいことをしようと。彼女は初めてその〝性の館〟を訪ねたのだ。

それはまったく自暴自棄の行為だった。それだけに、新しく自由な社会が自分の気に入ったことに彼女は驚いていた。初めて打ち明けられた話だった。それとは逆に、わたしたちはたびたび逢ううちに、会話だけではすまなくなるだろうと感じはじめていた。今度、彼女と二人だけになったとき、自分の心に芽生えた燃えるような思いを無視できなくなるかもしれない。何があろうと避けなければならない感情が生まれていた。それは嫉妬だった。用心しないと、そのうち、恋に落ちることになりそうだった。

「もう一度おかけなおしください」チャーリーの留守番電話から、ふたたびコンピューターによる声が聞こえてきた。反復ボタンを押すのはこれで三度目だった。怒りにまかせて、わたしは携帯電話を助手席に放り出した。

〝きみを必要としているときに〟そう思いながら、わたしは道路に注意を集中した。

たび重なる奇妙な逢い引きのあいだに、わたしはチャーリーが気を許して話のできる相手となっていった。精神療法医が治療のさなかに中断し、患者がセックスのパートナーと遊戯場で楽しむのを許し、そのあいだ自分はバーでジントニックのグラスを握りしめているようなものだった。

〝わたしは何時間にもわたって、きみの話に耳を傾けた。きみを待っていた〟

今日は、わたしのほうが彼女の助言を必要としているのかもしれない。だが、わたしは〝性の館〟に行けば彼女に会えるかもしれないという思いを、すぐさま払いのけた。

〝まったく、くそくらえだ〟

自分独りでなんとか切り抜けなければならなかったのは、これが初めてではない。必要なのは心を落ちつかせてくれる場所。頭を休められる場所。こちらが欲しないかぎり誰にも会わないですむ場所だった。

つまり、あそこに逃げていくしかなかった。二年前、母を殺そうと試みたあとで、身を隠したのが最後だった。

第七十三章

（最後通告の期限まで、あと十一時間と五十一分）


それから一時間半後に初雪が降ってきた。少し早すぎたようだ。もう数分待ってくれていたら、わたしのボルボが森の道にこれほどくっきりと轍《わだち》の跡を残さずにすんだだろう。とはいえ、誰かがニコルスコーエくんだりまで、わたしを尾《つ》けてきているとは思えなかった。ベルリンとポツダムのあいだに拡がる起伏の多いこの森林地帯は、絶好の行楽地だが、幸いにも、冬季はそうではなかった。プファウエン島へのフェリーの桟橋《さんばし》も、二つあるレストランも閉鎖されているからだ。

ここへ来る前に、わたしは自分の住居に立ち寄り、備蓄用に缶詰のラヴィオリとミネラルウォーターをしこたま用意した。わたしの〝緊急用バッグ〟は今、車のトランクに納まっているが、なかには着替え用の下着や、予備の携帯電話も入っていた。これはプリペイドのものだった（情報提供者が電話してくる際、万が一にも警察から監視されている場合に備えて、ときどき使っている）、そしてパソコンも。

〝財布が犯行現場に落ちていたのはなぜだろう？　くそっ、どうやってあそこまで行ったんだろう？〟

これらの疑問にたいする答えを、隠れ場についてから見いだそうと思っていたが、もちろん、そんなわけにはいかなかった。

この疑問ばかりでなく、住居の留守番電話にシュトーヤが興奮気味に残したいくつもの報告も、無視することができなかった。シュトーヤはさらに、わたしに直接、署まで来るようにと頼んでいた。そこから推測すると、今のところまだ、わたしへの逮捕命令は下っていないようだ。

かんかんに怒っている編集長には、折り返し短い電話をかけたが、やはり謎は解けないままだった。

「いったい、どこに潜んでいるの？」それがテア・ベルクドルフの挨拶《あいさつ》だった。いつにもましてつっけんどんな口調だ。

「シュトーヤに伝えてください。ベルリンに戻ったら、署に立ち寄るからと」わたしは頼んだ。答える前に彼女が執務室と編集部の大部屋とを隔てているガラス戸を閉める音が聞こえた。そのほうが、もっと大声で怒鳴れるからだ。

「即刻、編集部に戻ってきなさい。あなたにとっての死活問題であるだけでなく、新聞の評判にも関わることなんだから。スター記者と目の収集人とにつながりがあるかもしれないという疑念をほんの少しでも嗅《か》ぎつけたら、人々はどう思うかしら？」

〝目の収集人についての彼のルポルタージュが優れた

調査に基づいていても不思議ではない。彼自身が事件を引き起こしたのだとしたら〟

もちろん、彼女がそう思うかもしれないのはわかっていた。だからこそ、準備もなしに虎穴《こけつ》に入りたくなかったのだ。警察がいったん、容疑者に標的を定めたらどうなるか、わたしは経験から知っていた。しかも、それが暴力をも辞さない元警官だと文書に記録されているとしたら。メディア、とくに、後日わたしを採用した新聞は、当時、わたしを英雄扱いにしたのだが、それは、調査委員会と検事から数えきれないほど事情聴取を受けたことと同じくらい、耐えがたいことだった。

わたしは車をムーアラーケ・ヴェークの向こうの案内標識板のそばに停めた。そのあたりが、水域保護地区であることが示されている。

わたしの母は、その標識板から十歩ほど東に行ったところに偶然、小道を見つけたのだ。彼女はニコルスコーエ教会の周囲を散歩するつもりでいたが、途中で気分が悪くなり、すぐさま車を停めるしかなかった。頭蓋冠のなかの圧迫感が和らいできたとき、彼女は自分が嘔吐《おうと》した場所をもう一度、じっくりと眺めた。その際、小型車の幅ほどしかない森の小道を見つけた。その道がどこに通じているのか、地図にも記載されていない上に、太い丸太が行く手をさえぎっていた。

ベルリンには水辺にとびきり美しい場所が数多くあり、巨大都市にいることを忘れてしまいそうになる。たとえば湖岸にすわり、湖からプファウエン島へと眺め渡すときなどがそうだ。ただ問題は、そこが決して隔絶された場所ではないという点だ。湖岸が美しければ美しいほど、行楽客たちに知れ渡ってしまう。あの日、その小道からちっぽけな、ほとんど自然のままの岸辺にたどりついたとき、母は、めっけ物をしたと思った。大都市のなかに隠されたオアシスだった。彼女はこの隠れ場を自分のものにしておきたいと願い、わたしにだけ打ち明けた。頭痛がその場で消えたという事実があったからにすぎないのかもしれない。それが頭痛ではなく多血球血症《ポリツィタミー》という血液疾患であることを、わたしたちはまだ知らなかった。血液が濃くなって血管を詰まらせてしまう病だった。

　母が初めてその隠れ場に連れていってくれたとき、丸太はそれほど苦労しなくても脇に転がせるだろうと、わたしは思った。それよりはるかに邪魔だったのは、野生のキイチゴが両側から道を塞ぐように繁茂していることだった。その刺《とげ》には注意を要した。

　何年もたった今、わたしは車のほうを振り向いた。ライトはまだつけたままだった。その明かりで、迫り来る闇のなかでも物が見分けられた。数限りない雪片が鈍い黄色の円錐形の光のなかで渦巻きながら落ちてきた。その光景はメルヘンの世界のようだった。ライトはちらちらと揺らめきはじめ、その動揺がこちらにも伝染した。わたしはじろじろとあたりを見まわした。二十メートル向こうに、やぶのなかで餌を探している猪がいたが、そのほかに生き物はいなかった。偏在する町の喧騒すら消えていた。まるで誰かが、交通の騒音を録音したサウンドトラックをあっさり切ったかのようだった。

〝さあ、行こう〟

　わたしは濡れた丸太に強く身体を押しつけた。それはピチャッという音とともに地面から持ち上がり、難なく脇に転がった。

　つづいて、目撃者がいないかどうかを確かめたあと、ふたたびボルボに乗り込み、歩くようなスピードで車を森のなかに進ませた。キイチゴの刺だらけの枝は学校の黒板に爪を立てるような音をたてて車の塗装に掻き傷をつくった。木の梢《こずえ》から雪が落下してきて、大きな塊がフロントガラスに当たった。わたしはワイパーのスイッチを入れた。何メートルか進むと、痕跡を消すために車から降りた。丸太を元の位置まで転がし、茂みの枝を前方に押し戻した。誰だってこの秘密の道を見逃すに決まっている。こんな場所に来たところで、見物するものなどないからだ。道路標識によれば、固められた散歩道、教会、レストラン、そして墓地はここから優に何キロも離れている。ここにはレジャーの目的となるものはもとより、駐車場さえなかった。もし誰かが足を停めたとしても、かつての母のように、まったくの偶然からだろう。

わたしは車に戻り、ゆっくりと進んでいった。狭い左カーブを曲がったあと、車を停めて降りた。そして、スイス製のポケットナイフを使って、車のナンバープレートを剝《は》がし取った。それによって、でこぼこだらけのボルボは、環境を破壊する人間が、自然のなかに無思慮に廃棄したポンコツ車に見えた。営林署員が見たら、きっと役所に知らせるだろうが、この悪天候では、彼らも森林作業員もめったに姿を見せないだろう。それに、わたしは冬ごもりをしようとしているわけではない。必要なのは二日間の休息だった。

ナンバープレートを車のトランクに入れたあと、わたしは小型パソコンの入ったバッグとスポーツバッグを手に、ますます狭くなっていく小道を歩いていった。カーブまで来ると、小道はやや険しい下りとなり、ブーツをはいた足元がぐらつかないように注意しなければならなかった。とくに、小道の突きあたりで階段状の形をした凍った木の根元はきわめて危険だった。幸いにも、懐中電灯があったので、顔をひっかかれないうちに、障害物も樅《もみ》の枝も見分けがついた。この前に来たときより、道は長く感じられた。たぶん、肩にかついでいる重い荷物のせいだろう。時計を見ると、まだ十八時四十二分だった。つまり、車から降りて、水辺に来るまで何分もかかっていなかったことになる。

〝さあ、着いたぞ〟

ここの水辺に下りていくと、いつもながら、自分がどれほど多くの心労を引きずっているかに気づかされる。

〝わたしの隠れ場〟

この場所のおかげで、わたしは悲劇を乗り越え、現在、ある程度、まともな人生を送ることができている。氷点下二度という気温とひっきりなしの降雪にもかかわらず、わたしはたちまち安心感に浸された。

ニッチなら、わたしが突然、元気になったのは魔法の力か異教的なエネルギー域のせいだと言うに決まっている。だがわたしには、もっとありふれた説明で充分だった。人目につかないこの入江にいるかぎり、わが身に悪いことは降りかかってこない、と。それどころか、わたしはここで人生最良の時間を過ごした。誰にも釈明を求められることなく、一人っきりで。

それゆえわたしは、人生が手に負えなくなりそうだと感じたときはいつも、ここにやってきた。警察にいたころ、狂気の沙汰とも言える計画を実行に移し、古い居住船を買って、ここに係留させたのだ。

懐中電灯の光が何歩か先にある箱型のこぢんまりした木の船を照らし出した。船は細い流れに浮かんでいたが、それよりさらに狭い入江には何本もの柳の木がびっしりと生え、屋根のように広がったその枝のおかげで、水上からは覗き込むことのできない天然のカーポートを形作っていた。

「また来たよ」わたしは言いながらバッグを下ろした。母ゆずりの古い儀式だった。母がわたしを連れてきたころはまだ元気で、いつもこの言葉を口にしながら岸辺に近づいていったものだ。

〝また来たよ〟

ささやき声で挨拶の言葉を発しただけだったのに、声は何メートルも先の水の上にこだました。もうすぐ水は凍るだろう。そんなとき、ここに迷い込んでくるような人間などいるはずがない。

〝ここだけは誰とも分かち合いたくない。わたしの隠れ場の住所は誰も知らない。家族すら知らない〟

もちろん、大人のわたしが、秘密の隠れ場を今なおロマンチックに感じているのは、笑止千万だった。子どものころにも、わたしは高いベッドの下に枕と毛布で洞穴を作り、自分はこの世でただ一人の人間なのだと想像したものだ。そのころ、わたしは人けのない島のいちばん高い木のてっぺんに、自分で木造りの家を建てることを夢見ていた。おそらくこの入江は、そのころ空想のなかにしかなかったすべての隠れ場を思い出させたのだろう。正直言って、この場所をめぐる諸々《もろもろ》の秘密は、そうこうするうちに当然のこととなっていった。

友人たちに向かって、週末はオリンピアスタジアムの観客席からいっしょにシュプレヒコールを送るよりもむしろ自然のなかで一人で考え事をしたいと白状するのは、長いあいだ、きわめてばつの悪いことだった。年がたつにつれて、秘密の場所を持っていることでわたしは心を慰められた。断わりなしに仕事を休んでも、誰もここまで探しには来なかった。初めて誰かに秘密を打ち明けたい気持ちになったのは、ニッチと知り合い、まだ彼女に夢中になっているころだった。この時期、彼女とベッドを共にしていながら、それでもまだ、片時も離れていたくない気持ちだった。わたしは彼女に、ロマンチックなハイキングに行こうと約束した。彼女に目隠しをさせ、〝わたしの入江〟に案内したいと思っていた。彼女はそこで、松明《たいまつ》の明かりに照らされた居住船を一目見るはずだった。

だが、計画は頓挫《とんざ》した。わたしの運転するフォルクスワーゲン・ケーファーは途中で活力を失い、交差点の真ん中で停まってしまったのだ。まったくの原因不明であることを、あとでADAC（ドイツ自動車連盟）から来た男が、肩をすくめながら確認した。彼は原因を見つけることができなかった。だが、これまでわたしを一度も裏切ったことのないその車は、彼がイグニションキーをまわすと、すぐにエンジンがかかったのだ。わたしをバカと呼んでもいい。秘教的と呼んでもかまわない。ニッチのおかしな思考過程は、じつは、わたしが常日頃思っているほど奇妙ではないのかもしれない。いずれにしても、わたしはそれを予兆だと解釈した。

〝いけないことなのだ。誰もここへ連れてきてはいけないのだ〟

わたしは冷気を吸い込み、懐中電灯の光で船の染みだらけの前面をあちこち照らした。

もう長いあいだ、船の世話をしていなかったので、発電機を始動させるにはしばらく時間がかかるかもしれない。最悪の場合、蠟燭《ろうそく》とキャンプ用のコッヘルで我慢しなければならないかもしれない。暖房に関しては、船の居間にある古い薪《まき》ストーブが頼りになるし、密閉式のトイレは電気がなくても機能する。

ふたたびバッグに手をやろうとしたとき、不意に気が変わった。休息と満足の感情はあっという間に消えた。こんな体験は初めてだった。わたしは神経をとがらせながら、船に近づいていった。怯《おび》えは恐怖に変わり、それは岸辺に向かって一歩踏み出すごとに強まった。最初は説明のつかない恐怖だと思っていた。原因がわからないからだ。しかし、今、それがわかった。

〝光が見える〟

〝隠れ場から去ろう。誰も知らないこの場所から〟急に逃げ出したくなったその原因は、船のなかでたった今、タバコに火をつけた人物をおいてほかになかった。

第七十二章

警察番記者となったわたしは最初の記事を書くために、押し込み強盗に入られた年配の夫婦にインタビューすることになった。彼らが言うには、その行為が許せないのは、貴重品を盗んでいったからでも、また、写真や旅行の記念品や日記のような、かけがえのない品物を奪ったからでもない。何より恐ろしいのは、彼ら夫婦がそれ以来、自分の家を厭《いと》わしく感じるようになったことだという。

「強盗たちが引き出しのなかをかきまわしたり、下着をつかんだり、いや、この家の空気を呼吸したというそのことだけでも、わたしたちのプライバシーは侵害されたのです」

七十二歳の夫が話を一手に引き受け、妻のほうは夫の手を取り、その一語一語にうなずいて同感の気持ちを表わしていた。

「わたしたちは盗みに遭ったのではなく、陵辱されたのです」

当時、わたしは彼らの反応は大げさすぎると思っていた。だが、音をたてずに外側の手すりを跨《また》ごうとしたこの瞬間、あの夫婦が説明しようとしていたことが理解できた。

居住船の暗闇のなかでわたしを待っているのが何者であれ、この場所がいかなるときもわたしに与えてくれていた安心感を破壊したのだ。

わたしはスイス製のポケットナイフのもっとも長い刃をパチンと開けて、主甲板への階段をそっと下りていった。疑わしい場合には、棒状の懐中電灯も防御の役に立ってくれるだろう。

わたしが何週間もかけて居間兼仕事部屋に作り替え

た船室に下りていく最後の階段を踏んだとき、頑丈な船板が軋んだ。

侵入者がまだその部屋にいるとしたら、わたしは彼の唯一の逃げ道を塞いだわけだ。彼が大きい横桟のはまった窓から湖中に飛び込むのなら話は別だが。それ以外は、長時間、身を隠しているのは不可能だ。

居住船は広いガレージほどの大きさしかなかった。小さな厨房と、それよりさらに小さいトイレのほかに、細長い二つの船室が隣り合っていた。わたしが立っていたのは、広いほうの部屋の前だった。もし、舳先《へさき》に近い寝室に行こうとすれば、この部屋を横切っていかなければならない。年じゅう、鍵のかかっていない正面入口のドアには、頭の位置のあたりにガラスがはまっている。わたしはそこから内部を窺《うかが》った。

部屋の左隅で、赤い点が蛍《ほたる》のように空中でひらひら動いているほかは、部屋は闇に沈んでいた。居住船は木々と茂みによる天然の隠れ港のなかでしっかり守られていたので、ドアの把手《とって》を見つけ出すにも苦労した。

わたしは息を詰め、自分の心臓の鼓動に耳を澄ました。そして、身体を使った対決に立ち向かおうとした。わたしは覚悟を決めてドアをぱっと開け、居間に飛び込んだ。そして、ありったけの大声で怒鳴った。

「手を挙げろ！」

同時に、懐中電灯のスイッチを入れ、湖に面した窓のすぐ下に置かれている大きいソファを照らし出した。

わたしはあらゆることを想定していた。この寒い日々に、船のなかでくつろいでいるホームレスか、あるいは、何らかの方法でこの隠れ場を捜し出したシュトーヤが、わたしより一歩先にここに来ているのか。

あらゆることを。

だが、まさか、こんなこととは思わなかった。

第七十一章

「まあ、なんてことを。頭がおかしいんじゃありません？」そう浴びせかけたのは、まったく面識のない若い女性だった。彼女は真っ暗闇のなかで、ゆったりとソファにすわっていた。

「まず、ここまで来る途中、何度つまずいたかわからないのに、今度は、死ぬほど脅かされるなんて」

わたしは右手を上げて、懐中電灯で女性の顔を照らした。驚いたことに、彼女は瞬《まば》き一つせず、さえぎるように手を上げることもしなかった。二十代の終わりかと思われるその見知らぬ女性は、落ちついてすわったまま、わたしのほうを平然と凝視していた。

「いったい、あなたは誰なんですか？」わたしは言ったが、つづけて二つの質問が頭に浮かんだ。〝ここで何をするつもりなんですか？　どうやって、わたしのことを知ったのですか？〟

「ふーん、もうこれ以上、我慢できないわ」

彼女の声は低く、少し嗄《しわが》れていて、男っぽいすわり方とタバコにぴったり合っていた。脚を大きく組み、左足は右膝の上に乗せている。

「あなたは死活にかかわる重大なことだと真面目におっしゃいました。それなのに、ここで一時間たっぷり、わたしを待たせて……」

彼女は大きな時計を軽くたたいたが、どういうわけか、ガラスの蓋《ふた》を上にあげて、むきだしになった針を指でさわっていた。

「……それに、どうやら酔っておいでのようですね」

何が何だかわけがわからぬまま、わたしは懐中電灯の光を彼女の顔から、身体のほうへと滑らせていった。

膝の部分の裂けた、ぴったりしたジーンズに、スカイダイバーがはくような黒いブーツ、冬のジャケットの代わりにさまざまな色合いのセーターの重ね着というでたちだった。弱い光で見るかぎり、風変わりな服装ではあったが、身だしなみはよかった。

「前にお会いしたことがありましたか？」わたしはためらいがちに訊いた。

「いいえ」彼女は少し間を置いた。「ですからここに来ているのです」

ひょっとして精神を病んでいるのではないかという不快な想像が頭をよぎった。そういう人たちのためのヴァンゼー・ハイムはここから遠くない。また、心身障害者のためのヴァルト・クリニックも同じく近い距離にある。

〝とんでもないことだ〟

いったい、人目を引かずにこの女を追い出すことなどできるものだろうか？

〝もしかしたら施設では、すでに彼女を探しているかもしれない〟

「いいですか、あなたがどなたなのか、わたしは知らないのです。ですから、どうぞ、ここから立ち去って……」

わたしはそう言いながら、身をすくませ、知らず知らずのうちに一歩退いていた。

〝これはどういうことなんだ？〟

「だいじょうぶですか？」見知らぬ女性は訊いた。だいじょうぶなんかではないのに。

〝くそっ〟そのとき、ソファのすぐ横で何かが動いた。わたしの船に忍び込んでいたのは、謎めいた女一人だけではなかったようだ。

「何がお望みなんですか？」わたしは訊いた。さらに別の侵入者が今また、目の前に現われるのかと思っただけで、脈拍がぐんぐん速くなってきた。

「わけのわからないことを、言わないでください」彼女の声は、わたしの頭に疑いを抱いているように聞こえた。「あなたのほうから、わたしに電話をかけてこられたのに」

「わたしが？」

彼女のたわごとのせいで、わたしの不安は少し和らいだ。彼女のほうも、幾分、動揺しているように見えた。

「あなたはアレクサンダー・ツォルバッハさんですよね、新聞記者の？」

わたしはうなずいた。だが、彼女はややいらだったように、その問いを繰り返した。どうやら、暗闇にいる彼女には、わたしの身振りが見えなかったようだ。

「ええ、そのとおりです。でも、わたしはあなたに電話などかけていませんよ」

〝誰にもできるはずがない。わたし以外に、この場所を知る者はいないのだから。例外は……〟

彼女はため息をつき、額から巻き毛を払いのけた。

「じゃあ、こんな世界の果てのような場所への道順を電話で伝えてよこしたのは誰なのかしら？」

〝例外は母だけだ。でも、彼女は何年も前から生命維持装置で、やっと命をつないでいるのだ〟

わたしは何を言えばいいのかもわからぬままに、口を開いた。状況のすべてが不可解だった。だが、言葉を発しないうちに、諸々《もろもろ》の疑問にたいする最初の答えが見つかった。

誰が彼女と共に、この船に忍び込んでいたのかが、一挙にわかったのだ。より正確に言えば何がだ。

懐中電灯で下のほう、ソファの左のほうを照らしたとき、床にある留め具が目に入ったのだ。留め具の把《とっ》手《て》は胴輪《ハーネス》につづいており、胴輪《ハーネス》をはめられているのは犬だった。

〝ラブラドールかゴールデン・レトリヴァーだ〟その辺のところは自信がなかった。その代わりに別のことが明らかになったが、本来なら考えられないことだった。

「じゃあ、こんな世界の果てのような場所への道順をわたしはソファにずっと近づき、懐中電灯で彼女の目をまともに照らした。

〝ああ、なんということだ……〟

疑念の余地はなかった。すべてがぴったり符合する。蓋の開いた時計、胸あての付いた犬、道の途中で何度もつまずいたという話。

〝ここで何が起きているのだろう？〟

わたしは一つの答えを見つけていた——それは、見知らぬ女性がわたしの居住船にたどり着いたことよりも、なおいっそう不可解なことだった。

わかっているのは、わたしがどれほど長いあいだ、そのどんよりとした目を照らしても、彼女は一度として瞬《まばた》きしなかったことだ。

なぜなら、わたしの隠れ場を見つけたこの女性は、目が見えなかったからだ。

第七十章

外では風が強まり、波が不規則な間隔をおいて船腹を打っていた。わたしが着いたときには、雪はまだ音もなく降っていたが、嵐が近づく気配はまったくなかった。足元の板が揺らぎ、湖水はピシャッという音をたてて、船の外壁を打っている。

「おいとましたほうが、よさそうですわね」謎の客は言った。わたしは古めかしいオイルランプに灯をともした。いつも船を去る前に、オイルを満たして、窓台に戻しておく習慣になっていた。

「待って。そんなに急がないで」

わたしは目の見えない女性のために、テーブルの上にランプを置いた。その硫黄色の灯火がまたたいて、船室全体に光と影のコントラストを生み出していた。

近くから見ると、年齢についての最初の推測は訂正する必要があった。女性はそれよりも若く、せいぜい、二十五歳くらいだった。わたしは視線を彼女のひどく汚れたブーツに向けた。側面に色つきの線画で日本女性のヌードが描かれていたが、彼女にはよく似合っていた。というのも、たるみのない肌、高い額、離れている目が、その顔にどこかユーラシア風の表情を与えていたからだ。彼女の容姿でもっとも目立つのは、真っ赤に染めたジャマイカ風の無数の巻き毛だった。

わたしの父ならおそらくパンクと名付けただろう。母はもっと寛容な見方をしただろうが、染めることを繰り返しているうちに、この美しい女性の髪が傷んでしまうのではないかと、内心、心配したかもしれない。

「すぐにも立ち去ってもらいたいところですが」わたしは言った。「でも、その前にいくつかの質問に答えてほしいのです」

「たとえば?」

〝誰があなたに電話したのか? 誰から道順を教えられたのか? わたしをここに訪ねてくることで、何を期待しているのか?〟

「まず、あなたのお名前から聞かせてください」

「アリーナ」

彼女は長い脚のあいだに置いた黒いリュックサックをさわった。「アリーナ・グレゴリエフです。でも今日はもう、本当にうんざりなんです」

彼女の息は湿っていた。わたしは今になって室内の寒さに気づいた。一人になったらすぐに、ストーブに薪《まき》をくべなければならない。

「わたしに何の用があるのですか?」わたしは訊いた。

「もう一度言いますよ、記者さん。こんな自殺司令部に来るようにと説き伏せたのは、あなたなんですよ」

アリーナは手に受話器を持つしぐさをし、電話をかけてきた架空の人物の声色《こわいろ》を使った。「バスでニコルスコーア・ヴェークまで来てください。そのまま道を進んで、次の出口を右に曲がってください」

〝ありえないことだ〟わたしは思った。彼女はつづけて、正確な道順を述べたが、それはわたし自身が何分か前にたどった道と同じだった。

「そこから分岐点まで行って、さらに進んでいくと丸太にぶつかります。とかなんとか…」

〝まったくもって、ありえない……〟

「それはわたしじゃありません」わたしは必死で、平静さを取り戻そうとした。

〝わたし以外の誰が、ここのことを知っているのだろう？〟

〝それに、誰がわたしとこの目の見えない女性に、こんな悪い冗談を仕掛けようとしたのだろう？〟

　わたしはあっけにとられ、ソファにすわっている女性をあらためて疑惑の目で見つめた。「よく聞いてください。あなたに電話をかけたのは、わたしじゃありません」

「どうしてよく聞かなくてはならないのですか？」

「ええ、それは、あなたが……」

「目が見えないから？」彼女は苦々しげにほほ笑んだ。「センセーショナルな記事を書く記者さんなら、もっと一般的な教養がおありかと思っていましたのに」

　彼女はかぶりを振って、大げさに失望を表わしてみせた。「目の見えない者は、誰でも耳がいいというのは、バカげた思い込みです。確かに、わたしたちには集中力があります。視覚的な刺激で気が散ったりしないからです。それに、失われた視力をほかの感覚で補うこともあります。だからといって、機械的に、わたしたちをコウモリ扱いしないでください。それに、目の見えない者も一人一人、違うのです」

　彼女は犬の胴輪《ハーネス》の把手に手を伸ばして、立ち上がった。「たとえば、わたしの場合、空間を感じ取る聴覚は優れています。自分の声の反響具合で、わたしの頭と天井とのあいだには、ビール箱ほどのすきまがあることがわかります。それに、四歩ほど進むと、壁板にぶつかるだろうということも」

〝やはり、どことなくコウモリじみている〟そう思ったが口には出さなかった。

「でも、わたしの場合、声の識別力はほとんどありません」彼女はつづけた。「道で誰かに『ハロー』とか、『わたしよ』とか挨拶されたりすると大変です。ある程度長く話をすれば、その声が誰のものなのかわかることが多いのです。親しい友だちや、長いあいだの患者さんたちにたいしても、そうなのです」

「患者さん？」わたしは驚く一方で、アリーナが手のなかの細長い物を引き抜くのを見守っていたが、その正体は望遠鏡だった。

「わたしは物理療法士なのです」

彼女はテーブルの脚をステッキでさわった。「人間の場合、わたしは声より、むしろ身体をさわって識別します」

アリーナは留め具をそっと引っ張った。「さあ、トムトム。出口まで行って」

〝トムトム？〟わたしはちょっと考えたが、盲導犬に航海システムの名を与えた奇妙なユーモアに、少し気分が晴れた。

犬はすぐさま反応した。

「ちょっと待った。そんなに急がないで……」アリーナがわたしを避けて通ろうとしたとき、わたしは言った。

「なぜ、ここに来たのかを話してからでないと、あなたを帰らせるわけにはいきません。あなたに電話してきた男が……」

〝……そして、自分をアレクサンダー・ツォルバッハだと名乗った男。また、何らかの理由でわたしの隠れ場を知っている男……〟

「……その男がここへあなたを誘い出したにしても、

それだけでは、なぜ、あなたがそれに巻き込まれたのかの説明にはなりません」

〝おまけに、あなたのその状態で〟

「つまり、あなたは何を期待して、ここでわたしに会おうとしたのですか？」

アリーナは立ち止まった。彼女の答えはどことなく疲れきっているように聞こえた。もう何千回も話をしたかのように。「ここまで来るのが、わたしの義務だと思ったからです。何の努力もしなかったことを、あとになって後悔しないでもいいように。ツォルバッハさん、あなたの記事のことは知っています。ですから、あなたが電話してこられたのだとばかり思っていました。わたしの証言に興味を持たれて」

「どんな証言ですか？」

オイルランプの灯は彼女にまでは届いていなかったので、その顔に表われた感情を読み取ることはできなかった。目の見えない人の場合、どの程度までそういうことが可能なのか、いずれにしても、わたしには自信がなかった。

「昨日、わたしは警察に行って、知っていることをすべてお話ししました。でも、愚か者たちは、わたしの言うことを本気にしませんでした。自分の執務室さえ持たないようなバカ警官の前で証言しなければならなかったのです」

「どういう話ですか？」

アリーナはため息をついた。「さっきもお話ししましたように、わたしは物理療法士です。常連の患者さんたちを主体に治療しています。ところが昨日は、予約《よう》もなしに、初めての人が治療を受けに来ました。腰椎《つい》のあたりに強い痛みがあるということで」

「それで？」わたしは、待ちきれずに訊いた。

「そこで、わたしはマッサージを始めました。でも、それ以上はできませんでした。治療を中断しなければなりませんでした」

「どうしてですか？」

船全体が波に揺さぶられた。わたしは窓越しに湖岸に目をやったが、闇に包まれているばかりだった。

「わたしが今、お話ししているのと同じ理由からです。わたしはその男が誰なのか、すぐにわかりました」

「誰なんですか？」答えを聞かないうちから、わたしの胃は痙攣《けいれん》を起こしていた。

「あなたが最近多くの記事を書いておられる、例の男です」

彼女は短く間を置いたが、その間に、いっそう寒さが募ってきた。

「ほとんど間違いないと思います。昨日、わたしは目の収集人を治療しました」

第六十九章

ストーブのなかで、乾いた白樺材がシューッと大きい音をたてて崩れた。アリーナにもう少し留まるようにと説得したあと、わたしは急いで火をかきたてた。

「もう十分だけ」と彼女は譲歩した。ふたたびバスで市内に戻らなければならず、おまけに、バスは一時間に一本しか通らないという。わたしはまだ、自分のボルボで彼女を家まで送り届けようと申し出る決心がついていなかった。彼女のことも、この状況全体についても、どう捉えていいのか皆目《かいもく》見当がつかなかったのだ。

わたしはストーブの煤《すす》で汚れた小さなガラス窓を閉じた。ちらちら揺らめく炎はオイルランプとともに、温かい光を生み出していた。ここに一人で引きこもるとき、わたしはいつも、それを楽しんでいたものだ。〝仕事をするために、あるいは、考え事をするために……〟

だが今回は、森を臨む窓のすぐ下で小さな書き物机に向かっている、いつものくつろいだ気分にはなれなかった。編集部で原稿締め切りが迫っているときより、もっと神経がいらだっていた。まだ残りの何行かをタイプしなければならず、時間との闘いと同時にニコチン切れとも闘わなければならないときだ。それはテアが編集部内の禁煙を決定して以来、長時間におよぶ集中を要する仕事のあとで、決まって起きる症状だった。

「コーヒーでも？」わたしは訊き、部屋の上手にある厨房に向かった。それは小さなバーほどの大きさしかなく、作り付けの棚が二つと、流し台があった。

「ブラックで」という簡潔な返事がかえってきた。アリーナはわたしよりも、はるかに落ちつき払って見えた。実際は、わたし同様、さまざまな疑問が頭のなかを飛び交っているはずなのに。なにしろ彼女は、森のなかでただ一人、未知の人間といっしょにいるのだから。

〝それに、目が見えない！〟

わたしはキャンプ用のガスバーナーに火をつけた。

「あなたは目の収集人だとわかったと言われましたね？」わたしは棚のなかのインスタントコーヒーを探しながら訊いた。自分の声から嘲《あざけ》りの響きを消し去ろうと努めたが、簡単ではなかった。「つまり、あなたは完全に目が見えないわけではないのですね？」

母が卒中の発作のあとで失明してから、わたしは目の見えない人は誰でも、完全な暗闇のなかで生きているという一般的な考えは誤りであることを知った。ドイツでは、健常者の二パーセント未満の視力しかないとき、公式に、目が見えないとされている。そして、その二パーセントが当事者にとっては、じつに重要な意味を持っている可能性がある。この場合、ほんのわずかな視力のせいで、アリーナは識別をうっかり誤り、目の収集人を見たと思ったのではないのか？　わたしにも確信は持てなかった。

〝四人の女性、三人の子ども——わずか六カ月のあいだに、七人の死者。しかも、この連続殺人犯の似顔絵すらないのだ！〟

アリーナはかぶりを振った。

「輪郭や影は？　誰かに似ていましたか？」わたしは訊いた。

「いいえ。輪郭も、色も、光の瞬《またた》きも見えませんでした。わたしには何ひとつ見えないのです。つまり……」彼女はためらった。「明暗を感じる力以外は。わたしに残されているのは、それだけです」

〝残されている〟

つまり彼女は、生来、目が見えないわけではなかった。

キャンプ用コッヘルの水が沸きはじめた。わたしはそのなかにインスタントコーヒーをスプーンで二杯入れて、かきまぜた。

「そうなんです。あなたがわたしの目を照らしたとき、明るくなったことは感じました。ちょうど、厚いカーテンに光が差し込んできたようなものです。それが何なのかはわからないながらも、変化を感じることはできます」

アリーナはほほ笑んだ。

「それが日常生活では大いに役立っています。たとえば朝、昼、晩の区別ができます。飛行機に乗るとき、いつも窓際の席を頼むのもそのためです。ほとんどの客室乗務員にはその理由がわからず、一度、席を変えられそうになったこともあります。でも、わたしは彼に鳥を指さしました。雲の上の強い光ほど美しいものはありません。そうは思われませんか？」

わたしはその問いに同意したが、この前、飛行機に乗ったときは、窓の外などまったく見ていなかったのが正直なところだ。ミュンヘンまでの五十分を、わたしはインタビューの準備にあてていたのだ。

わたしはガスバーナーからコッヘルを取って、テーブルまで運び、灰皿の横に置いた。「目の収集人」わたしはソファと直角に接している古い革の安楽椅子にすわりながら、ためらいがちに言った。「どうやって、彼だと見破ったのですか？」

〝あなたに見えるのが網膜に映る影だけだとしたら、どうやって？〟

アリーナはほほ笑んだ。「千金の重みのある質問ですわね？」

わたしは黙っていた。何千回となくインタビューをこなしてきたわたしは、直感が発達し、いつ相手が一人で話しつづけるか、いつこちらから質問をさしはさむべきかを知っていた。

「もしすぐに答えを教えたら、あなたがそれ以上、聞きたがるかどうか疑問です。昨日会った警官など、わたしを気がふれているみたいに扱ったんですから。担当刑事との面会さえ許してくれなかったのです」

アリーナは下唇を噛《か》んで、また話しつづけた。「でも正直なところ、その警官を悪くは思えないのです。自分でもほとんど信じられないくらいですから」

「信じられないって、何をですか？」

アリーナが息を吸う音が聞こえた。彼女は後頭部で両手を組み、天井を凝視した。「あまりにも不公平です。わたしは話したくありません」

「何ですって？」

アリーナはもうそれ以上、答えなかった。

「何を話したくないんですか？」しばらく間を置いてから、わたしは訊き返した。

「三歳のとき事故に遭って目が見えなくなって以来、わたしは障害者として扱われないように闘ってきました」

彼女はため息をついた。

「そのころ、わたしたちはアメリカ合衆国のカリフォルニアに住んでいました。父が大きい建設工事現場で建設技師として働いていたのです。彼は頑固なドイツ人でしたが、もっと頑固なロシア出身のアメリカ人女性と結婚しました。両親とも、わたしを、目が見えないというだけの理由で特別支援学校に通わせることに反対でした。ようやく半年後に許可が下りて、わたしは目の見える友だちといっしょに、ヒルウッド小学校に通うことになりました」

彼女は小声で笑った。わたしは指を組み合わせていた。いつもならいらだたしげに椅子の肘掛けをトントンとたたいているのだが。わたしは焦燥感ではちきれそうになっているのを彼女に気づかれはすまいかと恐れていたが、それがまったくの取り越し苦労であったことが、明らかになった。

「強引に意志を通そうとするわたしの性格も、親譲りなんです」彼女は大きい手振りで言った。たぶん、無鉄砲に冒険する習慣がなかったら、こんなところには来ていないという意味なのだろう。

「心理学者なら、わたしを過激だと言うでしょう。幼いころにもう自転車乗りを習得していましたし、できるかぎりステッキなしで、犬だけを連れて歩き、去年なんかはスキーにも行きました。病人のように扱われたくないので、何度も行き当たりばったりに荷造りして出かけました。そして今度は、こんなとんでもない目に遭ってしまいました」

彼女は膝の上で両手を組み、それで瞼《まぶた》を強く押した。

「わたしが目の見えない人間であることとは、何の関係もありません。いいですね？　以前は誰かを信頼しようと何度も試みました。両親、祖母、弟。でも、わたしの言葉を信じてくれる人は一人もいませんでした。友人たちは、わたしがからかっているのだと思っていました。母はとても心配して、児童心理学者のところにわたしを連れていきました。でもわたしは彼に嘘をついたのです。自分を偉そうに見せようとして作り話をしたのだと言って。もう嫌になるほど目が見えない人間という烙印《らくいん》を押されているのに、その上さらに、頭がおかしいとは言われたくなかったのです。それ以来、わたしは二度とその話をしなくなりました」

「何の話ですか？」わたしは彼女をせかした。

「二十年ものあいだ、誰にも言わなかったんですよ。もし、これが子どもたちを巻き込んだ事件でなかったら、きっと、あと二百年でも口を閉ざしていたでしょう」

　ここで質問をさしはさめば、これまでの淀みない話にブレーキをかけることになりかねない。

「わたしは天分に恵まれているのです」

　わたしは息を詰めた。話の腰を折らないように我慢した。

「気でも違っているのかと思われるのはわかっています。わたしは秘教的な人間でも何でもありません。でも、ありのままをお話ししているのです」

〝どういう天分なんだろう？〟

「わたしには過去が見えるのです」

「え、なんですって？」

　自制心もここまでだった。わたしは口を開いた自分に腹を立てていた。彼女はこの瞬間を潰《つぶ》され、ふたたび自分のなかに閉じこもってしまうのではないか？　でも、予想に反して、アリーナはあきらめたように笑った。

「そう。こんなとき、本当に、また目が見えたらいいのにと思います。あなたの顔の表情をじっくり眺めるだけでもいい。きっと、わたしのことをほかの星から来た人間みたいに、見つめているんでしょう？」

「いや、まさか」わたしは嘘をつき、ゆっくりとかぶりを振って、あとをつづけるように促した。

「物理療法士のわたしは、指圧を専門にしています」

〝指圧？〟

　ぼんやりと思い出したのは、わたしの三十五歳の誕生祝いに、ニッチが贈り物として、マッサージを受けさせてくれたことだ。柔らかい音楽が流れるなかで香油とクリームをすり込み、力をこめてうなじを揉《も》んで凝りを取ってくれるのかと楽しみにしていた。だが、そうではなく、アジア風の共同診療所の固い床の上で、骨太の年取った中国人女性が、わたしの手足を考えられないような形にねじ曲げ、身体の特定の点のいくつかを力いっぱい押したので目に涙が溢れた。エネルゲティック（エネルギーを消費しない）な圧痛点のマッサージのために、女性は指ばかりか身体全体つまり、膝、肘、拳《こぶし》、さらには顎まで使った。わたしはリラックスするどころか、むしろ痛めつけられたように感じた。最後は、横断麻痺《まひ》（横断性脊髄炎の際に起こる）寸前の状態であったことは間違いない。

「ざらにおきるものではなく、どんな人のどんな場合に起きるのかは、いまだに不明です。でも、身体をさわっているとき、その人の過去が見えることがときどきあるのは事実です」

〝ああ、なんてこった〟

　このときはわたしも自制しており、抑えた声で、ごく自然に聞こえるように訊いた。「で、昨日、また、それが起きたのですね？」

　彼女はうなずいた。「昨日その人にマッサージを施すはずでした。でも、途中でやめるしかなかったのです。彼の身体に触れようとしたとき、わたしは全身に稲妻が走ったように感じたのです。明るくなりました。事故で視力を失う以前の記憶のなかより、もっと明るく」

　アリーナは咳払いをした。

「そのあと稲妻は消え、彼が過去にしたことが見えたのです。すでに気絶している子ども、そして女性の姿も」

彼女は頭を上げた。彼女がわたしを通して、その向こうを見通しているような非現実的な感じを受けた。

「ああ、そして、彼が女性の首をへし折るのが見えたのです」

第六十八章

「あなたにはそれが、見えたのですね？」

ストーブのおかげで、心地よいぬくもりが拡がっていたが、自分でも驚いたことに、わたしは船に入ったときの身を切るような寒さが戻ってきてくれないかと願っていた。暑くて、喉がかゆく、その上悪いことに、左のこめかみの奥に圧迫感があった。偏頭痛が起きる前兆だった。

　アリーナはうなずいた。「さっきも言ったように、わたしは生まれつき目が見えないのではありません。もしそうだったら、光も色も形も想像できなかったでしょう。夢のなかでも形のあるものはなく、音と声と感情しかなかったことでしょう」

　これまで、目の見えない人がどんな夢を見るのか、考えてみたこともなかったのは不思議だった。いまだかつて何も見たことがない人は、わたしとはまったく違う世界に生きていることは理解できた。今、わたしが目を閉じ、外で船を打つ風や波や木の枝の音に耳を澄ましたなら、暗いなかでも湖水や森の木々やわたしが腰かけている古い革の肘掛け椅子の形が、くっきりと頭に浮かんでくるだろう。脳は今は見えていないものを記憶によって補うのだ。現実を思い起こす記憶は、生来目の見えない人には当然欠けており、決して習得できないものなのだ。

　わたしはアリーナから目をそらし、雪解け水の滴《しずく》が、窓ガラスを伝い落ちるさまをじっと見つめながら、目の見えない人に、どうやったら雪を説明できるだろうと考え込んでいた。白いという言葉の意味すらわからない人に。

「でも、わたしにはかつて見えていたときがありました」アリーナの言葉に、わたしはわれに返った。「もう二十年も前のことで、記憶は薄れています――兄の顔も、雨のときに台所の窓からいつも眺めていた風景も。そう、雨すら、わたしはもう思い出すことができません。よく飛び跳ねて遊んでいた水たまりも」

　彼女は間を置き、テーブルの上に置かれたまま手もつけられずにいたコーヒーカップに触れた。把手《とって》をつかみ、カップを口に運ぶまで、しばらく時間がかかった。彼女は顎にカップをあてたまま一口も飲まずに、ふたたび話しはじめた。

「消えずに記憶に焼きついているただ一つのイメージは、両親の顔です。おそらく決して忘れない唯一の顔でしょう。わたしはそれに感謝すると同時に怒っているのです」

「怒っている？」

　アリーナは放心状態で答えた。「夢のなかでも幻のなかでも、どの人も同じに見えるのです。両親と同じ顔なんです。それがとても負担なのは、わかっていただけると思います。わたしの見るのはほとんど悪夢ばかりです。怖いものばかり見るので、普通の人なら、あとで心理療法を受ける必要があるでしょう」

ようやく彼女はぐっとひと口飲み、かすかにため息をついた。

「男が女の人の頭にビニール袋をかぶせ、彼女が窒息するのを見つめている夢を見るなんて、とんでもないこと。でも、本当に気分が悪くなるのは、女性の目が眼窩《がんか》から飛び出して、貪るように空気を吸い込もうとするのに、口にはビニールの味しかしない……という瞬間です」

彼女は唾《つば》を飲み込んだ。「絶望のなかで嘆願しているその女性は、母と同じ愛情に満ちた目と温かみのある口元をしているのです。でも、殺人者は喉元でビニール袋を締めている針金の輪を決してゆるめません。彼は心を病むサディストだから。そして、その男は、朝ごとにわたしを幼稚園に送り、夜は寝る前にお話を語り聞かせてくれた父と同じ顔をしているのです」

わたしは喉が詰まり、咳払いをした。「でも、あなたがここへ来られたのは、夢のせいではないのでしょう?」わたしは用心深く訊いた。

「はい」アリーナはカップをテーブルに戻した。「どう名付けていいのかわからないのです。幻かもしれません。あるいは、フラッシュバックと言ったほうがいいのかもしれませんが」

〝フラッシュバック?〟

「どこでその言葉を知ったのですか?」

「驚かれるかもしれませんが、ツォルバッハさん、わたしはテレビを持っています、そして、聞いているのです。でも、だんだん面倒になってきました。以前はシリーズ物のミステリ・ドラマにも充分ついていけました。でも今は最初の十分間、音楽と雑音しか聞こえてきません。画面がますます視覚的になってきたからだろうと思うのですが、どうでしょう?」

そうかもしれない。それについても、わたしは一度も考えたことがなかった。

「ですから、わたしはたびたびジョーンを招きます。古いアメリカ人の友だちです。わたしと同じように四年前からベルリンに住んでいます。残念ながら彼はゲイなので、ベッドでは何もありません。でも、ともかく彼は目が見えます。そしていつも、何が起きているのか話してくれます。彼の話から、映画のストーリーはときどき跳ね戻ることがあるのを知りました。色が変わり、すべてがゆっくりと過ぎ去っていく。でもときには一瞬の閃《ひらめ》き——フラッシュバックのこともある。間違いありませんか?」

わたしはうなって同意した。

「ちなみに、そういう一瞬の閃きを、わたしは自分でも体験しました」

わたしは眉をつり上げた。「麻薬を使うのですか?」

「めったに」

彼女は自分の目を指さした。「目の見えない人たちのなかには、セラピストのところへ行く人もいます。通例、一人で治療を受けるのですが、わたしはたいてい、男の人たちといっしょに気分転換をします。でも、一度、それがうまくいかなかったことがあり、わたしはつい、古くから定評のある深層心理用の薬物に手を出したのです」

わたしは笑い、彼女の言いたいことはよくわかったとほのめかした。何カ月か前、わたしはＬＳＤについての記事を書いた。この幻覚剤は二十世紀の半ばに、精神病の治療薬として売られるようになった。七〇年代の後半になってようやくその危険性が認識され、それ以上の研究は禁止された。

「あなたが何を考えているのか、わかっています」アリーナはほほ笑みながら言った。「いつも決まって頭がガンガンする人たちを、この古い怪物が待ち構えていても不思議ではない、と。でも、わたしは強い麻薬はもう使いません。ここ何週間か、マリファナでさえ吸っていないのです。でも、自分が何を話しているのかはわかっています。昨日、目の収集人の治療をしたとき、フラッシュバックが起きたのです」

アリーナは軽く額をたたいた。「わたしは彼のなかに入り込んでいました。彼の頭のなかに。そして、彼が何をしたのかが見えたのです」

わたしは前のほうに身を乗り出し、つぎに何をすればいいのか考えた。彼女との会話はここで打ち切ったほうがいいと直感は教えていたが、アリーナのわずかな言葉によって、ジャーナリストとしての好奇心以上のものが目覚めさせられたのだ。

記者生活において、極端な人物にインタビューすることはしばしばあった。未解決の暴力犯罪を専門としているかぎり、不思議でも何でもなかった。精神的に打ちひしがれた犠牲者たちとも話をしたし、頭のおかしくなった衝動殺人犯たちとも話をしたが、彼らは自分たちの無実を主張し、頭のなかの声を逮捕してくれとわたしに頼んだ。さらには、入院中の男の子にもインタビューしたことがあるが、その子は前世で自分は連続殺人犯だったと話したのだ。十歳のその子は警察を死体の発見場所に案内することで、思い込みを現実に証明し、弁護士を茫然とさせた。しかも死体は、彼が前もって話したのと寸分違《たが》わぬ方法で殺害されていた。ニッチは残念がるだろうが、この場合、超自然的なものは何も関与していなかった。そんなわけで、わたしはアリーナの空想的な思い込みにも、何らかの筋の通った説明があるにちがいないと思った。

〝同様に、なぜ警察無線から声が聞こえたのかにも何らかの説明があるはずだ。財布が死体発見現場で見つかったことにも、誰かがわたしの名前を使って目の見えない証人を森まで誘い出したことにも〟

十中八九、彼女は嘘をついているか、あるいは心を病んでいるのだろう。

〝たとえば、統合失調症か？〟

「あなたが目の収集人を治療中に、アリーナ」わたしは、これまででもっとも神秘的なインタビューを続行した。「正確には、何を見たのですか？」

第六十七章

「最初から、嫌な感じがしました。その男はティムと名乗り、わたしのホームページの申込用紙に匿名《とくめい》で申し込んできました」

〝ティム？〟わたしは胃痙攣《けいれん》を起こしそうになっていた。

「そんなはずはない」思わずそう小声で言ったために、誤解を招いてしまった。

「驚いたでしょう？　目の見えない者がインターネットを使うなんて」アリーナは優しくほほ笑んだ。「きちんと組まれていれば、声で読み上げてくれるプログラムがあるのです。それだけでなく、わたしのコンピューターにはブライユ点字（世界共通の盲人用点字）が組み込まれていて、わたしが指でさわると、文章を点字に換えてくれるのです」

　アリーナは話しながらテーブルを手さぐりした。もうひと口、コーヒーが飲みたいのかと思ったが、じつはライターを探していることがわかった。わたしがライターを差し出したとき、彼女の指先に触れたが、そのあまりの冷たさに驚いた。わたし自身は燃えるように熱かったのに。

「その患者のことを話してください」わたしは頼んだ。〝目の収集人のこと〟

「彼はやってきても、ひと言も口をききませんでした」アリーナは言うと、足元のリュックサックからタバコの新しい箱を取り出した。彼女が器用な手つきで帯封をはずし、一本振り出して口にくわえる様子を、犬もわたし同様、興味深く見守っているようだった。

「彼はしゃがれ声で、声帯が炎症を起こしているので話ができないとだけ言いました。でも、問題は背中にありました。重いものを持ち上げたために傷めてしまったようです」動かなくなった人体を隠し場所までかついでいく男の姿が、幻のようにわたしの眼前に浮かび上がってくるのは避けられなかった。

　タバコの煙がゆらゆらと流れてきて、わたしは腕に貼った役にも立たない禁煙パッチを思い出した。今、本物のタバコと交換できたらどんなにいいだろう。

「わたしは手を洗いに浴室に行き、戻ってきたとき、裸足で重い花瓶を蹴とばしてしまったのです」

　アリーナは一心不乱にタバコを吸っている。そのしぐさの何かがわたしをいらだたせたが、この瞬間、それがどういうことなのかは、まだ言えなかった。

「あまりの痛さにわれを忘れました」彼女はつづけた。「同時に、訝《いぶか》しく思いました。自分の診療所で方向を間違えるなんて、今まで一度もありませんでしたから。目が見えなくてもだいじょうぶだったのです」彼女はほほ笑んだ。「今になってみると、あれはテストだったのではないかと思っています」

「どういうテスト？」

「たぶんあの男は、わたしが本当に目が見えないのかどうか探り出したかったのです」

〝もしそうなら、犯人は完全なパラノイアだ〟わたしは思った。現時点では彼の似顔絵もなければ目撃証言ひとつない。なぜ目の収集人は、よりによって目の見えない女性のもとで、そこまで用心深くしなければならないのか？　目の見える者でさえ彼をまだ確定できていないのに。

アリーナはわたしの思いを読んだかのように説明をつづけた。

「もっとも、わたしをよく知らない人たちが不注意だったのは、今に始まったことではなく、わたしはこれまでに三人も掃除の女性を代えなければなりませんでした。物の置き場所を変えてはいけないという条件を厳守してくれなかったからです」


アリーナはわたしのほうに顔を向けた。その短い一瞬、彼女が目を合わせたがっているように感じられた。

「わたしは気づかれたくないので、痛みをこらえていました」彼女はつづけた。「たぶん、この瞬間にすでに感じていたのだと思います。その男のどこかがおかしいと。そして、できるだけ早く治療を終えてしまいたくなりました」

彼女はため息をついた。瞼《まぶた》がふたたび落ちつきなく震えていた。「指圧を始めるときは、布団の上に胡坐《あぐら》をかいてすわっている患者の後ろに膝をつきます。この位置から、うなじから肩までの線を肘で刺激します」

わたしは低い声でうなって、同意を示した。そのことは自分の苦痛に満ちた体験から、よくわかっていた。

「マッサージの目的は凝りをほぐし、生命力がふたたび自由に流れるようにすることです。この考え方を嘲《あざ》笑《わら》う人は今なお大勢います。でも以前は、鍼《はり》療法でさえほとんど誰にも認められていませんでしたのに、今では健康保険が適用されるようになりました」

〝歯根冠の治療にも適用される。だがわたしは、今なお自費で治療を受けている〟

「それはそれとして、患者はそのあと仰向《あおむ》けに寝て、本来のマッサージが始まるのが普通です」

「でも、そうはならなかったのですね？」

「はい。というのも、不規則ながらも間隔を置いてわたしを襲ってくる苦しみを、そのとき、突然感じたからです。ただ、今回は、これまでになくひどいものでした」

「何が起きたのですか？」

「長年、暗闇のなかにいた人がふたたび日の光のなかに出てきたときには、こんなふうに感じるにちがいないと思いました。彼の肩を押しているとき、わたしの目のなかで、いきなり、ストロボの閃光のような光が輝いたのです。そして、明暗が交互にまだら模様を生み出しました。最初は光があまりにもギラギラしていて、見えるより先に聞こえてきました」

「何が聞こえたのですか？」

「女の人の声です」

「あなたのお母さんの？」

「いいえ、そうではないと思います。それにはあまり注意を払っていませんでした。突然、わたしのなかに侵入してきたその感覚のほうが、はるかに恐ろしかったのです」

「女の人は何と言ったのですか？」

アリーナはタバコを灰皿に置き、代わりにコッヘルを取った。「とても奇妙でした。たぶん彼女は夫と電話で話をしていたのだと思います。電話の音を大に設定したときのような、ピーピーという電気的な音がしていましたから。それから彼女は笑って言いました。『ごめんなさい。少し頭が混乱しているの。今、息子と隠れん坊をして遊んでいる最中なんだけど、まったくわけがわからないの。どこを探しても、彼が見つからないのよ』」

「彼女は笑っていたのですか?」わたしはまごついて、訊いた。

「ええ。でも嬉しそうではありませんでした。むしろイライラして、わざとらしく聞こえました。本当は泣きたい気持ちなのに」

「夫のほうはどう答えたのですか?」

「すっかりパニックに陥り、こう言っただけでした。『ああ、なんてこった。どうして今まで気づかなかったのだろう? 何もかももう手遅れだ』」

「何もかも、もう手遅れ?」

アリーナはうなずいた。「そのあと彼は大声で言いました。その声は絶望に震えていました。『どんなことがあっても地下室には行くな。聞こえているか? 地下室には行くな』」

アリーナはコーヒーをひと口飲んだ。「その瞬間、閃光は消えていき、幻のように周囲の輪郭が見えてきました。露出オーバーの写真を想像すれば、わかるでしょう」

どうやってそういう比較ができたのだろうと、わたしが訝《いぶか》っていると、アリーナは問いもしないのに答えた。

「一度、テレビのリポーターが、自分の見た幻覚をそのように述べていました。それがどういうことなのか、なんとなくわかったのです」

薪《まき》ストーブのガラスの奥で、白樺の薪がパチパチ音をたてた。

「夫は電話で『地下室には行くな』と言ったんですね?」わたしがふたたび話の糸口をつかまえるまで、アリーナは長い間を置き、いらだたしげに髪を撫《な》でていた。

「それが彼の言葉でした」

「それから何が起きたのですか?」

「そのあと、女性はわたしのほうを振り向きました。わたしには母の目が見えました。」

「彼女はあなたのほうを振り向いたんですか？」わたしは狼狽《ろうばい》しながら訊いた。

「はい。いつもそうなんです。こういうことが起きると。なぜなのかはわかりません。とくべつ精力的な人間の場合、ほとんどさわっただけで、わたしはその人のなかにするりと入り込むのだと思います。その人の暗い魂の秘密を探り当てるかのように」

　話しながらアリーナは少しわたしから顔をそむけ、窓越しに湖を眺めているように見えた。暗闇のなかで、わたしは彼女の虚ろな眼差しを追った。

「つまり、あなたは彼の目で幻を……」わたしはためらい、自分がこのような途方もない質問をしようとしていることが、ほとんど信じられなかった。

　彼女はわたしのためらいを利用して、言葉を補った。

「そうです」彼女はふたたび、わたしのほうに向き直った。「わたしは目の収集人になったのです。それ以後に起きたすべてを、わたしは彼の目で見たのです」

　この瞬間、大波が船腹を打ち、アルミのコーヒーカップに入っていたスプーンがカチャカチャと音をたてた。

　風は窓のすきまから笛のような音をたてて入り込み、オイルランプの灯を明滅させた。

「それから何があったのですか？」突風がおさまったとき、わたしは訊いた。

　アリーナは早口になった。重荷から自由になりたいかのように。

「わたしは鍵のかかっていない木の扉の後ろに立っていたようです。そして、女性が電話をかけているあいだじゅう、ドアのすきまからじっと部屋のなかを見つめていたのです」

「彼女はつぎに何をしましたか？」

「夫から禁じられたことを」

〃地下室には行くな〃

「『怖がらせないでよ』そう言いながら、彼女はわたしの立っているドアのほうへ、一歩足を踏み出しました。そのあと、恐ろしいことが起きたのです」

アリーナの閉じた瞼《まぶた》の奥で、眼球が落ちつきなく動いていた。トムトムは主人の内面の動揺が伝わったかのように頭を上げ、耳を立てた。

「わたしはドアの背後から飛び出して、彼女の首に針金を巻きつけました。彼女は恐怖のあまり硬直していました」

アリーナの声はかすれていた。彼女は洟をすすり上げてから、ささやくように言った。「それからわたしは、彼女の首をへし折ったのです」

わたしは思わず息を詰めていた。アリーナのほうも息を切らしているように見えた。彼女は言った。「生卵を割ったときのような音がしました。即死でした」

第六十六章

「死体はどうしたのですか？」わたしは訊きながら、こめかみを押さえた。この程度の頭痛ならまだ耐えられるが、急いで何かを服用しないと、やがて、危険な境界を越え、戦闘力を何時間も失ってしまうことになるだろう。

「わたしは強引に針金を引っぱって、外に向かいました。驚くほどのスピードで、誰かがわたしの頭のなかで映像を早送りしたかのようでした。でも、これはわたしの白昼夢の特徴なんです」

「死体をどこに運んだのですか？」わたしはせっかちに訊いた。

「居間からテラスのドアを通って、庭まで引きずっていきました。明らかに庭のほうが気温が低いので、足元で雪が軋みました。柵のそばの小さい物置小屋の脇に、死体を横たえました」

「それだけですか？」

「いいえ、それだけではありません」彼女は最後のひと口を飲んだ。

「その前に、ある物を手に握らせました」

「何を？」

「ストップウォッチです」

すべて、はっきりした。

わたしの忍耐心もここまでだった。もうこれ以上は抑えることができなかった。これまで彼女が語ってきたことは、今日の新聞記事からだけでも、辻褄《つじつま》を合わせることは可能だ。わたしの書いた以前の記事のいくつかも、充分、役に立つはずだ。殺された女性が死の直前に夫に電話をかけていたことは秘密ではない。電話回線を調べた結果から判明したことであり、朝のニュースでくどいほど伝えられた。新聞の大見出しにでかでかと書きたてられて注目を浴びたのは、〈死ぬ前に最後のお別れ？〉という言葉だった。アリーナとの会話の内容は公表こそされていないが、彼女が自分の頭で考えた作り話かもしれない。ストップウォッチの件も、とっくに秘密ではなくなっている。最初の殺人の際、女性の死体を移動させた鑑識の警官は、そのせいでカウントダウンが始まったのではないかと、いまだに苦にしている。あとになってわかったことだが、ストップウォッチは簡単なタイマーでプログラム化されており、目の収集人が死体の発見を予想して決めた時刻に、自動的に動きだす仕掛けになっていた。ごくわずかな衣服の繊維以外は、何ひとつ役に立つ痕跡を残していない男にしては、それほど緻密な方法ではなかった。二度目に死体が発見されたときは、致命的なカウントダウンが始まるまで四時間も経過した。三度目に、警察が目の収集人の犯行現場を突き止めたときには、死体の手のなかのウォッチが時を刻みはじめてから、すでに四十分が経過していた。

「言っておきますが……」わたしは皮肉な口調を抑えようともせずに言った。「カウントダウンは四十五時間かっきりに調整されていたんですよ！」

驚いたことに、アリーナは懸命にかぶりを振った。

「違います」

「違う？」

わたしは灰皿の上で、ゆっくりと燃えつきていくタバコを見つめていた。

〈最後通告のことはどの子も知っている〉

そう新聞には載っていた。それについて書くことを許されたのはわたしが最初だった。シュトーヤが六週間前の情報の公表をわたしに任せたのだった。

アリーナは一度だけ軽く舌を打ち、トムトムは頭を上げた。「あなたが何を考えていらっしゃるのか、わかっています。でも、あなたは間違っている。新聞もラジオもインターネットも、すべてが間違ったことを報道しています。本当の時間は四十五時間と七分なんです」

彼女は空になったコーヒーカップをテーブルに戻し、ソファからゆっくりと立ち上がった。「四十五時間と七分ちょうどです。さあ、もう帰る時間になりました」

第六十五章

（最後通告の期限まで、あと十時間と四十七分）

「いったい、おまえはどこに隠れているんだ？」耳のなかで、シュトーヤの声ががんがん響く。だが、わたしは自分がどういうゲームに巻き込まれたのかを突き止めるまでは、ぜったいに彼に明かさないつもりだった。

わたしは邪魔されずに電話ができるように、甲板に立っていた。アリーナには家まで送っていくからと約束し、もう一杯コーヒーを飲むようにと説得した。外のここは真っ暗で、眼下の湖水すら、はっきりと見きわめることはできなかった。

「教えるわけにはいかない……」わたしは言いはじめたが、シュトーヤはすぐさまさえぎった。

「だが、おれにはわかる。おれはおまえがどこにいるのかわかっている。いいか、くそ事件の真っ只中だ。もしも今すぐ署のおれのところに戻ってきて、いくつかの質問に答えないなら、おまえはますます深くはまり込んでいくぞ」

〝おまえは犯行現場で何をなくしたのだ？

おまえの財布がなぜ、そこで見つかったんだ？〟

「わかった。約束する」わたしは言った。「じきに立ち寄ることにする。だが、その前に、情報が一つ欲しい」

シュトーヤは驚いたように笑った。「いいか、この前の話し合いでショルレはおまえを質問攻めにしようと提案したんだぞ。おれとおまえは親しい仲だ。おれがすぐには検事のところに駆けつけなかったのは幸いだと思え。だが、今、おまえがわけのわからぬ記者ごっこにおれを引っ張り込むつもりなら、おまえとの友情もこれで終わりだ」

わたしは寒けを覚えた。一瞬、わたしは時間の感覚を失い、謎めいた未知の女とどれくらいのあいだ話をしていたのかわからなくなっていた。いずれにせよ、ここに到着したときから気温は著しく下がっていた。顔の皮膚は日焼けしたあとのように突っ張り、息をするのも苦しかった。

「どうか落ちついてくれ。昨日、目の見えない女性があんたのところに行ったかどうかだけ教えてほしい。彼女は目の収集人について何か知っていると言っている」

「目の見えない女性？」シュトーヤは少し間を置いてから訊いた。そのあいだに、風はやや弱まり、シュトーヤの言葉も、前よりよく理解できるようになった。

「なんてこった。おまえらへぼ記者どもが目の収集人のことを、まるでハンニバル・レクターみたいに祭り上げるものだから、ベルリンじゅうの頭のおかしい連中がおれのところにやってくるようになった。彼らはいろんな話をするが、その代わりにサーカスの入場券を要求してもいいほどだ。昨夜はケースワーカーがやってきて、彼の死んだ妻が、居間のドアを開けてくれたと話す始末だ」

突風にあおられて、雪がわたしの顔にまともに吹きつけてきた。

「では、アリーナ・グレゴリエフも本当に、あんたのところに行ったわけだな？」

「その可能性はある」

わたしは溶けた雪片を額からぬぐいとった。「よし。じゃあもう一つだけ……」

「二つ目の質問だぞ」

「最後通告のことだ」

「それがどうした？」シュトーヤーはいらだたしげに訊いた。

「あんたはそれについて、わたしに嘘をついていたんじゃないのか？」

沈黙。つかのま、風が木の枝を激しく打つ音と、波が船腹に当たるピチャピチャという音のほかには何も聞こえなかった。そのあとシュトーヤは声をひそめ、腹立たしげに訊いた。「なにが狙いなんだ？」

わたしの胃は、昨日、無線で107を訊いたときのように痙攣《けいれん》を起こしていた。

警察は事件にとって重要な情報の発表を差し控えるか、あるいは変えるのが通例だ。それによって自白が偽りであったことを暴露したり、便乗者を排除したりすることができるからである。

だが、これは、それには当てはまらないはずだ。なぜなら、目の見えない女性の言うことがこの点で正しいとすれば、その意味するところは……。

「七分」わたしは言った。電話を持つ手が震えだした。「期限が切れるまでの時間は四十五時間と七分だ」

父親が隠し場所を見つけるまで。子どもが死ぬまで。

シュトーヤは答えをためらいすぎたために秘密を暴露したことに気づいていた。それゆえ、もう、苦労して嘘をつくのはやめ、あからさまに訊いた。「どこからそのことを知ったんだ？」

わたしは目を閉じた。

まさか、そんなことがあるはずがない。神よ、あるはずがないとおっしゃってください。

「いいか、よく注意して聞け」わたしは、元同僚の声が、遠く彼方から聞こえてくるかのように思った。「第一に、おまえはどこからともなく犯行現場に現われた。しかも、おまえの財布がそこに落ちていた。そして今度は、おれのごく身近な同僚たちしか知らない情報を握っている」

わたしの作り話ではない。アリーナが、過去を見ることのできる目の見えない証人が、話したのだ。

シュトーヤの最後の言葉に、わたしの震えはいっそう強まった。「よく承知していると思うが、この瞬間、おまえはおれたちの第一容疑者になったんだぞ」

第六十四章

（最後通告の期限まで、あと十時間と四十四分）

アレクサンダー・ツォルバッハ（わたし）

わたしはシュトーヤとの電話を中断し、ふたたび甲板の下へと降りていったが、アリーナがまだそこにいることに、危うく驚きそうになった。もっとも、彼女がわたしに気づかれずに船からそっと出ていくのは、不可能ではあっただろうが。

この寒さに、嵐が吹き荒れている暗闇へ。

仮に彼女が姿を消したとしても、それは、ここ何時間かのあいだにわたしの身に降りかかってきた一連の不可解な出来事の一つにすぎなかったのかもしれない。

〝追加の七分のことを、彼女はどこから知ったのだろう？〟

むっとするように暖かい船室に入っていくと、アリーナは依然としてソファにすわり、犬を愛撫していた。トムトムは見るからにそれを喜んでいるようで、胸と腹をもっとよく撫《な》でてもらおうと横向きに寝そべり、足を投げ出していた。

「帰ってもいいでしょうか？」彼女は目を上げずに訊いた。まさにそういう些細《ささい》なことが、往々にして目の見えない人々との意思の疎通をひるませるのだと、わたしは気づいた。

われわれは多くのことを口ではなく、身体や視線やしぐさや動きで伝えている。口角をかすかに震わせるだけでも、感情の多彩な色合いの一つを表現することができる。すでに口に出したことを強調したり、ときには妨害もできる。とくに、身体の向きについてそれが言える。普通は、話し中に相手の目を見ないのは失礼だとされている。わたしは彼女が横顔しか見せなかったことで、目が見えないからだと知りつつも、冷たくあしらわれたように感じた。つぎにわかったのは、彼女が当然のことながら、わたしに耳を向けていたということだった。

「そろそろトムトムに餌を与える時間です。わたしもお腹が空いています。ですから、もうおいとましたほうがよさそうです」

「もう一つだけ質問させてください」わたしは言ったが、正直なところ、どこから始めていいのかわからなかった。

〝最後通告のことを、どこから知ったのか？ 過去を見ることのできる人などいないのに、なぜ、こんなとんでもない話を考え出したのか？ それになぜ、こんな常軌を逸したことに、わたしを巻き込むのか？〟

アリーナは軽く笑って、顔を上げた。「最初はわたしを侵入者扱いしておきながら、今は、わたしとの会話を重視しておられるんですね」

わたしは彼女の笑いに応じ、さりげなく聞こえるように努めた。「純粋にジャーナリストとしての興味からですよ」

彼女は眉をつり上げた。突然、わたしは理解した。つぎからつぎへと変化する彼女の顔の表情、そして何よりもその身体の向きが、なぜ、気になっていたのかを。

それは彼女がそもそも表情と身振りで意思を伝えているからだった。わたしの知るかぎり、喜びや悲しみ、さらには、リレー競走に勝ったあとで両手をさっと挙げる動作も、先天的な行動様式なのだという。では、その中間のニュアンスはどうなのだろう？　嫌悪、哀悼、不快感、あるいは今まさにアリーナの顔から溢れ出てきた、いらだたしげな焦燥感の表現は？　クロイツケルン地区の目の見えない果物売りがわたしに頼んだことがあった。もしあまりにも不機嫌に見えたら注意してくれと。ほとんどの場合、彼はただ集中しているだけで、決して怒っているわけではないのだと。そのことがあって以来、わたしは表情というものは他人を見て習い覚えるものなのだと思い込んでいた。だがアリーナが言葉によらない多くの表現方法を、思うままに駆使できるのを見ると、わたしの思い込みは間違いだったのかもしれない。

彼女が目の収集人以外のことでも嘘をついているのなら、話は別だが……。

「帰り道に、あなたの質問について話し合いませんか？」彼女は訊いた。その提案に応じたい気持ちは充分あったが、わたしはかぶりを振った。できるだけ早くここから立ち去りたいのも事実だった。シュトーヤがわたしの電話を追跡した可能性はまずないだろう。数秒前まで、わたしは単なる証人であって、まだ彼の手配リストには載っていなかったからだ。とはいえ、アリーナがここに現われて以来、わたしはもはや安全とは言えなくなった。問題は、あまりにも情報が少ないため、つぎにどういう一歩を踏み出せばいいのか、わからないということだった。

「今、外は危険です」わたしはありのままを述べた。「何秒かおきに、重い木の枝が恐ろしい音をたてて地面に落ちてきます。天気がもう少しおさまるまで、待ったほうがいいんじゃありませんか?」

アリーナは犬を撫でるのをやめた。「まあ、いいでしょう。それで、何を聞きたいのですか?」

〝この船のことを実際に、どうやって知ったのか?〟

〝目の収集人のことで、何をするつもりだったのか?〟

〝あなたは本当に目が見えないのか?〟

「あなたが話を中断したところから始めましょう」わたしは自分の考えを整理するためにも、そう言った。〝殺人の現場。あなたが女性の首をへし折り、庭まで引っ張っていったくだり〟

「そのつぎに、何が起きたのですか?」

「わたしが女性の手にストップウォッチを握らせたあとのことですか?」

アリーナの顔に影がさしたように見えた。目を閉じ、唇を固く結び、緊張の面持ちだった。

「わたしは庭の小屋まで行きました」彼女はおもむろに語りはじめた。記憶の底に長いあいだしまわれていたものを、しぶしぶ掘り起こすかのように。「小屋は木でできていました。金属ではなく。扉の閂《かんぬき》を横に引いたとき、かけらが取れたのでわかりました。なかに入ったときには合成樹脂のにおいもしていました」

彼女は少し間を置き、右手の指でいらだたしげに左の親指をつまんだ。

「床に丸まった荷物があって、絨毯《じゅうたん》のように見えましたが、じつは、人体がもう一つあったのです。芝生に横たわっている死んだ女性より少し小柄で軽い――」

「まだ生きていたのですか？」

「そう思います。年端もいかない男の子だということだけは、わかりました。もう顔も思い出せない弟のイワンのにおいに似ていましたから。彼といっしょに水浴したとき、お菓子と土のにおいがわたしの鼻に立ちのぼってきたことは二度と忘れないでしょう。小さな男の子を夢見るとき、いつもそのにおいがするのです」

〝あるいは、誘拐したとき〟

「彼の顔がどんなだったか話せますか？」

「いいえ。おわかりでしょうけど、わたしが思い出せるのは、両親の顔だけなのです」

わたしは話の腰を折ったことを謝り、つづけるようにと頼んだ。

「わたしは少年を森はずれの柵の後ろに停めてある車まで運びました。早朝で、日が昇ったばかりだったと思います。突然、すべてがまた暗くなり、幻覚が消えたことがわかりました。そして、わたしが少年を横たえた車のトランクに、二つの赤い灯がともりました」

「女の子はどうなったんですか？」

「どの女の子ですか？」アリーナは心底驚いたようだった。「本当に？」「そのことは何も知りません」

「本当に？」わたしは面くらって訊いた。「目の収集人は四回目のとき、姉と弟を誘拐しました。新聞はそのことで持ちきりでしたよ」

「わたしは新聞が読めません。聞き漏らしたんでしょうか？」

「ほかにラジオもテレビもあります」

「それにインターネットもね。どうもご親切に」

「いや、ですから、あなたは警察が二人の行方不明者を探していることをご存じのはずです。トビアスとレア。双子の姉弟です」

「でも、知らないんです。本当に」

トムトムは頭を持ち上げた。主人の声に含まれる怒りに不安を覚えたのだ。

「わたしは昨日、すぐに警察に行きました。でも警官は、不愉快としか言いようのない口調で、今あなたがなさっているように根掘り葉掘り問いただしました。わたしは頭がおかしいと思われているのだと、すぐに気づきました。帰宅したときは、あまりに腹が立って、世間の人々を呪ってやりたくなりました。わたしはワインの瓶を手に、テレビの前に身を投げ、古いエドガー・ウォーレス物の映画で現実を忘れようとし、泥酔の果てに寝入ってしまったのです。そして今日、いかれた誰かに電話で起こされて、こんな辺鄙《へんぴ》な場所で会う約束をしました」

アリーナは憤慨のあまり息をはずませた。「そして、騙《だま》されやすいわたしは二度までもバカにされるとも知らず、のこのこ来てしまったのです」

オイルランプの灯がまたたき、この不気味な客と暗闇のなかにすわっているつもりなら、そろそろ発電機の様子を調べなくてはと、わたしに注意を喚起した。

「それを信じろと言うのですね?」わたしは訊いた。

アリーナは犬をつないでいる把手《とって》に手を伸ばして、立ち上がった。

「ふん、どっちみち、わたしが嘘をついていると思っているんでしょう。でも、もしこれがわたしの作り話だったら、下調べが不足しすぎているとは思われませんか?」

彼女の言うとおりだった。ひねくれた意見に聞こえるかもしれないが、誘拐された女の子について何も知らないということは、彼女の話の信憑性《しんぴょうせい》を裏書きしていた。証言をでっち上げ、自分を目立たせようとする者が、これほど重大な誤りをおかし、二人目の犠牲者を見落とすとは思えない。

それもまた不可解な計画の一部だというなら、話は別だが。

「わたしは見たままをお話ししているのです」アリーナは言うと、リュックサックを肩にかついだ。

わたしもやや唐突に立ち上がった。急にめまいが起きたのだ。偏頭痛はいまや、市販の薬では処理しきれそうもないほどになっていた。幸いにも、車の助手席のがらくたのなかに、包装を開いた頭痛薬がまだ一箱あるはずだった。

「ちょっと待ってください」わたしは言うと、うなじをこすった。アリーナはステッキを使わず、犬だけを頼りにしていた。犬は彼女をそっと、わたしのほうに引っ張っていこうとしていた。わたしは彼女には気づかれない控えめな身振りで、彼女のセーターの袖をしっかりとつかんだ。

「何？」彼女は訊くと、わたしのほうに顔を向けた。これほど近づいたのは初めてだった。上品な香水がにおい立った。予想に反し、きつくない、軽いかおりだった。


「どっちみち、わたしの話を信じていないのなら、なぜ貴重な時間をわたしのために割《さ》いたのですか？」

わたしはその当然の問いにたいし、やや長い答えを述べるつもりだった。自分はしばしばインタビューをするが、最初は信じようともしなかった相手が、こちらの誤りを悟らせてくれたことがあるとか、また、情報の出所を調べるのは時間の浪費ではない、とくに、彼女が申し立てたような桁《けた》はずれの話の場合は、とか。だが、不意に、目の前が朦朧《もうろう》とし、何時間もチラチラする画面を見つめていたかのような感じがした。おまけに偏頭痛のせいで気分がわるかった。それゆえ、質問を一つだけに留めた。アリーナの主張にどの程度の信憑性があるのかを明らかにする決定的な問いだった。

「その男の子を、あなたはどこに運んでいったのですか？」

第六十三章

（最後通告の期限まで、あと十時間と四十分）

トビアス・トラウンシュタイン

牢獄の壁は……柔らかい？

トビアスは自分が勘違いをしているのではないかと思い、確かめようとして指を揉《も》んだ。大いにありうることだった。この瞬間、ほかのことを感じる余裕がなかったからだ。喉が渇いていたのだ。どれくらいのあいだ意識を失っていたのかはわからない。でも何時間も、いや、何日もたっているかもしれない。この前、同じように喉が焼けつくように渇いて目を覚ましたのは、元日のことだった。大晦日《おおみそか》の夜中、あのいまいましいポテトチップスをがつがつ食べたあとだった。でもあのときは、渇きが今みたいに耐えられないほど長くつづいたわけではなかった。

それに、あのときは、腕が破裂しそうになってはいなかった。

どちらが先に、彼を目覚めさせたのかはわからない。耐えられない渇きか、ドキドキと脈打つ腕の痛みか。まるで一週間たっぷり腕の上に横たわっていたみたいに感じられた。

暗い片隅で寝返りを打って横向きになり、自分の体重で押しつぶされていた両手を自由にするまで長時間、汗だくになって頑張った。〝ヘルテル先生の算数の時間よりも長かった〟。おかげで、麻痺《まひ》していた手足に血行がよみがえった。彼はいちばんチクチクする部分を掻きはじめた。二の腕、肘の内側、そして手首を。とくに手首は、隣家の庭でサッカーボールを探していて、イラクサをつかんだときと同じような感じだった。

〝掻いてはだめ、たたくだけよ〟と母親が注意していたのを思い出した。〝でもママ、蚊に刺されたときだって、ぜんぜん効果がなかったし、今は骨から皮膚をはがし取りたいほど痒《かゆ》いよ〟

トビアスは右手を丸めて、左手親指の付け根のふくらみの下にある動脈にあてて、深く息を吸った。

〝掻いてはだめ、たたくだけよ〟

とても無理だった。彼は指の爪をぐっと深く押し込み、痒みが少し引いたので、ほっとしてうなった。痒みのために喉の渇きはまぎれていた。ほんの数秒間だけ。掻くのをやめたとたんに、ふたたび燃え上がるような感覚が戻ってきた。ズキズキとした焼けつくような痛みは、その瞬間、見通しのきかない暗闇以上に、彼の気をおかしくしそうだった。

「おーい?」彼は呼んだが、自分の声の響きにぎょっとした。

〝鼻がつまって、がらがら声になってる〟

でもトビアスは泣こうとしなかった。彼がズボンに便をもらしたことを、救い出しに来た友だちに見つかったら、それだけでも、どれほど気まずい思いを味わうかわからない。イェンズとケフィンは悪ふざけをする気をなくしたら、遅くとも十分ほどでやってくるだろう。きっとそうだ——バカげた、とんでもない、くだらない悪ふざけだ！

〝ほかにやることはないのか、臆病者？　泣きわめくのはやめろ〟

ケフィンはいつも、両親の経営している薬屋からくすねてきた麻酔薬を見せびらかしていた。きっと復讐のため、それを彼に試してみたにちがいない。

〝ぼくはただ、水泳の授業のあと、ケフィンの水泳パンツを女の子の更衣室に隠しただけなんだ。ともかく、あれは楽しかった。こんなふうじゃなかった。あれはただの……〟

トビアスは身体を伸ばそうと試みた。その際、肘で横壁を押したが、それがたわんだので、あらためて驚いた。あのバカたちは彼をテントか何かのなかに隠したのだろうか？

いや違う。それにしてはあまりにも狭い。それに、表面はなめらかではなく、ゴムでもビニールの防水シートでもない。それよりもっとザラザラしていて、粗い絨毯か、壁紙か、それとも……

それとも、布袋？

トビアスはしゃくりあげて泣いた。今度は、イェンズが休み時間に見せたホラービデオのことが頭に浮かんだ。イェンズの両親は大金持ちで、車の窓ガラスで大儲《おおもう》けしたので、紙が足りないときはお札でお尻が拭けるほどだと、パパはいつも言っていた。クラスで最初に両親が新しいiPhoneを買ったのはイェンズだった。それを使うと、ビデオがあっという間にダウンロードできたりするのだ。

早くも最初の日に、みんなは体育館の裏で落ち合い、イェンズは誇らしげにビデオの数場面を見せた。若い女が何人もの若者によって袋のなかに押し込まれていた。女は手足をバタバタさせて抵抗したが、最後は袋に入れられ、紐《ひも》でしっかりと結わえられた。初めのうちはトビアスもみんなといっしょになって笑っていた。まるで蛇が布袋のなかで暴れているみたいに見えたからだ。でも、タバコを口にくわえた男が笑いながら、ピクピク動いている袋のなかにガソリンを注ぎ込んだのを見たとき、トビアスは気分が悪くなった。彼は向きを変え、校庭から立ち去った。一人だけ。

きっと彼らは、ぼくにも同じことをするつもりだ。ぼくがビデオをじっと見ている勇気がなかったからだ。

「わかったよ。おまえたちの勝ちだ」トビアスは暗闇のなかで叫び、イェンズとケフィンが今、笑いを聞かれまいと口を押さえているさまを想像した。

「さあ、もういいだろう。ぼくをここから出してくれよ」

答えはなかった。

彼はやけくそになって、布の、頭の高さのところに両の拳を当てて突っ張った。額から汗が滴《したた》り落ちてきた。呼吸が四百メートル走のあとのように速まった。でも最後のころには、もうそんなに緊張していなかった。

〝こんなところでは、ろくに何もできない。ただ不安があるだけで〟

トビアスは鼻水をすすり上げ、深呼吸しながら指で周囲の壁をさわった。指はまだヒリヒリしていて、雪合戦のあと、凍えがとれたときみたいな感じだった。幸いにも壁は濡れてはいなかったし、ガソリンのにおいもしなかった。では彼らはビデオのこの部分は真似しなかったのだ。

これまでのところは。

突然、彼は何か冷たいものにさわった。小さな金属片だった。布袋の片隅から、彼のおへその上あたりに、ぶら下がっていて、週末ごとに父親がオイルを注ぎ足しているジッポのライターほどの大きさだった。

〝それに、手ざわりも似ている〟

でも、ライターでないことは確かだ。この種のライターには開いたり閉じたりできる蓋《ふた》と、まわすことのできる歯車がついている。

〝それに、暗闇で布の天井から下がってなんかいないはずだ〟

トビアスは息を詰めた。自分のあえぐ音で気が散ったりしないように。つぎに、その異物の表面をさわっているうちに、ちっぽけな留め金にさわった。手のなかの物が何なのか、彼にはわかった。

〝これは錠だ。小さなブロンズ色をしていて、前に掛けるやつ。自転車にチェーンをまわしたあと、こういう錠をかけるのだ〟

トビアスは興奮のあまり、あえぐように咳をした。

見つけた物の意味は確かではないが、それでも、これがめっけものであることは間違いなかった。初めて、何かを文字どおり手に入れたのだ。もしかしたら、これを使って外に出られるかもしれない。

〝じゃあ、これはテストだったのか？　おまえたちはおれを試したのか？〟

トビアスはもどかしげに錠を揺さぶった。でも、何も起きなかった。どの方向にそれを引っ張っても。

〝腕ずくではダメ！〟母親の声がまた聞こえてきた。今度は彼もその助言に従った。彼は慎重に手で探って調べた。下側をさわったとき、本当に錠なのかどうか、自信がなくなった。いったいぜんたい、穴はどこにあるんだ？

鍵を差し込む切れ込みのことをケフィンは〝ワギナ〟と呼んでいた。

切れ込みはあったが、あまりにもまっすぐでなめらかすぎる。爪がぴったり合うくらいのただの溝で、大きいネジがこれに似た感じだ。

〝よし。集中しろ。切れ込みがなくたってかまわない。どっちみち、おまえは鍵を持っていないんだから。ネジのほうがましじゃないか。それをまわすだけでいいのかも……〟

彼は咳をした。また息をするのを忘れていたのかと疑わしく思った。このなかにいると、なんだか、空気がますます少なくなってくるようだった。

〝……すると、ここに光が差し込んでくる。このくそったれな袋か布か何か知らないが、これを引き裂けば、また、きちんと息ができるようになるんだ〟

でも、どうやって？　彼はどうやって、そのネジをゆるめるのだろう？

下側の溝に親指の爪を差し込んでまわそうとしたが、四度目には出血して、爪が裂けたほかは、何も起きなかった。

〝くそっ。ネジまわしがないとダメだ。それともナイフが〟

彼はヒステリックに笑った。

〝そうだよな。イェンズとケフィンがナイフをなかに入れておいてくれたら、それで布を切り裂けるんだ〟

トビアスはふたたび咳をした。そして、こんなに汗をかき、喉がヒリヒリして、ますますぐったりしてくるのはなぜなのかが、急にわかった。〝ここにいると、ますます空気が少なくなってくるんだ。ぼくは窒息していく。早く、何か固い物を見つけて、あの溝に差し込まなければ。ちょっと待てよ……〟

トビアスは目を閉じ、静かに呼吸するように努めた。

〝何か固い物〟

ふたたび指が痒《かゆ》くなってきたそのとき、彼は口のなかにあった硬貨のことを思い出した。一時間以上前、ムカムカして、暗闇にあれを吐き出したのだ。

第六十二章

(最後通告の期限まで、あと十時間と十九分)

アレクサンダー・ツォルバッハ(わたし)

「どこへ少年を運んでいったのかはわかりません」アリーナは言った。船から下り、狭い小桟橋を渡って岸へ導いていくために、わたしは彼女と腕を組んでいた。

風は少しおさまっていた。

〝なんてほっそりした人だろう〟森のなかに入っていくとき、わたしが最初に感じたのはそのことだった。厚手のセーターを通して、その下の肋骨《ろっこつ》が感じ取れた。手首などはわたしの指で二重巻きできそうだった。わたしは懐中電灯を調整するため、ちょっとのあいだ、立ち止まった。鈍い光線が彼女のズボンをかすめたとき、その膝下に汚れのこびりついた裂け目ができているのに気づいた。船室の薄暗がりのなかでは見逃していたのだ。彼女が船まで来る途中、道で転倒したのは明らかだった。

「もし少年の隠し場所を知っていたら、わたしはわざわざあなたを訪ねて森まで来ることはなかったのです」彼女は言った。わたしは彼女と並んで立っていようとしたが、狭い道では、それもほとんど不可能だった。「隠し場所がわかってさえいたら、自分が頭のおかしい人間ではないと、警察で証明できたでしょうから」

岸から遠ざかるにつれ、グルーネヴァルトの森は木々がびっしりと生い茂り、風も雨もほとんど通さなくなった。代わりに、枝からの雪が頭上に落下し、前方の凍った危険な道を覆い隠した。わたし自身、二度までも膝をがくんと曲げそうになり、アリーナの顔に太い樅《もみ》の枝がぶつかり、彼女がよろめくのをわたしは防ぐことができなかった。懐中電灯が枝を捉えるのが遅すぎたのだ。わたしはまたも、不思議の念に打たれた。たとえよく訓練された犬がそばについていたとしても、目の見えない人がこのような冒険をするには、よほど強い意志が必要ではないだろうか。トムトムはゆっくりと前に進んでいったが、道に注意を集中しており、枝の折れる音にもほかの音にも惑わされなかった。このあたりは数多くの猪が出没することで知られている。彼らは冬にそなえて餌探しのため森をうろついている。仮に雄の猪か狐か、ほかの野生の獣たちが、狩り立てられてそばを走りすぎていったとしても、このレトリヴァー犬は一瞬たりとも気をそらさず、わたしたち二人を安全かつ無事にわたしのボルボまで導いていってくれるだろう。

「まるで映画のよう」アリーナはわたしの手を離し、

助けも借りずに車に乗り込んだあとで言った。わたしはエンジンをかけ、少しバックしながら、彼女がハンカチを取り出したあとでリュックサックを、トムトムのいる後ろのベンチに投げるのを見守っていた。彼女はハンカチでまず濡れた顔を拭いたあと、濡れた髪から雪を、不充分ながらも拭い取ろうとしていた。

〝映画のよう、とはどういうことか？〟

どうやら彼女は、このわたしの問いかけを待っていたようだ。それゆえわたしはノロノロ運転で車をバックさせながら、彼女の望みを叶えた。どっちみち、あと少しで、もう一度車から降り、秘密の道路を塞いでいる障害物を脇に転がす必要があるのだ。

「何の話ですか？」ともかく、わたしは訊いた。

「わたしのフラッシュバックのことです。映画をそのように想像しているのです。ただ、わたしの場合、頭のなかのビデオを、簡単に前に進めたり、後ろに戻したりはできません」

「では、どうするのですか？　どうやって記憶を呼び戻すのですか？」

「何もしません」

車はニコルスコーア・ヴェークに出る、標識のある茨《いばら》の茂みのところまで来た。わたしはブレーキを踏んだ。「理解できませんね。さっき、あなたは目の収集人が少年を車のトランクに横たえる前に何をしたか、詳しく説明したじゃありませんか」

彼女はうなずき、寒けを覚えたかのように両腕で上体を包んだ。この寒さに車内を温めようとしても、おんぼろヒーターでは、たっぷり五分はかかるだろう。

「理由はわかりませんが、わたしはいつも、幻覚の最初の何分間かしか思い出せないのです。そのあとフィルムはすり切れ、映像はぼやけて、一連のシーンは消えてしまいます。おかしなことに、何日もあとになって、ときどきその空白が補われ、つづきの部分を思い出すことがあります。なぜなのかはわかりません。すべては自然に起きるので、わたしが進んで呼び起こしたわけではないのです」

〝いや、今のところ、わたしには何ひとつ理解できない。そもそも彼女が、なぜここに来たのかもわからない。それに、なぜわたしが近年まれに見るほど残虐な殺人事件の第一容疑者にされたのかも理解できない〟

わたしは答える代わりに車から降り、腹立ちまぎれに、切り株を一挙に脇に投げ飛ばした。

なんてこった。わたしは不可解で突飛《とっぴ》な出来事から距離を置いて、ここに引きこもるつもりだった。〝でも今、以前にもまして深く、この厄介事にはまり込んでしまった〟

わたしは汚れた両手をジーンズでこすり落とし、ふたたび車に乗り込んだ。なかはタバコの煙と濡れた犬のにおいがした。

できるものならアリーナの肩をつかみ、真実を話してくれと揺さぶりたいところだった。〝あなたをここに送ってよこしたのはだれか？　本当のところ、わたしに何を望んでいるのか？〟

だが、頭のなかの錯綜した問いを解きほぐすには、それは最悪の方法だと、内なる声が告げていた。

〝おまけに、彼女のストーリーには、まんざらではない何かがある。ともかくシュトーリャは最後通告の期限を認めたのだから〟

わたしはアリーナが乗り込む前に、助手席においてあった頭痛薬の箱を開けて、一粒飲み込んだ。それから、ニコルスコーア・ヴェークへとバックさせていった。わたしの隠れ家はどのみち吹っ飛んだに等しいので、今度はもう、轍《わだち》の跡をわざわざ消そうとはしなかった。

「もう一度、最初から」道路に出ると、わたしは言った。「あなたの幻覚は映画のようで、今のところ、あなたが少年を車まで引きずっていったところで切れてしまったんですね？」

「いいえ」

「違うのですか？」

わたしは振り向いた。アリーナはふたたび瞼《まぶた》を閉じ、まるで眠っているかのように静かだった。

「それが全部ではないのです。たとえば、ほかにも、わたしは車に乗り込み、エンジンをかけたあと、ラジオをつけたことをよく覚えています」

アリーナは下唇を噛んでから、つづきを話した。

「ザ・キュアーが『ボーイズ・ドント・クライ』を歌っていました。わたしはバックミラーで、擦り傷か、掻き傷ができていないか確かめましたが、見えたのは、メロディーに合わせてハンドルを軽くたたいている父の笑顔だけでした」

アリーナは唾《つば》を飲み込んだ。「どこかのバカが誰かをいためつけたとき、いつも父の顔が見えるなんて、ぞっとします」

人けのない道を通って、ツェーレンドルフ地区のほうに向かっていくあいだ、しばらくはエンジンのブルブルという音しか聞こえなかった。おそらく暴風雨予報が出されていて、ベルリン市民もしぶしぶ本気にしているはずだった。

「そのあとは、どうなったのですか？」赤信号の前で停車し、わたしは訊いた。

「わかりません。このあとは欠けた部分が多くなります。しばらくはカーブの多い坂を上っていきました。それから車が停まり、わたしは降りました」

「それから、何をしたのですか？」

「何もしませんでした。ただ、そこに立って眺めていました」

「眺めていた？」わたしはまた車を発進させた。

「ええ、いきなり、両手に何か重い物が載りました。双眼鏡か何かだと思います。とにかく、最初は目の前のすべてがぼんやりとしていましたが、そのあと、急に見えたのです。眼下の数メートル先で起きていることが」

「何を見たのですか？」こんな質問を目の見えない人にするなんて、自分でもほとんど信じられなかった。

彼女はハーハーとあえぎはじめたトムトムのほうを一瞬振り向き、なだめるように彼のもじゃもじゃの後頭部を撫でた。「車が見えました。猛スピードで道を下ってきて、車寄せに横滑りして停まりました。男の人が一人飛び降りてきましたが、つまずいて、一瞬、雪の積もった砂利道に四つん這いになりました。それから、ちょっとのあいだ木の陰に隠れ、ふたたび物置小屋の真ん前に姿を現わしました。わたしが彼の妻の死体を横たえた、ちょうどその場所で、彼は首をのけぞらせ、唇をゆがめて叫びました。そして、泣きながらくずおれました」

アリーナは涙を抑えようと目を閉じたが、間に合わなかった。車の前を、小型の四輪駆動車が走っていたが、その赤いブレーキライトに照らされて、彼女の頬を伝い落ちてきた大粒の涙は血の滴《しずく》のように見えた。

「ああ、彼は両方の拳で自分の頭を殴りつづけました。何度も何度も繰り返し。彼が何を叫んでいたのかは聞こえませんでした。あまりにも遠く離れていたので。でも……」

「何ですか？」

「そのあと、彼は急にわたしに連絡を取ろうとしました」

「どうやって？」

車はアウトバーンの立体交差点ドライ・リンデンに近づいてきた。わたしはこのまままっすぐにシュテグリッツ地区に向かう決心をした。

「男の人は立ち上がって、わたしの方角に目をやったのです」

「ちょっと待ってください」わたしはうなじに手をやった。「彼はあなたがどこにいるのかを知っていたのですか？」

「ええ、まるで彼とわたしは共犯者であるような非現実的な感じがしました。いずれにしても、彼とはかなり離れていました。わたしがはっとして双眼鏡を離すと、彼の姿はもう、小さな点にしか見えませんでした」

「でも彼はあなたを見たのですね？」

「そのように思いました」

こめかみの奥の圧迫感はますますひどくなってきた。頭痛薬はまだ少しも効きめを現わしていなかった。

〝目の収集人と、誘拐された子どもたちの父親であるトラウンシュタインとには何らかのつながりがあるのだろうか？〟

車はシャルロッテンブルクの方角に向から市内高速道路への入口ランプを通過した。バックミラーには何も映っていなかったので、わたしはいったんブレーキを踏んだあと、許容限度のスピードで、ポツダマー・ショースゼーのほうへと戻っていった。

「何をもくろんでいるのですか？」案の定、アリーナは突然の方向転換に気づいて、訊いた。

「ちょっと遠まわりをします」わたしは言うと、ウインカーで右折を示し、市内高速道路へと曲がっていった。

〝もしかすると目の収集人は、異常な隠れん坊ゲームを単独でやっているのではないかもしれない〟

それを見つけ出す手だては、一つしかなかった。

第六十一章

（最後通告の期限まで、あと十時間）

フィリップ・シュトーヤ警部（殺人捜査班班長）

「ハリウッド流に言えば、連続殺人犯は平均以上の知性を持ち、アフリカ系アメリカ人の可能性はゼロ。そしてごくまれに女性のこともあるといいます」

クロームめっきされた車椅子にすわったアドリアン・ホールフォート教授は、テレビで見るのとは別人のようだった。微笑も浮かべず、髪もきちんと分けていず、これまでどんなトーク番組でも欠かしたことのない黒いネクタイも締めていなかった。髭も剃《そ》っていないのは、おそらく今夜の聴き手のなかには、あとで彼の著書を買う者など一人もいないとわかっているからだろう。『連続殺人犯と私』と題するその本は、ここ七十一週間、ベストセラーリストに載りつづけているのだ。

「彼らは自分と同じ人種の者しか殺さず、何よりもアメリカに特有の現象だとされています。これらの知見はすべて、ＦＢＩの学術的研究に基づいているとのことですが、こんなものは、全部、たわごとにすぎない」

談話室のテーブルに向かってすわっているシュトーヤは、左隣であくびをかみ殺そうと無駄な努力をしているショルレに、目で注意を与えた。ショルレはプロファイリングなんて、まやかしにすぎないと言うが、シュトーヤはこの六十歳のプロファイラーの能力を信頼していた。彼は学者として、自ら、数多くの連続殺人犯に質問してきたのだ。

〝ツォルバッハよりはるかに多く〟

横断麻痺《まひ》を患うこの心理学者は、個人的にはきわめて付き合いにくい人間かもしれないが、専門家としての能力は非の打ちどころがなかった。最近何週間かの会合では、まだそれほど収穫は得られなかったが、以前、いつも彼らに援助の手を差しのべてくれた。ようやく容疑者が具体的になってきた今、彼らはそれについて専門家であるホールフォートの意見を聞きたいと思っていた。

「ホールフォート教授、この前、あなたは、どちらかと言えば控えめで人前に出たがらない平均的なタイプの人間を探すべきだとおっしゃいました」

「そうです。ハンニバル・レクターのことは忘れなさい。あれは作家が作り上げた虚像です。現実とは何の共通点もありません。いわば、わたしに障害物競走の選手との共通点を見つけるようなものです」

ホールフォートは車椅子の車輪の縁を軽くたたき、自分の冗談にただ一人、にやにや笑った。

「連続殺人犯はこの社会の敗残者です。われわれが探しているのは、卓越したアンチヒーローではなく、自分と自分の運命に不満を抱いている人間です。すき間人間とわたしは呼んでいます。外から見ると平凡で、むしろ、ぱっとしないのですが、内面は、まったく予測がつかないタイプです」

シュトーヤは目の前に置いたノートに無意味なメモを書いていた。「ジャーナリストである可能性はありますか？」

ホールフォートは肩をすくめた。「連続殺人犯の職業はさまざまです。ガソリンスタンドの従業員、バスの運転手、あるいは弁護士、また、スーパーマーケットで缶詰を並べている者、公務員のこともあります」

教授はシュトーヤの相棒に、皮肉っぽい視線を投げた。

「あるいは警察で働いている人かもしれない」

ショルレはうめき声をあげ、シュトーヤのほうを向いた。

「おい、フィリップ、こんなのは時間の空費だぜ。このおじさんの知恵も、おれの星占いと同じ程度のものじゃないか」

この侮辱的な言葉に腹を立てていたとしても、教授はそれを表には見せなかった。彼は車椅子の肘掛けに肘をつき、無頓着《むとんちゃく》な様子で手のひらを示した。

「わたしがここに来たのは、あなたたちの仕事を処理するためではない。捜査するのは、あなたたちであって、わたしではない」ホールフォートは視線でシュトーヤに注意を喚起した。警察が目の収集人の誘拐した子どもたちをどこに隠して殺したのかすら、いまだ突き止めていなければ、最高のプロファイラーといえども成果を上げることはできないのだと、その目は無言のうちに伝えていた。

「それに、わたしは情報を投入してやれば、キーを押されただけで、ぴったりの犯人像を吐き出すとかいうコンピューターも持っていない」ホールフォートはさらに付け加えた。「わたしが提供できるのは、ジグソウパズルの続きのコマだけなのです。それを適切な位置に置くのは、あなたたちの責務です」

シュトーヤはショルレに厳しい視線を送り、引きつづき見解を聞かせてほしいと教授に頼んだ。教授も、長くは待たせなかった。彼にとって、自分の無尽蔵の知識を他人と分かち合う以上の楽しみはなかったからだ。聴き手が疑問をさしはさまないということが前提条件ではあるが。

「犯人の職業についての、あなたの質問に話を戻しますと……」ホールフォートは殺風景な部屋の天井の目に見えない一点を睨《にら》みながら、考え深げな表情を浮かべた。「わたしに言えることは、目の収集人が計画好きで、おそらく職業の上でも確実な引き渡し期限を企画するような仕事に関わっているのではないかということです。彼はきちんと決められた時刻に何かを終えることに慣れています」

シュトーヤは編集部の机上に置かれたツォルバッハのコーヒーカップのことを、ふと思い浮かべた。そこには、〈創造者に勤務時間はない。締め切りがあるだけだ〉と印刷されていた。

「さらに犯人には、少なくとも初歩的な医学知識を使いこなす能力があります」

シュトーヤは不承不承、うなずいた。目の摘出は専門家の手によるものではないが、不器用な手でおこなわれたものでもなかった。しかも犯人は、最後通告の期限まで麻酔薬が効きつづけるように、巧みに配量していた。少なくとも外目には暴力を振るった形跡はなく、子どもたちが意識不明のまま溺死《できし》したことを暗示していた。シュトーヤはときどき、この点に慰めを見いだそうとしたが、うまくいったためしがなかった。

「いずれにしても、計画を立て、相手に接近するという段階を、彼はすでに通り過ぎています」ホールフォートは弁じたてた。「でなければ、これほど規則正しく、手慣れた経過をたどってはいないでしょう。犯人は以前、すでに何かで人目についたことをしていたと考えてもいいでしょう」

〝たとえば、橋の上で女性を射殺したとか?〟

「犯行の誘因について、一つ、質問があります」シュトーヤは教授の話のわずかな間を利用して、訊いた。

「目の収集人は、自分の行為によってトラウマを処理している可能性はあるでしょうか?」

ホールフォートは熱っぽくうなずいた。「犯人に精神面で病歴があることは断言してもいい。残念ながらこれまで、役に立つDNAの痕跡も指紋も残されていません。したがって、こうしたものに頼るわけにはいかず、犯人を限定するという古典的な方法を用いるしかありません。その始まりは、犯人の動機への疑問です」

教授は初めて、テレビで見せている微笑を浮かべ、降伏しようとするかのように、両手を上げた。「ここで、わたしは確固たる学問的な基盤から離れて、推測というあいまいな領域に赴くことにします」

ショルレにとっては、タイムアップのホイッスルが鳴ったも同然だった。彼はがっしりとした身体を椅子から持ち上げかけたが、シュトーヤはもう少しのあいだ辛抱するようにと身振りで相棒に合図した。彼もまた、ここから出ていきたかった。十時間前に吸引したばかりの薬が、そろそろ効きめを失いかけており、今すぐ、新たな刺激が必要だった。だが、待つ以外に方法はなかった。

〝われわれが本当に正しい方向に向かっているのか、まず確かめなければならない〟

すでに罪人を確定しているショルレとは逆に、シュトーヤの想像力は、かつての同僚がいまだかつてない、おぞましい連続殺人事件の犯人かもしれないという思いに抵抗していた。だが、ツォルバッハが突然、犯行現場に現われ、ポケットが全部隠れるオーバーオールを身にまとっていたのに、なぜか彼の財布がそこで見つかり、しかも、犯人しか知りえない具体的な事実まで知っていたとなると、今のところ、ツォルバッハを犯人の最有力候補と見なすしかなかった。しかし、死後通告の期限を知っている一方で、犯行の手口——溺死について彼は何も言っていない。ショルレはそれを〝健康な者にはとうてい理解できない、心を病む者の戦術〟としか評価していなかった。

シュトーヤはそれでは安易にすぎると思いつつも、もちろん、すでにフル回転で動きはじめているツォルバッハ探しを後押しする努力は惜しまなかった。今のところ、ツォルバッハの住居の捜索および、ボルボの追跡が通告されていた。彼を見つけるのは時間の問題だ。シュトーヤはそれまでに、彼に尋問する準備を整えなければならなかった。

「どうぞ、あなたの推測をお聞かせください」シュトーヤは教授に頼んだあと、腕時計に目をやった。

〝あと十時間もない〟

「目の収集人が殺人をする本当の狙いは、何なのでしょうか？」

第六十章

（最後通告の期限まで、あと九時間と四十一分）

アレクサンダー・ツォルバッハ（わたし）

グルーネヴァルトのはずれの眠たげな住宅地には、数時間前にむごたらしい犯罪が起きたことをほのめかすようなものは何ひとつなかった。まるで新雪が屋根や道路や庭ばかりでなく、おぞましい行為までも覆《おお》い隠してしまったかのように見えた。もしよく知らなければ、わたしも、ここは世界一安全な場所だと思い込んだことだろう。このあたりでは、親が子どもに、イケアのカタログに載っていても何の問題もないような北欧風の名前を付ける。トムブテ、ゼーレン、ノエミ、ラルス－アルヴィン、フィン。子どもたちはテレビを見る時間が厳しく制限されており、サッカー場からではなく、ピアノのおけいこから戻ってくるものと思われている。大人たちは垣根越しに、芝生の肥料のことや、どの隣人が道路で犬に糞をさせ、そのまま放置しておいたかを論じ合っている。町長が至るところに使い捨て用の袋を入れた青い箱を設置させたにもかかわらず。昨年、この界隈《かいわい》で最大のスキャンダルとされたのは、ツィカーデン通りの中年のパン屋が、二十歳も年下の若いアジア人女性を連れて、祭りに現われたことだった。そして今度は、この事件！

　わたしはノロノロ運転で車を進めながら、灯のともった窓に目をやった。いくつかの窓には、もうクリスマスの飾りがほどこされていた。手描きのクルミ割り人形、木製のクリッペ（キリスト降誕の情景を木彫や粘土で示した飾り物）、単色のイルミネーション。貧しい地区によく見られるような、多色やけばけばしい色合いのものはなく、屋根の上にはピカピカ光るサンタクロースもいないし、ガレージの前にもハロゲン・ライトで照らされたトナカイもいない。ベルリンのこの高級住宅地では、祝祭も控えめだ。

〝そして、退屈だ〟もし訊かれたら、わたしはそう答えるだろう。

「キューレン通りで落ち合おう」わたしは携帯電話で言った。

「それって犯行現場でしょう？」フランクはまたも、使い走りをさせられるのかと、あまり乗り気ではなさそうだ。

「まさに、その場所だ」

「今度は何が望みですか？」

「きみの車だ」

「ええっ、まさか。本気じゃないといってくださいよ」フランクはわざとらしく笑った。「逃走中なんですか？」

「いや、用心しているだけだ」

「言わなくてもわかります。ぼくはバカじゃないから。なぜテアや上層部の連中が今、会議室に集まっているのか、ぼくは知っています。警察があなたを追っているからだ。そして、このストーリーを記事にしないか、それとも第一面に載せるか、思案しているんですよ」

〝ツォルバッハに殺人容疑。花形記者と目の収集人は、現実にはどこまで近いのか？〟

目の前に、見出しの言葉が浮かんできた。テアは逃走中であることを考慮して、前者の案を取るだろう。一方、上層部は、もしわたしが、あとで名誉毀損で新聞社を訴えた場合の、イメージダウンと民事訴訟にかかる経費のことを計算している。

もしわたしの無実が証明された場合は。

「もし、あなたから電話があったら、すぐに知らせるとビッグ・ママのテアに誓わされたのにはそれなりの理由があるんです」

「知らせないでくれ」

「心配無用です。ぼくは、あなたとチームを組んでいる。だから黙っています。でも、あなたの車が危険になったからというだけの理由で、ぼくの車を貸すわけにはいきません」

彼の言葉から、わたしはナンバープレートを再度、取り付けるのを忘れていたことを思い出した。今のところ、わたしは思考力よりむしろ幸運に恵まれていたようだ。警察に捕まる前に、まだ残されている時間を利用するなら、今すぐ、もっと手際のいい行動に出る必要がある。どんな追跡リストにも載っていない車を手に入れることも、その一つだった。

「どうして、出頭しないんですか？」フランクは知りたがった。「もし何もしていないのだったら、何も起きるはずはないのに」

〝問題は、なぜ自分が犯行現場まで行ったのか、なぜ

財布がそこにあったのか、なぜ最後通告の期限を知っているのかを、うまく説明できないことだ〃

「反問するが、もし、きみの前に突然、証人が現われて、目の収集人による今回の殺人を目撃したといったら、きみはどうする？」

「ホラ話じゃなく？」

わたしはその証人が目の見えない霊媒であることは黙っていた。最後の数キロを、彼女はわたしのそばで疲れ果てて、窓に頭をもたせかけていた。おそらく船までの遠出は、彼女が言う以上に骨の折れるものだったにちがいない。

「なんとまあ。もしそんなことがあったら、世紀のストーリーだ」

〃確かに。だが、どんな？　きみには想像もつかないだろう……〃

「ともかく、きみの車を貸してくれ」

フランクはため息をついた。「でも、車はおばあちゃんのものなんです。あのトヨタにかすり傷ひとつでもつけたら、ぼくは殺されます」

「よし、わかった、フランク。充分、注意する。あと十分したら会おう」車は道の突きあたりまで来た。わたしは電話を切った。

「着きましたよ」わたしはボルボの前輪を舗道に乗り上げてから、アリーナに言った。駐車したのは小さな邸宅の正面入口前だった。その庭で、午前に、トーマス・トラウンシュタインは十四歳年下の妻の死体を発見したのだった。茅《かや》ぶき屋根のあるガレージを持つ、クリーム色の漆喰《しっくい》の塗られた煉瓦作りのこの家は、この道路で、灯のともっていない唯一の家だった。真っ暗で、表札の照明も消されていた。

アリーナは身体を伸ばし、あくびをした。それから重ね着した何枚ものセーターの袖の下から腕時計をはずし、文字盤の蓋《ふた》を開けた。

「ここで何をするつもりですか？」彼女は眠たげに訊

いた。

「探り出すのです。あなたが、ここへ来たことがあるかどうかを」

運転手側のドアを開けると、氷のように冷たい一陣の空気が、どっと車内に流れ込んできた。トムトムは後部座席で起き上がり、ハーハーと息をはずませた。

「わたしが幻覚のなかで、この場所を見たことがあるかどうか、探り出したいというのですか？」

アリーナの息で、フロントガラスがくもった。

〝そうだ。これをなぜ、狂気の沙汰だと呼べないのだろう？　目の見えない証人が殺人を見たかどうかを、どうしても知りたい〟

わたしは車から降りた。風に逆らって立つと、目から涙が出てきた。わたしは道の先の、忌まわしいショース湖に向かう森の道のほうを見た。

〝そして、忌まわしいトイフェルスベルクの丘に〟

わたしはアリーナの言葉を思い出して訊いた。「あなたが丘まで来るのに、どれくらいの時間がたちましたか？」

〝車がしばらく坂道を登っていったのはわかっている。いくつものカーブがあって……〟

「わかりません」彼女は言った。「夢を見ているときに、時間の感覚ってありますか？」

〝いや、ない。それに、わたしは夢のなかで、小さい子どもたちを引きずっていったこともない〟

わたしは頭を上げて、黒ずんだ灰色の空の斜め向こうにあると思われる丘のほうに目をやった。丘はかつて、塵埃《じんあい》集積場だったところだ。第二次世界大戦で破壊された家屋の残骸《ざんがい》を積み上げて築いたゴミ捨て場だ。今では森と野原に覆いつくされて、ベルリン市民が散歩したり、凧《たこ》揚げしたり、橇《そり》で斜面を滑り降りたりできる、手近な保養地となっている。丘の上から昼間、トラウンシュタイン家の庭が見えるのだろうかと、わたしは疑問に思った。暗いなかではよくわからないが、双眼鏡を使ったとしても、丘はあまりにも遠く離れているように思えた。

〝いったい、何を考えているのだ、このバカ？〟わたしは頭のなかで問いながら、邸宅のほうへ振り向いた。〝おまえは本気で、この目の見えない女性の途方もない話に、何かがあると思っているのか？〟

わたしは車にもたれながら、次の一手を熟考していた。前庭は、低い柵で保護されているだけだった。もっと若いころのわたしなら、らくらく、飛び越えられただろう。今のわたしにとっても、それほどの障害物ではなかった。

「苦情を言いたくはありませんが」後ろでアリーナが言った。「でも、もう九時少し前ですのに、まだ家に帰れず、トムトムはお腹を空かしています。排便もさせなければなりませんし」彼女は笑った。「ちなみに、わたしも」

彼女の笑いは疑いもなく、最後の言葉が何を意味しているかを伝えていた。

「ここで待っていてください。長くはかかりませんから」

「どこへ行くつもりですか？」彼女が呼びかけるのが聞こえたが、わたしはすでに狭い道路を横切り、ガレージのそばを通り過ぎて森に向かった。数メートル行くと、わたしは細い小道へと左に折れた。そこは歩行者も自転車に乗る人も、自由に立ち入れる林道になっていて、トラウンシュタイン家の敷地の裏の柵と平行に走っている。さらに十歩進んで、わたしは立ち止まった。

昨日、わたしは土砂降りの雨のなかで、ここに立っていた。石を投げれば届く距離に、直方体の物置小屋が建っている。その傾斜した平屋根は今、厚く積もった雪に覆われていた。

そこから何メートルも離れていないところでルチア・トラウンシュタインは芝生の上に倒れていた。そこには今なお、広く、立入禁止のテープが張りめぐらされていた。死体発見現場を覆う防水テントも、鑑識班はまだ取り除いていなかった。小屋のドアが封印されているのかどうかは、わたしのいるところからは確かめられなかったが、きっとそうにちがいない。

〝小屋は木でできていました。金属ではなく、扉の閂《かんぬき》を横に引いたとき、かけらが取れたのでわかりました。なかに入ったときには合成樹脂のにおいもしていました〟

わたしは目を薄く開けて見たが、暗いなかではアリーナの描写がトラウンシュタイン家の物置小屋に当てはまるのかどうか、見きわめるのは不可能だった。

〝よし、それなら……〟

わたしは緑色のペンキが塗られた金属の柵を揺さぶった。柵の支柱はコンクリートで地面にしっかりと固定され、その下を猪が掘り返すのを防いでいた。柵の上端は内側に向かって波形に湾曲しているため、柵を登るのは容易ではない。だが不可能でもない。わたしが足をかけて登ろうとしたとき、横のほうでバタンという音がした。柵から手を放すと、またその音が聞こえた。右のほうを向いて、確かめるためにもう一度、柵を揺すってみた。

間違いない。わたしは柵に沿って進んでいった。すると、そこに庭に通じる扉があり、閂《かんぬき》がかかっていなかった。より正確に言えば、〝かかっていた〟が、誰かが扉の枠の外に閂を押し出したために、扉はきちんと閉まっていなかったのだ。

〝こんなことがあるのか？　ここは犯行現場なのに〟

すべての痕跡がすでに確保されていたにしても、誰もが自由に出入りすることは許されないはずだ。

わたしは啞然としながら扉を靴で押し開け、地面を見下ろした。

目の前の芝生を通り、物置小屋の裏手までつづいている靴跡の主は、さまざまであろう。子どもたちを探すために森に突進していった父親、警官、あるいは鑑識班のものか。その誰かが、柵の扉がきちんと閉じられているかどうか確かめようとして、やりそこねたのだろう。ただ一つの方角に向かっている雪の上の真新しい靴跡も、おそらく、罪のないものだろう。

それが未知の人間のものであるとしたら話は別だ。その懐中電灯が今、邸宅の一階でピカッと光った。物置小屋から二十メートルほど離れている。

第五十九章

木造りではない。小屋は金属とプラスチックからのみできている。ただし、横に滑らせて開ける閂《かんぬき》がついていた。わたしはつかのま考えた。この一点では、アリーナの幻覚は、ともかく現実と合致している。そのあとわたしは、ふたたび、テラスの大きい窓の奥でチラチラゆらめく光に気を取られた。

自分が侵入者だと思われないために、わたしはびくびくせずに、まっすぐ邸宅に向かっていった。もし隣人の誰かが偶然、窓の外を眺めていたら、背を丸め、足音を忍ばせながら建物の脇を通っていくほうが、堂々と大股で芝生を突っ切って行くより、はるかに目につくだろう。

窓まで来ると、わたしは外壁の張り出し部分に身体を押しつけ、薄いカーテン越しに内部の様子を窺《うかが》った。わたしはすぐさま、最初の疑念を訂正した。懐中電灯もなく、侵入者もいなかった。小屋から見えた不規則な間隔をおいてまたたいていた光は、居間の板張りの天井に固定されたプロジェクターから発されていたものだった。スクリーン上の映写物を除くと、ほかに光源はなかった。

U字形のソファにすわって映写物を見ている者がいるのかどうか、まだ、見定めることはできなかった。何を見ているのかはわからないが……。

わたしは目を薄く開けたが、暖炉の上のスクリーンは灰色のままだった。まさにその瞬間、採光の悪い白黒の映像が映った。ぶれた映像には、おぼろげながら、ゆったりとした浴室、二つの洗面台、ビデと並んでいる便器、シャワー室が見て取れた。だがそのあと、故意か過失か、誰かがカメラのレンズの前に、何かを掛けた。〝おそらく、タオルだ〟いずれにしても浴室は消え、トラウンシュタイン家の居間はふたたび闇に沈んだ。

つぎにどんな手を打つべきか考えていると、くすくす笑いが聞こえてきた。ヒューヒューと風が吹くなかで、笑いは閉じられた窓からはくぐもってしか聞こえなかったが、それでも充分に大きく、場違いな感じを受けた。笑いはこの場にふさわしくなかった。妻が殺され、誘拐された子どもたちを生存した状態で取り戻すまで、あと何時間も残されていないときに、笑いはこの家の居間には似つかわしくなかった。

ふたたびプロジェクターからの明るい光線がスクリーンを照らした。カメラマンは、今度は対象を無機的な浴室の設備のみに絞ってはいなかった。タオルは消え、新たなカメラアングルからは、浴室の隅にある浴槽が撮られていた。そのなかで、女性がカメラに背を向けてすわり、髪をアップにしてピンで留めていた。

その映像の何にわたしが不安を感じたのか、見きわめないうちに、男性の裸の後ろ姿が現われ、視界を完全に覆いつくした。男性が浴槽の前に立ち、女性の肩を揉《も》みはじめると、いささか淫《みだ》らな響きのこもるくすくす笑いに加えて、内に秘めた感情がはっきりと聞き取れた。男性が軽く身をかがめているところから見て、肩を揉んだだけでは満足していないことが推測できた。

急に、自分がけがらわしく感じられた。他人のプライバシーの領域に侵入し、まともな人生に戻っていけなくなる境界線を越えかかっている、のぞき見嗜好者《しこうしゃ》のように。そのような卑しい感情を抱いたことが一度だけあった。それはニッチとの結婚式の直前で、ニッチは信じられないほど多くの残業をこなさなければならず、わたしの心に、彼女は浮気をしているのではないかという理不尽な不安が芽生えたのだ。最後の機会を逃がすのではないかと思い、パニックに陥っていた。あのときわたしは、夜のあいだニッチが玄関の靴入れの棚の上に置くことにしている携帯電話をすでに手にしていた。結局、わたしは彼女のメールを覗くことは思いとどまったが、なぜなのかはわからない。何年もたった今、わたしは覗かなかったことに満足している。彼女の誠実さへのかすかな疑いを完全に払いのけることはできなかったが、わたしは道義を守った。そのほうがはるかに重要だった。それだけになお、犯行現場で、家族の悲劇を居間の窓から覗き見し、一家の主《あるじ》が、秘かに撮影されたポルノフィルムを大きいスクリーンに映し出して見ている現場を押さえようとしていることに、わたしはやりきれない思いを味わっていた。

トラウンシュタインの姿はまだ見つけていなかったが、革張りの肘掛け椅子の横のガラス・テーブルにバーボン・ウイスキーの瓶が置かれ、それと並んで、吸殻がこぼれ落ちそうになっている灰皿があるのを見て、主人がいるのは間違いないと思った。

わたしはテラスのドアまで歩いていったが、決心のつかないまま佇《たたず》んでいた。もう少しでニッチの携帯電話を開いて、メールを覗こうとしたあのときと同じためらいがあった。だが、今日は、一歩、前に進むつもりだった。

〝ここまでわたしを導いてきたのは、目の見えない女の妄想にすぎないのかもしれない〟わたしはそう思いながら、手を伸ばした。〝アリーナはひねくれ者にすぎず、父親は子どもたちの失踪とは何の関係もないのかもしれない〟

ドアに鍵がかかっていますようにと強い期待を抱きながら、わたしは冷たい真鍮《しんちゅう》製の把手《とって》をまわした。

〝でも、どこか、おかしい〟

驚いたことにドアはゆるみ、音もなく揺れ動いて開いた。わたしは自分の好奇心へのめめしい言い訳を後まわしにした。このことを徹底的に調べなかったとしたら、わたしは良いジャーナリストとは言えない。

第五十八章

トーマス・トラウンシュタインであることがわかったのは、彼がこちらを振り向いた瞬間だった。昨日の午後おこなわれた記者会見のときと同じ背広姿だった。彼は近隣の住民にも子どもたちの捜索を助けてほしいと訴えていた。彼はどうやら、この薄茶のダブルの背広のまま眠ったらしい。衿はくしゃくしゃに折れ、あちこちが染みだらけで、ベルリン最大のクリーニング・チェーン店の経営者にはそぐわない感じがした。

〝だが、ここで演じられていることは、それ以上にそぐわない〟

わたしが入ってくることに、最初、トラウンシュタインは気づかなかった。わたしが咳払いをし、彼の名前を呼んだとき、初めて彼は反応し、ゆったりした革張りの椅子から、ぎごちなく身を起こそうとした。

　無駄だった。瓶の半ばまで空けたバーボン・ウイスキーが、彼からすべての力を奪い去っていた。

「何事だ？」彼はぼそぼそと、間延びした口調で言った。わたしは彼の前に立っていた。アルコールのせいで赤くにごった彼の目には、酔っぱらいが殴り合いの口実を探すときの、愚かしい攻撃性が表われていた。

「同じことを、あなたにお訊きしたい」わたしはますます露骨になっていくスクリーン上の映像を見ながら答えた。浴槽のなかの女性はこちらに向き直り、男の腰の高さまで頭を上げ、両手で男の腰骨を押さえていた。ここまでなら、午後にテレビで放映しているものと大差はない。だからといって、このフィルムの卑猥《ひわい》さが失われたわけではなかった。確かに、自宅でポルノフィルムを見ることは禁じられてはいない。わずか数時間前に妻を失い、血肉を分けた子どもたちが心を病む男の手中にあるとわかっている場合でも。

　禁じられてはいない。だが、正しいとは言えない。

「もっとましなことは、できないのですか？」わたしは問いかけた。

　トラウンシュタインはもじゃもじゃに乱れた髪に手をやり、わたしをじっと見た。そのぽかんとした眼差しは、わたしの質問か、それとも、彼の居間に立つどこの誰ともわからぬものに向けられているのか、判断はつかなかった。

「そう思うか？」彼はやや長い間を置いたあとに、訊いた。そのあいだに、わたしはどっちの方角に台所があるのかと見まわしていた。この男をふたたび活気づけるために、コーヒーを沸かそうと思ったのだ。

「話をする必要があります」わたしは短く、説明した。

「何の話を？」彼は怒鳴り返し、疲れたように瞬《まばた》きしたが、顎まで垂れているよだれを拭《ぬぐ》おうともしなかった。

「あなたの奥さんを殺した者につながる何かを、ご存じではないかという話です」

〝殺人の直前に彼女と電話をしたのか、地下室へ行くなと本当に警告したのかという話だ〟

「ルチアは淫売だった！」彼はあえぎながら、押し出すように言った。「けがらわしい淫売だ」

わたしは身をすくませた。トラウンシュタインの憎悪に満ちた言葉で、平手打ちされたかのように。

「セックスばかりしていた」彼はサイドテーブルに置かれていたリモコンに手を伸ばした。そして、彼の状態では考えられないほど手際良く、音を大きくした。うめき声から推して、男女が浴槽で何をしているか疑いの余地はなかった。

「わしの家で」トラウンシュタインはろれつのまわらぬ口調で言った。「ここはわしの家だ。わしの浴室、わしの妻」彼はヒステリックに笑った。「おまけに、わしのくだらないカメラだ。が、あの野郎は……」彼は今ちょうど、毛深い男の後ろ姿で占められているスクリーンに向かって、軽蔑するように手を動かした。「……あれはわしではない」

「あなたの結婚生活の揉《も》め事など、わたしには無関係です」わたしは彼の気を鎮めようとして、言った。

〝そもそも、わたしはここと何の関係もないのだ。目の見えない女の幻覚を追いかけているだけで〟

「あなたはむしろ、子どもたちの捜索に手を貸すべきではないのですか？」

「レアの？　トビアスの？　まっぴらごめんだ」

聞き違いかと思ったが、トラウンシュタインは同じことを繰り返し、文字どおり、床に唾《つば》を吐いた。「忌まわしいガキども！　あいつらはわしの子ではない！」

彼はリモコンを落ちるにまかせ、いきなり、肘掛け椅子から立ち上がろうとした。片手を背もたれにかけながら、よろよろと立ち上がり、わたしの目をじっと見た。彼は虚脱状態に陥る寸前だった。

「わしの子ではない。わかったか？」

いや、わからなかった。正直言って、この瞬間はまだ何もわかっていなかった。真実はその直後に、わたしを完膚《かんぷ》なきまでに打ちのめした。それとほぼ時を一《いっ》にして、トラウンシュタインのほうでも、しだいに、わかりはじめていた。

「こいつは驚いた。おまえが誰なのか、知っている」

彼はまだためらいの残る口調であえぐように言ったが、そのあと、わたしをじろじろと見た。

アルコールで曇ったトラウンシュタインの思考の流れに、何かしら穏やかでないものが、ゆっくりと、だが確実に浸透しはじめた。彼の顔つきは一変し、ぐったりしていた身体までが緊張した。

「今日、おまえの財布を見つけた。身分証明書も見た」

わたしはうなずいた。同意のためではなく、わたしの頭のなかでも、しだいにパズルの駒が組み合わさってきたからだ。

今になってわかった。なぜわたしはテラスに立っていたときから、くすくす笑いをする女の声に不安を覚えたのか。なぜ、これが初対面であるにもかかわらず、彼が旧知の人物のように感じられたのか。会う必要もないほど、わたしはたびたび、彼について語られるのを聞いてきたので、頭のなかには、彼についてのさまざまな否定的なイメージができあがっていた。そして、それは細部に至るまで、現実と合致していた。彼の汚い言葉遣いまで、わたしにはなじみがあった。

〝ルチアはけがらわしい淫売だ。忌まわしいガキども。あいつらはわしの子ではない〟

「くそっ。おまえはブンヤだな、一度女を射殺したことのある――。で、今度はわしの妻の死に関わっていた！」

トラウンシュタインはすぐ目の前に立っていたので、

ウイスキーとタバコの入り混じった、嫌な口臭がした。

「おまえだな。おまえがやったのだ」

わたしは後ろにさがった。スクリーンの上を一瞥《いちべつ》したが、一縷《いちる》の望みは恐ろしい確信に変わった。

ルチアの写真はまだ公開されていなかった。たぶん、誘拐された子どもたちの写真のほうが注目度が高かったからで、新聞は女性の死体写真を、目の収集人についての新たな情報が何も得られないときに備えて、何日か保管しておくつもりだったのだろう。あるいは単に、わたしが見逃していただけなのかもしれない。結局のところ、わたしはここ何時間か、姿を消していたわけだから。

〝くそっ。わたしは自分自身のことに、かまけすぎていた〟

女性は浴槽から立ち上がった。アップにまとめていた長い髪は、今またほどけて、小さな乳房の上に垂れていた。彼女がカメラに向かって笑ったとき、わたしは理解した。激しく打ちのめされ、すべての喜びが心のなかから消え失せた。

〝ああ、神よ、これが嘘でありますように〟わたしは思い、なぜ彼女がわたしからの電話に出なかったのかを悟った。わたしたちはもう二度と、あのいかがわしいクラブで逢うことはできない。二度と、親密な会話をつづけることはできなくなった。

互いに愛し合うことも。

泣きたかった。同時にわめきたかった。だが何をしようと、この現実を変えることはできないのだ。

チャーリーは死んだ。

そして、わたしは彼女のあとを追うことになるだろう。今、彼女の夫がわたしに向けている拳銃の弾が当たったならば。

第五十七章

（最後通告の期限まで、あと九時間と十七分）

フィリップ・シュトーヤ警部（殺人捜査班班長）

ホールフォートは水を得た魚のようだった。ふたたびトークショー風の独りよがりな笑みを浮かべ、障害があるにもかかわらず幸福そのものだった。経験の浅いけちな警官どもに、自己の理論で、犯行の動機と経過をじっくり説明するという幸福。シュトーヤは自分もいつか時間と安らぎを見つけ、職業上の経験を利用して本を書くことができるだろうかと考えていた。今や、どんなバカでも自伝を書き、書籍見本市でサイン会を開いて、そのつらをカメラに収めるご時世だ。自分だって収入と、とりわけ外見にもう少し磨きをかける機会があってもいいのではないか？　このくだらない事件を乗り越えたら。

「この殺人犯は刻印づけの段階で、間違いなく決定的な出来事に遭遇していると考えられます。たぶん、トラウマを与えるほどの深刻な体験です。子どものころ、しばしばいじめや虐待、あるいは性的暴行を受けている」

「あたりまえだ。目の収集人は元来、犠牲者なんだ。でもそれは犯罪者のよくある言い逃れですよ」ショルレは嘲《あざけ》った。彼は立ち上がり、暖房の温度を少し下げようとした。所轄警察署の窓のない談話室では、適切な温度に調節するのはほとんど不可能だった。夏季には、遅ればせながら設置されたエアコンのせいで寒気が走り、冬季には、過度に暖められた部屋で頭痛が起きる。

「それはそうです。ほとんどの犯罪者は、問題の多い環境で育っています。ですから、こうした一般論も、あまり役には立ちません」ホールフォートは車椅子のかたわらに置いておいた書類カバンに手を伸ばして膝の上に載せると、すばやくそれを開け、分厚い書類を引っ張り出して目の前のテーブルに拡げた。「しかし、幸いにも、これがわれわれにとって重要な手がかりを与えてくれました」

ホールフォートは犠牲者たちのおぞましい写真がよく見えるように、シュトーヤとショルレのほうに書類をぐるっとまわした。

〝おれがこの小さい身体と虚ろな眼窩《がんか》を忘れるとでもいうのか？〟シュトーヤは教授の芝居がかった動作に腹立ちを覚えた。

「手がかり？」彼はもどかしげに、ホールフォートに具体的な説明を促した。

「どんな犯罪者にも目的というものがあります。普通の人間には理解しがたいかもしれませんが、でも、確かに存在しています。しかも、目の収集人の場合、それはきわめて明らかです」

「わかったことだ」ショルレは文句を言うと、怒りをこめて書類を指した。「やつはサディスティックな小児性愛者ですよ。幼い子どもをいじめて性的に興奮するんだ」

「それは違います。どの犠牲者も、性的虐待を受けた痕跡は皆無です」ホールフォートは教師風に、かぶりを振った。「それに、性犯罪では、左目をえぐりだすことへの説明がつかない。そうじゃないですか？」

明らかにショルレに狙いをつけた質問ではあったが、答えたのはシュトーヤだった。「犠牲者の目を覆う犯罪者は、たいてい、何らかのシンボリックな行為をおこない、起きたことを取り消したいと思うものです。自分の犯した行為に耐えられず、自分の代わりに、殺した者の目を閉じるのです」

「でも、それなら目の収集人は両目ともえぐりだしたはずです」ホールフォートは否定的な答えを返し、第一の犠牲者である幼いカルラ・シュトラールの写真を取り上げ、二人の刑事に差し出した。シュトーヤは顔をそむけたいという切なる願いを抑えて、年老いたプロファイラーの、人工日光浴で褐色に焼けた顔を直視した。

「つまり、やつは戦利品を集めていたんでしょう?」ショルレが訊いた。

ホールフォートは薄い唇をゆがめて面白がった。

「戦利品だとか記念品だとか、ご褒美《ほうび》だとか――それらは低俗なミステリに登場するプロファイラーが、犠牲者の身体の一部が欠けているとき、最初に思いつく推理です」彼は強くかぶりを振った。「違います。思うに、目の収集人という呼び名にわれわれは騙《だま》されているのです。彼は収集人なんかではありません」

「本当は?」

「むしろ、変換人と呼んだほうがいい。犯人はある状況を作り上げる。彼は子どもたちの本質を変えるのです。彼らをキュクロプスに変換させるのです」

「キュ……?」ショルレはふたたび席につき、椅子の背にもたれて、シーソーのように椅子を揺らしはじめた。

「あなた方には、ツィクロープというドイツ化された名称のほうになじみがあるかもしれません。伝説上の存在で、もっとも著しい身体の特徴は、片目しか見えないということです」

ホールフォートは上唇を軽く舌でなめた。シュトーヤはふとトカゲを思った。

「あなた方はきっと、ギリシャ神話には精通しておいででしょうが」教授は嘲《あざけ》るような微笑をショルレに向けた。「でもあえて、ここで少し脱線させていただきたい」

彼はカルラの写真を元に戻し、書類を閉じた。

「最初の、そしてもっともよく知られたキュクロプスはウラノスとガイアの子どもたちです。ガイアは周知のようにウラノスとともに大地の女神です。ガイアは天の神であるウラノスとのあいだに三人のキュクロプスをもうけました。でも、子どもたちは父親であるウラノスから憎まれていました。ウラノスは憎悪のあまり……」ホールフォートはここで少し間を置くことによって、つづく言葉に重みを与えた。「……子どもたちを隠したのです」

「どこに？」シュトーヤは、このままホールフォートの長々しい説明を聞いて時間を浪費していいものだろうかと、しばらく疑念を抱いていたが、教授は、今また、彼らをはっとさせた。

「地面の底深く」教授は言った。「彼は子どもたちをタルタロスに隠しました。神々は地下世界であるハデスより奥まった部分をそう呼んでいました」

シュトーヤは知らず知らずのうちに、うなずいていた。それを見たホールフォートは認めるようにうなずいた。「どうやら、あなたは類似に気づかれたようですね」

「片目の子どもたちの身に何が起きたのですか？」少しのあいだ椅子を揺らすのをやめていたショルレが訊いた。

「彼らは解放されました。ギリシャの神々のなかの最高神であるゼウス自らの手で。キュクロプスたちは救出されたことを非常に喜び、ゼウスに稲妻と雷を贈ったのです」

「なるほど。あなたの一般教養は、実に見事なものだ、教授、だが……」

「……あなたのご考察は、われわれが具体的に仕事に応用できる理論に結びついているのでしょうか？」シュトーヤはショルレの言葉の不足分を補った。ショルレはおそらく、もっと非礼な形で話を終えるつもりだったのだろうが。

ホールフォートは独りよがりな微笑を浮かべたが、

あっという間に活気づいた。シュトーヤは教授が車椅子から飛び上がったとしても驚かなかっただろう。

「それどころか、理論は一つ以上あると言っても、過言ではないでしょう。わたしはきわめて重要な手がかりを、あなた方に差し上げます」

ホールフォートはさらに意味深長な間を置いた。聞こえるものは老朽化した暖房装置のたてる雑音のみだった。そのあと彼は咳払いし、ほとんど牧歌的と言ってもいいような口調で言った。「目の収集人は父親から疎《うと》まれている子どもたちを選んでいます」

「なぜですか?」二人の刑事は異口同音に訊いた。

ホールフォートはこんなわかりきったことを、公然と口に出して言うのは、自分の権威にかかわるとでも言いたげな身振りをした。でも結局は、もったいぶらずに話した。「なぜなら、この子どもたちも、ギリシャ神話のなかのキュクロプスたちと同じく、禁じられた関係から産まれたからです」

第五十六章

(最後通告の期限まで、あと九時間と十一分)

アレクサンダー・ツォルバッハ(わたし)

「間違っていますよ、そんなこと」アリーナは抑揚のない声で言った。呼吸は速く、瞼《まぶた》の下の目は、落ちつきなく左右に動いていた。「そんなことを、してはいけないわ」

「心配無用」わたしは言いながら、自分の絶望的な気持ちを感づかれぬようにと願っていた。「長くはかかりませんから」そのあと、わたしは彼女を部屋に導いていこうとしたが、彼女は嫌がって、わたしの手を押しのけた。

〝その気持ちはわかる〟わたしは思いつつ、アリーナがわたしの泣きはらした目を見ることができないのを、喜んでいた。

〝わたしだって、戻りたくはない。が今、事は職業上の問題だけではなく、個人的なものになったのだ〟

チャーリーが死んだという事実に茫然となったわたしは、初めのうち、彼女の夫にたいして、まったくの無防備だった。どうやって彼の手に、突然、拳銃が握られたのかもわからなかったし、正直なところ、そのことについても、また、彼が結局は撃たなかったわけについても、深く考えようとはしなかった。

運命によって打ちのめされた男が、沈みきった孤独な時間に弾をこめた拳銃で何をしようとしているかは、心理学者でなくても予感できる。トラウンシュタインが拳銃を自分自身に向けたとしても、アルコールが彼からその力を奪っただろう。まして、わたしを撃ち殺す力は残っていなかった。事実から受けたショックに彼とわたしが麻痺したように向き合った恐怖の一瞬、拳銃は彼の手から滑り落ち、ソファのかたわらの分厚い絨毯に転がったままだった。

「ここで何をするつもりですか？」アリーナは訊いた。

「答えです」

目に見えない糸がわたしの運命と目の収集人とを結びつけ、刻一刻と、わたしを締めつけていく。たった今、残酷な形で本名を知ることになったチャーリーへの哀悼の気持ちがいかに耐えがたいものであっても、わたしは簡単に引き下がるつもりはなかった。確実なことが知りたかった。そのため車に戻り、トラウンシュタインの邸宅までいっしょに来てほしいとアリーナを説得したのだった。

「ここは葉巻とアルコールと汗のにおいがします」彼女はためらいがちに言った。片手で居間へのドアの把《とっ》手《て》を、もう片方の手でわたしの上膊《じょうはく》をしっかりとつかんでいる。禁煙パッチを貼ったまさにその箇所を。

「ここには、ほかにも何かあるのですか?」

〝もちろん、ほかにもある〟

わたしはそっと彼女の手を把手からはずし、今なおプロジェクターの光で照らされているだけの、堅固な造りの居間に導いていった。耐えがたい映像をこれ以上見るにしのびなかったので、フィルムはわたしが停止させたのだ。人生でもっとも大事な一人をまたも失ったことを思い出させる映像だ。もはや取り返しのつかない喪失だった。

わたしは咳払いをした。トラウンシュタインは頭を上げて、うめき声を上げた。

「あの人は誰?」アリーナは訊くと、凝然と立ちすくんだ。トラウンシュタインのうめき声が大きくなっていくと、彼女はわたしの腕をさらに強くつかんだ。

「いったい、彼はどうしたんですか?」

「だいじょうぶ」わたしは言った。

「じゃあ、なぜ彼は何も言わないんですか?」

「猿ぐつわを噛ませてあるからですよ」

〝正確には彼のポケットチーフだ〟

わたしは腕からアリーナの手をはずし、部屋の中央にある書き物机用の肘掛け椅子まで行った。トラウンシュタインを延長コードでそこに縛りつけてあるからだ。どのみち、めちゃめちゃになったわたしの人生で最良の決断とは言えなかったが、早晩、シュトーヤがわたしと犠牲者の一人に関係があったことを探り出す場合を思うと(二人のプラトニックな関係は、逢い引き場所を考えると、誰にも信じてはもらえないだろう)、夫を縛り上げることなど、さしたる問題ではなかった。

わたしが椅子をまわして、トラウンシュタインの顔をアリーナのほうに向けると、彼は低い声でうなった。

「猿ぐつわを噛ませたんですか? まったく、あなたって頭がおかしいんじゃありません?」わたしの背後でアリーナは言った。

〝いや、そんなことはない。ドクター・ロートはわたしが正常そのものだと言った〟

「あなたを連れに行っているあいだに、トラウンシュタインが近隣じゅうに聞こえるほどの大声でわめきつづけないようにしたのです」

わたしは彼の真正面にひざまずいたが、それでも頭ひとつ、彼より高かった。彼の額を汗が流れ落ちていたが、眼差しは数分前よりしっかりしていた。

「トラウンシュタイン？」アリーナは背後で訊いた。

「まあ、なんてことを。あなたは誘拐された子どもたちのお父さんを、拷問にかけているのですか？　わたしをここから連れ出してください。関わり合いになりたくありませんから」

「誰が拷問と言いました？」わたしは今度はトラウンシュタインに向かって話しはじめた。「よく聞いてください。あなたと取引がしたい。猿ぐつわをはずす代わりに、静かにしていてほしいのです。いいですか？　これからいくつか質問をしますので、それに答えるほかは黙っていてください。わかりましたか？」

トラウンシュタインはうなずいた。わたしはすぐに、彼の口からポケットチーフを引っ張り出した。彼は喉が詰まっていたかのように咳をし、静まるまでしばらくかかった。

「もういいでしょう」わたしは少しずつ考えをまとめはじめた。船でアリーナが述べたように、本当に妻の死の直前に電話で話をしたのかどうか、探り出すためだった。

「あなたは昨日、家に帰る少し前に、奥さんに電話をかけましたか？」

「彼女……」彼はあえぎ、もう一度、言いなおした。

「彼女からだ」

彼はつらそうに息をはずませた。懸命に努力しても、舌が言うことを聞かないようだった。

「わかりました。奥さんから電話がかかってきたのですね？」

〝ここまではアリーナの話と一致している〟

「奥さんは何を話されましたか？」

〝わたしが恋していたといっても言い女性が、死の前に何と言ったのか？〟

「彼女は……」彼は唾《つば》を呑みこんだ。「……ヒステリックになっていた。何を言っているのかほとんど理解できなかった」

「何か隠れん坊のことを話しておられませんでしたか？」

「はあ？」トラウンシュタインは、さっぱりわからないという目つきをした。

彼は答える努力はしてくれたが、わずかなことを言うにも、三度も言い直さなければならなかった。「いいや、何も。子どもたちがいなくなったと、泣きわめいていただけで」

「それで、あなたは？」アリーナが背後から訊いた。彼女がこの会話に割り込んできたことに、わたしは驚いた。この男の声に、何か気づいたのだろうか？

「そう。それにたいして、あなたは何と答えましたか？」

トラウンシュタインは頭《こうべ》を前に垂れ、今にも眠りこけそうになっていた。だが、わたしが彼の頭をもたげるより早く、彼は思いもよらない力でさっと頭を上げた。

「落ちつけ。ガキどもがいなくなるのは、これが最初ではないだろうと言った」

わたしは深呼吸し、彼の肩に両手を置くと、傷つき、怒りに燃えた男の濁った目を見据えた。チャーリーを侮辱したことで彼の頭を殴りつけてやりたかったが、彼の立場も理解できた。一つの関係が壊れる場合、つねに二人の人間が関わってくる。彼の失敗がどんなものだったにせよ、まことに高い代償を払わなければならなかったのだ。「彼女に、ぜったいに地下室には行くなと命じましたか？」

〝ああ神よ。どうして今まで気づかなかったのだろう？　すべてはもう手遅れだ。ぜったいに地下室へは行くな〟

質問を浴びせかけながら、トラウンシュタインの顔の表情がどのように変化するかを見守っていた。わたしは最初の職業で、何百という尋問をこなしてきた。そして、第二の職業でも同様に、多くのインタビューをおこなってきた。それゆえ、会話中、相手の感情の動きをかなり正確に読み取ることができると思っていた。しかし、トーマス・トラウンシュタインの場合は、わたしが予期していたような驚きの表情も、唖然とした表情もまるで見あたらなかった。彼はこれまでと変わらぬ反応を見せただけだった――混乱し、攻撃的だった。

「地下室だって？　いったいどの地下室だ？」

彼はこの問いによって、無意識のうちに問題点を浮き彫りにした。これまでの犠牲者たちは全員、高層の賃貸マンションで殺された。地下室へ行くなという警告は、これらの殺害現場ではほとんど意味をなさなかった。もしアリーナの幻覚が核心をついているとしても、それはチャーリーの殺害にしか当てはまらないだろう。

「わしは地下室のことなど、言っておらん」

トラウンシュタインは息苦しそうにあえいだ。彼はどうやら、こらえていたらしく、あえぎは全身を揺さぶる咳の発作に取って代わった。

〝よし。ここまでだ。プランBを試すときだ〟

わたしはアリーナのほうを向いた。「お願いがあります」ささやくような小声だったので、トラウンシュタインには聞こえなかった。彼女のすぐそばに立っていると、ふたたび、あの心地よい香水のかおりがした。わたしの温かい息が彼女の耳に当たると、衿足の毛が立ち上がった。セーターのタートルネックがずれて、首の刺青《いれずみ》の一部が見えた。

わたしの視線に気づいてか、彼女は衿を元どおりに直したので、曲線を描く文字の意味を読み解くことはできなかった。わたしにはＨａｔｅ（憎悪）のように見えた。

「どんなお願いですか？」彼女は訊いた。

　わたしは彼女の両手を取り、ゆっくりと椅子のまわりをまわり、トラウンシュタインの真後ろに彼女を立たせた。

「あなたは、肩から始めたと言われた」

「何のことだ？」トラウンシュタインは訊くと、背後で何が起きているのかを見ようと、首をのけぞらせた。

「ええ」アリーナは認めた。「でも……」

「くそっ。いったいそこで誰と話をしているのだ？」トラウンシュタインは縛《いまし》めのコードを揺さぶった。どうやら彼はこのときまで、アリーナにはまったく気づいていなかったようだ。

「では、もう一度、やってください」わたしは頼んだ。〝あなたの言葉が真実かどうか、証明してほしい。もう一度、目の収集人の過去を見てほしい〟

　わたしは彼女の手をトラウンシュタインの肩まで引いていった。「彼にさわってください。そして、何が見えるかを言ってほしいのです」

第五十五章

（最後通告の期限まで、あと八時間と五十五分）

フィリップ・シュトーヤ警部（殺人捜査班班長）

〝目の収集人は父親から疎《うと》まれている子どもたちを選んでいます。なぜなら、この子どもたちも、ギリシャ神話のなかのキュクロプスたちと同じく、禁じられた関係から産まれたからです〟

シュトーヤは頭のなかで教授の言葉を反芻《はんすう》していたが、しだいに、ショルレ同様、この知ったかぶりの男にたいして反感を覚えはじめた。教授は自分の説を披露することによって、わざと、聴き手たちが追加質問をして無知をさらけ出すように仕向けているのだ。

「それはどう解釈すればいいのでしょうか？」シュトーヤは結局、教授の思うつぼにはまった。

「ウラノスはガイアの息子でした」

「ちょっと待って。おふくろさんの女神は自分の息子とセックスしたって言うんですか？」ショルレはヒステリックに、声を上げて笑った。

「ガイアは汚れなき受胎によって、彼を産んだのです。そう、当時のギリシャ人は、それほど神経質ではなかったのです。たとえば、ゼウスも、彼の妹と親密な関係にあった。今ならもちろん、そのようなことは固く禁じられていますが」

シュトーヤは気づかわしげにかぶりを振った。「われわれは犠牲者の家庭環境を調査しましたが、近親相姦の徴候はありませんでした」

ホールフォートは人さし指を上げた。「禁じられた関係と言いましたが、それは法的な意味ではありません。目の収集人の視点しだいで、浮気も充分、その範囲に入ります」

「つまりそれは……」

「……誘拐された子どもたちは、たぶん、父親の血肉を分けてはいないということです」プロファイラーは車輪のクローム枠に手を伸ばし、車椅子を前後に、静かに動かしはじめた。「そのため、子どもたちは父親から憎まれ、母親は夫を裏切ってその名誉を傷つけたために殺されたのです」

　たった今、教授が示唆したことに、シュトーヤは感電したようにびくっとして立ち上がった。彼はいらだたしげにうなじに手をやった。「だとすると、目の収集人は復讐者だということになる！」

「そのとおり！」ホールフォートはふたたび、車椅子を前後に動かし、満足した子どものように見えた。

「犯人は母親の不実を罰し、厭《いと》わしい邪魔な子どもたちをウラノスに成り代わって、大地の奥深くに隠したのです。これは捜査上、さらなる手がかりを与えてくれます。彼は子どもたちを地下の待避壕か狭い地下室に閉じ込めておくでしょう。ぜったいに地面の上ではなく、それ以上の高さのところでもなく」

「ああ、感謝します。それで捜査範囲は劇的に狭められます」ショルレはそう言うと、同時に立ち上がった。彼の腹はズボンのウエストから大きくせり出していたので、ベルトをしめているのかどうか、誰にも見えなかった。

「ここで、厭味《いやみ》たっぷりな発言で時間を無駄にしているくらいなら、犠牲者たちの家族に、外部に漏れないようにしている色恋沙汰か浮気がないか、背後関係を調べてはどうですか？　もしかしたら、これらの女性たちは全員、目の収集人本人と逢い引きをしていて、そこから、かつてウラノスがキュクロプスたちを憎んだように、目の収集人に憎まれる子どもが産まれたのかもしれませんよ」

「じゃ、おれはこのへんで、トイレに行ってけつを掻いてくるとするか」ショルレは言うと、無視するように手を振った。

「おれは、そろそろ神話の神々にうんざりしてきた。もう一度、具体的な地上の証拠のほうを向きたくなった。いずれにしても、こちらには犯人しか知らないことを明確に知り、犯行現場に財布を置き忘れた容疑者がいるんです」

ホールフォートはテレビでおなじみの微笑を浮かべ、ドアのかたわらのコート掛けまで車椅子を進めていった。「あなた方は、わたしの説を聞きたいと願っておられた。もし、お時間を無駄にしたのなら残念です」

彼が今まさに、フックに掛けたカシミヤの外套に手を伸ばしかけたとき、ドアがぱっと開き、若い女性が部屋に飛び込んできた。

「失礼します」彼女は息を切らし、興奮して、額にかかる前髪を吹き上げた。

「何事だ？」シュトーヤはイライラしながら訊いた。

「ツォルバッハが」彼女は言っただけで、顔にさっと血が上がった。

シュトーヤは彼を取り巻くすべてがピーンと緊張するのを感じた。

「やっと見つかったか？」

「いいえ」彼女はシュトーヤに携帯電話を差し出した。

「彼から電話がかかってきたのです」

第五十四章

（最後通告の期限まで、あと八時間と五十二分）

アレクサンダー・ツォルバッハ（わたし）

「トラウンシュタイン邸で？」

「そうだ」

「彼を縛った？」

「延長コードを使って」

「おれを愚弄《ぐろう》する気か？」

シュトーヤの声は怒りに震えていた。彼の背後から、多忙をきわめる所轄警察署に特有の物音が聞こえてくる。電話の鳴る音、入り乱れる声、ドアを開閉する音、たくさんのコンピューターのキーボードがたたかれるけたたましい音。それらは夜の遅い時刻というよりも、むしろ午前十一時にふさわしい音だった。目の収集人がゲームを再開した今、投入された警官は全員、日々、夜の十二時少し前まで任務についているようだった。

「あんたたちも一度、彼の居間にあるプレーヤーにどんなＤＶＤがあるか、見てみたらいい」

「おれにあれこれ指図するのはやめてくれ」シュトーヤの怒鳴り声が、受話器からひびいてくる。

わたしは受話器を耳から離し、フランクに無言で、次の交差点を左に曲がるようにと指示を与えた。

アリーナとわたしが永遠と思えるほど長いあいだ、トラウンシュタイン邸の前で待っているところへ、ようやくフランクは到着したのだった。わたしの電話にシュトーヤが出たまさにその瞬間に。それゆえ、わたしたちはなるべく物音を立てぬようにし、言葉で挨拶《あいさつ》を交わすこともなく逃走用の車に乗り込んだ。

「おまえはどこにいるんだ？」殺人捜査班の班長は聞き出そうとした。いまだに命令口調だった。

「質問が間違っている。むしろ、なぜトラウンシュタインが子どもたちを捜す努力もせずに、酔っぱらっているのかを訊いたほうがいい。あのDVDがヒントになるだろう」

　とは言いながらも、わたしはトラウンシュタインと目の収集人とのあいだに果たしてつながりがあるのだろうかと、本気で疑いを抱きはじめていた――アリーナの幻覚が水泡に帰したからだけではなかった。あそこには木造りの小屋もなければ、犯行現場はトイフェルスベルクの近くでもない。いかがわしい最後通告はおそらく、ただのまぐれ当たりだったのだろう。

　シュトーヤは戦術を変え、へたな説得を試みようとした。「署まで来い。おまえを公平に扱うと約束するから」

「そんなことをしても時間の無駄だ。わたしの心配はしなくともいい。あんたたちはトラウンシュタインを尋問しろ」わたしは唾《つば》を呑み込んだ。涙がこみ上げそうになっていた。

〝チャーリー、ちくしょう……〟

「よく聞いてくれ、シュトーヤ。わたしはいまだに、あんたの味方だ。信じてほしい。だから今、心の重荷になっていることをあんたに話す。いいか？　かつての同僚として、あんただけに打ち明けるのだ」

　冷静さを失うまいと、わたしは助手席の窓を少し開け、顔に冷たい風が吹きつけるのにまかせた。「トラウンシュタインの妻には浮気相手がいた。何人も」

　そのあと、わたしは声をひそめたので、言葉は風の音でほとんどかき消されてしまいそうだった。「わたしも彼女をよく知っていた」

「まさか、冗談じゃないだろうな？　おまえとルチア・トラウンシュタインとのあいだに関係があったというのか？」シュトーヤの啞然としたような声が聞こえた。

「いや、少なくとも、あんたの考えているようなものではない」

ひそひそ話をしようとした目論見《もくろみ》は失敗だった。フランクが眉をつり上げるのが目の隅から見えた。少なくとも後部座席のアリーナには聞こえなかっただろうが。

「あんたたちが捜査の方向を間違えてはいけないと思うから、言っているだけだ。もしかしたらトラウンシュタインは子どもたちがどこにいるのか知っているかもしれない。動機があるのは彼のほうだ。わたしじゃない。彼の妻はほかの男たちと性的関係を持っていた。そして彼は、子どもたちは自分とのあいだに産まれたのではないと思い込んでいる」

「おまえの居所をすぐに教えろ！」シュトーヤの声が変わった。怒りは薄らぎ、聞き違いでなければ、突然冷やかになった――わたしが無実かもしれないという、最後まで残っていた彼の疑念が、跡形もなく消え去ったかのようだった。

「わたしは出先にいる。だが、わたしのボルボを追跡する必要はない。車はキューレン・ヴェークに停めてある。キーは差し込んだままだ」

わたしはフランクに目をやった。彼はたった今、ウインカーを作動させ、テオドール・ホイス広場のロータリーの車列に加わろうとしていた。わたしのボルボは間違いなく十年は若い。だが、逃走用の車より新しくは見えなかった。このトヨタは日曜日に何度か例外的に使われたほかは、フランクのおばあちゃんの家のガレージにしまわれていたように見受けられる。計器盤にはひっかき傷ひとつなく、オドメーターにはちょうど一万二千キロが表示されており、フロアマットには毎回、掃除機がかけられていたようだ。グラブコンパートメントには、よく知られた格言を記した紙が何枚も、丹念に貼られていた。

今日という日を無駄にするな。

早起きは三文の得。

未来を予知するのは簡単だ。

具体的に計画してあれば。


わたしはシュトーヤに最後の助言を与えた。「わたしの車から手がかりを探し出そうとしても、わたしと目の収集人の関連など、何も見つからないぞ」

「もうすでに充分なものをつかんで……」彼がまだ言いおわらないうちに、わたしは電話を切った。

それからフランクのほうを向いた。

「あなたは関係を……」彼は話しだそうとしたが、わたしはすばやくさえぎり、目立たぬようにアリーナがいることをほのめかした。

「ありがとう。すぐに来てくれて」

フランクは物わかりのよいところを見せて、うなずいたあと、しゃべりはじめた。「ぼくは適当なときが来るまで待ってから、そっと編集部から抜け出したんです」彼はあくびをうまく隠しおおせたものの、疲労困憊《こんぱい》しているという印象までは拭いきれなかった。

仕事に付きものの睡眠不足のために、目の下に深い隈《くま》が刻み込まれている。それ以外の点でも、彼はひと晩飲み明かしたあとのわたしを、そのまま想起させた。編集部で過ごした何カ月かが、ビスケットの包装にあるような顔の若者を、典型的なインターネット・フリークに変身させていた。洗っていない髪、髭を剃《そ》っていない顔、だらしのない服装（彼の靴には紐《ひも》が欠けており、ダウンジャケットの下には流行遅れの、洗いざらしのTシャツしか着ていない）。その代わりに、仕事にたいする集中力は想像を絶するほどだった。夜中の三時に帰宅しても、それは寝るためなどではなく、軽くシャワーを浴びたあとは、わたしから依頼されたつぎの調査のために全力を使い果たす。そんな彼を大目に見てくれるようなガールフレンドがいるのだろうか？　わたしは疑問に思っていた。

「ところで、きみに紹介しよう。こちらはアリーナ・グレゴリエフさんだ」わたしは言うと、後部座席のほうを振り向いた。「きみに話した例の証人だ。彼女のそばにすわっているのは、ナヴィゲーターを務めるトムトムだ」

「お目にかかれて幸いです」フランクはちらっとバックミラーに目をやった。

「そしてぼくは、ボスのおかげで窮地に追い込まれたバカ者です」

「ようこそ」アリーナは言った。

わたしは両手を上げた。「パニックに陥る理由はない。わたしは告訴されたわけでも、逮捕されたわけでもない。ただ容疑をかけられているだけだ。ドイツではは自分を告発する義務はない。だから、今現在、わたしたちは誰も処罰を受けない」

「ただし、家宅侵入と、あなたがそそのかした拷問は別としてね」

「トラウンシュタインを拷問にかけたんですか？」フランクは疑わしげに、息をはずませた。わたしはその問いには乗らなかった。

「あなたは彼に少しさわっただけだ、アリーナ」

彼女は不安げに、ためらった。それからサイドウィンドーに向けた顔をゆっくりと揺すった。

「でも、何もなかった？」わたしはさっき邸宅で、彼女がトラウンシュタインの肩から、あきらめたように両手をのけたときと同じ質問をした。「あなたは本当に何も感じなかったんですね？」

「何も」

「何のイメージも、何の光もなかった？」

わたしは目の見えないこの女性が別の答えをする可能性があると、本気で思っていたのだろうか？

「わたしには彼が見抜けませんでした」アリーナは言

った。

「ちょっと、ちょっと、二人とも正気なんですか？」

フランクは車線を変え、少しのあいだ、わたしを見つめた。「いったい何が起きているのか、説明してくれませんか？」

「でも、彼がそうではないとも、言いきれないんでしょう？」わたしはアリーナへの質問をつづけた。

「誰も犯人ではないとは言いきれません」彼女は憤慨して、言い返した。「いいかげんに、その質問攻めをやめてもらえませんか？　初めは、電話でわたしを森まで呼びつけておいて……」

「あれはわたしじゃない……」

〝……わたしに責任をなすりつけようとした誰かだ。でも、なぜそんなことを？　もしわたしを目の収集人の身代わり山羊《やぎ》として、だしに使いたいのなら、なぜ、事をこうまで複雑にし、この頭のおかしい女を送り込んできたのか？〟

「……そして、わたしはもうちょっとで大怪我をするところだったのに、あなたは招いた覚えはないと言い、船から追い出しにかかった。それというのも、わたしをあの家に誘い出して、誘拐された子どもたちのお父さんにさわるためだった。本当は、あなたも昨日の警察と同じくらい、わたしの言うことを信じていないのに」

「警察？　ちょっと待って……」フランクが後部座席へ振り向いたので、車は危険なまでにぐらっと右に揺れた。わたしは進行方向を保つために、ハンドルをつかんだ。

「まさか、そんな」フランクはふたたび目を正面に向けて、言った。彼は頭上の車内灯をつけて、もう一度、バックミラーのなかを覗いた。

「何が？」アリーナとわたしは異口同音に訊いた。

外ではふたたび、雨まじりの雪が降りはじめていた。

「あなたが誰なのか、わかった」フランクは言うと、ワイパーをごくわずかに動かした。ワイパーのゴムは、乾いた黒板に爪をたてるようなキーキーという軋《きし》み音をたてた。「ぼくは昨日、あなたに会いましたよ」

第五十三章

「まあ、本当に？」アリーナの上体が緊張した。彼女は着込んでいるセーターの一枚を脱いで、無造作に自分のそばに放り投げた。衿元から、ふたたびあの刺青の一部が見て取れた。目の見えない人が肌を彫らせる動機は何だろうとわたしは思った。

「あなたは昨日、所轄の警察で、ぼくの顔にドアをぶつけたアシナシトカゲさんでしょう？」彼は訊いた。

「フランク」わたしは咳払いした。

「あなたは、わざとぼくにぶつかっておきながら、振り向きもしなかった」

　彼は車線を変えた。

「フランク！」

「まるで目がないみたいに」

「フランク！」

「何ですか？」彼は不機嫌そうに訊いた。

「彼女は目が見えないんだ」

「冗談を……」フランクはさっと後ろを振り向いた。

「本当ですか？」

わたしもアリーナもうなずいた。アリーナは目を開いた。くもりガラスのように鈍く光っていた。

「そんなこと……ぼくは、まったく気づかなかった」

フランクは口ごもった。

「ありがとう」アリーナはそっけなく言った。

わたしは車内灯をふたたび消した。しばらくは、短調なエンジン音と濡れたアスファルトをこするタイヤの音しか聞こえず、ときどき、ワイパーの軋み音がそれを破るのみだった。

「そう言われてみて、ようやくぼくは、あなたのステッキを思い出しました」フランクはふたたび話しはじめた。

車はエルンスト・ロイター広場を過ぎて、六月十七日通りを進んでいった。

「なんてこった。あなたは目標に向かってまっしぐらという感じだったので、ぼくの横を走りすぎて行ったときには、ノルディック・ウォーキングをする人かと思ったんです」

「わたしはそのとき、かんかんに怒っていたのです」

「それは感じました。でも、どうやったらできるのですか？」フランクは訊いた。「昨日は所轄署の階段を走り下り、今日は誰の助けも借りずに、車の後部座席にすわった」

「目は見えませんが、横断麻痺《まひ》を患《わずら》っているわけではありませんから」

フランクの頬は、平手打ちをくらったかのように赤く染まった。「すみません。あなたを傷つけるつもりはなかったんです」

「いいんです。誰でもみんなそう思うので」

アリーナの声には、かすかながらも苦渋の響きがあったが、彼女自身、それに気づいたようだった。つづく言葉には、もうそれは跡形もなかった。「そんなことで驚かないでください。わたしはこれまでの人生で、人々をからかう練習をしてきたのです。たとえば、クラブで新入りの誰かを見つけたら、わたしは友だち全員と賭けをします。その人が、わたしを目が見えない人間だと気づくまでに、どれくらい時間がかかるかと」彼女は笑った。

フランクの好奇心が呼び覚まされたようだった。

「じつはぼくは、兵役に替わる社会奉仕のために福祉施設で働きました。そこでは毎土曜日、目の見えない人たちのグループがやってきました。こんなあからさまなことを言って、失礼かもしれませんが、あなたと違って、この人たちはみんな、どことなく……」

わたしはフランクが愚かにと言いかけているのに気づいた。だが、わたしが咳払いしないうちに、彼は自分から言い直した。「……奇妙に見えました。頭を揺すったり、目をこすったりしている人もいて。そして、ほとんどの人たちは顔が仮面のようでした。まるでボトックスの注射をされたあとみたいに無表情でした。それに反してあなたは……」

「わたしは？」彼女は前部座席の背もたれに両肘をあて、前に身を乗り出した。

「あなたは挨拶のとき、黙ってうなずき、最初に口を開いたときには眉を高くつり上げた。そして今はほほ笑み、手で髪形を整えた。ちなみに、あなたの髪はかなり乱れていた」

「ありがとう」アリーナは言った。事実、彼女のほほ笑みは、さっきよりも大きくなっていた。「練習してきましたから」

「どんな？」

「身振り手振りと表情の。目の見えない人たちが早くから、自分と同じような人たちだけでいるのは問題だと思います。わたしの両親は、事故のあとでわたしが特別支援学校に送られそうになったとき、激しく抵抗したのです。確かに、わたしは一年に一度は目の見えない人たちだけのキャンプにも行きました。でも、それ以外のときは公立の学校に通い、目の見える友だちといっしょに、ごく普通の遊び場で遊びました。もちろん、違いはいろいろありました。文章が書けるように、授業中に自分用のコンピューターを使ったり、自転車で走るときは、友だちといっしょに走り、その音で方向を聞き分けなければなりませんでした。でもともかく、自分の自転車で走りました。ほかの人たちよりも、倒れることが多かったですけれど。でも級友たちは、わたしが休憩時間に足場やほかの障害物めがけて走っては転び、それでもあきらめず、すぐまた立ち上がる光景に慣れていきました」

アリーナはふたたび後部座席に身を沈めた。車には茶色のシートカバーが掛かり、荷物置場にはトイレットペーパーが置かれていて、いかにも年金生活者のものらしく見える。わたしの車のグラブコンパートメントに事故の際に必要な書類や電話番号とともに、丁寧《ていねい》に捺印された整備心得の本が見つかるなんて、自分の年収すべてを賭けてもありえない。トランクには、いまだかつて三角形の停止表示板すら入っていたことがない。

「ドイツではどうなのか知りませんが、アメリカでは目の見えない人たちが多少とも自力で時間を過ごせるような設備があります。目の見える子どもが退屈して鼻をほじったり、しかめっつらをしたり、積木を投げたりしはじめると、ほとんどの場合、そばにいる誰かが注意をします。目の見えない子どもたちだけでいると、どんなにおかしな振る舞いをしても誰も気づいてくれません。それに、世話する人自身も目が見えないか、あるいは無関心であることが多いのです」

アリーナはまどろみかけているトムトムの頭を愛撫するようにさすった。トムトムはまるで兵士のように、わずかな時間を利用して眠るらしい。

「鼻ほじりや、貧乏ゆすりが常習になってしまうと、後になって直すのはとても難しいのです。たいていの健常者は、こうしたホスピタリズム（施設病、病院病）は目の見えない人たちの病像《びょうぞう》の一つだと思い込み、あえて、それ以上のことは言いません。洟《はな》が垂れていると指摘するよりも、はるかに嫌なことなのです」

　アリーナは声を上げて笑い、トムトムは驚いたように、太った頭を上げた。

「幸いなことに、わたしには最初から幼稚園からの友だちが味方になってくれました。ジョーンです。彼は、わたしがおかしな振る舞いをすると、いつも、間違いを指摘してくれました。わたしが集中しているために不機嫌な印象を与えたときも、無意識のうちに目をぎょろつかせて相手を不安にさせたときも。ジョーンはいわば、わたしの鏡なんです」

　わたしは、思わずバックミラーに目をやり、フランクは振り向いた。

「わたしに身振り手振りや表情を教えてくれたのはジョーンなんです。微妙な会話のこつも」

　アリーナはふたたび前に身を乗り出すと、口をとがらせ、扇情的に舌で上唇をなめた。それから色っぽく瞬《まばた》きし、おとなしく頭を斜め下に傾げてうつむいた。

　彼女が試みた芝居を目で追っていたフランクは、笑わずにはいられなかった。

「ジョーンから、こういう恋の手管も学んだのです」

〝そして、嘘も？〟

　ほとんど、どの点から見ても傑出したところのあるこの人物と過ごす時間が長くなればなるほど、彼女の正体がますますわからなくなってきた。一方ではわたしのまったく知らないに等しい、彼女の住む光のない世界についての魅力的な洞察を、じつに冷静に語ってくれたかと思うと、他方では、ニッチでさえ驚くほどの超自然的な能力について話す。アリーナは頭がおかしいか、あるいは、才能に恵まれた女優か、そのいずれかにちがいないという結論にわたしは達した。

〝またはその両方か〟

車で過ごしたあのときを振り返ってみると、このあと何が起きたかをすでに知っている今では、あの時点での自分の無力さを、ただ笑うしかない。

もっとも、それは血を吐く寸前の人間のような、息の詰まったゼーゼーという笑いではあるが。

あのときわたしは、自分の運命を自分の手中におさめ、わたしの愚かしい道案内によって、行くべき道を決めることができると真剣に思っていた。だが、最終的には、プレンツベルク地区のアリーナの住居ではなく、まっすぐに死へ向かって突進していたのだ。

わたしはへとへとに疲れていたし、頭も混乱していたが、それでも、自分がしっかりと舵取りをしていると信じていた。だが、実際に舵取りをしていたのは、もはや、わたしではなく、目の収集人だったのだ。

そのことを、恐ろしい苦悩のなかで見つけ出すまで、あとわずかな時間しか残されていなかった。

第五十二章

（最後通告の期限まで、あと八時間と三十九分）

残りの道をフランクは、アリーナとわたしに交互に根掘り葉掘り質問を浴びせかけた。結局わたしは知らず知らずのうちに、ここ何時間かに起きた出来事を短くまとめて話す結果となった。船での出会いに始まって（船の正確な場所や、その前にドクター・ロートの診察を受けたことは黙っていた）、最後通告には追加の七分があったことも、また、失敗に終わったトラウンシュタイン家への侵入のことも。

フランクはアリーナの突拍子もない証言を聞いても、わたしほど疑わしげな反応は見せなかった。

「きみは彼女の言葉を信じるのか？」わたしの気持ちはぐらついた。最後通告を除いて、それ以外の彼女の話はすべて事実無根だとわかった今、わたしは約束を解消して、なるべく早く彼女を自宅に送り届けることしか望んでいなかった。さしあたり、説明のつかない出来事への興味には蓋《ふた》をし、これ以上、妄想に付き合うつもりはさらさらなかった。

「事件の解決に、霊媒を使う歴史は古い」フランクは言うと、わたしの質問をはぐらかした。車はブルンネン通りに着き、ブドウ畑のそばの公園のある地点で、第二車線を保っていた。

「すでに一九一九年に、ライプツィッヒ警察のエンゲルブレヒト警視正は、仮想の犯罪を解決するために、テレパシー能力のある者を使った超常的な実験をおこなった」フランクはつづけた。車は明るい照明の灯る人けのない二つの画廊のあいだの車寄せに停まった。一つの画廊のなかには、ちらちら光る白熱電球の上に、サドルのない自転車がつり下げられており、もう一つの画廊のなかには、雪に埋もれたテストパターンの映るピンク色に塗られた真空管テレビが置かれていた。もしこれが芸術だと言うなら、フランクの際限もないおしゃべりにもまして、わたしは困惑させられるばかりだ。

「そしてウィーンでは、一九二一年ごろには犯罪テレパシー研究所なるものまであった。存続したのは数カ月にすぎなかったけれど」

「彼はどこから、こんなことをいろいろと知ったのでしょう?」アリーナは訊いた。

「彼の頭にはフィルターが組み込まれていないんですよ」わたしは説明した。「読んだものはすべて記憶してしまうんです。いっしょに調査に行くときにはノートを持っていく手間が省けます」

わたしは助手席で伸びをした。そうこうするうちに、できるだけ早く、フランクとアリーナを厄介払いしたくなってきた。そうすれば、ルドヴに急行できる。

〝ニッチのところへ〟

わたしは腕時計に目をやった。

〝そしてユリアンのところへ〟

真夜中まであと二時間だ。

〝息子の誕生日まで、あと二時間〟

まだ贈り物は買っていなかったが、シュトーヤに餌を投げてやる前に、少なくとも、おめでとうとユリアンに言ってやりたかった。

「ドイツで大きい波紋を呼んだ最初の事件は、一九二一年にフランクフルトで起きた〝選ぶ夢想家〟ミンナ・シュミット事件だった」フランクはよどみなくしゃべりつづけた。アリーナが興味を抱いて聴いていると思ったらしい。トムトムがひっきりなしに鼻面で彼女の手を押しても、彼女はいっこうに、車から出ようとしなかったからだ。

「ミンナはハイデルベルクで起きた二人の副市長殺人

事件で、死体の正確な発見場所を夢に見た」

「偶然だろう」わたしはあくびをした。

「かもしれない。でもフライブルクの心理学および精神衛生学の中間領域研究所、短くIGPPと呼ばれているが、ここでは、透視能力者が警察に協力した事例についての記録が、山積みされている。そのうちの一つは、あなたもよく知っているでしょう」フランクはわたしを見つめた。彼の頬はふたたび、まだらに赤く染まっていた。「会社社長だったハンス－マルティン・シュライヤーが殺された事件ですよ」

「それで?」

「一九七七年の《ブンテ》誌の見出しを覚えていますか?」

「いいかげんにしろよ。わたしはまだ、それほどの年じゃない」

「〈透視能力者はシュライヤーの隠し場所を見た〉」フランクは勝ち誇ったように、にやりと笑った。「これが見出しでした。《シュテルン》誌も仲間入りし、《シュピーゲル》誌は、その上、オランダ人の霊媒、ジェラール・クロワゼとのインタビューまでおこなったんです。IGPPの記録によれば、彼はすでに捜査活動の二週目に、特捜班の捜査官たちや心理学者やドイツ連邦国防軍からの協力を依頼されたのは明らかな事実です」

「連邦国防軍?」アリーナは答えを求めた。

「連邦国防軍には、心理弁護の部門があるのです」

トムトムがクンクン鳴きはじめた。アリーナはなだめるように彼のうなじを撫でたが、哀れな犬は鳴きやもうとしなかった。

「BKA（ドイツ連邦刑事局）は、クロワゼとのつながりが公《おおやけ》になったことで、窮地に陥った。その二年後、警察心理学者は、エルフト市のリーブラーにある高層住宅にシュライヤーが隠されていたという具体的なヒントをクロワゼが与えていたことを確認した。もし、クロワゼのヒントに従っていたら、シュライヤーを救うことができただろうに、と心理学者は述べています」

「それもまた、現代の伝説にすぎないさ」わたしは反論した。

「でも、これだけじゃない。一九九〇年代の初めだけでも、バイエルン州当局は百人を超える感受性の鋭い人々に協力を求めている。ドイツ全土なら、その数はもっと多いでしょう」

フランクはアリーナのほうを振り向いた。「ですから、特別なのはあなただけではありません」

「自分のことはわかりません」アリーナは言ったが、疲れきった声になっていた。「疲れていること以外は」そのあと、少し間を置いてから彼女は小声で付け加えた。「それに、喉が渇いているんです」

アリーナはほかにも言うことがあるかのように口を開いた。だがつぎの瞬間、考えを変えたらしい。彼女は凍りついたような表情をし、言葉もなく、怯《おび》えたような動きで車から降りた。

「何かあったんですか？」わたしは訊いた。彼女に追いつくと、もう一度訊いた。フランクも車から降り、車の屋根越しに注意深くわたしとアリーナを見つめていた。何らかの考えが彼女の頭に閃《ひらめ》いたにちがいない。そして今、それを必死で追い払おうとしているようだった。彼女はトムトムに静かにしているようにと合図すると、リュックサックを前に向け、外側のポケットのファスナーを開けようとした。わたしは相合い傘の若い男女が身を寄せ合い、くすくす笑いながらそばを通り過ぎていくのを待ってから訊いた。「今、何を考えていたのですか？」

〝喉が渇いていると言った直後に？〟

「昨日のことを。わたしは手を休めて、何か飲みました」

〝昨日。殺人のあとだ！〟

胃が痙攣《けいれん》を起こしそうだった。

「さっき、そのことをお話ししようと思ったんですが、あなたはトラウンシュタイン家のほうに曲がっていかれたので——」

「どこですか？　どこで手を休めたのですか？」

「車寄せです。それほど遠くまでは行っていなかったはずです」

「どうして、それがわかったのですか？　あなたの幻覚には時間の感覚はないと思っていましたけれど」

「まだ疲れて、ぐったりしていたのでそう思ったのです」

〝疲れたのは、子どもを車のトランクに投げ込んだため……〟

「それに、わたしの背中は濡れていました。汗をかいていたのです。ジョギングでゴールに達したときのように。少し長い休憩を取ると、どんな感じになるかはわかっています。でも、昨日はまだぐっしょり濡れていました」


アリーナは話しながら、ぎごちない手つきでリュックサックのポケットのなかを探っていたが、ようやく探していたものを見つけたようだ。カチャカチャと音がし、彼女は大きい鍵束を手に取った。どの鍵の頭にも、それぞれ異なる形の輪がはめ込まれていた。ひとつは毛羽《けば》立っており、ひとつは表面にギザギザがあった。アリーナはつぎつぎにさわっていき、しまいに、中くらいの大きさの安全錠の鍵に決めた。

「では、あなたが中休みしたのは五分もなかったのですね？」わたしは訊いた。

彼女はうなずいた。「三分ぐらいでしょう。さっきも言ったように、喉が渇いてたまらなかったのです」

「どんな車寄せでしたか？　邸宅での？　それとも賃貸マンションの？」

「いいえ、違います。わたしの言い方が悪かったのです。車寄せというのは美化しすぎでした。カリフォルニアなんかだと、ガレージの真正面に車を停めるところがありますが、それのことです」

「では、一戸建ての家に、それがあったのですね？」

「そうです」

「長屋風に連なっている家ですか？」

彼女はかぶりを振った。「純然たる一軒家です。でも小さかった。平屋のバンガロー式住宅のような印象を受けました。でも、確実なことは言えません」

わたしはじっと考えた。「ほかに何か知っていることがありますか？　何か目立った特徴は？　新築か、古い建物か、漆喰《しっくい》にどんな色が使われていたか、どんな柵があるか、窓の鎧戸《よろいど》、屋根はどんなだったか？」

彼女はかぶりを振った。そのあと急に話を中断すると、瞼《まぶた》をぎゅっと閉じて言った。

「バスケットボールの籠《バスケット》」

「何ですって？」

「車寄せに。でも、よくあるような、ガレージの上のほうではなく、その少し脇のほうに設置されていました。隣家の敷地との境に立つ木のそばに」

「わかりました、アリーナ。あなたはトラウンシュタイン家の近くのどこかで、車寄せにバスケットボールの籠《バスケット》がある家にいた」わたしは彼女のほうに一歩すすんだ。触れることができそうに近々と。「それで、あなたは何をしたのですか？」

第五十一章

アリーナは身を震わせた。寒さのせいだけなのかどうかは、わからない。

「わたしは台所に行きました」

〝ドアが開いていたのか、それとも彼女は鍵を持っていたのか〟

「飲み物を取りにいったのですね？」

「そう。コーラを」アリーナはいらだたしげに顔をこすり、らせんのようにカールした巻き毛を一本、耳の後ろに搔き上げた。

「瓶はどんな形だったかわかりますか？」

「赤地に白い字が印刷されていました。目の見えない人でも、コーラの前に立てばわかります」彼女は笑うと、トムトムを自分のほうへ引き寄せた。

「それに、瓶ではなく缶でした。冷蔵庫の横の仕切りに四個入っていました」

「それで？」

彼女は肩をすくめた。「それだけです。それ以上のことは思い出せません」

わたしはふたたびフランクのほうに目を向けた。彼は金縛りにあったように、アリーナの唇の動きを注視していた。

アリーナの話がとぎれたところで、わたしはフランクに、できるだけ早く新聞社に戻るようにと言い聞かせた。

「それは、あんまりですよ！」フランクは失望のあまり、うめき声をあげた。「今は勘弁してください。息詰まるような瞬間にさしかかっていたのに」

「悪いな。だが、編集部ではきっと大騒ぎになっているだろう。それに、この危機のさなかに、よりによって、わたしのお気に入りの部下に連絡が取れないのはおかしいと思われる」

わたしは別れのしるしに、彼の痩《や》せた肩をたたいた。

「だが、編集長にはひと言もしゃべらないでくれ。そして、電話のそばにいてほしい。もう一度、きみの助けを借りることがあるかもしれないから！」

フランクは兵士のように、かぶってもいない想像上のひさし帽を軽くたたいて敬礼した。そして、アリーナに別れを告げたあと、ゆっくりと歩み去っていった。

わたしは時計を見て計算した。警察発表によれば、トラウンシュタイン家の子どもたちは早朝に誘拐された。チャーリーの死体はそのあと、九時過ぎに夫によって裏庭で発見された。ストップウォッチが作動する九時二十分の直前に。

目の収集人はすでにその時点で、間違いなく犯行現場からいなくなっていたことから考えると、彼が何時にそのバンガローで休憩を取り、コーラの缶を手にしたのか簡単に逆算できた。

〝仮に、それが本当だとしても〟

わたしはかぶりを振りながら、フランクがタクシーに乗るために次の角を曲がっていくのを後ろから見守っていた。わたしはまたも、目の見えない女性の幻覚を検証しようとしている。その事実からだけでも、自分が正気なのかどうか疑わしくなってきた。

フランクは何メートルか歩いてから、もう一度向き直り、頭から雪片をはらい落とし、ジャケットのフードを頭からかぶった。

〝それが決定的な瞬間だった〟

もし彼がそんなことをしなかったら、たぶん、狂気の沙汰はここで終わっていただろう。わたしはシュトーヤの前に出向くより先に、息子のもとに車を走らせただろうし、わたしのその後の人生は違ったものとなっていただろう。だが、わたしの部下が画廊のショーウインドーの前に佇《たたず》んだそのわずかな瞬間に、何もかもが変わってしまったのだ。

わたしのつぎの一歩。わたしの運命。

わたしの人生が。

わたしは催眠術にかかったかのようにフランクのあとを追った。彼はそれ以後は振り向かず、すでにつぎの交差点に着いていた。

「ところで、またなんですけれど」アリーナが言っている。彼女はわたしがまだ車の前に立っているものと思い込んでいる。だがわたしは、フランクがフードをかぶった場所に立っていた。

ショーウインドーの真ん前に。

アリーナは住居である賃貸マンションの正面入口の少し手前で待っていた。ちょうど鍵を差し込もうとしているところだった。

「また何ですか？」わたしは、うわの空で訊き、さらに一歩、すれすれまでショーウインドーに近づいたので、危うくガラスにぶつかりそうになった。相変わらずテストパターンを映していた真空管テレビに、今度は髭を剃《そ》っていない黒っぽい髪の男の横顔が、ちらちらと映った。彼は画廊のなかの目に見えないカメラに向かって軽く手を振っている。わたしが見ていたのは、わたし自身だった！

「喉が渇いているんです」アリーナはようやく答えた。わたしが振り向くと、彼女は柔和な微笑を浮かべていた。目を閉じ、背筋を伸ばして立っているその姿は、別れ際に恋人のキスを待っている若い娘のように見えた。わたしは目をそらし、わたし自身をじっと見つめた。

〝錯覚ではない〟

テレビの映像は、画廊の前を若い男女が通り過ぎていったあのときに、一度、少しのあいだだけ変わった。そして、フランクが振り向いたときに初めて、わたしははっきりと確信した。

〝この芸術装置は、通行人たちをフィルムに収めている！〟

「いかがですか、スター記者さん？　一杯飲みに、上までいらっしゃいませんか？」アリーナはややもどかしげに、訊いた。

　わたしはうなじに手をやり、偏頭痛が消えていることに驚いたが、頭痛薬を飲んだことを思い出した。真空管テレビの画面に自分が映っていることから見ると、カメラはわたしの斜め上に設置されているにちがいないとの結論に達した。事実、ピカピカまたたく発光ダイオードが画廊の天井の左側に斜めに取り付けられているのを見つけた。

　つぎにわたしは、自分の姿が画面から消えてしまうまで、一歩また一歩と横に進んでいった。わずか二秒しかかからなかった。そのあとはふたたび、チラチラと雪が降るような画面になった。

「では、これで。お話を聞いてくださってありがとう」アリーナは言ったが、わたしは彼女を無視しつづけた。

　わたしは自分の疑念を確かめようと、あらためてもう一度カメラのテストをした。そのために、ふたたび右に向かって歩いてみたが、テレビはさっきと同様に反応した。

「目の収集人は昨日のいつごろ、あなたのところに来たのですか、アリーナ？」わたしは息を切らしながら訊いた。が、今度は、答えてくれなかったのは彼女のほうだった。

　マンションの入口のほうを見ると、アリーナとトムトムはすでに階段室のほうに姿を消していた。

第五十章

（最後通告の期限まで、あと八時間と二十五分）

アリーナ・グレゴリエフ

自宅に着いた。住居のにおいは、ここ何時間かの経験のなかで、もっとも心安らぐものだった。

なじみ深いそのにおいは、一つ一つの部屋からのにおいが混じり合ったものだった。何時間か前に淹《い》れたコーヒーのかおりと彼女の高価な香水のかおり、それに、家事手伝いの女性が無条件で信頼している安っぽい酢酸系の洗剤のにおいがいっしょになって空中に漂っている。今日は掃除の女性の入る木曜日なので、アリーナの不在中に、居間のほこりっぽい本のにおいは洗いたての洗濯物のにおいに取って代わっていた。

アリーナは深々と息を吸って、ほほ笑んだ。

〝そして掃除の女性は、例外的に、一度もタバコを吸わなかった〟

「こっちへおいで。すぐに食べ物を持ってきてあげるからね」

彼女はトムトムの胴輪《ハーネス》をはずしてやり、自分はブーツのファスナーを開けるために膝をついた。その際、彼女は疑問を抱いた。ほかの人たちも、着ているものを脱ぐ前に居間の戸口で立ち止まり、何度も深呼吸したりするのだろうか、と。

ほかの人たち。

これまでの人生で、彼女は特別扱いを受けないように努力してきた。幼稚園でも学校でも、後年、専門教育を受けるようになってからは、なおのこと。共同社会の普通の一員でありたいとの願いを抱くあまり、学校では登校・下校時に下級生を先導する通学指導係になりたいと願い出た。このことは珍しい出来事として、当時、カリフォルニアの小さな地方新聞に掲載されたほどだ。もちろん彼女の申請は校長によって脚下されたが、少なくとも、目の見える親友が彼女に力を貸してくれることになった。今でもアリーナは、自分一人でもやっていけただろうと確信している。車の接近――もっと重要なのは、車が速度を速めたか、ブレーキをかけたかだ――も、彼女には聞き取れた。でも、ほかの人たちには、ほとんど想像もつかないことだった。

ほかの人たちは、頼みもしないのに腕を取って道路を渡してくれる。人の力を借りなくても前に進むための移動訓練は受けてきたのに。

ほかの人たちは、目の見えない者は、愚にもつかないハリウッド映画で今何が映っているのかを、臆面もなく他人から聞き出そうとすると思っている。

わたしが決して仲間入りできない、ほかの人たち。


アリーナはリュックサックを下ろし、頭から真っ赤なジャマイカ風の巻き毛のかつらをはずして、たんすの上に置いた。彼女はかつらを〝仮面〟と名づけ、すべて、そこに保管していた。

何年も前、偶然テレビで見た（目の見えない者も、「テレビを聞いた」とは言わない）証人の供述についてのルポルタージュで、彼女は髪形がいかに人の目につきやすく、人を特徴づけるものであるかを知った。犯人に関する記述でも、尋問を受けた証人たちは髪形のほうを、むしろよく覚えている。目立つ髪形であればあるほどその度合いは増す。それについては心理学者も、人はまず相手の頭部、とくに髪の見事さ、華やかさに注意を向けるものだと説明している。中世に生まれた苗字の多くが髪の色、形、生え方に起因しているのもうなずける。縮れ毛を意味するクラウス、赤毛を意味するロート、烏《からす》の濡羽《ぬれば》色《いろ》を思わせるラーベなどがそうだ。

十九歳のとき、アリーナは頭を丸坊主にし、長い黒髪のかつらをかぶって友人たちを唖然とさせたことがある。そうこうするうちに、約五十個のさまざまな〝仮面〟を持つようになり、気分に応じてプラチナブロンドのテクノ人形、黒髪に仮装用の仮面をつけたドミナ、三つ編みのお下げ髪をした無邪気な田舎娘などに変身することができた。

〝今日はさしずめ、アニメ・パンクに変装したと言ってもいいだろう〟長い廊下を歩きながら、つぎつぎにセーターを脱ぎ捨てつつ、そう思った。彼女のメゾネット型の住居は、この中古の賃貸マンションの五階と六階を占め、エレベーターで行き来できる。以前、まだ自信がなかったころは、五階にある診療室に降りていくにもエレベーターを使っていたが、しだいに狭い螺旋《らせん》階段を使うことが多くなった。

アリーナは痩せた肩からTシャツをはぎ取るように脱ぐと、上半身裸のままで、浴室に向かった。たいていの目の不自由な人たちの場合と同じく、どの家具も道具も決まった場所に置かれていた。机も椅子も戸棚も花瓶も……掃除の女性は、一切、位置を変えてはならないという指示を受けており、床に落ちているパン屑はすべて掃除機で吸い取らなければならなかった、アリーナは寄木細工《よせぎざいく》の床をはだしで歩きまわるのが好きで、何かを踏んづけたと感じるのが嫌だったのだ。

〝何もかも、うまくいかなかった〟彼女は思った。誰も彼女の言葉を信じてくれなかったからではない。こんな無駄骨を折るだけのために、多くの患者の予約を取り消したからでもない。

〝そうではなく、子どもを助けることができなかったからだ〟

古い箱型大時計がかすかに時を刻む音がし、手すりのそばを通り過ぎたことがわかった。階下のちょうど真下に診療室の待合室がある。

〝あるいは子どもたちを〟

アリーナはなぜ子どもを一人しか——男の子——〝見なかったのだろう〟と考え込み、女の子のほうはもう生きていないのだろうという思いを払いのけようとした。

自分の幻覚が真実とかならずしも百パーセント一致していなかったのは、今回が最初ではなかった。自分の能力を疑わしく思いかけたのもこれが初めてではない。

通常、彼女の見る一瞬のイメージは何秒もつづかない。いくつかのシーンが連続し、そのなかで事故や、血まみれのシーツや、父親の腕がゆっくりと若い男の首を絞めたり、母親の手が赤ん坊のお粥《かゆ》に猫いらずを入れたりするのが見える。

こうした苦痛に満ちた幻覚は不規則に現われ、彼女が誰かに触れたからといって、毎回見えるわけではない。アリーナは高い負のエネルギーを持つ人々にだけ、こういうことが起きるのだろうと推察していた。たとえば学園祭のとき、彼女をしつこく追いまわし、性的関係まで迫った学友がその一例だ。彼は断わられると彼女の顔を殴ったが、自分の妹を犯すのをやめるように彼女が言うと、やっとアリーナをかまうのをやめた。彼女はその疑いをすぐに警察に通報した。警察は彼女の言葉を信じなかったが、最終的には、天井裏で首を吊っている彼の死体を発見した——彼は自殺する前に、これを最後と、自分の妹を犯したのだった。

廊下の幅が少し広くなり、周囲が明るんでくると、彼女は立ち止まった。

いつものように壁のほうを向き、そのなめらかな表面を指でさわった。壁は浴室の向かい側に常時、灯されている明かりの反射を受けていた。

夜も昼も。

彼女を訪ねてくる人々のほとんどが、どの部屋にも光が溢れ、至るところに鏡がかかっているのに驚く。同様に、アリーナの居間に二×二メートルという巨大な、アメリカの金鉱都市を写した写真がかかっているのを見て訝《いぶか》しく思う。かつての恋人が一度、そのミヒャエル・フォン・ハッセルのブロンズ版画調の傑作について、しつこいほど詳しく説明してくれたので、アリーナはその町の落ちぶれた酒場のほこりの味までわかるように思った。そして今、訪れてきた人々が感嘆しながら写真の前に佇《たたず》み、どんな技術を用いたらこのような傑作を生み出すことができるのだろうかと不思議がるたびに、その写真を聞くことができるのだ。

鏡については、アリーナはその冷たく完璧なものを指先に感じるのが好きだった。光の反射が知覚できるのも好ましかった。それは明暗を感じる力があることへの証しだった。事故によって視力を失ったあとに残された、ほかの人たちの世界と自分をつなぐ最後のものだった。おまけに彼女には見える訪問客が少なからずいた。

彼女はズボンとショーツを引っ張って脱ぎ、ソックスも脱いで裸になり、壁の鏡の前に立った。

かかとのまわりに軽くすきま風が吹きつけ、鳥肌が立った。アリーナは頭に手をやり、美容院で望みどおり畝《うね》状に剃ってもらった髪の迷路を人さし指で撫でた。それから、手を後頭部からうなじへと滑らせていき、刺青《いれずみ》をした皮膚がヒリヒリするのを感じた。そうしながらも、彼女はすれすれまで鏡に近づいていった。一回でも一瞬でもいいから身体の輪郭がわからないだろうかという愚かな望みを抱いて。そうすれば、日々、触覚から思い描いているイメージを点検することができるのに。

自分の乳房が小さすぎて、たいていの男性の好みに合わないのを彼女は知っていた。その代わりに固く締まっていてブラジャーはいらなかった。乳首にもどうやら魅力があるらしかった。これまでの恋人たちはみんな、ずいぶん長い時間をかけて、それを撫でたり押したり、また、吸ったりしていた。男女ともに。まあ、それもいい。足以外では、そこは彼女のもっとも敏感な性感帯だったから。

アリーナは腹部に手を滑らせていき、臍《へそ》のピアスを撫でてから、腰のほうへと動かしていった。

「もしきみが車だったら、六八年物のフォード・ムスタングだ」一度、ジョーンがそう冗談を言ったことがある。彼女はしばしば彼の前で、裸のまま居間を歩くことがあった。服を着ていないほうが快適だったし、ジョーンの前ではうわべを装う必要がなかったからだ。

「角ばって、引き締まっている。でも、時間を超越した優雅さがある」

アリーナはこの車を思い描くことができなかったが、これを快いほめ言葉だと感じていた。とくに、彼女の父がいつもフォードに乗っていたから。

〝ああ、ジョーン〟

こんなときに彼が友人と休暇旅行に出かけたとは、なんて間が悪いのだろう。しかも、リュックサック一つでヴェトナムを旅するとは。これでは、電話で苦しみを訴えることもできない。弟のイワンが住んでいるニューヨークは今、何時だろう？　姉からの電話に彼はどう反応するだろうか？　彼女がアメリカからドイツに移って以来、連絡は途絶えがちだった。仲のいい姉弟であることは間違いない。毎年、誕生日とクリスマスには心をこめたカードが届く。だが、互いの消息を伝え合うのは、そのときだけだった。

〝今、わたしが味わっている恐怖を、彼と分かち合う正当な理由はない〟

アリーナは浴室のほうを向いた。ホームセンターでもっとも強力なハロゲンライトばかりを選んだが、ジョーンは彼女のところで泊まるとき、いつも〝尋問用のライト〟みたいだと苦情を言う。それに反して彼女のほうは、ぼんやりした明かりが感じ取れるだけだった。それに、化粧の際、鏡つきの戸棚すれすれまで近づくので、ライトは位置確認に大いに役立った。化粧のしかたは親友から教わったが、アイラインだけは今後も、ぜったいにうまく引けないだろう。

彼女は身をかがめ、脱いだ衣類をまとめてから浴室に入った。浴槽に湯を入れながら、色彩判別器で、今朝選んだTシャツは白だったか、色物だったかを調べた。「白です」と明るい電子音声が答えた。衣服に光線を当てると、その反射によって色を特定するこの機械は、インターネットと並んで最高の発明品の一つだった。

少なくとも目の見えない者にとってはそうだった。彼らは自分の着ているブラウスが白なのか、緑の縞入りなのかということに無関心ではいられない。白い物と色物をいっしょに洗濯機に放り込んではいけないからだ。

ソックスやショーツの色も調べ終え、仕分けして便器のそばの籠に放り込むと、彼女はふたたび廊下に引き返し、浴室のドアを閉めた。ほうろうの浴槽に湯が流れ込む轟くような音は、台所に向かう彼女にはくぐもってしか聞こえない。彼女はトムトムの餌皿をふた握りの乾燥餌で満たすつもりだった。

だが、もはや、その時はやってこなかった。二歩進んだとき、何か柔らかい物が足に触れた。

〝何か柔らかいもの〟

「何かしら?」彼女は問い、ほほ笑みながら爪先でトムトムを軽く突っついた。だがトムトムは微動だにせず、いっそう身体を緊張させた。

「いったい、どうしたの?」

アリーナは右へ一歩踏み出し、彼のそばを通り過ぎようとしたが、犬は彼女の動きに従った。

「おなかが空いていない?」

彼女は身をかがめ、トムトムの顔をさわろうとした。でも、いつもと違い、彼はアリーナの手をなめようともしない。

「どうしたのよ。いったい?」

〝彼は硬直し、注意を集中している。気をそらすまいとしている。そのわけは……〟

アリーナは凍りついた。

トムトムは彼の主人を事故から守るように訓練されていた。二万ユーロもするその訓練の一部は、アリーナを安心できない危険な場所のほか、障害物、道路にあいた穴、地下鉄の出入口、開いたエレベーターなどから守ることにあった。

〝でも、台所まで行く途中に、そんなものはない〟

「さあ、そばを通らせて」彼女は言うと、トムトムを脇に押しやろうとした。ところが彼はアリーナが今まで経験したこともないような態度を示した。

彼はうなり声を上げはじめたのだ。

威嚇《いかく》的なその声が、単調な湯の音と混じり合って、呪縛するような雰囲気をかもし出している。

〝いったい全体、ここで何が起きているのだろう？〟

アリーナはトムトム同様、身をこわばらせた。突然、においがしたからだ。犬はどうやらずっと前からそれを感じ取っていたらしい。この住居になじみのあるにおいが変化し、男性的な感じのものとなっていた。

〝シナモン、チョウジ、アルコール〟

中年以上の男性のつけるアフターシェーブの重いかおりだ。

「どなた？」彼女は湯の音の響いてくる静寂のなかで問いかけた。耳たぶのそばで微風がそよぐのを感じ、彼女は不安のあまり吐きそうになった。

「これ以上ゲームをするな」耳元で、作り声がささやいた。

どこからともなく現われたその男は、彼女の裸の肩に――なお悪いことに――愛撫するかのように手を置いた。同時に、彼女の頬に冷たい金属の何かを当てた。

アリーナはぱっと振り向き、手を振りまわしたが、空振りに終わった。彼女は叫ぶための下準備をするかのように深呼吸した。事実、叫びはゆっくりと喉で拡がり、しまいには喉の奥からのわめきとなった。彼女は無駄に手を振りまわしつづけ、時計とは逆方向に回転して平衡を失った。つまずいた拍子に戸棚の上の重い花瓶を払い落とした。クリスタル・ガラスの花瓶は、一メートルの高さから轟音をたてて真っ逆様《さかさま》に彼女の足の甲に落下し、彼女の叫びはいちだんと大きくなった。

耐えがたいまでの痛みを感じると同時に、目のなかに光が溢れた。

明るい稲妻のような光。露出オーバーの写真のような……。

そこで彼女は倒れた。

床に。

そのあと、幻覚の世界に深く入っていった。

第四十九章

アリーナ・グレゴリエフ（幻覚）

〈部屋は暗く、女性は一人ではなかった。彼女のそばのベッドから息づかいが聞こえてくる。彼女と病気の女性のほかに、その部屋にはもう一人瀕死の人がいる。

死。

そのことに疑いの余地はなかった。

消毒剤のにおいは、よどんだ息と床ずれのできた皮膚と水気の多い排泄物《はいせつぶつ》を合わせて煎《せん》じたような死神の芳香には、太刀打《たちう》ちできなかった。

「また、来たよ」わたしは男の声でささやく。

早口で、息を切らし、しゃがれ声で。

彼女の母親の目をした見知らぬその女性は、何の反応も示さなかった。顔が透明なマスクで覆《おお》われているのに、どうやったら反応できるのか？

輪郭を見てもアリーナには説明がつかなかった。たぶんその器械を知らないからだろう。三歳児のころには一度も見たことがなかったからか、それとも、もう今では思い出せなくなっているからか。

部屋のなかで、何かがデジタル式の目覚まし時計のように、ひっきりなしに甲高《かんだか》い音をたてているが、誰も気にしてはいなかった。

そのあと、背後のドアがキイッと軋み、部屋が明るくなった。誰かが手をたたいた。「本当によかった。あなたがまた立ち寄ってくださって」女性の声が部屋じゅうに響いた。それから、アリーナの後ろをかすめて、人影がほかのベッドに向かっていった。

衣ずれの音。毛布がめくられるときに起きるかすかな風。枕がポンポンとたたかれる音。誰かのうめき声。

アリーナはベッドの上の女性の手を取ろうとした。糊付《のりづ》けされた白いシーツの上の、もろくなった灰色の皮膚。

病床の女性の胸がゆっくりと上下している。ときどき心臓は、まだ打とうかどうか迷っているように見えた。

アリーナは前にかがみ、年老いたその女性の額に垂れた髪を撫《な》で上げ、彼女にキスをした。

立ち去る前、最後に彼女は女性の腕をそっと押さえた。

遠くで火災警報器が鳴りだしたのとほぼ同じころ、彼女はナイトテーブルのほうを向き、四角い小さな物を、まっすぐに置きなおした。

額入りの写真だ。

写っているのは父親でも母親でもなかった。つまり子どもの写真だった。男の子か女の子か？　でも、写真に影がさしていて、どちらとも見分けがつかなかった。彼女には目だけがわかった。より正確に言えば、片目だけ。もう片方の目は覆い隠されていた。

あるいはなかったのかもしれない。

アリーナは向き直り、開いたドアを見た。火災警報の音はますます大きくなってきた。それと同時に、彼女を取り巻く世界は暗くなり……

稲妻の光は、ふたたび黒い染みとなり、イメージは消えて漆黒となり……〉

……そのなかでアリーナはふたたび目を覚ました。六階下の画廊から聞こえてくる警報音と、彼女のドアを激しくたたく音によって、起こされたのだった。

第四十八章

（最後通告の期限まで、あと八時間と十七分）

アレクサンダー・ツォルバッハ（わたし）

彼女がドアを開けてくれたのは、文字どおりぎりぎりの瞬間だった。もうちょっと遅かったら、そのかさばったものは、わたしの血だらけの手から滑り落ちていたかもしれない。わたしは階段を使ったが、自分の体調についても、また、画廊からくすねてきた器械の重さについても甘く見すぎていたようだ。

アリーナは無言でわたしを部屋に招じ入れながら、全身を震わせていた。

「何があったんですか？」わたしがハードディスク・レコーダーを下ろすと、彼女は抑揚のない口調で訊いた。こちらからも同じ質問をしたかった。

彼女が一糸まとわぬ裸体のまま、身体を覆い隠そうともせずに佇《たたず》んでいるのは十二分に異様だった。おまけに突然、毛髪もなくなっている。だが、それはドアのかたわらの戸棚にかつらが置かれていることから納得がいった。それよりはるかにショックだったのは、彼女の身体の隅々から発散されている不安だ。せわしなく呼吸し、だらりと垂れた両手は抑えがきかないほど震えている。さっきは顔の表情に重きを置いているという話だったが、今、その顔はこわばった仮面のようだ。どうやら泣いていたらしく、アイシャドーに汚れた大粒の涙が頰を流れ落ち、いちだんと人形じみた顔になっていた。

わたしは思わず彼女を抱きしめようとしたが、アリーナは一歩、引き下がった。

「わたしにさわらないで」彼女はささやくように言うと、さえぎるように両手を上げた。

「いったい、どうしたの？」

この瞬間、わたしたちは親しげな言葉遣いに変わっていたが、それに気づいたのはずっとあとになってからだった。

「彼がここに来たの」

「誰が？」

「決まっているじゃないの！」アリーナは怒鳴った。彼女がこのように感情を爆発させたのは、むしろ喜ばしいことだった。派手な怒りは陰気な不安よりもましだからだ。「あいつはナイフを持っていたわ。そのナイフで……」アリーナはそれ以上は言わなかったが、聞くまでもないことだった。

わたしは彼女の裸体に目を走らせ、目の収集人がどこかを傷つけていないか調べようとした。だが、見えたのは少し痩《や》せぎすだが、若い女性らしい身体だけだった。違った状況であれば、きっと魅力的だと感じただろう。いや――今の状況でも魅力的だと思った。でもわたしは、その思いをすぐに払いのけた。

「彼はどこにいる？」わたしは廊下を通って、すべての部屋を点検しようと思った。外ではようやく警報器が鳴りやんでいた。

「無駄よ」背後でアリーナは言った。「彼は逃げていったわ」彼女は胸の前で両腕を組んだが、片手でうなじの奇妙な刺青を隠した。廊下の薄暗がりのなかでは、それは大きなホクロのように見えた。

「どうしてわかった？」

「トムトムがもう反応しなくなったからよ」わたしは廊下の向こうの一点に目をやった。そこは浴室らしく、湯の流れる音が聞こえてきた。犬はスフィンクスのような姿勢でその前に横たわり、挨拶《あいさつ》代わりに床を尻尾《しっぽ》でたたいていた。

「彼はもう危険を感じなくなっているわ。それに、ベランダのドアが開いていたから、男はたぶん非常階段を使って下におりたんでしょう」

わたしは浴室に近づき、もうもうと立ちこめる熱い蒸気が、ドア越しにゆらめいて霧状になっているなかを窺《うかが》った。

〝何もない〟

古いほうろうの浴槽から湯が溢れそうになっていることを除いて、異常は見当たらなかった。

わたしは蛇口を締めたが、浴槽の栓を引き抜こうとして手に火傷《やけど》をした。浴室から出ていく前にどぎつい灯で照らされている鏡つきの戸棚の前に、化粧道具が置かれているのを見たが、それに驚いている場合ではなかった。

「彼は何をしようとしたんだろう？」

「わたしたちを説き伏せようとしたのよ。もうやめるようにと」

彼女は何分か前に起きた衝撃的な出来事を短くまと

めて話した。「彼は言ったわ。『これ以上、ゲームをするな』って。それはただ、病的なあの隠れん坊のことを指しているだけかもしれないけれど——」

アリーナはそこで中断した。「で、あなたは？　どうしてまた、戻ってきたの？」

「きみのテレビを借りたい」

彼女は右の耳をわたしのほうに向けた。注意深く聞いているというしぐさだった。「何のために？」

わたしは画廊のカメラの話をした。「この建物に出入りする人を全員、撮っているんだ」わたしは説明をそう締めくくった。

「それで？」

「カメラはハードディスク・レコーダーにつながっている」わたしは廊下のほうを意味もなく指さした。戸棚の上にそれが置いてあるのだ。

「この部品に、百七十二時間内、いや、おそらくそれ以上の時間内に写された写真が保存されている」

「まさか、下で警報器が鳴りだしたのは、あなたのせいじゃないでしょうね？」

「舗道の敷石は、なかなか役に立つよ」わたしは声に微笑を含ませようとした。「さあ、始めよう。警察が結論にたどりついて、下のベルを押すまで、そう長くはないだろう」

アリーナはかぶりを振り、深呼吸した。全身の緊張が一部分取れたように見えた。

彼女は自分からは決して認めないだろうが、わたしがいることによって幾分か心が休まっているのは確かなようだ。

「頭がおかしくなりそう」彼女は言いながらも、動きだした。

わたしは急いで戸棚の上の重い箱を取りにいったあと、彼女のあとからついていった。画廊の窓ガラスを割ったときにできた切り傷からの出血は、すでに止まっていた。

意外なほど明るい住居のなかを、わたしたちは手すりに沿って進み、浴室の横を通り過ぎて台所とつながっている居間に入っていった。わたしは今初めて、ここが二つの階から成るメゾネット式の住居であることを知った。

アリーナは速いがしっかりとした歩調で螺旋《らせん》階段を迂回し、居間と中庭とのあいだにある部屋のドアを開けた。

トムトムはあとからついて来たが、居間のソファのそばに横たわったままだった。

「何か着たらどう?」彼女の寝室と思われる部屋に来たとき、わたしは訊いた。この部屋でも、あまりの鏡の多さにわたしは驚愕した。天井からつり下げられているものまであった。

「どうして?」彼女は聞き返すと、落ちついた足取りで、ベッドの反対側に置かれたテレビのところまで行った。

「きみは裸じゃないか」わたしは言いながら、秘かに思った。〝わたしもただの男だ〟

「暖房が効いているから」彼女は簡潔に答えた。

彼女はかがんでDVDプレーヤーのコードを抜いた。自分を覗き見嗜好《しこう》のある人間だと思いたくなくても、わたしはどこに目を向けていいのかわからなかった。通常、わたしはピアスや刺青《いれずみ》には何の興味もない。そして、丸坊主に刈られた頭は、迷路のような模様が入っていても、わたしの好みの上位に来るとは到底《とうてい》思えなかった。

チャーリーは一度、説明したことがある。いかにセックスと苦痛が密接につながっているかを。でもわたしは、そんなSM嗜好の考え方をいまだかつて理解できたことがなかった。しかし、彼女の言うとおりなのかもしれない。最終的には苦痛ばかりでなく死そのものに性的欲望と強い相互作用があるのだ。わたしがなぜ、よりによってこの瞬間にアリーナの裸の身体に触れたいと願ったのかも、ほかには説明のしようがなかった。正気なら、いかがわしい連続殺人犯から逃走することこそ、願わなければならなかったのに。

そして警察からの逃走も！

いずれにしても、つぎに何に集中すべきかを思い出させてくれたのは理性ではなく、チャーリーへの思いだった。

アリーナはふたたび立ち上がり、わたしにテレビの使用を任せた。数秒もしないうちに、わたしはテレビとハードディスク・レコーダーをつないだ。

「画廊のショーウインドーに石をぶつけて割る必要があったの？　画廊の持ち主は親切な芸術家なのよ」

アリーナからリモコンを受け取り、ビデオに切り換えた。

「ほかに方法がなかったからだよ。あらかじめ、わたしはシュトーヤに電話をかけて、もしかしたら目の収集人が写っているかもしれないビデオを見る気はないかと訊いた」

「それで？」

わたしはため息をついた。「わたしの陽動作戦でつぶす暇はないそうだ」

わたしはベッドの縁にすわっているアリーナを見上げた。彼女は本当にほっそりしていて、とくにまっすぐにすわっているわけではないのに、腹部にはほとんど起伏らしきものは見えなかった。

「だから自分で調べるしかないんだ。昨日、その男が治療を受けに来たのはいつごろ？」

目の収集人が。

「三時過ぎ」

「で、その男が出ていったのは、いつ？」

「ほんの何分かあと」

「ただ、あっさりと出ていったのか？」

「そう。わたしも驚いたわ。きっと何かに気づいたはずなのに。突然、幻覚に襲われたとき、わたしは失禁したのよ。それで、急に頭痛が起きたから帰ってほしいと頼んだら、彼はすぐに帰っていったわ。かなりおかしいと思わない？　治療費の払い戻しも請求しなかったし」

わたしはハードディスクのタイマーを十五時十分に設定し、これが飛躍のしすぎではないように、役にも立たない映像で時間を無駄にしているのではないようにと願った。

〝十五時十分？〟わたしはじっと考えた。その時間、わたしは新聞社のパークガレージで、ボルボの後部座席にすわってくつろいでいた。本当は、短いうたた寝をするつもりだったのに、最近の睡眠不足がたたって、十七時の会議時間まで眠り込んでしまった。

何分もたたないうちに、わたしは決定的な箇所を見つけた。幸いにもレコーダーは無駄な仕事はせず、カメラが実際に写したものだけを捉えていた。この装置と芸術にどのような関係あるのか、いまだにわたしには理解できないが、状況が許ししだい、画廊にたいして損害を補償しなければならないと考えていた。

〝もし、そのような状況がふたたび来るようなら〟

わたしは目の前の画像を信じられない思いで凝視し、瞬《まばた》きするのも忘れていた。アリーナから話しかけられてやっと、自分がかなりの時間、剝製《はくせい》さながらテレビの前にすわっていたことに気づいた。

「それで？」彼女は訊いた。「何が見えるの？」

〝まさかこんなことがあってたまるか〟

もっともらしい答えを探しているあいだに、口はカラカラに渇いていた。

「何かわかったの？」

「ああ」わたしは嗄《しわが》れ声で言った。でも、真実はぜったいに明かすまいと思った。「いや……たぶん……わからない」わたしは頼りなげに口ごもった。が、それは嘘だった。もちろん、わたしは何かを見つけた。しかし今、アリーナに話すことはできなかった。初めて、彼女の目が見えないことをありがたく思った。そのおかげで、緑色のパーカーを着て、型くずれしたティンバーランドブーツをはいた姿で写ってるその男が、わたしのよく知っているある男に酷似していることを、彼女は見ることができないからだ。

　わたしが非常によく知っている男。

　それは、わたし自身だった。

第四十七章

　立ち直るまで、しばらくかかった。血管を血がざわめき流れる音が聞こえなくなり、指の感覚が戻ってくるまで。

「顔はわからなかった」わたしは言った。それは真実だった。わたしの少し前かがみの歩き方や服装を真似ている男は、パーカーのフードを頭からかぶっていたのだ。

〝これは、わたしなら決してやらないことだ。雨が降っていても！〟

　わたしは画像を進めたり、戻したりして画面の一部を明確にしようと試みたが、それ以上、視点は変わらなかった。男の身長や体格がわたしと同じかどうかを言いきるのは難しかった。彼はあまりにもショーウィンドーから離れていたからだ。

〝だが、わたしと同じパーカー、ジーンズを身につけて、同じ靴をはいている〟

握りこぶしが胃を突き上げてくるようだった。画面のおぼろげな輪郭は、悩ましいデジャヴを呼び覚ました。

「誰なのか、まったくわからない」わたしは言いながら、虚偽の宣誓をしているように感じた。

「でも、彼が来ていた証拠にはなるわ」アリーナは言った。彼女は寒くなったのか、あるいはほかに理由があって考えを変えたのか、いずれにしても、開いたタンスから、落ちついた静かな動きで何枚もの衣服を引っ張り出した。

「いやだめだ。その時間に誰かがこの家から出て行ったという証拠にしかならない」

画面を先へ先へと動かし、男がへまをやらかし、うっかりカメラのほうを振り向かないかと願ったが、実際はその逆だった。たぶん雨まじりの雪が顔に吹きつけるのを防ぐためだろうが、彼は前のめりになり、目をじっと下に向けて歩きつづけていく。だが、その見知らぬ男が視界から消えようとする直前、あることが起きた。

〝衝突だ〟

男は右も左も見ていなかったので、歩道に斜めに立ててあった、物乞いの男の箱型カバンに気づかなかったのだ。どうやら男はそのカバンを蹴とばしたらしく、突然、歩道に硬貨がぶちまけられた。ひょろりと背の高い、やつれた顔の若い男が憤慨しながら画面に現われた。

「きみの患者は物乞いと喧嘩《けんか》している」わたしはアリーナに説明した。

「物乞いって、どんな外見の人？」

「中背で、もうあまり多くないストレートの黒髪、手にはギターを持っている」

「その人なら知っているわ」

わたしは彼女のほうを向いた。「誰なんだ？」

「ストリート・ミュージシャンよ。二日に一度、そこで演奏するの。わたしはいつも、いくらかあげているわ。あんなに変わった歌い方はこれまでに聞いたことがないけど」

「きみはプリンターをもっている？」わたしは訊いたが、つぎの瞬間、なんてバカな質問をしたのだろうと自分に腹を立てた。

「いいえ。それに、わたしのコレクションにはプレイステーションもないわ」

わたしたちは、ほほ笑むしかなかった。少なくともアリーナはユーモアで受け止めてくれた。わたしは上着のポケットから携帯電話を取り出し、急いで電源を入れたが、電話は非通知にしておいた。そうすれば配電網に引っかからず、シュトーヤからこちらの居所を突き止められずにすむ。

すでに、彼が突き止めていなければの話だが。

それから、画面の写真を撮った。三度試みて、なんとか、ストリート・ミュージシャンとわたしに生き写しの男の、ちらつかない、使い物になりそうな写真を撮ることができた。

「片づいた？」アリーナが背後で訊いた。振り向くと、彼女はすっかり身支度を整えていた。革の継ぎ布《パッチ》を縫《ぬ》いつけたジーンズ、赤茶色の格子縞の木こりのシャツは腹の前で結ばれ、そのニュールックにふさわしい履《は》きつぶしたカウボーイブーツの踵《かかと》はすでにすり減って、サイズも少し大きめのような印象を受けた。

「いや、いけない。これ以上、きみを巻き込むわけにはいかない」わたしは彼女の変貌ぶりに今なお少し動揺しながら言った。あの、感情をむき出しにしていたあやしげな娘が、少年じみたカントリー・ガールに変わったのだ。

「何言ってんの。わたしがここに一人でいると思うの？」

彼女はふたたび寝室から出ると、危なげのない足取りで長い廊下を通って玄関まで歩いていった。わたしは追いつくのに苦労した。

「おいで、トムトム。もう一度、出かけるわよ」彼女は衣装戸棚まで来ると、そう呼んだ。わたしの反対も無視して戸棚を開け、すばやく、いくつもあるかつらをさわった。彼女はすばやく、ブロンドの短い髪のかつらを選んだ。前髪は少しレイヤードにカットされていた。

アリーナは手慣れたわずかな動作で、ふたたびトムトムにハーネスをつけ終えると、毛皮の裏が付いたコーデュロイのジャケットをつかみ、玄関まで行って、ドアを開けた。これら一連の動作をするにも、彼女は目を閉じたままだったので、まるで夢遊病者のように見えた。

「無茶苦茶だよ」わたしは彼女にというより、むしろ自分に向かって言った。

「かもしれないけれど」彼女はジャケットを着ると、衿を高く上げた。「でも、これ以上ここにいたら、警察が来るでしょう」トムトムをしっかりとリードにつなぎ、彼女は建物の廊下に出た。報知機が反応し、どぎつい天井灯がともった。「そんなことになったら、あなたが今しがた見たストリート・ミュージシャンのところへ、残念ながら案内できなくなるじゃない」

第四十六章

（最後通告の期限まで、あと七時間と三十一分）

アレクサンダー・ツォルバッハ（わたし）

どこかの頭の弱いPRコンサルタントが、かつてパリス・ヒルトンに勧めたにちがいない。写真に撮られるときはいつもカメラに向かって身体を横にひねり、顎を胸のほうに引き、わざと色っぽく瞬《まばた》きしながら探るようににっこり笑え、と。人けのないその酒場に足を踏み入れたわたしたちを、ずっと疑惑の目で見つめている主人は、カウンターの向こうでそれと同じポーズをとっていた。右腕を支えにして上半身をカウンターと平行に保ちながら頭を九十度ひねっている。縁なしの老眼鏡をかけているが、それは小鼻までずり落ち、こちらを見下しているという印象をなおいっそう強めていた。

「やあ、パリス」わたしは挨拶代わりに言った。自分でも気づいたが、わたしは緊張をほぐすために、もっとましな冗談をひねり出したこともあったのだ。主人は眉ひとつ動かさなかった。そもそも彼は、ヒルトン・ホテルの跡取り娘のことを知っているのかどうか疑問だった。

薄暗いこの酒場をよく知っているらしいアリーナは、手探りでスツールにすわった。わたしは売り上げに貢献すれば気分がほぐれるかと思ったが、注文しないうちに主人は口を開いた。「世界が破滅したのは誰の罪かと言いたい」

〝この挨拶も、わたしの挨拶よりましだとは言えない〟と思ったが、わたしは口をつぐんでいた。酒場の主人から何らかの情報を得たいと思ったら、どんなにバカげた長広舌を聞かされてもさえぎってはならないことを、経験から知っていた。

「流行だ」主人は教え、含みを持たせてうなずきながら、うつろな目でアリーナのカウボーイズボンをじろじろと見た。「われわれを駄目にするのは、忌まわしい流行だ」

「ははあ」少し長めの間があったので、わたしは儀礼上、そう言ったが、恐れていたとおり、主人の説教はまだ終わっていなかった。

「流行遅れになったものは、いったいどうするんだ？　まだ充分に機能を果たしているのに、ほんのかすり傷ができたというだけの理由で廃棄するというわけだ」

彼は平手でカウンターをたたいた。「このカウンターは六十歳だ。ここで多くの物が壊れた。グラスに瓶。一度ここにぶつかって頭蓋《ずがい》を骨折した者もいた」

彼は哄笑《こうしょう》した。「いいか、この上でみんなは飲んだくれ、踊り、眠り、セックスしたんだ」

わたしは目の隅から、アリーナがかすかにほほ笑んでいるのを見た。

「確かに、ベルリン一素敵なカウンターとは言えないが、でも、充分、役に立つ。まだあと六十年はもつだろう。これ以外の家具もみんなそうだ」

主人は手を大きく動かした。映画のなかで父親が息子に向かって「これはみんな、いつかおまえのものになるんだ」と言っているシーンを思わせた。この場合、〝みんな〟というのは汚れたカーテン、黄土色をし、詰め物がすりきれたたくさんの木製の家具、老朽化した自動式ピンボール・マシーン、そして、全部合わせてもおそらく二千ユーロにも満たない酒類のことを意味している。

「このなかの物は一つだって壊れちゃいない。どうして改装などしなきゃならんのだ？」

〝たぶん、そうすれば、この時間に客が一組だけといいうことはなくなるんじゃないか？〟わたしは思い、彼の話の狙いは何かを理解した。

「〝ラウンジ家具〟を、結核を患っているインテリアデザイナーが勧めた。身体を冷やすことのできる〝クラブソファ〟だ。これが今の流行だそうだ」

こんなに不快感を露《あら》わにした顔を見るのはしばらくぶりだった。

「飲んでいるとき、誰かが足をこっちの顔まで伸ばすような家具のどこがいいんだ？」

わたしは肩をすくめながら、できるだけ目立たぬように腕時計に目をやった。この酒場は画廊から二つ目の十字路にあった。

「われわれは原料を全滅させ、寄生虫が宿主を吸いつくすように地球を搾取し、まだどこも傷《いた》んでいない申し分のないものを毎日、廃棄しているんだ。わしのいかれた甥《おい》だけでも、去年、携帯電話を三台もだめにした。いったい、その罪は誰にあるんだ？」

「流行だ」わたしは彼が投げた会話のボールをありがたく受け止めた。彼とわたしは今や同じ考えに立っていた。しかも、彼の言うことは基本的に正しかった。わたしはこのたわけた酒場の哲人の言葉に耳を傾けてさえいたのだ。

「よし。あんたたち、何が望みだ？」彼は訊くと、初めて、ニコチン色に染まった微笑を浮かべた。

「ジントニックを二つ」わたしは言った。「それから、この男と話がしたい」

主人はわたしがカウンター越しに差し出した携帯電話を、驚いたように見つめた。それから、老眼鏡を正しい位置に押し戻した。

「この電話はもう四年も使っています」わたしは嘘をつき、彼の異議をつぼみのうちに摘み取った。

「でも、今なお、完璧な写真が撮れます」主人は認めるように、うなずいた。

わたしはほほ笑んだ。「この男がわかりますか？」

「リーヌスだ。もちろん」

〝リーヌス？〟わたしはアリーナのほうをちょっと振り向き、彼女の助言に従ったことを喜んでいた。「彼がどこにいるか、知っていますか？」

老主人はにっこりとほほ笑んだ。「そのなかだ」

彼は頭で、薄暗い酒場のいちばん奥の隅にあるドアを示した。ドアの上部で、二本のビリヤードのキューが交差している。

「彼と話をしても、かまいませんか？」

「どうしてもと言うなら、どうぞ。じゃが、それにはもう手遅れじゃないかな」

「手遅れ？」わたしは訝《いぶか》るように酒場の主人を見つめた。彼の微笑は消えていた。

「まあ、いい。入りなさい。しかし、わしが警告したことを忘れないように」

第四十五章

（最後通告の期限まで、あと七時間と二十六分）

トビアス・トラウンシュタイン（九歳）

一度、みんなで賭けをしたことがある。誰がいちばん長く水に潜っていられるかを。クルンメ・プールで学校の水泳授業があった直後に――本当は、もうシャワーを浴びていなければならないときに――ケフィンは世界選手権試合の雑誌《パニーニ》全冊を賭けると言った。

トビアスは唾《つば》を呑み込もうとしたが、喉がカラカラだった。自分を取り巻く闇のなかで、ますます希薄になっていく空気をむさぼるように吸い込んだ。濃いミルクセーキをストローで飲もうとしているように感じた。呼吸はそれほどまでにつらいものになってきていた。雑誌《パニーニ》全冊。

すごい。彼の持っているのは全冊にはほど遠かった。だから、あのとき、みんなは潜って賭けをしたのだ。トビアス、イェンズ、ケフィン。

あの場合……。

本当の順序はこうじゃなくて、ケフィン、イェンズ、トビアスだったはずだ。それとも、イェンズが一番だっただろうか？

〝あの間抜け男はだめだ〟トビアスは思いながら、硬貨をもう一度、錠の切れ込みに差し込んだ。〝あのまぬけ男は、自分が一番だなんて、ぜったいに言えないだろう〟

あれはクヴァント先生のドイツ語の授業で知ったのだ。教科書に載っていた船の遭難者の話。唾が出てくるようにと、何度も舌を噛《か》んだという間抜け男の話だ。

トビアスは犬歯でぐっと舌を噛んだ。

〝役立たずのヒントだ。うまくいかないじゃないか〟

咳が出た。そのために、また手が滑った。

〝くそネジ、くそ暗闇、くそクヴァント先生〟

唾はやっぱり出てこなかった。増してくるのは痛みばかりだった。舌はもうすっかり傷だらけになり、革の切れっ端みたいになっていた。頭はガンガンして、いかれた雑誌欲しさに水のなかに長いあいだ潜りすぎていたあのときのようだ。

結局、この錠を開けるのも、あのときと同じように失敗だった。

四回錠をまわすまでは数えていた。それとも五回だっただろうか。そのあと、差し込んでいた硬貨が手から落ちた。それを探しているうちに彼は寝入ってしまった。この果てしない暗黒のなかで、どれくらいのあいだ眠っていたのかはわからなかった。頭痛がこんなにひどくなければ、目を覚ましたことさえ、はっきりしなかっただろう。

彼はまたも硬貨を差し込み、もう半分だけまわすことに成功した。

〝いやになるな。どうしてこんなに汗をかくんだろう。何度やっても硬貨が指のあいだから滑り落ちてしまう。それなのに、口のなかはカラカラだ。まるで……〟

〝まるで何だろう？　急に頭が空っぽになったように感じた。頭は割れそうだし、疲れすぎていて、何と比べればいいのか思いつかなかった。

〝まるで間抜け水みたいだ〟と言おうとしたが、それでは、さっぱり意味がわからない。

トビアスはヒステリックな笑いを聞いて、ぎくっとしたが、それは自分の笑いだった。

彼は上唇の汗をなめ、失敗だと思った。海水を飲んだせいでますます喉が渇いてしまった船の遭難者のように。あの授業のとき彼は、筏《いかだ》に乗った遭難者はどうして自分の血を飲まなかったんだろうと思った。でもそれは、これと同じくらい、くだらない思いつきだったのだ。

もうここからは逃げ出せないだろう。彼がはまり込んでいるこれを開けることは、ぜったいに無理だろう。

〝これが何であっても！〟

彼は窒息すると同時に、汗まみれになるのだ。

〝それだ！〟

トビアスはくすくす笑った。〝汗まみれ〟いかす言葉だ。間抜け水よりかなりましだ。

カチッ！

トビアスはぎょっとした。

カチャン！

そのあと、キーッと軋む音がし、最後にもう少し小さくカチッという音がした。

トビアスは肘をつき、たわみやすい上の壁を頭で押した。鍵の代わりに使った硬貨をまたなくしたが、今、それはどうでもいいことだった。そんなことでは笑いは止まらなかった。

　笑いはたちどころに大きくなり、喝采の叫びがそれにつづいた。

〝やったぞ！〟

　最初は音が聞こえ、今度はさわることができた。南京錠はぱっと開き、開かれたフックがゆるんで、ぶらぶら揺れているだけだった。トビアスの指は震えていたが、今度ははずした錠を滑り落とすことはなかった。それから、フックの受け金を探り、二つあることを確認した。穴が頭の部分に開いた二つの薄い金属のつまみが、時計の針のように向かい合ってまわる仕組みだ。

　ここからは、すべてが急速に進んだ。

　トビアスは自分の身体と平行に頭上の壁を走っているのがファスナーであることを知った。ファスナーはじつは縫い目の下に隠れていた。隆起しているのはその縫い目のせいだとばかり思っていたが、じつは……

〝……出口になっているのかもしれない。錠はカバンの内側に前もって垂らしてあったんだ〟

　トビアスは痩せこけた身体に残された最後の力を振りしぼろうと、息を止めた。

　それから汗に濡れた指でファスナーの二つの金属のつまみを、それぞれ反対方向に引っ張った。

　問題なし。

〝これは素晴らしい〟彼はファスナーをどんどん引っ張っていった。スケートリンクの上を走るスケートのブレードのように滑りがよかった。

　トビアスはまたも喝采の叫びをあげたくなった。だが、彼の元気は目覚めたときと同じくらい急速にしぼんでいった。頭上にビニールの覆いがあるのを感じたからだ。

　良い知らせ、悪い知らせ。手に入れたものは、また失う。

　ファスナーは全開できたが、そのゴムのように柔らかい覆いは開かなかった。彼が汗びっしょりになったのはこの覆いのせいだった。このおかげでほとんど息ができなかったのだ。

　トビアスは覆いに人さし指で穴を開けようとした。覆いはたわみはしたが、裂けなかった。靴底からはがそうとしても糸を引くばかりで取れない、吐き出したチューインガムのようだった。

　トビアスの目にどっと涙が溢れた。すすり泣き、ママを求めて叫んだ。

　〝パパじゃない。くそおやじじゃない。ママだ。ママに今ここにいてほしい〟

　やけくその力で覆いの両側をつかみ……

　〝これは袋だ。ぼくは突き合わせにした袋に閉じ込められているんだ〟

　……そして、それぞれ反対の方向に裂いた。

　一回、二回。三回目には叫んだので、かすかな軋みをかき消してしまった。

「くそっ、やった！」

　突然、壁がなくなった！　見えなかったし、何も感じなかったが、ただ、においがした。空気が……

　……〝違う〟

　なおも、自分が叫んでいるのが聞こえたが、それは息を吸い込む際に、喉の奥から出てきたヒューヒューという音だった。

　彼は肘を張った。頭上には何もなかった。上半身をすっかり起こすことができた。

　トビアスはむさぼるように空気を吸った。いまだに薄かったが、基本的には今まで閉じ込められていたところの空気より、はるかに価値があった。

　でも、最初の幸福感が過ぎると、さっきより、もっと惨《みじ》めな気持ちになった。

　〝ぼくは今、どこにいるんだろう？〟

　彼は四つん這いになって、今しがたまで捕らえられていた入れ物から抜け出した。

これで最初の牢獄からは脱出できた。

〝で、このあとは？〟

トビアスは立ち上がろうとし、脚を踏ん張ったが、ほんの数秒しかつづかなかった。それほどまでに彼は弱っていた。

そしてふたたび倒れた。

倒れながら新たな環境を感じとろうとしたが、相変わらず何も見えなかった。

〝何ひとつ〟ここがどこなのかはともかく、さっきまでいた場所と同じように暗かった。

〝真っ黒だ。何ひとつ変わっていない〟

新たな牢獄は、あるいは少し天井が高いのかもしれない。立ち上がることができたのだから。

〝それに、壁もうそんなに柔らかくはない〟トビアスは思った。

そのあと、頭が木でできた床に激しくぶつかった。

第四十四章

（最後通告の期限まで、あと七時間と二十四分）

アレクサンダー・ツォルバッハ（わたし）

〝彼は死んでいる〟

最初、わたしはそう思った。つぎに、なぜ酒場の主人はビリヤード台で死体が朽ちていこうとしているのに、穏やかな微笑を浮かべながら、窓もないそんな隣室にアリーナとトムトムとわたしを案内したのだろうという疑問が湧いてきた。

わたしたちが探していた男は、緑色のフェルトの上に横ざまに倒れていた。頭はビリヤード台左側の前と中間のポケットのあいだで、ぐったりとフェルトの上に垂れていた。目は大きく見開かれ、口からは赤い涎《よだれ》の糸がひとすじ、したたり落ちている。胸の下に拡がっている血の海は、もう新しくはなさそうだった。

「このひどい悪臭は何?」アリーナは不快そうに言うと、手で口と鼻を押さえた。

「よくはわからないが、たぶん……」

「こいつがバラバラに切られているからじゃないかな?」主人は満足げに笑った。わたしは一歩後ろに下がり、彼の足を踏んづけた。この酒場でわたしは何に手を触れただろうか、この殺人の責任までなすりつけられるのではないだろうかと思いながら、携帯電話のスイッチを入れた。

「何にもさわらないで!」わたしは大声でアリーナに警告した。

警察にかけようと思っていた矢先、電話がかかっていたことがわかった。そして今また、新たにかかってきた。

「もしもし、アレックス?」

〝なんてこった。ニッチだ!〟

今は妻と会話を交わすタイミングでないのは、わかりきっている。でもニッチが電話に出たのは、わたしがうっかりボタンを間違えて押したからだ。「ああ、よかった。もう何時間も前から、連絡を取ろうとしていたのよ」

心配そうだった。わたしは悪い予感に襲われた。急に、この酒場の設備よりもっと自分がみすぼらしく感じられた。

「ユリアンの具合がよくないの」

〝嘘だろう〟

一瞬、何もかもがどうでもよくなった。アリーナもトムトムも主人も。死体すらもはや重要ではなかった。肉親が危険な状態にあるのだ。この部屋は電波が届きにくく、ニッチの言葉もとぎれとぎれにしか聞こえなかった。わたしは無言で部屋から出た。

「彼がどうしたって？」携帯電話がふたたび明瞭に聞き取れるようになると、わたしは訊いた。

「咳をするの。どんどん悪くなっていくようなの」胃がねじれて、瘤《こぶ》になりそうだった。

「熱は？」

「ええ、あると思うわ」

〝いったい、どういう意味だ？　いつから体温計は摂氏ではなく、推測で体温を示すようになったのだ？〟

わたしは辛辣《しんらつ》な言葉をぐっとこらえた。いずれにしても息子の誕生日があと一時間で終わろうとしているのに帰宅せず、目の見えない女性と死体と、どう見ても完全にいかれているとしか思えない酒場の主人のそばにいるのは、わたしなのだ。

「最後に計ったときは、八度九分だったわ」彼女は言った。

「境目だな」わたしはほっとしながら言った。やや高めではあるが、高熱と呼ばれるほどのものではなかった。

「救急医を呼んだほうがいいかしら？」ニッチが分別ある質問をしたのは意外だった。隣室からはアリーナが何か言うのが聞こえてくる。そのあとまた主人は笑った。

「ああ、そうしたほうがいい」やや大げさかとは思いながらも、わたしは勧めた。念には念を入れよ、だ。

「しかし、私設診療所はやめたほうがいい。そういうところは、まず鍼《はり》療法をほどこすようなおかしな医者を送り込んでくるから」

少しずつ緊張がほぐれてきた。ユリアンは病気とはいっても、危険な状態にあるのではなさそうだ。母親も祈禱《きとう》師のところへ行くつもりではなかった。

「鍼治療のどこがわるいの？」ニッチは訊いた。

「悪いとは言っていない。でも、急性の感染症の場合、最初に選ぶ治療法ではない」

〝あるいは、ユリアンがこんなに長いあいだ患っているのがどんな病気であるにせよ〟

わたしの声は震えていた。だがニッチにはそこに含まれる怒りが聞こえなかったようだった。しだいに、隣室に横たえたままの死人のことが、また念頭に浮かんできた。

「ああ、ツォロ」彼女はもう長いあいだ、口にすることのなかったわたしの愛称を使った。「いったい何が問題なの?」彼女はため息をついた。「互いに話し合いするとき、どうしていつもそう気むずかしいの?」

〝わたしの問題?〟わたしは憤りながら、片方の耳からもう一方の耳に、携帯電話を移しかえた。〝わたしの問題が何か知りたいのか? オーケー、では言おう〟「機嫌があまりよくないのは、変態野郎を追っているからだ。やつは自分の殺人の罪をわたしになすりつけようとしているらしい。そして、わたしを救える唯一の証人は目の見えない女性で、過去が見えると主張している。これがわたしの問題だ」

〝何メートルも離れていないビリヤード室で、朽ちかけている死体の問題もある〟

わたしはふたたびドアに目をやった。主人は一歩も動いていなかった。つまりその間に、アリーナにはあまり接近していなかったわけだ。

「目の見えない女性?」

わたしは目を閉じた。よりによってこのテーマを持ち出した自分のバカさかげんを呪った。神秘主義者のミサへの招待状をニッチに送ったようなものではないか。彼女は興味をあおられ、質問を雨あられと浴びせかけてくるだろう。

「彼女は霊媒なのね?」

「わたしの言ったことは忘れてくれ」

わたしは酒場の入口まで歩いていき、内側からチェーンをかけた。このどさくさのなかにほかの客が入ってこないように。

「聞いて、ツォロ。これはとっても重要なことよ。いい？」

「なあ、今はこれ以上話をするのは無理なんだ！」

隣室で玉突き棒が落ちた。それから、アリーナが何かつぶやいている。一方でニッチが言っている。「あなたがそれを信じないのは知っているわ。わたしたちに説明のつかないことを。だけど。それほど悪いことでもないのよ。でも……」

「本当にもう……」

わたしはビリヤード室に目をやった。主人の姿は、わたしの視野から消えていた。

「彼女に近づいてはいけないわ」

「何だって？　どうして？」

そのあとの言葉は聞き取れなかった。アリーナのもの主人のも。それに代わってバーのほうから長く尾を引くあえぎが聞こえてきた。わたしは動きだした。

「もう何千回も言ってきたと思うけど」ニッチは言った。だがその声は、背後の雑音のなかに消えていった。あたかも映画のなかで俳優が危険への道をたどっていくとき、災難を暗示する伴奏音楽が流れてくるかのように。

〝ただわたしが俳優ではないだけのことだ〟

「あなたは悪しか見えないのよ。つい最近まで、あなたはそれについて書いているだけだった。でも今、悪はあなたのそばまで来ている。すぐそばまで……」

〝それは事実だ。すぐそばまで来ている。間近まで〟

「……そのためにあなたは破滅するわ、アレックス。目の見えないその女性のことは知らないけれど、でも、彼女が何かに巻き込み、あなたはもう、そこから逃れることができなくなるのを、わたしは感じるの。わかるかしら？」

「ああ」わたしは言った。それとは知らずに言ったにしても、一面では、彼女の言葉は正しいからだ。事実わたしは、もがけばもがくほどいっそう深く泥沼に沈んでいく溺死者《できししゃ》になったように感じていた。その反面、わたしはもうこのへんで電話を終わりにしなければならないと思っていた。

「あらゆる否定的なエネルギーから遠ざかってちょうだい。悪を呼び出さないでほしいの。でないと、いつか、あなたは破滅するわ、それよりも家に帰ってきて――ユリアンの誕生日なんだから」

この言葉とともに、ニッチは電話を切り、わたしは一人取り残された。わたしの人生と称する狂気のなかに。

アリーナ、トムトム、酒場の主人とともに。

そして死人と。ところが彼はビリヤード室に入っていったわたしに向かって手を振った。

第四十三章

「シャイヴァヴィレンフィア」

さっきまで首が折れ、フェルトの上に倒れて胸の下に血の海が拡がっていた死人が、今やビリヤード台の縁に背筋を伸ばしてすわり、涎《よだれ》を垂らしている。そして、殺された人間ならするはずのないことをしていた。たとえば呼吸し、理解不能ながらも話していた。

「カナンディヒトルーァーフェン！」

わたしはアリーナがビリヤード台から数歩ほど離れたところで椅子にすわっているのを見た。トムトムは彼女の足元に横たわり、あくびをしていた。数秒後には、リーヌスもそれに倣《なら》った。

「彼はてっきり……」わたしは言いよどみ、目をこすった。あっという間に頭痛が戻ってきた。今度は前よりも激しかった。ビリヤード台の上の、レースのカーテンのついた四角いランプの明かりは、蠟燭《ろうそく》の光よりやや強いほどだったが、うっかり、まともに見つめたために、目がヒリヒリした。

「彼はてっきり死んでいると思っていた」やっと終わりまで言えた。酒場の主人を見ようとしたが、目の前で色とりどりの光の輪が躍っていた。

「死んでいる？　バカな。リーヌスはいつも目を開けたまま眠るのだ。見てのとおり、変わっているのはそれだけじゃない」

わたしはうなずき、ビリヤード台をまわっていきながら、手をフェルトの上にさまよわせた。

しだいにわかってきたことだが、わたしは興奮のあまり、完全に間違って解釈していたのだ。フェルトの上の染みはもう古く、どうやらこぼれたビールの染みか、あるいは何らかの染みのようだが、ぜったいにリーヌスの上半身から流れ出た血ではなかった。彼は無傷だった。血の混じった涎は、だらしのないこのストリート・ミュージシャンの重大だが致命的とは言えない歯周病が原因だった。そして、漂う腐敗臭は彼のふだんの体臭らしかった。大小便と汗と汚物の混じり合ったにおい。ベルリンの路上生活がもたらした報いだった。

「ソフィルバッティエーテン」わたしが真正面に立つと、彼は意味ありげな表情を浮かべた。

わたしは彼のやつれた顔を見つめながら、アリーナのと同じくらいどんよりとしたその目と視線を合わせようとした。そして、死んだと誤認される事件が、再三再四起きるのはなぜなのかを理解した。つい二カ月前にも、わたしは慈善病院の病理学科で、板張り寝台から飛び下りたという女性について記事を書いた。

「彼の身に何が起きたんですか？」わたしは訊いた。

「そのことなら、あんたの連れにもう話した」酒場の主人は言ったが、もう一度、繰り返して話したがっているように見えた。彼は聴衆が欲しいらしい。「いつのころだったか、リーヌスは高い評価を受けていたことがある。あちこちのスタジアムでいろんなバンドと演奏していた。イギリスのウェンブリー・大スタジアムでも演奏したと本人は言っている」

リーヌスは認めるようにうなずいた。まだすべてが順調だった過去について話す男たちのように。

「何でも彼のマネージャーが彼から根こそぎ金を巻き上げたらしい。現金の代わりにドラッグで支払った。結局、この惨《みじ》めな男は文なしになったばかりか、すっかりぼけてしまった。どれかの注射か丸薬が多すぎたらしい。コンサートの直後に倒れて、それ以来、自分流の言葉でしかしゃべれなくなった」

「シャイヴァヴィレン、へっ？」リーヌスは確認するかのように、ぶつぶつ言った。

「ともかく、彼はいっときグルーネヴァルトのどこかにある精神病院に入っていた。だが、入院したころよりもっと頭がおかしくなって、また退院した。嘘じゃない」

わたしはリーヌスに近づいていった。彼はさっきからビリヤード台にまっすぐにすわりつづけていたが、その身体は危険なほど揺れていた。

「わたしの話がわかるかね？」わたしは訊いた。

リーヌスは肩をすくめた。

〝まあいい。顔に唾《つば》を吐きかける以上のことは、しないだろう〟

わたしは一か八かやってみることにした。そして、携帯電話の写真を彼に見せた。リーヌスが見知らぬ男と小競り合いしているところを写した写真だ。

「この男を覚えているか？」わたしは訊いた。リーヌスの肩の痙攣《けいれん》はなお激しくなった。不意に、額に深い怒りのしわが刻まれ、彼は残り少なくなった髪をむしりはじめた。

「ヴィクサティミッヒペルト！」意味不明のその言葉を、彼はたてつづけに繰り返した。

「意味がわかりますか？」アリーナが訊いた。

「さっぱりわからん。わしはドラッグ語は話さんのでな」主人は笑った。

「ハーテン・グイテンコフ・プトー！」リーヌスは言いきったが、面白がっている様子はまるでなかった。わたしの思い違いでなければ、彼は今、長い髪を一本抜いて、口に突っ込んだ。

「彼はギターのことを話しているんじゃないかしら？」

「かもしれん。このおしゃべりの通訳がつとまるのは、彼の連れの女だけだ」主人はあらためてアリーナに目を向け、しばらく犬をじっと見ていた。「だが、あの女も頭に矢が突き刺さっておる。どういう意味かわかるだろう？　自称ヤスミン・シラー。当時、リーヌスといっしょに精神病院にいた。看護師として。よくここでカウンターに向かってすわり、ぺちゃくちゃしゃべっておった。リーヌスといっしょにバンドを結成したいとかなんとか。そんなことが信じられるか？　いずれにせよ、このヤスミンが説明してくれた。リーヌスはただ、いくつもの単語を一度に混ぜて言っているだけなんだと、つまり、彼の頭はカクテルシェーカーみたいなものなんじゃ」

主人はまた笑った。

リーヌスの目はうつろになった。話題にされているのがわかっているのだろうか？

「たとえば、〝ヴィクサティミッヒ〟という言葉を、彼は頻繁に口にする。どこかの野郎のことを言っているにちがいない」

「たぶん彼の人生には、野郎と呼ぶような人間が大勢いたのよ」アリーナが口をはさんだ。

リーヌスは首をまわして彼女のほうを見た。「ハーテン・グイテンコフ・プトー！」彼は繰り返したが、自分のもたらした情報を認めてほしがっているかに聞こえた。しかし、この瞬間、誰よりも彼に注目していたのはトムトムだけだった。レトリヴァー犬はハーハーあえぎながら、ミュージシャンのほうを注意深く、じっと見つめていた。

「彼に何を見せたのかね？」主人は老眼鏡をはずし、左のつるを口にくわえた。接近してきた彼の息はくさかった。「わしにもちょっと見せてくれないか？」

写真の男がわたしに酷似していることが頭に浮かんだが、もう手遅れだった。わたしはすでに携帯電話を主人に渡していた。でも、画面をちらっと見た主人は、それに注意を引かれたようには見えなかった。

「リーヌスのそばにいる男は詐欺師です」わたしは言った。「昨日、監視カメラがうまい具合に、彼の姿を捉えました」わたしは急いで、罪のない話をでっち上げた。「彼が何かのヒントを与えてくれるかと思ったんです」

「で、もう一度聞くが、あんたたちは誰なんだね？」

主人は油断ならない目で、わたしとアリーナをちらちらと交互に見た。わたしは新聞記者の身分証明書をジーンズのうしろポケットから引っ張り出した。「その男についてのルポルタージュを書いているところなんです」

主人は大声で笑い、アリーナを指さした。

「なるほど。で、この目の見えない女性はカメラマンというわけか？」

わたしは答えに詰まり、見破られたように感じた。だが主人は、気分をそこねたようでもなかった。

「ま、それはどうでもいい。肝心なのは、あんたたちが写真に写っている破廉恥《はれんち》なやつの友だちかどうかということだ」

「ありえない」アリーナとわたしは異口同音に言った。わたしは身分証明書をしまい、携帯電話をふたたび取り戻した。主人が残した指紋のせいで湿っているように感じられた。

「それならよし。では、あんたたちが写真に撮ったくそったれのことを話してやろう」

「彼を知っているのですか？」

〝目の収集人を〟

「そうじゃない。だが、昨日の午後四時ごろ、ヤスミンがここにやってきた。まるで騙《だま》された街娼みたいにカンカンに怒っておった。彼女はリーヌスと喧嘩したくそったれを罵《ののし》っていた。やつはリーヌスのギターケースを蹴とばしたんだ」

〝ハーテン・グイテンコフ・プトー！〟

わたしはアリーナに目をやった。彼女は床に片膝をついて、トムトムを撫でていた。彼女はうなずき、自分と同じ考えであることを示した。

〝符合する。時間的にも空間的にも。あれはこのストリート・ミュージシャンだった〟

「一日の稼ぎが歩道に散乱した。一時間あとでリーヌスもここにやってきて、ぐでんぐでんになりおった」

彼は今なお台にすわって身体を揺すっているミュージシャンに向かって、うなずいた。「この結果を、大目に見るわけにはいかん」

「ヤスミンという女性には、どこへ行けば会えますか？」わたしは知りたかった。

「わしが、つまらん秘書みたいに見えるか？　わしは予約は取らん。客たちは毎日来ることもあれば、三週間も来ないこともある」

〝けっこうなこった〟

袋小路のなかで長時間、無駄に過ごしてしまったと思ったそのとき、何かをたたく大きな音がした。

リーヌス以外の全員がギクッとした。

「シュタウフ・ベヒンディプラッツ！」ミュージシャンはあらためて、平手でビリヤード台の木の縁をたたいた。

「シュタウフ・ベヒンディプラッツ！」

「ああ、そうか、わかった」主人は言うと、振り向いた。「リーヌス、こっちへ来い。コーヒーをおごってやる。台所にはソーセージがあるかもしれん」

主人はこれで会話にけりをつけたつもりらしい。わたしはアリーナに少し待っていてほしいと頼んだあと、年老いた主人について行き、彼がカウンターに着かないうちに、その前に立ちはだかった。

「今、彼は何て言ったんですか？　あなたは何を知っているんです？」

酒場の主人は彼の肩に置かれたわたしの腕を見、それから、わたしを見据えた。わたしが肩から手を離すと、ようやく彼は話しはじめた。「リーヌスは今も、あの野郎に腹を立てている。侮辱されたからではない。硬貨を集めるためにそのあと三十分もかけて溝のなかを探さなければならなかったからでもない」

「では、どうして？」

「あのくそったれが、自分の車を障害者専用の駐車場に停めたからじゃ」

〝シュタウフ・ベヒンディプラッツ〟

わたしはうなじをさすり、頸椎《けいつい》のすぐ横にある頭痛点を押した。精神科医から教わったことがあるのだ。

〝そういうことか〟

「リーヌスはいいやつなんじゃ。頭はおかしいかもしれんが、正しい心を持っておる」

「ティックソコム」

背後で声が聞こえ、わたしは振り向いた。リーヌスがニヤニヤ笑いながら戸口に立って拳を振り上げていた。その後ろからアリーナが現われた。

「ティックソコムトイ！」

「そうだとも。喜べ。あの野郎には高いものにつくんだ」

主人は右手の指を筒状に丸めて、卑猥《ひわい》な動きを示した。

「高いものにつくって、何が？」わたしは訊きながら、頭のおかしいホームレスの意味不明な言葉を、負けず劣らずの変人である酒場の主人に通訳してもらっていることが、しだいにいまいましくなってきた。だが、そのあと、リーヌスがたった今言おうとしていたことの意味が、突然わかった。

〝ティックソコムトイ！〟

目の収集人は駐車違反チケットを受け取ったのだ。罰金支払いを命じるそのチケットがあれば、彼の身元が特定できる。

目の収集人からの第一の手紙
発信元不明のEメールで
送られてきた

宛先：thea@bergdorf-privat.com
件名：真実に関すること

眼識のないベルクドルフ様

あなた宛のこのメールは、子どもたちが、隠し場所から、持ち時間が切れてしまわないうちに脱出しようとする必死の努力と同じくらいに無意味だろう。あなたの新聞が毎日、わたしについてたれ流しているくだらぬバカ話をためたバケツを洗って、元どおりきれいにしようとするわたしの試みは、失敗に終わりそうだ。このメールが何時間かのあいだになん人もの手に渡るだろうという事実から考えてもそれは確かだ。新聞社のお偉方たちや学者たちの手はあなたの手と同じくらい震えており、このメールの発信元を追跡してルアンダにたどりつくようなエンジニアの手と同じくらい、いらだっている。だが、なかには冷静沈着で専門的な人たちもいるだろう。心理学者や言語学者だ。彼らはこの文で使われているすべての言葉、すべての表現、いやそれどころかセミコロンまで細かく分析するだろう。しかし、アドリアン・ホールフォートにはこの手紙を見せないでもらいたい。彼はわたしの手がかりをつかむよりもサッカーチームで採用されたほうがましだとわたしは思っている。破れやすいトイレットペーパーも同然の新聞は、彼を〝スーパー・プロファイラー〟と呼んでいるが、このメールの第一行ですでにわたしがヒントを与えていることすら、彼は見逃してしまうだろう。つまり、わたしは〝子どもたち〟とは言っているが、〝あちこちの隠し場所〟とは言っていないということだ！　いわば、一つがすべての解決につながるというやつだ。その場所に、警察はこれまでにかなり接近した。わたしのペニスが聖母マリアのワギナに近づいたくらいに（あなたたち新聞記者の低いＩＱレベルに合わせて言っている）。あの車椅子の御仁《ごじん》は、わたしがツォディアクのような連続殺人犯の伝統にのっとってマスコミのほうを向くと、それは誇大妄想狂の証だと解釈することで一時間につき五百ユーロを請求するだろうが、そんなものは無駄遣いだ。わたしは追跡する人々を嘲弄《ちょうろう》しているのではない。わたしは名声など求めていない。

　むしろ、その正反対だ。わたしについてくだらない記事を書くのを、いいかげんにやめてもらいたいというのが、わたしの願いだ。わたしに付けられたあだ名からしてそうだ。あなたたちは飢えた野良猫さながら、わたしが投げた紛れもない肉の一片に殺到する。つまり、欠けた目のことだ。あなたたちや無能な警官たちが、こうも簡単に罠にはまったことに、わたしは嫌悪を覚える。簡単なトリックなのだが、わたしはそのために狂気の衝動殺人犯という思考パターンに当てはめられた。しかし、わたしは戦利品が欲しかったのではない。わたしは、〝収集人〟ではない。〝ゲーム人間〟なのだ。しかもわたしは公平にゲームする。ゲームの駒を決め、配置し、場を画定し、ラウンドの開始を告げるゴングを鳴らす。それが終わりしだい、わたしは規則を守る。母親、子ども、最後通告、隠し場所――わたしが限定するのは外的条件のみだ。それをゲームのどの局面でも守る。捜査をおこなう誰もが、隠れん坊ゲームを終わらせる平等のチャンスを与えられていることを、わたしは保証する。追跡する者がいかにわたしに近づいても、わたしは間違った足跡は残さない。同時にわたしは、ゲームがいかに興味をかきたてようとも、延長はしない。わたしは中立の立場を守るとはかぎらず、ときには干渉することもある。ひとえに、対戦相手のためを思えばこそだ。これは、わたしの助けなしでは、あなたにはとうてい理解できないかもしれない。だからこそ、わたしはこのメールを書いている。いわば、わたしについて、あなたたちが撒《ま》き散らしてきたすべての嘘にたいする反論なのだ。

わたしは狂人でも、化け物でも、異常者でもない。わたしはある計画に従っている。わたしのゲームには意味がある。わたしが体験しなければならなかったことを、あなたが体験したなら、あなたはわたしに賛成するだろう。わたしの行為を是認しないまでも、少なくとも追体験することはできるだろう。

きっと今、あなたは頭を横に振っているだろう。

〝なんて病的なのだろう〟と思いつつも、内心では、わたしの文章が新聞の第一面にでかでかと掲載された場合、その号の広告料をどこまでつり上げられるかを計算しているのだろう。でも、わたしの行為が、別の印象をもって見られるようになる動機を、現実にあなたに教えたらどうなるか！　それでもあなたは、髪の乱れた頭を横に振りつづけているだろうか？　いや、絶対に、そうはならない。

　あなたはわたしの言葉を信じようとしている。そうじゃないか？　あなたはわたしが単なる強迫衝動に駆られた異常者などではなく、わたしのすべての行為の背後には追体験可能な計画がひそんでいることを信じるようになるだろう。

　親愛なる、眼識のないテア・ベルクドルフ様、それこそがストーリーだからだ。なぜわたしが世界最古の遊戯である隠れん坊をよみがえらせようとしているのか、あなたはそれを知りたいと渇望するだろう。

　オーケー。では、始めよう。このメールを先に述べた無能な人々に渡した上で、わたしからのつぎのメールを待つがよい。時間ができしだい、わたしは書く。心配無用だ。そう長くはかからない。

　死体の処理に必要な七時間プラス半日もかからない。

第四十二章

（最後通告の期限まで、あと六時間と三十九分）

アレクサンダー・ツォルバッハ（わたし）

青信号がつづいたあと、工事現場のランプの前で初めて停車することになったが、わたしの症状は前よりもひどくなっていた。

　幸いにもわたしは、フランクがアリーナの住むマンションの前に停めておいた古いトヨタを、画廊のショーウインドーのガラスを壊す前に、路地の隅に駐車させるだけの機転をはたらかせた。もしあのとき、二列目に停めたままだったら、車はとっくにレッカー車で運び去られたか、その間に、確実にこの破壊行為とわたしとを結びつけた鑑識班によって押収されていただろう。いずれにしても、わたしはシュトーヤに個人的に知らせておいた。もし彼がこのあとも、こちらの与えたヒント――〝目の見えない女性が見たというヒント〟――を無視しつづけるようなら、わたしは自力で情報を入手しなければならなくなると。

　もっとも、わたしの目も最良の状態にあるとは言えなかった。涙が出て、工事現場の赤いランプが蛍光を発しているように見えた。額には冷や汗がにじんでいる。風邪《かぜ》の最初の徴候だとどれほど願っても、ますます顕著になってくるこの症状には、まったく別の原因があるのではないかと、わたしは恐れていた。

「どれくらいの時間がかかるのかな？」わたしは電話の向こうのフランクに訊いた。

「駐車違反チケットの調査？　真夜中に？」

　わたしは計器盤の時計を見て、小声で悪態をついた。

二十三時五十分。息子の誕生日まで、あと十分しかない。おそらく彼は自分のパパとではなく救急医と祝うことになるだろう。

「とんでもない。なにを考えているんですか？　こういうことは知り合いを通さなきゃ。でも、ぼくの知り合いはこの時間には眠っていますよ！」

〝残念ながら、わたしの知り合いはそうじゃない。シュトーヤはわたしへの捜査を公示し、フル回転で働いている〟

「わかった、フランク。もう一度、シュトーヤを説得してみるから」

「いや、それはやめたほうがいいでしょう」

「どうして？」

「たぶん、あなたが探しているものを、ぼくはすでに見つけたかもしれないから」

信号は青に変わった。一瞬、わたしは目がくらんだように感じた。後続の車のドライバーがクラクションを鳴らしている。ふたたび目を開けたが、ヴェールを通したようにぼんやりしていた道路が、またはっきりと見えるまでに少し時間がかかった。

「どうやって？」わたしは訊いた。

〝フランクは、まだナンバーさえ知らない車の所有者を、どうやって探り当てるのか？〟

「調査ですよ」というのが彼の簡潔な答えだった。それにふさわしく、彼の背後から編集部の大部屋の、何台もの電話が鳴るおなじみの音が聞こえた。

「ぼくにできることはただ一つ。情報を手に入れることです。任せてください」

つぎに彼は声をひそめた。「もっとも、問題は、あなたがそばにいる女性のスティーヴィー・ワンダーをどれくらい信用しているかによりますが」

わたしはバックミラーをちらっと眺めた。アリーナはトムトムといっしょに後部座席にすわっている。まるでわたしは彼女の運転手みたいだ。だがこの瞬間、聞こえない距離にいることが、もっけの幸いだった。

「彼女がどうしたって？」わたしは小声で訊いた。

車は幅の広い並木道を走っている。その名前は思い浮かばないが、市内高速自動車道に向かっている。これまで、具体的な目的地はなかったが、内なる声が、動きつづけるほうがいいと告げていた。声はわたしを本能的に居住船への道へと導いていくようだった。

「もし間違っていたら、訂正してください。でも、アリーナはこういう意味のことを言いませんでしたか？ぽつんと建っている一軒家を探すべきだと。その車寄せの前に、目の収集人は犯行後、駐車したと」

「確かに」アリーナがフランクのいる前で語った最後の幻覚を、わたしはすっかり忘れていた。

「よかった。では、冗談半分ですが、こう仮定してみましょう。われわれの探している異常者は殺人のあと、現実にどこかの家まで車を走らせ、そこでコーラを飲んだ。そのとき、一日あとに駐車違反チケットを受け取ったのと同じ車を使っていたことがわかれば、ある程度、有利な証拠になりませんか？」

「仮定が多すぎて、わたしの好みには合わないが、しかし、きみの言うことはうなずける」

〝家がわかれば、持ち主もわかる。問題は、現実とアリーナの非現実的な幻覚が、一致しているかどうかだ〟

「オーケー。そこまではよかった。そこで、ぼくは考えました。犯人は人目につかないようにスピードを落として、ちょうど緑の多いあの地域で留まっているように気をつけたと。ぼくはアリーナの証言をもとに、最大限四分を計算の基礎に置きました。出発点がトイフェルスベルクの丘だとすると、目の収集人はわずか四分では道路交通量の規制されたあの地域を去ることはできないでしょう。この地域には、学校や遊び場やスポーツ施設や幼稚園がうじゃうじゃありますから」

「なるほど。つまりきみは、探すべき区域は何平方キロかの範囲に限定されると言いたいわけだな？」

「正確には、半径五、六キロの範囲です。そのほとんどは森か農耕地帯です」

フランクの手がコンピューターのキーボードをたたく音が聞こえてくる。「おまけに、ここには多くの家庭菜園があり、手近な保養地でもあり、森の道なども あります。問題となる道路での移動距離は全体としてはマラソンコースよりは長くはないでしょう」

「きみも当然、走ったことがあるんだ」わたしは笑った。

「そういうことです」

わたしは出し抜けにブレーキを踏んだ。一人の歩行者が反対車線のバスに乗ろうとして、車道に飛び出してきたからだ。後部座席からアリーナがわたしの運転のしかたに不平を言った。彼女はかろうじて、トムトムが座席から滑り落ちるのを防げたようだ。

「わたしをからかう気か？」わたしは恐怖の一瞬が過ぎてから言った。

「グーグル・アースについて聞いたことがあるでしょう？」フランクは面白がっているようだった。

〝なるほど、そういうことか〟

わたしはふたたび速度を速め、ワイパーの動きをもう一段強めたが、それによってフロントガラスを汚してしまった。硬貨大の雪片が落ちてきたものの、ガラスの汚れを落としてくれるほどには湿っていなかった。その結果、わたしには何も見えなくなってしまった。

〝なんとよく似ていることか！〟

さながら、私の頭のなかでも、同じ使い古されたワイパーが働いているように思えた。

はっきりさせようと努めれば努めるほど、ますます目の前の情景はぼやけていく。奇妙な感覚錯誤があったために、わたしはドクター・ロートの治療を受けに行っていたのだが、それがさらに追い討ちをかけてきたのだ。医師はこの錯誤には精神病理学的な背景はないと言っていたが、やはりそのせいで集中力が欠如していたり、自由に使ってよいとされている簡単な探索手段のことにすら考えが及ばなかったのだ。

　たとえば、グーグル・アース。

「フリー・ヴァージョンのやつなんか、素晴らしいですよ」フランクは夢中で話している。

「衛星地図を使うと、なくした鍵が庭の芝生の上に落ちているのが見つかるんです。ズームレンズで画像を充分拡大すればね」

　フランクは自分の誇張を笑った。「でも、もっといい方法があります。うちの編集部には……」

「……ストリート・ビューだ。まさしく」

　かなり以前から、特殊カメラを搭載したグーグルの車が、世界の選ばれた都市の道路を走っている。利用者はボタン一つで、すべての道路の情景を三次元で見ることができる。今のところまだ全地域が把握されたわけではなく、また、非常に多くの法律家たちがプライバシー保護の問題と必死で取り組んでいるところだ。しかし、ｉＰｈｏｎｅでは早くも部分的に取り入れられており、わたしの新聞社ではすでに試験的に長時間、自由に使えることになっている。フランクがアリーナの描写に一致する家を探すために使っているのもそれだ。

「ベルリンのどの道路も、どの片隅も」フランクは陶酔しきっている。わたしの耳に、ふたたびキーボードの音が聞こえてきた。「まるで、自分がその場所を通っているかのように見えます」

「とはいっても、それなりに時間がかかる」

「いいえ、われわれのように運がいい場合は違います。問題の地域は主に、共同住宅ないし同じ型の住宅が一列に並んでいる連棟家屋から成っています。トラウンシュタインの邸宅は、ここでは数少ない例外に属しているんですよ！」

「あとどれくらい？」わたしは興奮して訊いた。「一軒家というのは、どれくらいあるのか、きみは数えてみたのか？」

わたしはスピードメーターに目をやり、興奮のあまり、許容速度を三十キロも超過していたことに気づいた。

「二十七軒あります。でも、あなたの新しいガールフレンドが語ったような、車寄せのある平屋となると、九軒しかなくて」

フランクは声を上げたままだった。長い話のあとで、さらに最後の落ちをつけ加えようとしているかのようだった。

「……そして、車寄せにバスケットボールの籠《バスケット》とやらがぶら下がっている家は、二軒しかありません！」

第四十一章

平屋の家はその住宅地全体で、もっとも背の低い家だったが、遠くからでも見分けがついた。

今、わたしたちがいるのは円頭石で舗装された袋小路だ。中心部からかなりはずれた場所で、街灯にはとっくに過ぎた選挙のポスターがまだ吊るされていた。いずれかの投票所の係員が、ネクタイを締めて愚かしい微笑を浮かべている博士号の持ち主を、柱からはずすのを忘れていたために、九月以降、この道に入ってくる者はみんな、〈わたしたちの未来は強い〉という、意味のはっきりしないスローガンを眺めさせられることになった。

無名同然の、誰が見ても醜い顔の政治家でも、自分の写真を紙に印刷させなければならないという法律があるのだろうか？　この地球上に、選挙ポスターを見ただけで投票に行く気になる人が一人でもいるのか？　いつか、新聞でこの問題についてのアンケートを取ってみてもいい。このすべてが終わったら。

　それが可能な状況になれば。

　わたしたちは車をフランクから教えられた住所の真正面ではなく、目立たぬ片隅に停めた。平屋に近づいていくにつれて、時間の無駄だという確信が湧いてきた。

「あなたが話してくれたのは、この家ではないよね？」わたしはアリーナに向かって言った。彼女はトムトムが街路樹にしるしをつけるのを待っていた。

「どうして？」

「目立ちすぎる！」わたしは目を薄く開け、息が顔の前で白く変わるのをじっと見守っていた。

　ただ、目立つやり方が、時として最良のカモフラージュということもありうる。ごく最近のことだが、リヒテンラーデで、白昼、二戸建て住宅の片方から一切合財がさらわれた。泥棒は引っ越し用の車で、堂々と乗りつけた。プラズマテレビを抱えた運送作業員を見て、それが強盗の襲撃だとは誰も思わなかった。

　〝サンタクロースの前に立って、えぐり取られた目のことを思う者はいない〟

　アリーナはかたわらのトムトムに〝おすわり〟を命じ、寒さに震えながら足踏みしていた。

「何が見えているのか、描写してちょうだい」彼女は願った。

　〝描写する？〟わたしは視線をさまよわせた。

　この場を目の見えない女性にどうやって説明したものか？　いずれにしても、ベルリンのここヴェスト・エンドでは、クリスマスの祝い方は控えめだというわたしの先入観は、完全に訂正しなければならなくなった。

一階建てのその建物は、裕福な家の十歳になる遺児が所有しているかに見えた。彼は遺産をクリスマスデコレーション専門店のために注ぎ込んだのだ。青いハロゲン灯の連なりが屋根の縁を花輪状に囲み、下向きの樋《とい》の周囲をも飾っている。樋のそばには橇《そり》に乗った等身大のサンタクロースが、煙突のほうへ仰向《あおむ》けになって登っていこうとしている。サンタは何はともあれ白い衣装に身を包んでいる。これはコカ・コーラ社の宣伝の天才がサンタクロースの衣装を赤くすることを思いつく以前の、オリジナルないでたちだった。

デコレーションのなかで、控えめなのはこれ一つだけだった。前庭全体がトナカイたちの像、イルミネーションで照らされた雪だるまたち、東方の三博士たちの像で埋めつくされていた。ただイエス・キリストとクリッペ（キリスト降誕の情景を粘土や木彫りで表わした飾り物）だけが欠けていた。それらが、連なった二つのガレージのそばに積まれた暖炉用の薪《まき》の下に埋められているのかどうかは、わたしにも確信が持てなかった。ガレージの扉、鎧戸《よろいど》、庭に通じる戸口には人工雪が振りかけられていた。その上、さらに……

……バ、ス、ケ、ッ、ト、ボ、ー、ル、の、籠《バスケット》！

それはアリーナが話したとおりの場所に設けられていた。ガレージの前ではなく脇に。

「じっくり考えながら話すよ」わたしは言った。「ここに住んでいるのが誰であれ、電力会社の上得意であることは間違いない」

アリーナは数少ない視覚的記憶を、目の見える子どもたち以上に蓄えていた。三歳以降は、古いイメージに代わる新たな印象が入ってこなかったからかもしれない。いずれにしても、彼女はカリフォルニアで過ごしたころのクリスマスをよく覚えていた。だから、目の前の光のスペクタクルについて大まかな印象を述べるのは、わたしには難しいことではなかったが、長く見つめていると、一階のブラインドを下ろしているのもうなずける。

「あなたはバスケットボールの籠《バスケット》とコーラのことは言ったけど、トナカイやサンタクロースについては何も言わなかった！」

アリーナは肩をすくめた。「そういうものは覚えていないわ」

わたしはバスケットのほうへと近づいた。その緑色の輪は光のスペクタクルの反射で光っていた。不思議にもバスケットは未使用に見えた。まるで昨日になって設置されたかのように。

「で、これからどうするの？」アリーナが背後で訊いた。細かい雪が彼女の人毛かつらの上に降りかかり、きらめきながら、そこに留まっていた。

わたしはアリーナに車寄せで待っているように言い、ガレージと、庭にある小屋のあいだを通って平屋の表玄関に至る細い道の門を開けようとした。

思ったとおり門には錠がかかっていた。普通ならベルを押すところだが、ここには表札もなければ、ベルもなかった。やむなくわたしは白く塗られた格子の桟《さん》のあいだに手を突っ込み、内側の把手《とって》の握りを、門が開くまでまわした。わたしはアリーナのほうを振り向き、すぐに戻ってくるからと念を押し、急いで平屋に向かった。

表玄関はどっしりした構えで、頑丈な一枚板のドアは、どうやら内側からより強力な鋼鉄板で裏打ちされているように見えた。この界隈《かいわい》では普通のことだが、ここにも監視カメラが壁の張り出し部分から斜め下に向かって取り付けられている。誰かが靴ぬぐいを踏むや否や、餌に襲いかかる猛禽《もうきん》よろしく作動するのだ。ドアのほぼ胸の高さのあたりに、横長の表示板があった。

まさに宝くじ引き換え所の窓か、ゲーム器械で遊べる安っぽいカジノの窓でよく見られるような類のものだ。だが、ＬＥＤの枠の上に、右から左に向かって流れている赤い電光アルファベットは籤《くじ》の大当たりを宣伝しているのではなく、わたしが目を極度に集中させて見ると、よく知られたクリスマスの歌になっていた。

オー、ジングル・ベルズ、ジングル・ベルズ、
ジングル・オール・ザ・ウエイ

わたしは瞬《またた》いているドアに近づき、ベルを探したが無駄だった。平屋の裏手にもまわってみたが、すべてのブラインドが下ろされていた。

オー、ホワット・ファン・イット・イズ・トゥ・
ライド
イン・ア・ワン・ホース・オープン・スレイ

わたしはすぐ間近まで接近したために、テキストをまともに見るというへまをやらかした。輝くアルファベットはわたしの過敏になっている目に押し当てられた焼きごてのような効果を発揮した。

ダッシング・スルー・ザ・スノウ
イン・ア・ワン・ホース・オープン・スレイ
オーヴァー・ザ・グレイヴス・ウイ・ゴー
ラフィング・オール・ザ・ウエイ

わたしはすばやく目をそらし、重いブロンズのドアノッカーをつかみ、木のドアをたたいた。短く、鈍いノックの音が家のなかにいて聞こえたかどうかは不明だった。わたしはさらに二度、拳でドアをたたき、待っていた。

何も起きなかった。

衣ずれの音も、足を引きずる音も、そのほか、ドアを開けるための労を取ろうとしている人間らしい雑音は何も聞こえてこなかった。

〝持ち主は眠っているのかもしれない〟わたしは思い、どっちみち間違った家の前に立っているのだと納得した。そもそも正しい家があると仮定して。

〝ジングル・ベルズ、ジングル・ベルズ、ジングル・オール・ザ・ウエイ〟頭のなかで、歌が流れはじめた。電光板の上を流れていく無邪気な歌の短いテキストが早くも脳に食い込んでいたとは、信じ難いことだった。

〝ダッシング・スルー・ザ・スノウ・イン・ア・ワン・ホース・オープン・スレイ。オーヴァー・ザ……〟

わたしはそこで詰まった。頭のなかの鈴の音が不意にやんだ、いったい今、何をうたおうとしていたのだ？　〝オーヴァー・ザ・グレイヴス・ウイ・ゴー？　墓を越えていく？〟

いったいぜんたい、なぜこんな病的なテキストに行き当たったのだろう？　わたしはもう一度、電光板に目をやり、問題の箇所がふたたび流れてくるまで見つめていた。

ダッシング・スルー・ザ・スノウ
イン・ア・ワン・ホース・オープン・スレイ
オーヴァー・ザ・フィールズ・ウイ・ゴー

〝どこにも異常はない。ふーむ〟

わたしは一瞬だが、誓ってあの変えられたテキストを見たと思った。だが今、その証拠はどこにもない。涙のたまった疲れやすい目がいたずらを仕かけたにちがいない。ここ何日か、ほとんど眠っていない上に、目覚めているときは狂気の人間を追跡し、その間に、自分まで逃亡する羽目になったことを考え合わせると、それも不思議ではなかった。

ラフィング・オール・ザ・ウエイ
ベルス・オン・ボブ・テイルズ・リング

わたしはまたも、それに合わせて口ずさもうとしながら、もう一度ノックしようかと考えていた。そのとき、目の前のテキストが一変した。今度はもう疑う余地はなかった。

鍵は植木鉢のなかにある。

それを使えば、おまえは死ぬ。

わたしは叫びながら一歩、退いた。そして、さらに大声で叫んだ。そのとき、背後の暗闇でわたしを待っていた人影に激しくぶつかった。

第四十章

「見ていたのか?」わたしは恐る恐るアリーナに訊いた。彼女は逆に、わたしの驚き方を大いに面白がっていた。

「正直言って、顔に目がついているのは、わたしたちのどちらかしら?」彼女は逆襲した。

「ごめん。でも……」わたしはたった今、起きたことを彼女にどう説明したものかと、ためらっていた。電光板にはふたたび正常で無邪気な歌詞が繰り返し流れていることではあり、自分の謎めいた体験を、透視能力者に向かって証明できなかったからだ。

「どうして車寄せのそばで待っていなかった?」わたしは小声で訊きながら、アリーナがリードから放しておいたトムトムを見やった。トムトムはそれでもなお、主人のそばにぴったり寄り添い、前足から雪をなめとっていた。

きかん気のアリーナはほほ笑んだ。「この寒さのなかで、また半時間も慈悲深いご主人様が尋問を開始するまで待たされるのはごめんだから」

「トラウンシュタインのときは、何も……」

この瞬間、わたしの視線は、アリーナから数歩と離れていない芝生の上に逆様《さかさま》にして置かれている赤錆《あかさび》色の植木鉢に釘づけになっていた。

鍵は植木鉢のなかにある。

わたしは我慢できず、植木鉢を持ち上げた。ビチャッという重々しい音とともに、植木鉢は半ば凍った地面からはずれた。夜の休息を邪魔された何匹もの甲虫類がさっと闇のなかに姿を消した。そのあと、わたしは黒い合成皮革の小さなケースを見つけた。手に載せると軽かった。なかを探ると、鍵が一本だけ入っていた。

鍵は植木鉢のなかにある。

それを使えば……

「それは何なの？」

強い麻酔薬の影響を受けているかのように、わたしはゆっくりとアリーナのそばを通って、平屋のドアへと戻っていった。

アリーナはわたしの袖をつかみ、何を見つけたのか、もうこのへんで明かしてほしいと頼んだ。彼女に説明するのは骨が折れた。アリーナはわたしの奇妙な体験に疑念を抱いたかもしれないが、それを表には見せなかった。それどころか、わたしが電光板で警告を受けたと話すと、まるで冒険欲に取りつかれたかのようになった。

「わたしもいっしょに行くわ」彼女はわたしがドアの鍵穴に鍵を差し込む音が聞こえるや、そう言った。

〝鍵が合うかどうか試すだけだぞ、ツォルバッハ。で、これからどうする？　錠がはずれたら、そのあとはどうするのだ？〟

「いやだめだ。きみはここで待っていて、五分たってもわたしが戻ってこなかったら、助けを呼んでほしい」わたしは言いつつも、アリーナがわたしのような男の指示に従うタイプの女性ではないことは重々承知していた。目が見えないのに自転車に乗ることを学んだ人にとって、暗い家などものの数ではなかった。

カチッという音とともにドアはぱっと開いた。自動的に開いたかのようだった。


それを使えば、おまえは……


「ハロー？」わたしは目の前の暗闇に向かって呼びかけた。

〝何もない。濃密で見通しのきかない、真っ黒の静寂しかない〟


おまえは死ぬ……


「そうか、こういうことか」わたしは思いながら、まさかの場合に助けを呼べるように、ふたたび携帯電話のスイッチを入れて、玄関に足を踏み入れた。アリーナとトムトムはぴったりとついてきた。

〝ここは目の見えない女性が幻覚で見た罪のない平屋にすぎない。このなかで、わたしに何か重大なことが降りかかってくるわけがないではないか？〟

第三十九章

（最後通告の期限まで、あと六時間と二十分）

トビアス・トラウンシュタイン

トビアスはどれくらいのあいだ眠っていたのかわからなかった。本当に眠っていたのかどうかさえ確かではなかった。暗闇のなかで目を覚ましたとき、これまで生きてきたなかで、こんなに眠く感じたのは初めてだったからだ。

〝空気〟最初に思ったのはそれだった。窒息すると思っていた。すると、肘が固い木の縁にぶつかった。

〝もう柔らかくはない〟二番目に思ったのはそのことだ。牢獄の壁は押してもたわむことがなくなった。とうとうお棺のなかに横たわることになったのだと思った。

彼は両手で固い床をさわり、少しあとには、さっきまで彼を覆っていた布にも触れた。防水性のレインジャケットの表面か、または、待降節（クリスマスのための四週間の準備期間）のお祝いの席で蠟燭《ろうそく》が倒れて蠟がしたたり落ちたときのジーンズみたいな感触だった。薄くて弾力性のある布地で、脇にファスナーがついている。

ちょっと待った。これって、もしかして……

〝……スーツケース？〟そうだ、それに決まっている。彼はあの黒くて、ゴロゴロと音をさせながら運んでいくやつに押し込まれたのだ。パパが商用のときに、いつも転がしていくあれだ。ただ、これはあれよりずっと大きくて、子どもの身体が入る広さがある。

〝だけど、ぼくは今、どこにいるんだろう？　最初にこんないやらしいスーツケースに入れられた……〟

〝よし、これは遊びなんだ。イェンズとケフィンがぼくを押し込めて、脱出させるために、あるものをくれたんだ。硬貨〟

友だちの一人が彼の口のなかにそれを入れたとは、なんとなく想像しにくかったが、それに代わるイメージはどうしても湧いてこなかった。でも、見知らぬ他人の手に委《ゆだ》ねられるよりは、友だちのほうがまだましだった。

〝よし、硬貨はファスナーを開けるためのものだった。そのほかに何かあるだろうか？

鍵かライターでもあれば。それとも、携帯電話。そうだ。携帯電話があれば最高だ〟

彼は警察かママに電話するだろう。あるいは、どうしてもという場合はパパにも。でも、パパは電話には出ないだろう。することがたくさんあるから。それに……

〝待てよ。パパは一度、携帯電話がなくなったと言って大騒ぎしていた。パパはぼくとレアを怒鳴りつけた。ぼくたちがくすねたと思ったからだ。最後にママが来て、パパに渡した。パパの服のポケットに入っているのを見つけたからだ〟

スーツケースの外側のポケット！

〝もちろんだ。スーツケースにはポケットがついている……もしかして……？〟

トビアスは自分のほうにスーツケースを引き寄せ、手を伸ばして外側のポケットの小さな仕切りのなかに、とうとう見つけた。

〝ネジまわし？〟

トビアスは信じられない思いで、その縦長の工具を引っ張り出し、木の把手《とって》、はがね、最後に先端に手を触れ——そして泣きだした。

〝こんな壊れたネジまわしで、どうやってママに電話できるというんだ？〟

このときこみ上げてきたのは怒りの涙だった。しくじったんだ。トビアスは拳で木の壁をたたいた。うつろな響きがした。手の痛みのせいで彼はいっそう激しく泣きじゃくった。

〝くそっ、ケフィン、イェンズ……ぼくを押し込んだここは、どこなんだ？〟

トビアスはぶつけた指の関節に息を吹きかけた。遊びの最中にこぶを作って帰ると、ママはいつもそうしてくれた。彼は七歳の誕生日のことを思い出さずにはいられなかった。お祖父《じい》ちゃんから、世界一バカげた贈り物をもらったのだ。木製で、腹の高さでねじると、二つの部分に分けられるようになっている、みっともない太鼓腹の人形が包みから出てきたとき、これはレアへの贈り物ではないのかと彼はお祖父ちゃんに訊いた。

〝ああ、レア、どうして今、ぼくのそばにいないの？それに、先の欠けたこんなひどいネジまわしで、何ができるというんだ？〟

〝人形を放しなさい！〟頭のなかで、お祖父ちゃんのおろおろ声が聞こえてきた。彼はそのバカげた贈り物の名前も思い出した。お祖父ちゃんは何かロシアのことを話していた。マトリョーシカというその人形は、東のどこかの大ヒット商品なのだと言っていた。というのも、人形をねじって開けると、つぎつぎに、新しいマトリョーシカ人形が出てくるからなのだ。

〝ああ、どうしよう。ぼくも今、派手な色で塗られたあのマトリョーシカ人形と同じようにして押し込まれているんだ〟

一つの隠し場所から脱出しても、またつぎの隠し場所が待っている。最初はスーツケース、つぎは木箱。そしてつぎに来るのは何だろう？

きっと、これよりもっと広いお棺だ。そこはさっきと同じように暗くて、息ができないところなのだろう。

トビアスは咳をし、しゃがみ込んだときはバランスを失いそうだった。この大きめの木箱でなら、もうちょっとは時間かせぎできるだろう。

〝でも、空気はわずかしかない。それもしだいに減ってきている〟

スーツケース自体もビニールのラップでぐるぐる巻きにされていて、破るのは本当に大変だった。そして今、少し呼吸しただけで、また、胸に圧迫感が戻ってきた。同時に、星が見えた。でもどこからも光は射してこず、この暗闇を抜け出る道は見つからなかった。

トビアスはちょっとのあいだ考えた。ここで全力を尽くしたら、なかの空気はもっと早く消費されてしまうのだろうかと。でも、彼は決心した。ほかに選択肢はなかった。

彼はやけくその怒りをこめて、木の壁の同じ箇所を、先の折れたネジまわしで何度も何度も突いた。

第三十八章

（最後通告の期限まで、あと六時間と十八分）

アレクサンダー・ツォルバッハ（わたし）

九歳になり、一人でも充分ベルリンの公共交通機関を利用して出かけられるようになると、わたしは毎日曜日に、祖母のところへ昼食を届けに行く役目を与えられた。祖母はわたしたちの家に来るのを嫌がっていた。息子であるわたしの父をあまり好いていなかったからだ。それに、わたしを好きだったのも、彼女の好物のおかずが包みのなかに入っているときだけだった。それはケーニッヒスベルク風肉団子だった。

思うに、祖母がわたしたちの家で唯一本当に好きだったのは、居間に置かれた大きなテレビだった。彼女は毎年のクリスマスに、そのテレビで『小公子』を見たがり、そして毎回、その前で寝入ってしまった。

祖母のことで思い出すのは、彼女の開いた口と、巨大な顎を伝わって流れ落ちる涎《よだれ》の糸だった。そのときテレビには終わりの字幕が映っていた。確かではないが、祖母は自分の最後を家族の誰にも見せずにこの世を去ったのではないかと思う。そして間違いなく、あの世でも老ドリンコート伯爵の悪口を言っているだろう。彼の、人の心を浄化する不思議な言葉を彼女はいつも聞きそこなっていた。わたしの日曜ごとの訪問はわずか一年半で終わった。祖母が台所で足を滑らせ、介護施設に入居することになったからだ。だが、そのわずかな訪問は、わたしのうちに、死というものは怪談で知っている大鎌を手にした存在ではなく、においであるという確信を根づかせることになった。

複雑で幾重にもかさなり、あらゆるものに滲《し》みこんでいるにおい。そこには安っぽいトイレ洗剤のにおいが入り混じっていた。あたかも入れ歯のぐらぐらする高齢者の古びた息のにおいをペパーミント入りのボンボンでごまかそうとするように、排泄物《はいせつぶつ》の残りを洗剤で洗い清めようとしても、上辺《うわべ》だけの不充分なものに終わっていた。祖母がドアを開けたとき鼻を打ったのは、わたしが秘かに、〝死の香水〟と名付けたこのにおいだった。汗、尿、卵入りリキュール、温めなおした食べ物——それらが、脂《あぶら》じみた髪と冷えたおならの悪臭から成るむっとするような空気と渾然一体となっているのだ。わたしはそれらが骨といっしょに詰められて髑髏《どくろ》のラベルが貼られた小瓶を想像した。もしこのようなエッセンスが現実に存在していたら——わたしはしだいに薄暗がりに慣れていきながら思った——誰かがその瓶の中身を思いきりよく、この平屋にぶちまけたのだろう、と。

「うわあ、ひどい」アリーナはうめき声をあげた。

「急いで空気を入れ換えなきゃ」

「ハロー、どなたかいらっしゃいますか?」わたしはすでに四回は呼びかけたが、応答はなかった。

外のどぎつい照明がブラインドのせいでほとんど室内には浸透してこないという事実から、わたしは胸苦しい不安を覚えた。背後の、半ば開いた戸口から射し込んでくる乏しい光が唯一の助けだった。わたしは手探りで壁のスイッチを入れたが、何も起きなかった。

「これは何かしら?」アリーナはわたしのかたわらを通っていき、部屋の中央に置かれている食事用テーブルを手でさわっている。彼女は室内の真っ暗闇には驚かないだろうが、寒さはこたえるだろうとわたしは推し量った。

「ここには電気が来ていない。だから、暖房もきかないだろう」

「そうは思わないわ」

「どうして?」

「シューッという音がしているわ。聞こえない?」

わたしは息を詰め、アリーナが何かに気づいたという方角もわからぬままに、頭を横にめぐらせて耳を澄ました……何も聞こえない。

「スプレーするような音が聞こえるわ」彼女は小声で言った。

トムトムも、いつもはだらりと垂れ下がっている耳を立たせ、アリーナの脇にぴったり寄り添いながら部屋の突きあたりの暗闇まで歩いていった。

わたしはアリーナがこのように慣れない場所でも、先に立って探っていく自信のほどに、あらためて啞然とさせられた。

〝用意された危険が見えないとき、われわれはもっと勇敢になれるのかもしれない〟もしかしたら、それが彼女の障害の唯一の恵みなのかもしれない。われわれは知らないものには注意を払わない。では、見えないものは存在していないのか？

居間の床は寄木細工または仕上げ不良の積層プラスチックが敷かれているらしく、アリーナのブーツがかすかな軋み音をたてた。わたしもまた、目よりむしろ耳を頼りにアリーナのあとからついていった。何かにつまずいたが、机にしては低すぎ、花瓶にしては重すぎた。おそらく何かの置物だろう。小さな彫像か、金持ちの居間のほこりを開いた口で捉えようとしている陶製の醜い犬の像だろう。つぎに、鈍い光が見えた。それは居間に隣接する右手の廊下から来ていることがわかった。

〝なんてこった〟わたしの方向感覚はどのみち、すでに最良の状態にはなかった。人けのない住宅地で道に迷ったり、〝そして、今はこれだ！〟

黒い穴蔵のような部屋から出たとき、わたしは黄色い間接照明が廊下の向こう端から射してくるのを確認した。たぶんわたしの瞳孔は硬貨ほどの大きさに拡大していたのだろう。そのせいで、廊下の奥の幅木《はばき》（壁の最下部の横木）にはめ込まれた常夜灯の鈍い光が、まるでハロゲン灯のように感じられた。

わたしはチャーリーのことを思わずにはいられず、胃がまた痛みだした。

チャーリー。突飛《とっぴ》でセックス好きで率直で自由奔放な、殺されたチャーリー。常軌を逸した人間が彼女を虐殺し、わたしを彼のゲームの意志を持たない駒として選び出し、彼女の子どもたちを見つけさせようとしている。わたしとチャーリーが出会ったあの〝性の館〟にも暗い部屋があった。どのような光からも解放され、ラテックスのマットが敷かれていた部屋。そこでは赤の他人同士が互いに重なり合い、激しくのしかかることができる。目に見えない無名同士のセックス。それは絶望のなかで人生のあらゆることを試してみようとしていたチャーリーの場合とは異なり、欲望を満たすための一つの変形だったが、わたしにはまったく無縁のものだった。

一度、わたしは彼女についていったが、性別もわからぬ見知らぬ人間の手に触れられて、すぐに踵《きびす》を返した。その暗い部屋が、真っ暗ではなかったということもある。誰かが部屋の入口の重いフェルトのカーテンを開けると、ひと握りの疲れた光の素粒子がもつれ合った肉体に飛びかかり、昼光をかすかに想起させるのだ。ちょうどこの瞬間、アリーナの足元の壁のコンセントにつながれた常夜灯のように。

アリーナは早くも廊下の突きあたりまで行っていたが、そのすぐ前には重い金属製の防火扉があり、細く開いていた。トムトムはその真正面に立ち、もじゃもじゃの身体をアリーナの脚に押しつけて、彼女が足を踏み入れないように妨害していた。

「待ってくれ」わたしは言うと、アリーナに追いついた。わたしはレトリヴァー犬がなぜ主人の行く手をさえぎろうとしたのかを、すぐに理解した。扉の向こうには平屋の地下室につづく急な階段があったからだ。

「あれが聞こえる？」アリーナはささやき声で言った。初めて、彼女の声にかすかな恐怖が感じ取れた。

「聞こえる！」

聞こえただけではない。においもしたのだ。スプレーするようなシューッという音が大きくなり、死の香水のにおいが強くなってきた。

「トムトムは危険を嗅《か》ぎつけたのよ」アリーナは必要もないのに言った。動物の鋭い嗅覚《きゅうかく》に頼らなくても、何かしら途方もないことがここで起きているのは予想できた。

〝いや、それは思いすごしだ。ここで何かが起きるはずはない。目の見えない霊媒の幻覚を追っているだけなのだ〟

わたしは扉を開けた。

もちろん、わたしは映画の観客たちの逃げたほうがいいという勧めを聞かず、地下室で斧を手に待ち構えている殺人者のもとへ裸足《はだし》で降りていった愚か者たちの話を知っている。それゆえ、石の階段に一歩たりと足を下ろすつもりはなかった。たとえ職業的な好奇心に駆られていたとしても、また、数メートル下に、レアとトビアスが絶望のうちに、わたしたちの来るのを待っていたとしても。

　トムトムの本能には分別があった。わたしたちは危険を冒すべきではないのだ。わたしはそれを十二分に理解していた。少なくとも最初の何秒かは。それも、この恐ろしい、非人間的なまでにゆがめられたあえぎが聞こえるまでのことだった。それは三十分後ではなく、今ただちにわたしの助けを必要としている生き物のものだった。

「いったい、これは何?」アリーナは訊いた。わずかながら不安が増している。

〝ここの地下で誰かが死にかけている〟わたしは思い、携帯電話を開き、シュトーヤにメールを送信し、階段の半ばまで降りてきたとき、それが起きた。動きを感知する報知機が作動して天井の灯がついたのだ。よりによって居間の真下に位置するこの地下室が、突然、真昼のように明るくなった。

　残念なことに。

　目のなかでちらちらまたたく光が弱まってきたとき、わたしは荒削りの壁に囲まれ、丸天井のせいでワイン貯蔵庫のように見える小さな地下室を見下ろし、そして震えだした。

　どれほど、今までいた暗闇に戻りたかったことか!

　このような光景を見ずにすむなら、どんなものでも提供しただろう。

第三十七章

角膜から侵入し、瞳孔を通して落ちる光は、最後に敏感な網膜の光受容体にぶつかり、そこに像を生じさせる。少なくともこの膜のごく小さな部分、マキュラ・ルテアと呼ばれる眼底の黄斑《おうはん》に。厳密には、たった一つの像だけが生まれるのではない。われわれがものを見るとき、眼筋《がんきん》は決して静止したままではなく、ほんの一瞬のあいだに対象物を探り、数えきれないほどの断片から全体像を組み立てるのだ。こうして神経は多大に刺激され、脳はわれわれがすでに知っていることと、今、見たものとを比較することによって、像を整理する。厳密に言えば、目はわれわれの本来の視覚的感覚器官、つまり脳から伸びている道具にすぎないのである。そして脳はわれわれに一度として現実そのものを見させず、常に、その解釈の一つのみを見させるのだ。

しかし、この平屋の地下室で、否応なく頭にたたき込まれた光景には見本となるべきものがなかった。わたしの脳にはこの恐怖の図と比べられるような記憶がなかった。このようにむごたらしいものを、わたしはいまだかつて見たことがなかった。

女性は解剖学コレクションの展示品の一つのような印象を与えた。唯一の違いは、解剖によって大きく開かれた彼女の肉体がまだ生きているということだった。最初わたしは、その開かれた上半身が今なお上下に波打っているのは、板張りのベッドの脇に設置され、シュ－ッシュ－ッと音をたてている人工呼吸器のせいだけだと思っていた。だが、残念なことに〝神よ、許したまえ。彼女が死んでいることを願わずにはいられない〟、彼女は管につながれたマスクで覆われた口を開いてゼーゼーとあえいでいたのだ。それどころか、わたしが自分の口に手をあてると、目をきょろつかせさえした。

〝まさか、こんなことがあっていいのだろうか？　本当のこととは思えない。目の錯覚にすぎないのだ。ただ、目の見えない女性の幻覚を追ってきただけで……〟

わたしは目をパチパチさせたが、そんなことをしても、恐ろしい光景が消えることはなかった。板張りのベッドも人工呼吸器も、そして……

……電話も？　いったい何のために、瀕死の女性のかたわらのナイトテーブルに電話が置かれているのだろう？

犠牲者の性別は、その長い髪と、すでに乳首の腐っている乳房でのみ識別できた。彼女は拉致《らち》された少女ではなかった。身長が九歳の少女にはふさわしくないからだ。それ以外の点では、彼女の年齢を判別するのは不可能だった。歯はことごとく抜け落ち、手の指も足の指も何本かは欠けていた。

「いったい、この地下室で何が起きているの？」アリーナの声に、わたしの思いは破られた。彼女はどうやらトムトムに逆らって階段の半ばまで降りてきていたようだ。まさに、わたしの動きに報知機が反応した場所だ。トムトムは彼女の一段下で待っていた。興奮のあまり息をはずませ、震えている。

「わたしには無理だ」息苦しさにうめきながらも、わたしは軽率な動きによってこの現場を汚すまいと努めていた。

〝何をすればいいのか、わからない。天にいます神よ、わたしはこれに耐え通すことはできません〟

傷が呼吸しているかのような女性の姿は、わたしが一瞬、目を閉じても、消えようとはしなかった。

彼女はわたしがいまだかつて目にしたこともない方法で縛られていた。まるで冷凍保存用の袋に突っ込まれた大きい肉塊のように、全身が透明なラップで包まれていたのだ。この異様な犯罪をおかした狂気の人間は、ラップの下の空気を残らず吸い出したにちがいない。そうすることでラップはぼろぼろになった皮膚の下の筋肉をじかに覆っていた。

その意味が明らかになったとき、わたしは吐き気をもよおした。

〝隣人たちへの配慮だ。生きたまま屍《しかばね》となっていく肉体の発するにおいが、それによって弱められるからだ〟

事実、彼女は透明なラップに包まれた食料品のように、軽く汗をかいていた。

「助けがいるの？」アリーナは訊いた。

「いや、わたしは……」

〝助け。もちろん、助けは必要だ〟

わたしは携帯電話に目をやり、うめき声をあげた。

〝当然だ。ここは地下室なんだから、受信できなくてあたりまえだ〟

それどころか！　すでにこの家に入ったときから、通話不能になっていたにちがいない。その証拠に、電話にはいまだメールが残ったままだった。送信は失敗に終わった。シュトーヤはわたしの居所を知らない。

わたしは急いで苦難の現場に背を向け、階段の上に戻っていった。

「ここから出よう。すぐに救急車を呼ばなくては……」

ドドーン！

「アリーナ？」

わたしはすばやく彼女の名を叫んだ。それほどまでに、彼女の背後で聞こえた音に驚かされたのだ。彼女自身も、トムトムに劣らず震えていた。

「あの音は何？」

〝まさか、違うだろう。そんなはずは……〟

階段のてっぺんから、早くも冷たくさわやかな風が吹きつけてきた。

〝ちくしょう！〟

わたしたちはドアというドアを全部開け放っておいたのだ。入口から廊下を通って地下室への扉に至るまで。戸外では風が強まっていた。まだ穏やかで、冬の嵐とまでは言えなかったが、それでも嵐は部屋部屋を吹き抜けていき、そして……

「くそっ！」

わたしはアリーナとトムトムのそばを強引にすり抜けて、階段を駆け上がっていった。そして、たった今、ドドーンと閉まった扉を怒りと絶望にまかせて蹴った。

まず把手《とって》を持って扉を揺さぶった。それから、肩でぶつかっていった。だが、金属の扉よりもわたしの骨のほうがたわみやすかった。扉はわたしたちの帰り道を塞いでしまったのだ。手のなかの携帯電話は、階段のてっぺんまで来てもなお、受信不能だった。やむなく、わたしはふたたび地下室に戻っていった。

「何を考えているの？　もう話してくれてもいいでしょう！」

わたしは彼女のもどかしげな問いを無視して、ベッド脇のナイトテーブルに置かれた電話がまだ機能しているかどうかを調べてみた。

〝間違いない。この古くさい、時代おくれの代物はまだ接続している〟

電話は一九八〇年代以降はもう見かけなくなったダイヤル式だった。

〝祖母の電話みたいだ。何もかもが祖母のもののようだ。死の香水だけではなく〟

おまけにダイヤルには錠までついていた。それは電話というものが非常に高価なものだった時代の遺物であり、休暇旅行に出かける前に、よけいな電話がかかってくるのを防ぐための措置だった。当時の慣例どおり、ここでもちっぽけな錠が取り付けられていて、ダイヤルは二つの数字のみまわすことができた――それは、1と2だった。

〝だが、それで充分だ。緊急の呼び出しには、ほかの数字はいらない〟

わたしは人さし指でダイヤルをまわした。

1……1……2
ダイヤルのたてる古風な音が、横に設置されている人工呼吸器と不気味に共鳴していた。わたしは息を詰め、右のほうを、その生ける屍《しかばね》を見ないようにと気力を振り絞った。

電話が鳴った。

一度、二度。

三度目が鳴るや、突然、暗くなった。

第三十六章

（最後通告の期限まで、あと六時間と十一分）

フランク・レーマン（実習生）

「彼はどこにいるの？」

テア・ベルクドルフはフランクの背後から、そっと近づいてきたらしい。どれくらいのあいだ彼を見ていたのだろうかと、フランクは訝《いぶか》った。

「連絡を取り合っていることは、わかっているのよ。だから、いいかげんなことを言うのはやめてちょうだい、坊や」

そうやって編集長が彼の前に立ちはだかった姿は、

必要とあらば、力の限りを尽くして防御しようと固く決意しているペナルティエリアのゴールキーパーを思わせた。テア・ベルクドルフはたいてい身体にぴったりのパンツスーツを着ているが、それは用心棒がピンストライプの背広を着ているのと同じくらい似合っていなかった。外見にはまったく重きを置いていないという事実を、彼女はかなり率直に認めていた。

「わたしは太っているにもかかわらず出世したのではなく、太っているから出世したのです」と、彼女は新聞社の新年パーティの席上、身をこわばらせている経済同盟のお偉方に向かって明かした。「もしわたしが若くて美人で、拒食症だったら、不実な男たちとのセックスのために、おびただしい時間を無駄に使っていたでしょう」この発言からもわかるように、彼女には充分なユーモアのセンスがあった。しかし、この瞬間の彼女の身振りや命令口調には、かけらほども、それを見いだすことができなかった。

「これで最後よ。今現在、ツォルバッハはどこにいるの？」

　フランクは疲労のあまりうめき、髪に手を突っ込んだ。「誰にも言うなと、彼から頼まれているんです」

「忘れたんなら言っておきますが、わたしは彼の上司なのよ」

「わかっています。でも彼はわたしの養成指導者でもあります」

「おやまあ。そんなことを言えば、利害の対立を招くことになるのはわかっているんでしょうね？」彼女は唇をゆがめ、嘲《あざけ》りの微笑を浮かべた。「まあ、いいわ。それなら、これをもって、あなたをその対立から解放してあげるわ。あなたはクビです！」彼女は顔をそむけた。

「何ですって？」フランクはツォルバッハの椅子から跳び上がり、テアのあとを追った。「なぜですか？」

　彼女は振り向きもしなかった。「我慢できないからよ。部下が重要な情報を隠していることが。わたしはあなたに頼んだはずよ。ツォルバッハから連絡が入ったらすぐに知らせるようにと。あなたはそれを無視して、自分だけのランボー風ルールで行動しようとしているじゃない？　おあいにくさま」

「でも、それはナンセンスですよ」フランクは怒りの声をあげた。「もしぼくが、あなたのために働かなくなったら、あなたはぼくから、ますます何も知ることができなくなるんですよ」

「ああ、もうそれ以上、何も言わないで」彼女はようやく立ち止まったが、それは単に、大部屋のオフィスの出入口を指し示すためでしかなかった。その電動のドアは、たった今、開いたところだった。

二人の男が編集部に入ってきた。

テアは意地の悪い微笑を浮かべた。「刑事さんたちはきっと、あなたから真実を聞き出すための効果的な手段をご存じのはずよ」

第三十五章

（最後通告の期限まで、あと六時間と十分）

アレクサンダー・ツォルバッハ（わたし）

「やあ、こんにちは」電話の向こうから聞こえてくる上機嫌な声だけでもイライラさせられたが、その背後から響いてくる音は、とうてい救急指令センターのものとは思えなかった。酔っぱらいの高笑いと、いかがわしい歌が入り混じっていて、どちらかといえば、カラオケ・バーのように感じられた。

「少し音量をさげろよ」男は後ろにいるパーティ仲間たちに大声で、確かめるように言った。すると本当に、誰かが彼の言うことを聞いたらしく、ドスンドスンというディスコ・ミュージックのベースの音が急に小さくなった。

「くそっ。そちらは救急指令センターですよね？」

「何？　ああ、そう。緊急連絡電話か。もちろんですよ！」男は横柄《おうへい》に笑ったが、話す際にも母音を引き延ばして発音した。彼はまぎれもなくほろ酔い機嫌だった。よもや、112の電話口にこんな男が出るとは考えられなかった。

「こんなに早くかかってくるとは、予想していなかったもので。すみません」

〝こんなに早いとは予想していなかった？〟

「わたしをからかうつもりか？」わたしは怒鳴った。

「緊急の救助を必要としている女性がそばにいるんだ。そして……」わたしはそこで黙った。何かが振動を開始したからだ。でもそれは人工呼吸器ではなかった。

「ああ、そう。殺人犯のゲームか。わかりました。ちょっと待ってください」

　紙をめくる音が聞こえ、そのあと男は急に用意された文章を読み上げるような口調になった。「〈わたしはおまえに警告しておいた。おまえはわたしに挑戦などすべきではなかった。それなのにおまえは、どうしても闘うつもりでいる。まあいいだろう。では注意して聞け。ここに規則がある〉」

「規則？」

　振動はますます強くなり、どこか掃除機を思わせる音がそれに加わった。

　〝ここで何が起きているのか？　いったいここで、わたしたちの身に何が起きようとしているのだろう？〟

「〈このゲームには、常に規則というものが存在しているのだ！〉」

　電話の男は少しゲップをした。そして、笑いながら詫《わ》びた。

「あなたは誰なんだ？」わたしは怒鳴った。

「ああ、イヤだ。服が汚れちまった。すみません。まあね、これはえらく急な仕事なんですよ。普通は一週間前には指示があるんですけどね。よりによって今日は、みんなでパーティを開いていて、少し飲んだもんで、すぐには頭が切り換えられなかったんです。わかってもらえますよね？」

〝いや、わからない。どうして、ほろ酔い機嫌の大バカ者と話をしなければならないのか、わたしには理解できない。わたしは瀕死の女性を助けるために緊急連絡の電話をかけたのだ。その彼女とわたしと目の見えない同伴の女性はこの真っ暗な地下室に閉じ込められている〟

「何のことを話しているんだね？」

「オーケー。でも、このことは誰にも話さないと約束してください。いいですね？　ぼくは以前は頻繁にやっていました。だからぼくの電話番号がまだインターネットに残っているんです。でも、なぜか、この役割ゲームにもだんだん飽きてきました。このくだらない仕事を引き受けたのは、やつが電話で百ユーロくれると約束したからです」

〝役割ゲームだって？〟なんと目の収集人は電話回路を学生の一人に切り替えたのだ。そして学生はゲーム参加者にヒントを与えるという対話型の狩猟ゲームで、何ユーロかを稼ぐことができるというのだ。

〝だが、これはゲームではない。少なくとも目の収集人以外の人間にとっては〟

「わたしが１１２にかけると、あなたが電話に出た。あなたに金を払った男は、どういう仕事をするよう指示したんだ？」

「それはこのＥメールを読み上げることです」

わたしは咳をした。そして、突然、空気が前よりも乾いてきたような不快感を覚えた。

「〈おまえにはあと十五分しか空気がない〉」男は読みつづけた。単調な掃除機音は、しだいに轟音に変わってきた。「〈ポンプが地下室の空気を吸いつくすまでだ。もし謎を解くためにほかにも誰かを連れてきているなら、時間はさらに短くなる。だが、知ってのとおり、ゲームはゲームだ。チャンスのないゲームは存在しない。ポンプを停めることができれば、おまえの勝ちだ！〉」男はそこで間を置いた。背後でだれかが震え声で、何か卑猥《ひわい》なことを言っている。

「つづきは？」

「これ以上は書かれていません」男は困惑したように笑った。

「これ以上は書かれていないとは、どういうことなんだ？」

この暗闇のなかで、どうやったらポンプが停められるのか？　ポンプの在り処《か》を知らなければ、この牢獄は真空状態になる。

わたしは乾いた喉をつかんだ。

「ねえ、相棒さん、まさか彼に、ぼくがやり損じたなんて言わないでしょうね？　もうこのへんで切らなくては」

ふたたびパーティの音楽が大きくなった。どうやら男は部屋から出て、今はダンスフロアに立っているらしい。

「だめだ。切るな」わたしは背後の音楽とポンプの音の両方に抗するように叫んだ。「ほかにもまだ、何かあるはずだ」

「いいえ、おやじさん。正直言って、これは……ちょっと待って」

彼は黙ったままだった。わたしは古い受話器をなおいっそう強く耳に押しあてた。

「くだらない。こいつはメールの頭書きだ。もうちょっとで見落とすところでした」

「どんな？」わたしはこの瞬間に可能なかぎり、冷静に訊いた。

〝落ちつけ〟わたしはゆっくりと深呼吸した。

〝まだまだ時間はある〟わたしは自分に言い聞かせようとした。〝もしアリーナとトムトムも酸素を使いきり、この地下室が何立方キロメートルもないとしても、十分間というのは計画を立てるには充分な長さだ〟

「頭書きとして何が書かれているのだ？」

電話の向こうで、最後にもう一度、ガサガサという音がした。そのあと男が言ったことは、わたしの分別を完全に奪い去った。「十三字のみですよ、おやじさん。こう書かれています。〈おまえの母親のことを考えろ！〉」

第三十四章

わたしの母は、五月二十日に台所で死んだ。パンを焼いていて、小麦粉が少し鼻に入った直後だった。偶然、訪ねてきていた彼女の親友のバプシーが外国人の救急医に、母の鼻を診《み》るようにと大声で叫んだ。（〝彼女は鼻を押さえたのです！〟）

バプシーはそれを少なくとも十二回は繰り返した。というのも、母が担架に乗せられているあいだに、バプシーは近所の人たちが驚くなかで、救急車に乗り込み、フィルショウの病院で、集中治療を担当する医師たちに向かっても叫びつづけたからだ。（〝どうして彼女は鼻を押さえたのでしょう？〟）

明らかにそのせいで脳への圧迫が増し、動脈瘤《りゅう》が破裂したのだとバプシーは思っていた。ずっとあとになって、わたしは疲れた目をした出っ歯の医師から説明を受けたが、それによれば、もし母がごくあたりまえにハンカチで鼻をかんだとしても、破裂は防げなかっただろうという。

（〝おそらく脳出血が、くしゃみ反射を誘発したのでしょう。あるいはまったく偶然に、動脈瘤が破裂したその瞬間に、あなたのお母様の鼻に何かが入ったということでしょう。でも、それが原因で卒中発作が起きたのではありません〟）

せめてもの慰めか？　母は愚かにもくしゃみをしたことが原因で、最新医療技術のバッテリーにつながれることになったのではなかった。

あの不運な出来事から五年半たった今、母は私立介護施設附属の病院に入院している。彼女のいる個室は、集中治療のハイテクの要求を満たすショールームのように見えた。彼女の正確な病名は失外套《しつがいとう》症候群（自己と外界との関係に対する認識が欠如したままの植物状態）、または、醒覚昏睡という。わたしは母を訪れていくたびに、ベッドのすそに挟まれたボードをもぎ取り、診断所見を抹消し、代わりにその欄に〝死亡〟と書こうと試みた。なぜなら、わたしにとって母は死んだからだ。

母はこのあとも覚醒と睡眠を繰り返しながら過ごしていくかもしれない。臓器は錠剤と点滴と管と器械のおかげで、その務めを放棄してはいなかった。医師と看護師とその他の看護要員たちにとって、それは生存の定義を充分に満たしていることかもしれない。だが、わたしにとっては、母は五年半前の五月二十日に台所で死んだのだ。

もし母が、ほんのわずかでも明晰《めいせき》な思考ができていたら、きっとわたしと同じように考えたにちがいない。

〝こんなにひどくなるまで放っておかないと、約束してちょうだい！〟

あのとき母は、介護施設からの帰り道、懇願するように言った。祖母を見舞っての帰りだった。その日、祖母の状態はこれまでにもまして、ひどいものだった。祖母は食堂で、自分のまわりに糞便を投げたのだ。(〝ごらん、わたしにもこんなことができるんだ〟)そして、自分の髪の毛を食べようとした。母とわたしが彼女に近づくのを許されたときには、すでに祖母は薬によって無上の幸福感に浸っており、以前、テレビの前で寝入ってしまったときのように、涎《よだれ》を垂らしていた。

「ああ、なんてことかしら。わたしはあんな終わり方はしたくないわ」母は車のなかで泣き、車を右に寄せた。そして強い口調で、自分がもはや自制できない状態になったら、決して放っておかないという過大な約束をわたしにさせたのだ。

「むしろ器械を停めてもらいたいわ」母はわたしの手を取り、わたしの目をじっと見ながら、もう一度繰り返した。「約束してちょうだい、アレックス。もし事故に遭って、お祖母《ばあ》ちゃんのような植物状態になったときは、彼女のような終わり方をしないように、あらゆる手を尽くしてほしいの」

〝むしろ、器械を停めてもらいたい〟

彼女が患者の終意処分について書いてくれてさえいたら。あるいは、父がまだ生きていて、わたしに代わって決定を下してくれていたら。それとも、わたしが自分なりに勇気を振り絞って、彼女の最後の意志を通させることができればよかった。

わたしはすでに一度、人工呼吸器のスイッチを切ろうと固く決心して病院まで車を走らせたことがある——が、惨《みじ》めな失敗に終わった。橋の上での悲劇からこのかた、わたしには人の命を奪う力がもはや残されていなかった。生命力に溢れ、威勢がよく、因襲にとらわれず、レストランでも一度としてウエイターにコートを着せかけてもらおうとしなかった母が、いまでは看護要員の気分にまかされ、その助けなしには排便もままならない状態になっているのは、ひとえに、わたしの罪だった。

このようなことを母は望んではいなかった。むしろ死んだほうがましだと、はっきりと口に出して言った。でもあの日、わたしは彼女を殺すことができなかった。そのことを目の収集人は知っているように思われた。

〝おまえの母親のことを考えろ〟

彼はわたしをよく知っている人間にちがいない。わたしが人工呼吸器のスイッチを数秒間じっと見つめていたことも、もし不法な死亡幇助《ほうじょ》をすれば裁判にかけられたであろうことも知っているように思えた。わたしが臆病だったことも知っていた。わたしは橋の上でアンゲリケを撃ったことによって、それ以外の人間を殺す勇気を使い果たしてしまった。死がその人の苦しみを和らげ、差し迫った願いであるときでさえも。

だからこそ目の収集人はこの地下室で、わたしに解決できそうもない課題を与えたのだ。

〝ゲームはゲームだ。チャンスのないゲームは存在しない〟

彼はポンプを見つけることを求めているのではない。もし、自分とアリーナの命が救いたければ、わたしはそれとはまったく別の器械を停止させなければならないのだ。それは、わたしから一歩しか離れていないところで責め苦を受けている女性の命をつなぎ止めている器械だった。

〝ポンプを停めることができれば、おまえの勝ちだ！〟

見知らぬ女性のベッドのかたわらに設置された人工呼吸器！

わたしは電話の向こうの学生に、大声でこちらの居所を教え、助けをよこすように懇願した。これはゲームではなく、深刻きわまりない事態が起きているのだと説明しようとしたが、口のなかで言葉がもつれた。だが学生は笑っただけだった。「ああ、わかってます。

やつは言ってましたよ。あなたがそういうくだらないことを、ぺちゃくちゃしゃべるだろうとね」そして電話を切った。

わたしは受話器掛けを押し、あらためて112をまわし、呼び出し音が聞こえるのを待っていたが、無駄だった。

もう一度かけてみたが、何も起きなかった。

古い電話はもう、つながってはいなかった。

第三十三章

(最後通告の期限まで、あと六時間と四分)

フランク・レーマン（実習生）

「そんなことって、あるか」彼のすぐそばにすわっている刑事が言った。「彼は目の見えない女証人といっしょに、駐車違反の男を追っかけているって？　そんなバカげた話をおれが信じるとでも思うのか？」

警部補の肥満した腰が重々しいガラス張りのテーブルの縁を押しつけている。フランクはテーブルの上座にすわらされていた。彼はテアが編集部の会議室で彼を待っているか、あるいはドアに耳をあてて盗み聞きしているかもしれないと推測していた。テアは同席したくてウズウズしていたが、もう一人の刑事がはっきりとそれを拒否したのだ。彼は痩《や》せ型で、服装も比較的まともだったが、無骨な同僚に負けず劣らずしょぼくれていた。目の下の隈《くま》、かさかさの肌、縁の赤い目――フランクはこうした過労のしるしを自分でもよく知っていた。時間に追われて仕事し、睡眠を取る贅沢《ぜいたく》が許されていないときに、こんなふうになるのだ。そればかりか、彼らがストレスに抗するために飲んでいるものの副作用も、フランクはその顔から見て取った。ショルレと呼ばれているほうは、コーヒーとレッド・ブルをがぶ飲みすることで睡魔と闘っている。背広を着た痩せ型の上司のほうは、もっと強いものに手を出しているようだ。彼の大きい瞳孔とひっきりなしに鼻水をすすり上げる様子がはっきりと物語っている――スポーツ部のコヴァラ同様、彼はコカインをやっている。

「ともかく、情報をチェックしてください」フランクは頼んだ。「もしかしたらツォルバッハの言うとおり、駐車違反したやつが、あなた方の探している男かもしれませんよ」

フランクはもう一度、ブルンネン通りの住所を彼らに教えた。ツォルバッハが目の収集人だと思っている男が、そこの障害者用駐車場に車を停めたのだ。

「調べてみてください。無駄にはならないでしょう？」

「時間が」フィリップ・シュトーヤと名乗る上司のほうが言った。「最後通告の期限が迫っている。交通違反者を調べて時間を無駄遣いしているうちに、また子どもの死体を集める羽目に陥りたくないのだ！」

シュトーヤはあくびをこらえながら口角を震わせた。それから、急いでズボンのポケットからハンカチを引っ張り出したが、立てつづけにくしゃみが出る、まさに直前だった。そのあと、彼の右の鼻の穴から鼻血が一筋、うっすらと垂れ落ちた。彼は自分でもそれに気づいたと見えて、簡単な言葉で謝って会議室から出ていった。

〝やれやれ、これでランボーと二人っきりになった〟フランクは思い、神経をとがらせた。

ショルレはフランクにほほ笑みかけたが、何も起きなかった。ただテーブルの縁に腰かけ、ボールのバランスを取るかのように右足を上下に動かしながら笑っていた。にっこりと愛想よく、悪気もなく、昔からの仲間のようにフランクを見つめ、そして無言のままだった。

フランクは目を伏せて考えた。

〝彼にあの家の住所を教えようか？〟

ツォルバッハは電話で承諾を与えないうちは、誰にも住所を教えるなとフランクに頼んだ。だがこの十分間、ツォルバッハからは何の連絡もない。そして、刑事たちが来る少し前、彼のほうから連絡を取ろうとしたが、ツォルバッハは電話にも出なかった。

〝おかけになった電話は、現在、不通です〟

「ツォルバッハは犯人じゃありません」フランクは言った。これで、短い取り調べのときと合わせて確か三度目になる。「ぼくの上司を追いかけるのは、駐車違反のチケットを調べるより、もっと時間の無駄ですよ」

何の反応もなかった。ショルレは相変わらず、にやにや笑っていた。

〝くそっ〟

フランクはこのあとどうなるか予想がついた。こういうタイプを彼はよく知っていた。フランクは新聞社では、少年じみた容貌と人生経験の浅さから、青二才と思われているが、でも、こういう、望むものは必ず手に入れることに慣れている人間のことは知っていた。彼の父親がそういうタイプだったからだ。ショルレは私生活では温厚な家庭人なのかもしれない。ガーデンパーティでは、子どもたちをおんぶしながら、お客のためにいちばん厚いステーキ肉をグリルするような。しかしいったん職務が行き詰まると、力ずくで事を解決しようとする。だからいつも従属的な役割しか与えられていないのだ。おそらく彼には忍耐と敏感さが足りないのだろう。そして、微妙な取り調べの戦術については、彼はコカイン中毒の上司とは正反対に、話に聞いて知っているだけだった。

ツォルバッハが編集部で働く機会を与えてくれるまで、フランクは長いあいだアウトサイダーとして過ごしてきた。一度として真ん中にいたことがなく、いつも端っこに立っていた。でもそれは人間観察のためには最上の位置でもあった。子どもの頃から、彼はずば抜けた感情移入能力を身につけてきた。それゆえ、ショルレのにやにや笑いが親睦を図るためのものではなく、それどころか、不快きわまりないことへの先ぶれであることを見抜いていた。

彼の予想は的中した。

ショルレは太りすぎの刑事にはあるまじき、流れるような動きでぱっと立ち上がり、フランクを後ろから蹴った。フランクのうなじに衝撃が走った。神経が絞めつけられたかのようだった。そのあと、引っ張られるような痛みが脊椎《せきつい》を伝わって腰まで下りていった。

「いいかげんに、ふざけるのはやめろ！」ショルレはフランクの顎の真下に腕をまわし、彼の首をなおも強く絞めつけた。「おまえの友だちは財布を犯行現場でなくした。しかも彼はもう一度戻ってきて、トラウンシュタインを責めたてた」

フランクの頸椎《けいつい》がポキッと音をたてた。彼は腕を泳がせ、足を踏ん張って立ち上がろうとしたが、上半身にコンクリートが流し込まれたかのようだった。

「彼は犯人しか知りえないことを知っている。そして、逃亡した」

〝この男は頭がおかしい〟

「だから駐車違反者を探せなどと言うな！」

〝こいつは頭がおかしい。それに、ぼくを殺したがっている〟

「おれは今、これによって懲戒処分を受けるかもしれん。ドイツでは拷問は禁じられているかもしれん。だが、いいか？」ショルレはフランクの頭をぐいと引っ張り上げたので、フランクの視線はいやおうなく、会議室の奥の壁に掛かっている大時計を捉えた。

「子どもたちの身に何が起きるかを考えると、そんなことはくそくらえだ。時間がどんどん過ぎていく。おまえみたいな小者のせいで、また一人子どもが死ぬことを許すくらいなら、おまえを救急病院に送り込んだほうがましだ！」

フランクは喉を強く押さえつけられてはいるが、まだ息ができることに安堵《あんど》した。そして、あらためて、ショルレの絞めつけから自由になろうと試みた。そして、凍りつき、じっと静かにしていた。ショルレから命じられたわけでもないのに、それ以上は一ミリも動けなかった。もしわずかでも頭を傾けたが最後、どれほど強烈な痛みが生じるかがわかったからだ。

「いいか、難事件を扱うとき、おれがどうやってメモを取るか知っているか？」

フランクは思い切ってうなずくことさえ、できなかった。脈が速まり、全身、汗びっしょりになっていた。

〝あんたは変態だ！〟思わずそう口から出そうになったが、ショルレをさらに激昂させるリスクは冒したくなかった。耳のなかに先のとがったものが入れられたようだが、それがもっと奥まで突っ込まれてはたまらない。

「鉛筆を使うんだ」ショルレは笑った。「おれはいつも、削りたての長い鉛筆を持っている」

彼の温かい、湿った息が、汗に濡れたうなじにかかり、フランクはぞっとした。

「わかった。わかったよ。教えますよ、ええ」フランクはうめいた。

「ほう、そうか？」絞めつけはまったく弱められなかった。鉛筆は乾いた綿棒を耳道《じどう》の奥まで押し込んだかのような不快な感じを与えた。

「おまえがしゃべるのは信じてやってもいい。だがな、おれと相棒との違いは何かわかるか？」フランクはこのときもうなずくことができなかった。鼓膜を破られる危険があったからだ。

「シュトーヤも行き詰まっている。だが、おれとは違い、おまえの上司が本当に捜索中の犯人かどうか確信が持てずにいる。だから彼は、軽い脅しなら夢中でやるだろうが、本当の威嚇《いかく》はやらずにすませるだろう」

フランクは不安のあまり、極度に用心深くなっていた。

「それに反しておれは、確実な道を選ぶ。もしおまえがいいかげんなことをぬかしたら、どんなことになるか、わかっているだろう」ショルレは言うと、鉛筆を持つ手にぐっと力をこめた。思いっきり突っ込むために。

第三十二章

（最後通告の期限まで、あと六時間と二分）

アリーナ・グレゴリエフ

「わたしにはできない！」

「なにができないって？　いったいそこで、何が起きているのか、もう話してくれてもいいでしょう！」

地下室に足を踏み入れたときから、アリーナは鈍くて速いこだまが返ってくることに気づいていた。壁に当たって跳ね返ってきた言葉が、軽く反響したのだ。自分たちが閉じ込められているこの部屋は広くはないようだ。それに、階段を降りていくときには頭をぶつけそうになった。では、ついさっき灯の消えたこの地下室は天井が低く、岩石造りなのだろう。彼女に残された明暗を感じ取る感覚のおかげで、さっきまでは薄いヴェールのようなものが見えていたが、それも、なくなった——呼吸に必要な酸素も。

ツォルバッハが電話をかけたころから、ここの空気はしだいに薄くなってくるようだ。そして、肺への圧迫感がますます大きくなってきた。

「ここには病気の女性が横たわっている」ツォルバッハはうめくように言った。息を切らし、すっかり混乱している。「われわれが外に出るためには、彼女を殺さなければならない」

アリーナは平屋に入ったときから口のみで呼吸していた。そのほうが、我慢できないほどの悪臭にも少しは耐えられるからだ。今この瞬間は、黴《かび》の生えた食品のような甘い腐敗臭も、まったく気にならなかった。彼女は見知らぬ場所に閉じ込められ、恐ろしい音を耳にし、呼吸困難に陥っている。しかも、ツォルバッハはすっかり理性を失っているようだった。

「止まれ、いや、それ以上、近づくな！」アリーナはツォルバッハにぶつかりそうになって、彼に怒鳴られた。彼女は通常、知らない場所に来ても、方向感覚のようなものが働いた。とくべつ優れているわけでもなく、また、いつも働くとはかぎらなかった。でも、何かが道を塞いでいるときには、それを感じることができた。たとえば、何か重い物にぶつかる直前、空気抵抗が変化するのだ。でも、この地下室の冷たく、音のうるさい環境では、それも不可能だった。

〝気を散らすものが多すぎる。わたしの感覚には荷が重すぎる〟

シューッという不快な音、吸い上げるポンプの音、悪臭、そしてパニックに陥ったツォルバッハの声。彼女がツォルバッハにぶつかりそうになり、ぶざまな動きで身を支えなければならなかったのも、不思議ではない――しかも、それは……

〝そう。いったい、何の上に手をついたんだろう？〟

手の下のラップには、肉の塊が包装されているような感触があった。

「これは何なの？」アリーナは訊いたが、さらに両手でその温かいラップにさわろうとしたが、ツォルバッハに腕ずくで引き離された。

「だめだ。彼女にさわってはいけない」

〝彼女？〟

「誰のことを話しているの？」

ツォルバッハは激怒した。「言っただろう。ここには女性が横になっているって。やつの犠牲者の一人だ。いいか、きみにはもうこれ以上のことはわからない」

〝確かに彼の言うとおりだ。もしかしたら、わたしには本当にもう何もわからないのかもしれない〟

でもやはり、アリーナにはわかった。ツォルバッハを通してではない。彼はその後も黙って彼女の腕を押さえつづけ、これまでずっと耐えつづけてきた光景から彼女を守ろうとしているようだった。

　アリーナが真相を知ったのは、位置を変えたときだった。ツォルバッハはもう彼女の手を握ってはいられなくなった。彼女の指は苦悶の光景を、言葉で描写されるよりもはるかにしっかりと捉えていた。目の前には、開いた熱い傷が薄いラップにくるまれていた。むき出しの筋肉、肉、腱、そして、部分的には露《あら》わにされた骨にも触れることができた。

〝筋膜の壊疽《えそ》〟恐ろしい疑念が彼女の脳裏を貫いた。

　アリーナはこの細菌性のまれに起きる病気を知っていた。文字どおり、肉体が生きながら腐敗していく病だ。ここに横たわっているのが誰にせよ、無限の苦痛に責めさいなまれているにちがいない。看護をなおざりにされ、身体じゅうに床ずれのできた患者に匹敵する。アリーナは一度、あるビジネスマンの治療をしたことがある。この重病から立ち直ったが、物理療法によって、ふたたび普通に身体を動かすことに慣れる必要があった。「わたしの身体は正真正銘、ぱっくり開いたのです」ビジネスマンはそのように言い表わした。彼は病院で感染したのだった。「最初はどこもかしこも腫《は》れ上がって熱くなり、皮膚が裂けて腐りはじめました。その間、わたしは高熱による痙攣《けいれん》で震えていたのです！」たびたびの手術と、トラック一杯分ものさまざまな抗生物質のおかげで、彼は命拾いをした。それらの処置も、この瀕死の女性には、もはや手遅れなのは明らかだった。たとえ彼女がこの病気にかかっているのではないとしても。

〝あるいは彼女は病気に感染したのではないかもしれない。彼女が腐敗していくのは、単にラップにくるまれているために動けないからかもしれない〟

「彼女は誰なの？」アリーナは訊き、思わず咳き込んだ。ここの空気はすでに、彼ら自身の炭酸ガスで飽和状態になりつつあった。

「知らない。わたしにはわからない。わかっているのは例の病的な男が、電力供給と人工呼吸器を連結させたらしいということだけだ。もし、わたしが人工呼吸器を停めたら、灯がついて、扉が開くのだと思う」

ツォルバッハはまるでトムトムに倣《なら》おうとするかのように息を切らし、ハーハーあえぎはじめた。

「しかし、わたしにはできない。母のときにも、できなかったんだ！」

アリーナはうなずいた。彼が何を言おうとしているのかは理解できなかったが、今は、彼の家族物語について尋ねるときではなかった。

「あと、どれくらい時間が残されているの？」彼女は訊き、ふたたび用心深く、女性の腕を手で探った。

「わからない。五分か、それよりもっと短いかもしれない！」

アリーナの指は軟骨、そして、壊死《えし》した皮膚の一部にそっと触れながら、慎重に上のほうへと移動していった。

「もしかしたら、彼女を苦しみから解放してあげられるかもしれないわ。もし彼女に話ができたら、あるいは、そうしてほしいと頼むかもしれない！」

アリーナの耳にツォルバッハの泣き声が聞こえた。彼女の目にも涙が浮かんでいた。

〝もしかしたら。あるいは〟いや、きっとそうだ。アリーナが触覚から知りえた状態ほどひどくはなかったとしても、彼女はそう感じていた。

だが、〝もしかしたら〟や〝あるいは〟や〝もし〟だけでは、自分たちが生き延びるために罪のない人を犠牲にするには不充分だ。ツォルバッハがどう判断するかはわからない。でも、生きている人の人工呼吸器を停めるために力を奮い起こすことは、自分にはとうていできないと彼女は思った。

少なくとも、呼吸するための空気が多少とも残されているあいだは。

〝多少の空気〟

五分、それより短いかもしれない。

第三十一章

警察特別機動隊

フランクが降参してから四十五分と四十三秒後、七人から成る特別機動隊が警察本部を出発し、証人フランク・レーマンが刑事に教えた住所に向かった。

さらに五分間の口頭による概況説明が、走行中の隊員輸送車のなかで、特別機動隊隊長によっておこなわれた。

十一分と十三秒後、防弾チョッキ、ヘルメット、銃器に身を固めた隊員たちが、平屋の前で位置についたとき、警察の三台の機動車と二台の救急車がすでに現場で待機していた。

二人の救急医が、なぜ二人もの出動が求められたのかについて、なおも意見を交わしているあいだに、近隣の住民たちは家から離れないようにとの指示を受けた。

同じころ、〝目の収集人特別捜査班〟の二人の刑事、フィリップ・シュトーヤとミーケ・ショロコフスキー（ショルレ）も、現場に到着した。

平屋のなかにいる目標人物の居所をスキャンするための赤外線カメラは、隊員のカバンのなかにしまわれたままだった。クリスマスの照明のせいで画像は使いものにならなくなるからだ。機動隊隊長は、照明の電気を切るべきかどうか五十秒のあいだ考えたが、結局は、切らないことに決めた。家のなかの一人または複数の犯人に、逮捕が目前に迫っていることを気づかせたくないからだった。

計画では、危険が迫っていることから、あらかじめの警告なしに家のドアを破って侵入し、平屋の建物のすべての部屋を確保することになっていた。しかし、こうした暴力の行使は不必要だった。裏の出入口が開いていたからだ。

十四秒もたたぬうちに、一階には誰もいないことがわかった。そのため、地下室への錠のかかった扉をこじ開けることが必要となった。

一時七分、特別機動隊が頑丈な防火扉の錠を壊し、二人の隊員が防護用の楯《たて》を手に、地下室への階段を駆け降りていった。

フランク・レーマンが容疑者の居所を漏らしてから三十二分が経過していた。

時間の割り振りはすべて機動隊隊長が、一週間の病欠届を警察医に書いてもらう前に作成した正確な記録に基づいていた。だがこの記録には、何秒かの耐えがたい瞬間のことは記されていなかった。地下室に降りていった隊員たちは恐怖の光景を目にして、麻痺《まひ》したようにその場に立ちつくしていた。この何秒間は、べルリンでもっとも非情な部類に属する彼らに深く大きい衝撃を与えた。このように、〝むごたらしい、くそったれのもの〟（地下室でなにを見たかを最初の無線通信で述べた際の、彼らのありのままの口調）を見たのは、生まれて初めてだったからだ。

最後に、二人の救急医は自分一人だけでなかったことをありがたく思った。この地下室では、どんな医学的な助けも手遅れであることを認めて涙を流したことを、二人とも恥じてはいなかった。

臆病な者は目の見えない者より、なお盲目だ。
希望に震え、これは悪ではないと
明るく受け止める。
無防備に、ああ、不安に飽き、
最良であることを望んでいる……
もはや手遅れとなるまで。
――マックス・フリッシュ（一九一一～九一。スイスの作家）
『ビーダーマンと放火犯たち』より

第三十章

霧が湖からゆっくりと流れてきて、メルヘン風の夢の世界を作り上げていた。葦《あし》、針葉樹、広葉樹、そしてまた、獲物を待ち伏せするために樹上に足場の設けられた木々も、下草から上は絹で覆われているかのようだった。灰色の汚れた絹は、苔《こけ》と湿った樹皮のにおいがし、肌に薄い膜を残した。町はずれの戸外で繰り広げられるこの自然のドラマも、寒さと遅い時刻ゆえに、ほとんど誰の注意も引いていなかった。そもそも真夜中の一時半に、グルーネヴァルトをさまよい歩く者がいるだろうか？　隣接する高級住宅地では、地上の低いところに発生する霧はたいてい蒸発してしまい、薄い靄《もや》として感じられるのみである。でも、すべての源である湖の畔《ほとり》では、厚い雲の層が地上に落ちてきたかのように見えた。靄がはっきりと見えるのは日の出から数時間あとのことだ。それまでは、微細な水滴の壁は前触れにすぎなかった。古い居住船の、清掃の行き届かない窓の前の暗い影だ。わたしはその窓の奥に立ち、携帯電話を握りしめていた。

「こんな遅い時刻にすまない。でも、どうしてもあの子と話がしたかったんだ！」

「ああ、ツォロ」ニッチはうめいた。「咳はようやく三十分前に鎮まったの。ユリアンがやっと眠ってくれて、ほっとしたわ」

「そうだろうね」わたしは悲しげにつぶやいた。ニッチが真夜中にたたき起こされたのに、これほど落ちついているのは奇跡だった。でも、彼女がわたしの立場だったら、きっと同じことをしただろう。確実に死ぬと思われた状況から逃げおおせたばかりだとしたら、誰だって家族のそばにいたいと願うだろう。それがいかに崩壊に瀕していたとしても。

二階に行ってユリアンが電話の音で目を覚ましたかどうかを確かめるよう、ニッチを説得しようかと思案した――だが、その必要はまったくなかった。

「まあ、だめじゃない」

ニッチは口元から受話器を離したが、階段をよろよろと降りてくるユリアンが裸足であることを彼女がなじっているのが聞こえてきた。

「そんなことをしたら死んじゃうわよ！」

ニッチは電子スモッグへの恐怖から（電磁波の誤作動で健康障害を招くことがある）、家でコードレスの電話を使うのを許さなかった。わたしは彼女がユリアンをまた二階に送り返しませんようにと、神に祈った。

電話の向こうでカサカサと音がし、そのあとわたしは、この世の何にも増して愛している者と話をした。

「やあ、おまえか、ハッピー・バースデイ」

「ありがとう、パパ」ユリアンの声は眠たげだが幸せそうだった。この混乱を処理するのは、今のわたしには手に余ることだった。

「悪かったな、起こしてしまって。わたしはただ……

……」

ユリアンはわたしが口ごもった隙を利用して、喜ばしいニュースを伝えた。

「ママが今日も、何かロープから吊るしていたよ」

わたしは携帯電話を握る手に力をこめながら、涙をこらえていた。

〝ロープ〟以前はロープを二階への階段の踊り場に張り渡すのはわたしの役目だった。わたしとニッチは一年を通して、ユリアンが喜びそうな、ちょっとした物をあれこれ買いだめしておいた。スクラップブックに貼るための移し絵、ラジオドラマのCD、新しいペンケース。だが、なかには高価な贈り物もあった。たとえば、ｉＰｏｄもあったし、去年はプレイステーションもあった。贈り物はすべて一つ一つ包装され、誕生日祝いのロープに、果物とお菓子のあいだに吊るされ、ユリアンは待降節の第一週目から、毎日、一つずつ開けることが許される。いちばん大きな贈り物は彼の誕生日に、最後の物はクリスマスに開けることになっていた。

「わたしも今日じゅうに帰って、何か吊るそう」わたしは約束した。

「本当？　ぼくのために買ってくれたの？」あまりにも興奮したように聞こえたので、わたしは胸が張り裂けそうだった。

今年は彼の願いを列挙したリストに、ラジオを内蔵したデジタル時計が書かれていた。もちろん、わたしにはそれを買い求める時間がなかった。

「いつもらえるの？」

「おまえがぐっすり眠ったら！」

わたしは涙が出てこないうちに、目を閉じた。

年をとるにつれて、われわれの人生には果たせなかった約束が積み重なってくる。なぜ息子を学校の催しに連れていかなかったのか、あるいは、PTAに欠席したのか、なぜ夏休みに家族だけを海辺にやり、自分はホテルの一室でEメールが来るのを待っていたのか。それには、もちろん、いつもそれなりの理由があった。神は人間に死ぬべき運命にあるとの意識を与えたとき、おそらく地上の楽園を創るつもりでいたにちがいない。人生は限りあるものだと知って、与えられた短い時間を有意義に利用しようとする人々で満ちあふれた世界を。とんでもない！　わたしの知るかぎり、ほとんどの人々は、日々新たに、金稼ぎのために時間を費やしている。だが、自分の子どもの十一歳の誕生日を祝うチャンスは一度きりしかない。まさにそのチャンスをわたしは逸《いっ》したのだ。

「七時でどう？」ユリアンは訊いた。それは彼が学校に遅刻しないでもすむギリギリの朝食時間だった。もっとも、彼の健康状態では、果たしてニッチが登校を許すかどうかは疑問だった。

「それまでには帰る」わたしは約束した。真剣だった。

「七時だな。誓って守るよ。おまえの加減が悪いのに、今夜、帰れなくてすまないね」

「問題ないよ」ユリアンは笑った。「ママから聞いたよ。パパは子どもを誘拐した犯人を探しているんだって」

〝ああ、そうなのか？　彼女は話したのか？〟

「ぼくのことはだいじょうぶだ。そっちのほうが大事だからね」

　わたしはすっかりまごつき、言葉を探していた。わたしのことでほかにママは何を話していたか訊こうとしたが、ユリアンは咳き込みはじめた。その直後、ふたたびニッチが電話口に出た。「また寝かせたほうがよさそうだわ」

「ありがとう」

「何のこと？　わたしは彼の母親よ」

「ユリアンに話してくれたことだよ。きみがわたしの仕事を嫌っているのは知っている。わたしたちのあいだに、サンアンドレアス断層（米国カリフォルニア州にある横ずれ断層）よりも大きい溝ができているのも、おそらくそのせいだと思う。でも、きみがユリアンとわたしの仲まで裂こうとしないでくれて、本当に感謝している」

　沈黙。しばらくのあいだ、わたしは居住船の前で木の葉がざわめき、暖炉のなかの白樺の薪《まき》がパチパチ音をたてて燃えるのを聞いていた。そのあと、ニッチが鼻水をすすりあげた。「ああ、ツォロ、本当にごめんなさい」

「こちらこそ」わたしはきっぱりと言った。そのあと、わたしは守りそこねた約束の山に、また一つ、新たな約束を積み上げた。「ユリアンに言ったんだが、七時ごろに寄るつもりだ。朝食をいっしょにとるというのは、どうかな？」

「いいわね」

「いっしょに本物のハッピー・バースデイ朝食をとろう。以前のように。覚えているかな？　いつもわたしは眠っているユリアンを一階まで運び、彼はケーキに立てられた蠟燭《ろうそく》の前で、ようやく目を覚ましたのを」

ニッチはあらためて洟《はな》をかんだ。わたしは親密なこの一瞬を、これ以上くだらぬおしゃべりで台なしにしてはいけないと感じ、別れの言葉を述べた。

「また、あとで」ニッチは言った。そして、電話を切る直前、わたしを突き刺した。「木曜日のことは忘れていないわよね？」

十六の文字、十六本のナイフが、泡立つ希望を切り裂いた。

木曜日のこと。

〝離婚に向けての事前の話し合い〟

「いや、忘れていない」わたしは言った。みすぼらしい間抜けになったように感じた。事実、そうなのだろう。「出席する。弁護士といっしょに」

第二十九章

（最後通告の期限まで、あと四時間と八分）

アレクサンダー・ツォルバッハ（わたし）

初め、わたしは肩に彼女の手が触れるのを感じた。つぎに息が言葉とともに、わたしのうなじにかかった。

「少し訊いてもいいかしら？」

アリーナはわたしの真後ろに立っていた。あまりにも近いので、振り向くためには彼女に触れるしかなかった。でも、この瞬間、わたしはそんなことを望んではいなかった。ただ窓の前に佇《たたず》み、今のわたしの気持ちにふさわしく、暗い森をじっと見つめていたかったのだ。

「まあいいけど」わたしは答え、ニッチとのつながりが本当に切れてしまったのかどうかを考えていた。わたしの携帯電話は匿名化されたプリペイドのもので、警察番記者の基本的な道具だった。それでもなお、シュトーヤがわたしの居所を突き止めていないとは思えなかった。だが今、それはどうでもいいことだった。どのみち、わたしにはこれ以上のことは何もわからないのだ。このあとの夜々を、未決拘留されて過ごすことへの恐れも、今日、あのような体験をしたあとでは、ほとんど消え失せていた。

「わたしたちが体験したあのことは……」アリーナが小声で言った。

〝地下室でのこと……〟

「あれは何……何だったの?」

彼女が何を指してそう言っているのかはわかっていたが、わたしは答えなかった。


アリーナは今しがた、正真正銘の〝悪〟に遭遇したのだ。目の収集人は犠牲者を透明ラップでぐるぐる巻きにすることによって、生きた肉体の腐敗を進行させ、そして、あの未知の女性の苦しみを長引かせるため、彼女の死を意図的に妨げたのだ。医学的な応急措置として人工呼吸器をふくめ、カテーテルその他の器材を使って。

わたしはアリーナのほうを向き、彼女を見つめた。わたしたちが逃げ出してから、彼女がずっと目を閉じたままでいるのは、明らかに外界から隔絶されたがっている証拠だった。代償として人身御供《ひとみごくう》を求める異常者のいる世界との視覚的なつながりを、完全に断ち切りたがっているのだ。

少し間を置いて、彼女は訊いた。「どうしてもというときは、やったかしら?」

〝何をやったか? スイッチを切ることか? ふたたび灯がつき、扉が開くのを願って、人工呼吸器を停め

たか？　自分たちが生き延びるために女性を殺したか？〃

「わからない」わたしは正直に答えた。

もちろん、あの哀れな女性はどのみち助からないことはわかっていた。母の場合と同様、あの集中治療の器械は、彼女の命ではなく死を長引かせているだけなのだ。それでも、二度までも先を見越して人を殺す勇気は、わたしにはなかった。

いい、先を見越して！

というのも、わたしはどの時点でも、目の収集人の謎を正しく解いたという自信がなかったからだ。

〝ポンプを停めることができれば、おまえの勝ちだ……〟

「幸いにも、わたしたちはその決断を下さずにすんだ」わたしは言うと、肩からアリーナの手をはずし、ソファにすわった。昨日の午後、彼女がすわっているのを初めて見たソファだ。

アリーナは隣にすわり、膝の前にあるテーブルに細い指を走らせた。わたしは電話をかける前にテーブルに置いておいた、コーヒーの入った重いコッヘルを彼女のほうに押しやった。アリーナは眉を高くつり上げたが、何も言わずぐっとひと口飲んだ。ふたたびカップを置いたとき、彼女の唇はつややかに光っていた。船に着いた直後、暖炉に火をくべるのと同時にともした蠟燭《ろうそく》の明かりを受けているのだ。ようやく彼女は言った。「ええ、幸いにも、やってのけたわ」

平屋の地下室で、アリーナはわたしのしつこい警告にも耳をかさず、瀕死の女性の腕や手や指までさわった。その際、彼女は犠牲者の人さし指が差し込まれている小箱に行きあたった。光電脈拍メーターだ。手術を受ける患者につけさせ、手術中の心拍の変化を監視するためのものだ。

アリーナの考え方は単純だが理にかなっていた。つまり、人工呼吸器を切っただけでは目の収集人は女性が死んだことを確認できない。脈が止まったと知ったとき初めて、彼は犠牲がなし遂げられたことを知る。逆の推論を認めるなら、わたしたちに自由への道を約束する望ましい連鎖反応を引き起こすには、光電脈拍メーカーのみはずし、生命維持装置は停止させなくてもよいことになる、と。

傷だらけの身体を覆っている驚くほど堅牢なラップを破り、女性の指から脈拍メーターをはずすまで、息詰まるような何秒かがつづいた。最終的にそれに成功したときは何も起きなかった。

まるで何も

地下室は暗いままで、真空ポンプは相変わらず鳴り響いていた。ところがそのあと、わたしがこの案を再検討しかかった直前、トムトムがクンクン鳴くのをやめた。急に静かになった。不気味なまでの静寂。

少しして、地下室の扉の錠がかすかな音とともに開いた。そして、人工呼吸器は動きつづけ、腐敗しつつある女性の肺に引きつづきポンプで空気を送り込んだ。彼女自身は周囲で何が起きているのか、もはや理解できなかったように見える。わたしが最初に地下室に足を踏み入れたときに感じた彼女の反応が、意志をもってのものだったのか、それとも制御できない反射作用だったのか、わたしにはまったく確信が持てなかった。

わたしはアリーナの手を取り、階段を上がり居間を抜けて平屋から走り出た。ドアの前で冷たい、死臭のしない空気を肺に送り込みながら、消防署に電話をかけた。

「急いで。誰かが死にかけています！」

そのあとわたしたちは、柵のない庭を走り抜けた。その突きあたりには細い農道があった。落ち葉の下に犬の糞があるのにも気づかず、その上で足を滑らせながらも、トムトムに導かれて、車を駐車させてある広場に着いた。

一瞬、わたしはもうあきらめようかと思った。警察に出頭し、シュトーヤに洗いざらい話そうかと。

〝でも、いったい何を？　目の見えない女性の幻覚を追って、目の収集人の拷問室まで行ったのだと？〟

最終的にわたしを励ましたのはアリーナだった。ぐずぐずせずに、すぐに出発しようと。

　未来の悪夢のすべてが凝縮されたこの恐怖の場から逃げるのだ。

　ソファにすわったアリーナが脚を組む音が聞こえ、わたしははっとして目を開けた。悪夢の記憶に疲れ果て、眠り込みそうになっていた。

「こういう日には、自分の運命を呪いたくなるわ」彼女は小声で言った。「目が見えないという意味ではなく」

　アリーナはまたひと口、コーヒーを飲んだ。下唇が震えている。止まりそうもないその震えを、彼女は犬歯で嚙《か》んで押さえつけた。

「わたしの〝能力〟のことを言っているの」彼女の右目から涙が流れ落ちた。

　わたしは彼女のほうに手を伸ばした。「さっき地下室で」わたしはそっと言った。「あの瀕死の女性にさわったとき、何かが起きたんだね？」

「いいえ」アリーナは目を上げた。「もっと悪いことよ」

「どういう意味？」

〝これまで体験したことよりもっと悪いことがあるのだろうか？〟

「地下室で発見したことがあるの」

「目の収集人のことで？」

「いいえ。わたしのことで」

　アリーナは頭からかつらを取り、額を軽くたたいて、剃った頭を激しく横に振った。「あの地下室でわたしにまつわる、とっても恐ろしいことを見つけたの！」

第二十八章

（最後通告の期限まで、あと三時間と五十九分）

フィリップ・シュトーヤ警部（殺人捜査班班長）

「彼はどこにいる？」

「すみません。今回ばかりは、ぼくにも皆目《かいもく》見当がつきません」

フランクは右の耳をさすり、所轄警察殺人捜査班での第二回目の取り調べに、ショルレが同席しなかったのを喜んでいるようだった。シュトーヤはもし自分がトイレから戻ってくるのがあと一瞬遅れていたら、会議室で何が起きていたか、いまだによく把握できていなかった。ショルレがすばやく握る手をゆるめ、何か長いものをフランクの耳から引き抜くのは見えたが。

「これは冗談だ。ちょっとくすぐってやったんだ」ショルレはきっぱり言ったが、目に憎しみが滲《にじ》み出ていることや、声にあからさまな攻撃性がこもっていることから、それが嘘であることは明らかだった。

〝彼は突いたのだ！〟

シュトーヤはショルレが事件に行き詰まったときに、どういう手を使うかを知っていた。とはいえ、いつもこのように粗暴な振る舞いをする男ではなかった。離婚がショルレを変えたのだ。お人よしの警官が、いつ何をしでかすかわからない刑事に変身した。ナイトクラブの手入れの際に知り合ったロシア人の踊り子ナターシャとの結婚は、当初から、幸運の星を背負っているとは言いがたかった。ショルレはまたしても愛と同情を取りちがえていた。彼一流の助っ人根性を発揮した結果だった。ショルレはナイトクラブに保証金を払い、彼女に新しい服を着せ、給料をはたいて旅行し、彼女に世界のあちこちを見せた。結婚すればナターシャもドラッグをやめるだろうと願い、彼女とともにブランデンブルク州の田舎に移り住んだ。だが彼の治療の試みは、ナターシャが以前に付き合っていた客と、夫婦用のベッドにいるところを見つかったその日に、終わりを告げた。

あのとき、裁判官がナターシャに、彼とのあいだにできた子どもと一年に一度旅行してもいいという権利を認めていなかったら、たぶんショルレは今でも、週に一度のボーリングの夕べのほうが決着のついた事件より大事だという、人のよい仲間だったにちがいない。

ショルレはあのとき、一分遅れただけだった。彼は、夏休みにナターシャと息子のマルクスがいっしょにモスクワへ行くのを本当に許していいものかどうか、所轄の警察で思案していたのだ。確かに扶養権についての取り決めからすれば、彼が空港へ駆けつけてナターシャがマルクスといっしょにこの地を去るのを妨害するのは違法行為だった。

最後には彼の情が勝った。彼は空港まで公用車をとばし、駐車禁止区域に車を停め、出国のターミナルビルに突進していったが、手遅れだった。アエロフロート機はまだ滑走路にいたが、そのドアはすでに閉まっていた。一分前から。

ショルレは半年の休暇をもらい、ヤロスラーヴリの周辺の村々で息子を探したが、無駄だった。ナターシャとマルクスはロシアの大地に呑みこまれたかのように姿を消し、二度と現われなかった。

ずたずたになった心と空っぽの手で帰ってきたショルレは、二度と、そこまではやらせないと誓った。もうこれからは、一分たりとも躊躇《ちゅうちょ》しないし、規則を守ることより情を優先するとも言っていた。

「最後にもう一度、尋ねる。アレクサンダー・ツォルバッハはどこに隠れているのだ？」シュトーヤは訊いた。

「あなたが同僚の方と同じように、鉛筆を取りにいっても……」フランクは肩をすくめた。「わたしには何も言うことはありません」

「本当に?」シュトーヤは訊いた。「では、これについては?」彼は茶色い厚紙のファイルを開き、何枚ものクローズアップ写真を取り出して、テーブルの上に拡げた。

「これについても、何も言うことはないのか?」

フランクは目を閉じた。

「カタリナ・ヴァンガル。看護師。五十七歳。未亡人」シュトーヤは現場写真について説明した。あの地獄をじかに写したものらしい。「近所の人々の話では、彼女は極端なまでに引きこもって暮らしていた。友人もなく、男関係もなく、ペットすら飼っていなかった。あの異常なクリスマスの飾りつけで家全体を人工照明装置に変えている以外は、彼女はまったく目立たない退屈な人生を送ってきたようだ」

シュトーヤは少し間を置いた。「そこへ目の収集人が現われ、あの家の地下室を真空の柩《ひつぎ》に変え、彼女を人生最後の日々に、あそこで責めさいなむことを決心した」

「むごたらしいことを」フランクは顔をそむけた。

「まったくだ。むごたらしい話だ。狂気の男は彼女の全身をプラスチックのラップですっぽりくるんだ。包装によって圧迫されて身動きできないために、彼女の肉体は文字どおり、生きながら腐敗していった。彼女が早々と死んでしまわないように、目の収集人は彼女に鎮静剤を与え、冷たいマットレスに横たえ、人工呼吸器の助けで持続的に生と死の境をさまよわせるようにした。目の収集人は医学に精通しているだけでなく、アマチュア技師でもあるのは明らかだ。とにかく、われわれは庭で発電機を見つけた。地下の拷問室のために、とくに取り付けられたものだ」

シュトーヤは二本の指を上げて、なにげなくVサインを作った。「発電機は二つのポンプのためのものだ。彼はそれを使って地下室から空気を吸い取ることができたのだ！」

「ご存じでしょうが、ツォルバッハは不器用な人ですよ」フランクは答えた。彼は疲れて見え、その唇は荒れていた。シュトーヤは彼に水をすすめる前に、あともう少し、圧力をかけることにした。

「しかし、ツォルバッハには動機がある」

「なんですって？」

シュトーヤはまるで天候の話でもするかのように、さりげなくうなずいた。「カタリナ・ヴァンガルは二年前まで、パーク病院で働いていた。つまり、現在、ツォルバッハの母親が入院しているところだ。ヴァンガルは即時解雇されるまで、そこの看護師だった。ヴァンガルに関する書類には、彼女の受け持った患者の多くが、褥瘡《じょくそう》の第四期にあったと書かれている。つまり、寝たきりの患者たちが充分に動かしてもらえなかったため、骨にまで達する床擦《とこず》れができていたのだ」

「あなたご自身も、そんなことは信じておられないはずですよ」フランクは静かに笑った。「ぼくの上司が、お母さんの元の看護師に復讐したっていうんですか？」

「いや、正直言って、わたしには、どうしても信じられない。だが、もし彼がこのことと何の関係もないとしたら、なぜ地下室の至るところで彼の指紋が見つかったんだろう？」

フランクはため息をつきながら頭をそらし、天井を睨《にら》みつけた。「ああ、何度言わせるんですか。目の見えない女性のせいですよ。彼女がツォルバッハをそこに連れていったんです」

「くだらない」

シュトーヤはテーブルを平手でたたいた。「そういう得体の知れない話はもううんざりだ。いいかげんに本当のことが知りたい。何が……」

「すみませんが？」

警部はぱっと振り向いた。大声をあげていたので、制服の女性警官がノックする音が聞こえなかったのだ。

「何だ？」

彼女は書類を差し出した。

「これは何だ？」

「調べを必要としていた駐車違反のチケットです」

「それで？」

内気なブロンドの女性警官の上唇が、緊張のために震えていた。が、その声はしっかりしていた。「車は緑色のフォルクスワーゲン・パッサートで、一九九七年製のものです」それから彼女はその持ち主の名前を告げた。

耳鳴りがはじまり、口はからからに渇いていた。急いで何かを飲む必要があるのは、今度はシュトーヤのほうだった。「もう一度、名前を言ってくれないか」


〝まさか、そんなことがあるものか〟

「車はカタリナ・ヴァンガルという女性のものです」

シュトーヤはフランクのほうを見やったが、彼もこの瞬間、同じように啞然としているように見えた。

〝そんなことは不可能だ〟

拷問を受けている看護師の車が、昨日の午後、現実に障害者用の駐車場に停まっていた。ツォルバッハがずっと主張しつづけてきたことと符合する。

「だから、言ったじゃないですか」フランクは、女性警官がドアを閉めたあと、勝ち誇ったように言った。「目の収集人は昨日、目の見えない女性物理療法士のところに行ったんです。彼がその建物から出ていく姿がビデオに映っていた。あなたが長いあいだ無視しつづけてきた情報です。目の見えない女性がどこからすべてを知ったのかはわかりません。でも、もうそろそろ、彼女の言うことに耳を傾けてもいいのではありませんか？」

「ふふん。そうすべきだというのか？」シュトーヤは駐車違反チケットの挟まれた書類を、怒りにまかせてテーブルの上に投げた。「幽霊の助言を聞くべきだと、本気で思っているのか？」

「幽霊？」

　フランクの目に驚きの色が浮かぶのを見て、シュトーヤは短く笑った。

「彼女のことは調べ上げた。だがだれも昨日、アリーナ・グレゴリエフとやらの証言を調書に取ってはいない。署の者で、その姿を見た者は一人もいない。彼女は署には来ていなかったのだ。わたしが何を言いたいか、わかるか？」

　フランクはぽかんと口を開けたまま聞いていた。

「いいか、それだけじゃない。コンピューターも彼女について何も知らなかった。アリーナ・グレゴリエフなる女性は、ベルリンに居住届を出していなかった。ドイツ国内に、この名前の物理療法士は存在していない。だから、手で触れれば過去が見えるという目の見えない霊媒のたわごとなど、話さないでほしい。もしツォルバッハ自身が犯人でなかったら、彼は情報をどこから得たというのだ？」

　シュトーヤはテーブルに両手をついて、フランクの目を直視した。

「アリーナ・グレゴリエフの話は、もうしないでもらいたい。なぜなら、こんな女性は存在していないのだから！」

第二十七章

（最後通告の期限まで、あと三時間と三十一分）

アレクサンダー・ツォルバッハ（わたし）

わたしはアリーナが自分の殻に閉じこもりかけているのに気づいた。彼女の身体がそれを物語っていた。胸の前で組んだ腕、ぴったりと合わせた膝、垂れた口角。カウボーイブーツにつぎのあたったジーンズという男っぽいいでたちにもかかわらず、利かん気な少女のように、冷めないうちにコーヒーを飲んだほうがいいというわたしの勧めも、無表情に聞き流した。

〝何だったのだろう？　自分についてどんな恐ろしいことを見つけたのだろう？〟

アリーナはますます心を閉ざしていく反面、話したがっているのも確かだった。彼女には、はけ口が必要だった。問題は、最後にどちらが優位に立つかだった。心の重荷を投げ捨てたいという望みか、あるいは、自分をさらけ出すことへの恐れか。

警察の交渉人としての、また、新聞記者としての経験から、このように心に葛藤を抱えた人にたいしては、急がしてもいけないが、また、考えるための時間をあまり与えすぎてもいけないことを、わたしは知っていた。これは危ない綱渡りだった。

成功した例では、話を無難なものに切り替え、相手が眠っていても答えられるようなことを質問した。すでに百回も訊かれたような質問を。

アリーナの場合、わたしにはただ一つの質問しか思い浮かばなかった。「どうして失明したの？」わたしは彼女の手、唇、目に何らかの反応が現われるかと思い、注意深く見つめていた。

「もし話したくないなら、そう言ってほしい。でも、きみがどうやって失明したのか、わたしには強い興味がある」

彼女は苦しげに呼吸した。息を吸っては止め、またゆっくりと大きく息を吐いたあと、小声でささやいた。

「あれは事故だったの」

彼女は目を開けると、弱い蠟燭《ろうそく》の明かりを受けて鈍く輝くガラスブロックのように見える濁った眼球を指さした。それから、コーデュロイのジャケットのファスナーを開けて、タバコの箱を取り出し、一本に蠟燭で火をつけた。

「二十二年前のことよ。わたしは三歳で、近所の新しい友だちといっしょに砂のお城を築こうとしていたの。カリフォルニアに来てからまだ日が浅かったわ。それまでの年月は、父と共に建設現場から建設現場へと、世界中を飛びまわっていた。でも、カルフォルニアでは父は技師として、何年もかかる巨大なダムの建設に必要とされた。だから、わたしたちは初めて郊外に家を持ったの。典型的なアメリカ風の木造住宅で、白い柵があり、車寄せにはガレージがあった」彼女はそこで中断した。

「ガレージ」アリーナは自分に言い聞かせるように言った。

「それがどうした？」

彼女は深々とタバコを吸い込むと、ゆらめく蠟燭のなかに煙を吹き出した。「前の持ち主がガレージを仕事場に使っていたの。一歩なかに入ると壁紙貼り用の机、鋸《のこぎり》で引くための台、壁際には道具類、そして、塗料の入った缶でいっぱいだった。父はそれらのがらくたを、なるべく早くかたづけようとしたの。でも、わたしのほうが早かった」

アリーナは唾を飲み込んだ。

〝ここからが深刻になる。記憶のきわどい領域に入っ

ていくのだ。痛ましい思い出が埋まっている場所に〝

「砂のお城を築くために型が必要になったので、わたしはガレージから古い使い捨て用のグラスを取ってきた。わたしは几帳面《きちょうめん》な女の子だったわ。たぶん、今よりはずっと」彼女は陰気にほほ笑んだ。「いずれにしても、わたしはそれを水で洗おうとした。それが間違いだったのね」

「どうして？」

「グラスのなかに炭化カルシウムが入っていたの。別の持ち主がそれを何のために使ったのかはわからなかった。大音響を上げて爆発したのは幸いだったわ。でなかったら、母はすぐには事故に気づかなかったでしょう」

　アリーナは目をしばたたかせた。またも閉じてしまった瞼《まぶた》の奥で、彼女だけにしか見えない映像が流れているかのように。

「炭化カルシウムと水で有毒なアセチレンガスが発生するの。救急ヘリコプターが急遽《きゅうきょ》、来てくれなかったら、爆発でわたしは死んでいたでしょう。わたしは失明しただけですんだのよ」だけ、というところで、アリーナは空中に想像の引用符を描いた。

「角膜が壊れて、回復不可能になってしまったのよ」

「気の毒に」

「そういう羽目になったの」彼女は簡潔にしめくくり、タバコの火をもみ消した。

「恐ろしい話だ」わたしは静かに言った。

〝まだ三歳だった。この世界の素晴らしさが見られるずっと前だ。彼女が気難しいのも、当然すぎるほどだ〟

「だからきみは、刺青《いれずみ》に憎悪と彫らせたんだね？」

「憎悪？　いったい、どうしてそんなふうに思ったの？」彼女は呆気にとられたように訊いた。そのあと、唇のまわりにかすかな微笑が漂った。「ちょっと待って」

アリーナは立ち上がると、ジャケットを脱ぎ、ブラウスの最初の三つのボタンをはずした。

「これのことを言っているの？」

彼女はふたたびわたしの隣にすわり、むきだしの首を伸ばして見せた。肌に彫られたルーン文字風のアルファベットは、英語のＦａｔｅだった――Ｈａｔｅではなかった！

「運命」わたしは小声で言った。暖かい蠟燭の明かりのなかで、刺青は濡れたインクのように、ほのかに光っていた。

彼女はほほ笑んだ。「見方しだいよ」

〝見方しだいか。もう一度見るとどうなるか。ちょっと待てよ……〟

わたしたちの会話には視覚的な言いまわしがたっぷり使われている。いったい目の見えない人は誰でも、アリーナと同じようにこうした言いまわしをあたりまえのように使うのだろうか？　彼女はわたしに背中を向け、さらに驚かせた。「もう一度、見てごらんなさい！」

最初は彼女の意図を図りかねたが、つぎに、肩ごしに彼女を見たとき、それは文字どおり、目に飛び込んできた。

「これはアンビグラム（両義性を持つ文字）だ」わたしは感嘆の声をあげた。もっとも、それが正しい呼称なのかどうか確信はなかった。わたしの知っているアンビグラムとは、たとえばスリラー小説『イルミナティ』のなかに出てくるシンメトリックな文字で、百八十度傾けても同じ字に見えるというものだ。もっとも簡単な例はMWというアルファベットの組み合わせだ。しかし、アリーナの刺青は、それとは少し違っていた。こういうのを見るのは初めてだった。曲線的な字体を逆様《さかさま》にすると、まったく別の意味を持つ新たな言葉になるのだ。

「幸運」わたしはささやいた。「幸運」

彼女はうなずいた。「あるいは偶然。わたしはこっちのほうが好き」

〝運命か偶然、人生そのものだ。ただ見方しだいなのだ〟わたしは思った。

「これは正確に言うと、アシンメトリック（非対称）なアンビグラムなの。近寄って見ても、すぐにはその意味がわからないものなのよ。だからこそ、この文字を彫らせたの。目というものはそんなに重要じゃない。その証拠を、わたしは肉体が滅びるまで身につけていくの」

アリーナの濁った大きい目は、ひたと、わたしの口に向けられていた。「重要なのは、何が見えるかではなく、何を知るかだと思うの。ともかく、そう自分に言い聞かせているわ。でもね、わかるかしら？」

彼女は目をしばたたかせた。涙が急に、激しく彼女の顔を流れ落ちた。「そんなに、うまくはいかないのよ！」

「アリーナ……」

わたしはその手をつかもうとしたが、彼女はすぐさま引っ込めた。肩に触れたが、彼女が完全に背を向けたので、わたしの手は滑り落ちた。

「何度だって言えるわ。わたしは目なんか必要ないと」彼女は押し殺したような声で言った。脚を引き、ブーツをソファに乗せ、膝のあいだに頭を押し込んだ。飛行機の乗客が墜落に備えているかのように。

〝あるいは、心の墜落に〟

「自分の生きている世界を見ずにすむ……」

わたしはあらためて彼女の背中を撫《な》でた。彼女は肩を引き寄せてハリネズミのように身を丸めているばかりだった。殴打にそなえ、攻撃される面をできるだけ小さくしようとしているかのように。

「流行の服装もできる。お化粧も刺青も。そうすることで失明の度合いを、少しは和らげることができると自分に言い聞かせているの。わかるかしら？」彼女は全身を震わせた。「でも、そんなにうまくはいかないの」彼女は繰り返した。

「わたしに助けさせてほしい！」

「助ける？」アリーナはわたしを怒鳴りつけた。「いったいどうやって？　あなたには、わたしの住んでいる世界などわかるはずがないわ。目を閉じて暗くなると、あなたはこう思うでしょう。〝ああ、目の見えないというのは、こういうことか〟と。でも、そんなものじゃないのよ」

「それはわかって……」

「これっぽっちもわかっていないわ。人に肩をつかまれ、自分の意志に反して道路を渡らされる経験をしたことがある？　障害者はこうやって助けるものだと思われているのよ。あなたはこれまでに車椅子の人にたいして腹を立てたことがあるでしょう？　こういう人たちのために歩道の縁石のへりが傾斜しているから。でも、それがなかったら、どこまでが歩道で、どこからが車道かどうしてわかるの？　人があなたを空気のように扱って、付き添いの人とばかり話をするのを経験したことがあるかしら？　その答えは、もちろん、ノーでしょう？」

アリーナは唾《つば》を飲み込んだ。「あなたはとても理解力のある人だわ。でも、本当は何もわかっていないのよ、アレックス。あなたは今までに携帯電話の上の小さな突起について考えたことがあるかしら？　あなたは毎日それにさわっている。だって、それはどの器械にもあるからよ。電話、ポケット電算機、現金自動支払機、コンピューター。それはわたしたちにとっては確認のためのしるしで、それがあるから、目が見えなくても電話をかけたり数字を打ったりできるのよ。あなたは毎日、わたしたちの世界に触れていながら、ただの一度もそれについて考えたことがないでしょう。だから、わたしや、わたしの人生を理解しているなんて言わないでほしいの。おおよそのことすら、あなたには想像もつかないわ」アリーナは鼻水をすすりあげ、腕で顔の涙を拭い、深々と息をした。緊張の大部分は、言葉の嵐とともに解けていた。話しつづけるその声は、ふたたび少し低くなっていた。でも、まだ話しおえるにはほど遠かった。彼女がもっとも話したがっている重要なことが、このあとに迫っているのが感じられた。

「夜、眠りのなかでときどき、泉に落ちる夢を見るの。どこまでも落ちつづけて、真っ暗闇のなかでの落下は止まりそうもない。それと同時に、わたしの周囲はいっそう暗くなっていくの。泉の壁にさわろうと手を伸ばしたけれど、そこにはもう壁がなかった。事故が起きる以前の世界の記憶のように、壁は消えてしまった」

暖炉の薪《まき》がくずれ落ちる音が、つづく沈黙を破った。

「消えてしまったの。わかるかしら？　何もかもがなくなったの。光、形、物についての記憶が何もかも。深く落ちていけばいくほど、それらはますます色あせていった。そのことの本当の恐怖は何なのか、わかるかしら？」

〝目覚めたあとも、終わらないのだ〟

「わたしは叫びながら目を覚ました。落下は止まった」彼女は言ったが、急に疲れきったように聞こえた。「でも、落下が止まっただけ。わたしは相変わらず、その状態のままだった。真っ暗な穴のなか。無のなかにいた。わたしは震えながらベッドにすわり、パウンドケーキを焼こうと思っていたその日を呪った。そして、いったいわたしはまだ存在しているのだろうかと疑った」

アリーナはこちらに顔を向けた。わたしをじっと見つめたがっているかのように。

「いったい、外の世界はまだ存在しているの?」

それにたいして、どう答えていいのか、わたしにはわからなかった。そのつぎの取り乱した質問にたいしては、なおさらだった。

「わたしは存在しているの?」

アリーナはブラウスの裾をつかみ、紙のようにそれをくしゃくしゃにした。「わたしはいるの、アレックス?」

わたしはためらったが、そのあと彼女の手を取って、組み合わされているその指を、そっとほどいた。

「きみは存在しているとも」

「お願いだから、それを証明してちょうだい。教えてほしいの。そうすれば自分の存在が信じられるから」

彼女はわたしの顔をさわった。そっと顎を撫で、指を唇に走らせ、少しのあいだ、わたしの閉じた目の上にあてていた。

わたしは記憶が沈黙するというまれな瞬間を味わった。橋の上の赤ん坊も、破局に瀕している結婚生活のことも、もはや念頭になかった。チャーリーの子どもたちを目の収集人の手から救い出そうとしていたのに、わたしの心の目からチャーリーの顔すら消えていた。それに代わって、もう忘れかけていたある感情がわたしのなかに拡がっていった。

最後にその感情が湧き起こったのは、ニッチを初めて見たときだった。目によってでもなく、そしてまた、頭によってでもなかった。この点でアリーナがもし、本当に重要なことは頭で認識するのだと思っているとしたら、それは誤りだ。ある人のすぐそばにいたいと思い、できるものなら愛撫し合う関係になりたいと願っているとき、理性は働きを止め、魂が、機能する唯一の感覚器官となるのだ。

「わたしに教えて」彼女はもう一度、促すように繰り返した。「わたしがまだいることを、教えてほしいの」

　そのあと、アリーナの唇がわたしの口に押しあてられた。自分はまさにそれを望んでいたのだと知って、わたしは驚いた。

第二十六章

（最後通告の期限まで、あと二時間と四十七分）

フランク・レーマン（実習生）

「共幻覚」不機嫌な声が言った。それは取調室の、茶色のニスが塗られたテーブルの前に立っている電話装置のスピーカーから聞こえてきた。ホールフォート教授がダーレムにある自分の邸宅からかけているのだ。

「感応性の妄想障害だと推測します」

「アリーナは実在しているのです」フランクは抗議した。彼はシュトーヤを見つめた。

「ぼく自身、その目の見えない女性に会っているんです！」

　まずギシギシという音がし、つぎに、何の音とも定めがたいシュームッという音がしてから、プロファイラーであるホールフォート教授の声がふたたびスピーカーから聞こえてきた。「思うに、あなたは捜索中の人物と何カ月ものあいだ緊密に仕事をしてこられたのでしょう、レーマンさん？」

「はい」

「あなたはストレスにさらされている。そしてほとんど、一日に四時間も眠っていない。何週間もぶっ通しで」

　今度はフランクは確認のために、うなずいただけだった。

「さて、そういう切羽詰《せっぱつ》まった状況のときには、精神的に健康な人でも、協力関係にある人の幻覚を引き受けてしまうという現象がしばしば認められます。たいていは、互いに著しい上下関係にある人々に起きる現象です。たとえば夫婦のいずれかが優位に立っているような場合です。ほかにも、職業的に強い依存関係にあるとき、たとえば実習生と指導者なども考えられます」

「ぼくは頭がおかしいと、おっしゃりたいのですか？」

「いいえ、フランク。あなたはただ、問題の人物の幻覚を引き受けている、感応された人にすぎません。異常に聞こえるかもしれませんが、あなたがここ何週間かその人物と共に乗り切らなければならなかった状況を認めるならば、充分、考えられることです。いずれにしても、あなたは過去数十年間でもっとも残忍な暴力犯罪と、ほとんど絶え間なく対決してこられた」

　フランクは口をぽかんと開けて、電話設備を凝視した。あの老いぼれは、本当にそう思っているのだろうか？

「ぼくは頭がおかしくなんかありませんよ。上司も同じです」

「いや、ところが、彼の病歴を見ると、それとは少し違うことが書かれていますが？」

シュトーヤは残念そうに肩をすくめて、ホールフォートの言葉を認めた。「ツォルバッハはわたしの同僚でした。長年、密接に連携して仕事をしてきましたので、秘密のようなものは、まずありません。ツォルバッハが例のウンディーネ－ベービーの事件以後、精神科で治療を受けていることは公然の秘密なんです。ドクター・ロートの日程表に名前が載っている警官は、ツォルバッハが最初でも最後でもないはずです」

フランクはかぶりを振った。「信じられない」

電話からふたたびシューッという音が聞こえてきた。

「彼に見せてあげてください」ホールフォートは言った。

フランクは問いかけるようにシュトーヤを見やった。警部は小型コンピューターを開いた。二十秒とたたぬうちに、画像が出た。シュトーヤはそれをフランクのほうに向けた。

「われわれはこれを編集部の彼のコンピューターで見つけた」

フランクは眉をつり上げ、画面をじっと見つめた。

「Eメールですか？」彼は訊いた。

宛先：a.zorbach（ツォルバッハ）@gmx.net
件名：目の収集人の動機について

フランクは頭書きから本文へと視線を動かしていった。

「自分宛に送っている」シュトーヤが言ったが、それは問いかけのように聞こえた。

「彼はよく、そういうことをするのです」フランクは認めた。「保全用のコピーなんです。ほかの人たちは好んで重要なデータをUSBメモリーに保存しますが、アレックスは、データを自分宛に送るのです。世界中のどのコンピューターからでも資料を引き出せる利点があります」

「興味深いですね。では、内容についても、わたしたちに説明してもらえませんか？」ホールフォートは訊いた。

フランクはしばらくのあいだ、画面を睨《にら》んでいたが、かぶりを振った。

宛先：a.zorbach@gmx.net
件名：目の収集人の動機について

〈なぜ誰もが目のことしか考えないのだろう？　本筋からそらすための行為でしかないのに。魔術師が右手で何かを爆発させることで、左手で帽子から兎を取り出すところを見させまいとしているのに似ている。もっと重要なのは家族だ。彼は愛情を試しているだけなのだ！〉

「彼はこれによって、何を言おうとしているのかわかりますか、レーマンさん？　愛情を試すとはどういうことですか？」

フランクの後ろに立ちはだかっているシュトーヤの影が、画面に映っていた。

「いいえ、まったくわかりません。彼はそんな話を一度もしたことがありません」

「では、今が彼と話をする潮時だとわたしは思います」ホールフォートのガラガラ声がスピーカーから聞こえてきた。

シュトーヤはコンピューターを閉じた。「きみの上司は犯人しか知りえないことを知っている。拷問を受けている看護師のことだけでなく、最近の犠牲者であるルチア・トラウンシュタインのことも。彼女が殺された何時間かあとに、ルチアの携帯電話に彼はかけている。これは彼の無実の証拠なのか、あるいはまた、知覚障害のためなのかもしれない。しかし今度は、それ以外に目の収集人の動機まで知っているように思える。いったい、愛情を試すとはどういう意味なのか、わたしにはさっぱりわからない。それにツォルバッハが現実に、どの程度までこの事件に関わっているのかもわからない。だが、できるだけ早く彼を見つけなければならないことだけは、はっきりしている。何があろうと」

シュトーヤは両手をテーブルについて、フランクを脅すように見下ろした。顔が間近に迫り、フランクにはシュトーヤの鼻の穴の繊毛にこびりついた細い鼻血が見て取れた。

「彼を見つけるんだ。きみの助けがいる、フランク。望むと望まざるとに関わらず」

第二十五章

(最後通告の期限まで、あと二時間と二十九分)

アレクサンダー・ツォルバッハ(わたし)

アリーナが自分を抑えきれなくなる寸前にあることを、わたしは感じた。まさにその瞬間、彼女は止めた。あっさりと。彼女はわたしに馬乗りになり、頭の後ろで両腕を組んでいたが、それっきり動きを止めた。

「どうしたんだ?」わたしはうろたえて訊いた。そして彼女のブラウスから手を引き抜いた。今になってやっと、アリーナの考えを読むことができ、ひとつに溶け合っていると思っていた。

なのに、突然、彼女は何マイルも遠ざかってしまった。まだわたしは彼女のなかにいるのに。

「何も感じないの」彼女は息も絶え絶えに言った。

わたしはあっけにとられて彼女を見つめた。彼女は欲望の波が身体を満たしているあいだ、大声で叫び、わたしのうなじを噛んだのに。

「ええっ、そうか？」わたしはからかいながら、二人の距離をふたたび縮めようとした。彼女の腰を抱え、骨盤を手前に少し押した。アリーナはうめき声をあげ、手を口に押しあてた。

「これでも、まったく何も感じない？」

「バカね。そういう意味じゃないわ」

彼女はわたしの抱擁からすばやく逃れ、わたしの上から降りた。

「じゃあ、どういう意味？」

アリーナはソファの前でジーンズを足で探った。

「あなたにさわっても、何ひとつ起きないわ。目の収集人のときは肩にちょっと触れただけ。でも、あなたと寝たのに……何も」彼女はかぶりを振った。「わたしはこれまで、たくさんの男性と付き合ってきたわ。もちろん、ただ接触するだけではもの足りないのはわかっていたけれど。でも、なぜいつも、わたしを痛い目に遭わせるような嫌な男のときにだけ、それが起きるのかがわからなくて、何度も考え込んだわ。あなたのような人となら理屈抜きで素晴らしいのに、何も起きない」

〝あなたのような人となら理屈抜きで素晴らしい〟

詩を書くのに、たくさんの言葉は必要でないこともある。

「あなたの過去は見えなかった」アリーナはもう一度、キッパリと言った。

「そのことはわたしたち二人のために幸運だったわ」

アリーナは笑っていなかった。かすかな微笑さえ浮かべていなかった。ただ、わたしのかたわらにすわり、片脚をジーンズに、もう一方の脚をソファに突っ張りながら、ため息をついた。

「もしかしたら、わたしには負のエネルギーが欠けているからかもしれない」わたしはそう言ってみた。何時間か前なら、彼女の知覚障害には精神科での治療が必要なのではないかと助言していたかもしれない。だが、彼女の幻覚によって目の収集人の用意した地獄に導かれていってからは、わたしの懐疑的な考えはぐらついていた。

「いいえ、そういうことじゃないわ」

アリーナはジーンズのボタンをかけ、脚をソファの上にのせた。

「これまではわたしも、さわった人の負のエネルギーと何か関係があるのかと思っていた。でも、地下室にいたあの哀れな女性は負のエネルギーに満ち満ちていたのに、わたしはあなたが指先でさわったのと同じことしか感じなかった。そのときにわかったの。なぜ幻覚が起きるときと、起きないときがあるのかが突然明らかになったの」

「なぜ？」わたしは小声で訊いた。

〝きみは地下室で自分について何を見つけたのか？〟

「わたしに過去を見させるのは接触だけではないということ」

「では何が？」

「痛み！」

引っ込めようとしたわたしの手を、アリーナはしっかりと握った。

「痛みを感じたときだけ、過去が見えるのよ」

彼女の口から言葉がほとばしり出てきた。「わたしの最初の幻覚は七歳のとき、車がぶつかった直後だった。今でもそのことを考えただけで、運転手の嫌な口臭を思い出すわ。彼がわたしにぶつかろうとしたとき、食べ物の残りと安酒のにおいがしていたことを。わたしが右足に力を加えようとしたとき、痛みが稲妻のようにわたしを貫いた。その苦痛のオーラのなかで、わたしはもう一度、事故を見たの」

「見たのだね。彼がどのようにきみに車をぶつけたかを?」

　アリーナはうなずいた。

「運転手の視点から、彼の目で見たの。わたしは信号が変わる寸前に、彼が酒瓶の蓋《ふた》を開けて、またひと口ひっかけるのを見守っていた。そのあと、子どもが道を走って渡るのが見えた。運転手が罵《ののし》るのも聞こえ、そのあとはいったん切れて、つぎに見えたのは運転手がアスファルトの上で痛みのあまり泣き叫んでいる女の子に身をかがめているところだった。女の子はわたし」

「でもさっき地下室では……?」

「……地下室では神経がたかぶり、怖くて、死ぬかと思っていたわ。でも、運転手がわたしに車をぶつけたときや、男にマッサージを施す前に足をぶつけたときとは、違っていたわ」

「そのことに何か意味が……?」

「ええ」彼女はうなずいた。「痛みを感じたときだけだということ」

　不意にわたしが立ち上がったので、そばでまどろんでいたトムトムはぎくっと身をすくませた。

「信じられないでしょうけど、アレックス。でも、わたしの住まいで花瓶が足の上に落ちてきたとき、それがまた起きたの。つづきが細部までよみがえってきたのよ」

「本気で言っているんじゃないんだろう?」今はわたしもジーンズを探しはじめていた。

「本気よ!」彼女はわたしに耳を向けた。彼女が誰かに注意を向けているとき、いつもするように。

「痛みのせいで起きるのは新しい幻覚だけではないわ。激しい痛みのときには、古い記憶が戻ってくることもあるの」

“これには何の意味もない。なぜ犯人はこんなことをするのだろう？”

目の収集人は車を、わたしの母の入院している病院の真正面に停めたのだ。

やっとわたしは寄木細工の床に落ちていたズボンを見つけ、ポケットを探って携帯電話を取り出した。

「何をするつもりなの？」アリーナが訊いた。

「警察に出頭しよう」

「何ですって？　いけないわ！」

「いいんだって！」

“これで終わりだ。終了。おしまいだ”

「こんな常軌を逸したことはもう終わりにするんだ」

携帯電話のスイッチを入れると、すぐに振動がはじまった。

“切っておいたあいだに、通話が七件とメールが一件、届いていた”

〈駐車違反のチケットは間違いなくあった！〉見出し文を見て、わたしはフランクからのメールの残りを、急いで開いた。

〈警察は目の収集人の車を見つけた〉

その住所を見たわたしはめまいがしそうだった。

第二十四章

フランク・レーマン（実習生）

「よくやってくれた」

シュトーヤはフランクの肩に手を置いて、彼がたった今、ツォルバッハにメールを送ったばかりの携帯電話をその手から取った。

若い実習生はシュトーヤにさわられて、ぎくりと身をすくませた。

「ああ、はい」彼は言った。「でも、どうして自分が卑劣な裏切り者になったように感じられるのでしょう？」

第二十三章

（最後通告の期限まで、あと六十二分）

アレクサンダー・ツォルバッハ（わたし）

〝何かがおかしい〟

病室に入った瞬間から、そう思っていた。

アリーナはトムトムといっしょに、病院の裏の路地に停めた車のなかで待っていた。目の見える者にとっても、気づかれずに病院に忍び込むのは難しいことなのに、犬を連れステッキを持った女性といっしょでは、すでに受付で押し止められていただろう。

「こんにちは、母さん」わたしはささやきながら彼女の手を取った。何かよからぬことがここで進行しているという重苦しい気持ちが、ますます強くなってきた。

「また来たよ」

〝何かが変わっている〟

ここへ来るまでのあいだじゅう、わたしは最悪のことを予想していた。空っぽになった母のベッドを整えている看護師に出会うのではないかと。看護師はこちらへ振り向き、衰弱しきった様子で白目をむくかもしれなかった。わたしにはまだ何も知らせていない上に、そのありがたくない仕事を、ふたたび彼女が引き受ける羽目になったから。

〝……残念ながら、あなたにお伝えしなければなりません。昨夜、あなたのお母様は……でも、まったく予期できないことでもありませんでした……むしろ、ある意味では、ほっとして……〟

ところが、そうではなかった。空っぽのベッドはなく、看護師もいなかった。また、母の死を妨げている器械も切られていなかった。

今はまだ。

器械はブンブン、ブーン、シューッと、集中治療の電子賛歌を奏でていた。周囲の音が聞こえなくなって久しい無感覚な聴き手のために演奏されている、病的な交響曲だった。

ほぼ。

何もかもこれまでどおりだ。

わたしは、母の顔を醜くゆがめている呼吸管を取り除こうとした。だがここで醒覚昏睡の状態で寝ているのが本当に自分の母親であることを認めるには、鈍く光る天井の反射板を睨《にら》んでいる水のような淡い灰色の目を見るだけで充分だった。彼女はときどき、ピクピク身体を痙攣《けいれん》させた。それもまた、いつものことだった。無意識の反作用だ。ずっと前にプラグを抜いた古いテレビの画面の熱がまだ残っているようなものだ。

〝何もかも、これまでどおりだ〟母のうめきも、毎日、身体にすりこんでもらっているボディローションのかおりもまったく正常だった。

〝それでも、何かがおかしい〟

この瞬間、携帯電話が鳴り、すでに何時間も前にわたしの番号に通知が入っていることを、あらためて知らせてきた。転送させるように調整しておいたのだ。わたしは知らせを聞いた。

「あれは禁煙パッチのせいでした」もっとも予想外の人物であるドクター・ロートが、まるで宝くじに当たったかのような声で言っている。

わたしは携帯電話をもう一方の耳にあてた。そのほうが、彼の言わんとすることを、よりよく理解できるかもしれないという漠然とした希望があったからだ。

「あなたが使っている禁煙パッチにはヴァレニクリンが含まれていました。これはもっとも有毒な植物であるキバナフジによく似た物質です。アメリカでは飛行の安全を確保するために、パイロットには使用が禁止されています。なぜなら、この薬剤はキバナフジ同様、幻覚的な白昼夢を引き起こすからです」

わたしはTシャツの下を探り、上膊《じょうはく》に貼ってある禁煙パッチをさわった。

「いわゆるヴァレニック・ドリームというやつです。あなたの血液から、ヴァレニクリンの強い痕跡が検出されました、ツォルバッハさん。もしかしたら、あなたの神経過敏はそれに起因しているかもしれません。ですから、あなたが色やにおいや光を普通より強く感じられたとしても、不思議ではありません」ドクター・ロートは笑った。「あなたには統合失調症の幻覚はありません。単に、その物質の影響を受けているだけなのです。ですから、また、すべては正常に戻りますよ」

〝すべては正常に？〟わたしは禁煙パッチを指で押しつぶし、電話を切った。

ここでは何ひとつ正常ではなかった。フランクには電話がかからず、警察は殺人容疑でわたしを探している。そして精神科医は、わたしが知覚障害を心配する必要はないと言う。

わたしは暗い窓に目を向けた。太陽はまだ昇る気配がなかった。わたしは灰色の斑点《はんてん》のあるリノリウムの床へ、さらには、電話帳ほどもの厚みのある使用説明書があるにちがいない、名称も知らない医療器械へと、目を走らせた。そのあとわたしの視線は、回転式のナイトテーブルに止まった。そこには母の古い日記がしまわれており、わたしは訪問のたびにいつも読んで聞かせていた。母自身はもう二度と手に取ってめくり、追憶にふけることはできないのだ。後にわたしの隠れ家へ導くことになったあの小道をニコルスコーエの森で母と二人で見つけた日のことも。わたしは金色の文字で飾られたあの小型の革張りの日記が、まだ引き出しに入っているかどうかを調べようとした。そのとき、さっきから不安に感じていたことの正体がわかった。

写真だ。

〝いったい、これは……?〟

この前、母を訪ねてきたときには、まだ立てられていなかった。額縁だけならまだいい。それは何年か前のクリスマスにわたしが母に贈ったものだ。数少ないわたし自身の写真とともに。それは、門口で父がこっそり撮ったもので、七歳のわたしアレックスが一心に靴紐《くつひも》を結んでいる姿だった。この写真を見ると、わたしはいつも憂鬱な気持ちになった。校庭で、わたしが安物の靴をはいているために笑いものにされるのが何より心配だったころを思い出させるからだ。

わたしは額縁を手に取った。

石段にすわっているわたしの写真は、いまなおそこにあった。でも、わたしの知っているものとは違っていた。写真の幅が広くなっていたのだ。

〝こんなことが可能なのか?〟

わたしは元の大きさのほぼ半分に縮んでいた。それによって画面のその部分は大きくなり、そして、わたしはもはや……

……一人ではない？

石段のわたしの右にすわって、わたしが靴紐を結ぶのをじっと見ている二人目の顔を見て、わたしの手は震えだした。

〝おまえは誰なんだ？〟わたしは頭のなかでささやいた。〝いったい、おまえは誰なんだ？〟

顔立ちにはなじみがあるように思えたが、その子はあのころのわたしより、なお幼かった。当時の友だちの一人でもなかった。

〝わたしの写真でおまえは何をしているんだ？〟

わたしは額縁を裏返し、写真を厚紙に留めているクリップをはずし、写真を取り出した。

〝それに、おまえはどうやって、わたしの母のナイトテーブルまで来たのだ？〟

少年はプラチナブロンドの髪をし、左目の上に多色の絆創膏《ばんそうこう》を貼っていた。幼児期に斜視だった子どもが、よくそうしていた。

……左の目に……

写真の裏側に、鉛筆の字でメモが書かれているのを見て、わたしの動揺はますます大きくなった。

グリューナウ　二一・七・（七十七）

わたしには写真を元に戻すいとまがなかった。日付の意味と、子どものころ一度もグリューナウに行ったことがないという事実について考え込んでいるあいだに、わたしは逮捕された。

目の収集人からの第二の手紙
発信元不明のEメールで
送られてきた

宛先：thea@bergdorf-privat.com
件名：……そして、これこそが真実である

眼識のないベルクドルフ様

残念ながら、今はまだあなたをそう呼ぶしかない。あなたが、わたしの隠したゲームのコマたちと同じくらいに、目が見えないいからだ。

この第二の手紙を読めば、そのときこそ、あなたの目は開かれるだろう。しかもわたしは――これを知ってあなたがありがたく思うといいのだが――ゲーム終了前に送ることにする。しかしながらわたしは、あなたが私的なメールを職業上のメールほど頻繁にはチェックしていないと考えるに至った。でなければ、わたしの最初のメールをとっくに見つけ警察当局に送るか、あるいは少なくともホームページ上に発表していたはずだからだ。

ところで、たぶんあなたには想像がつくと思うが、わたしだってなにもかも希望どおりに実行できるわけではない。この危険な段階でもやはり、かなり忙しいのだ。だから、すぐに本題に入ろう。わたしの動機についてだ。それをあなたに無料で知らせるのは、ひとえに、あなたと、編集部と呼ばれる見下げはてた虚言製造所が、今後、わたしにたいする誹謗《ひぼう》を少しは抑えるだろうと思うからだ（ああ、読点も打たないような文章しか印刷しない愚かしい新聞の誰かには、これでもたぶん長すぎたかもしれない）。

わたしの行為のすべては、ただ一つ、真に価値ある仕組みを維持するためのものであり、この世界で、そもそも闘い甲斐《がい》があるのはそれのみなのだ。それは家族だ。

　読者が鳥籠《とりかご》に敷くだけの価値しかない（失礼！）あなたの新聞は、わたしが家族を崩壊させていると非難する。わたしが！　じつはその正反対なのだ！　わたしにとって、きちんとした、大事に守られた生活環境ほど切実なものはない。それを弟もわたしも一度も経験することが許されなかった。思うに、弟がもっとも苦しんでいたのは、父親からの愛情が得られなかったことだ。

　おそらく弟は重い病ゆえに、わたしよりも感じやすかったのだろう。五歳のときに左の目を失ったことが、単に視力を失った以上の変化をもたらしたのだ。癌《がん》の強い欲求は、手術で摘出された目のみでは満たされず、弟の魂までも貪り食ったかのようだった。

　わたしは弟よりも精神的に強かった。父親が絶えず不在であることにも慣れてしまった。たまに彼が、例外的に出張していなかったり友人たちと出かけていないときでさえ、そう感じていた。

　母親もまた、いつのころか、わたしたちを捨てた。文字どおりの意味で。ある日、彼女はいつもフィットネス・トレーニングに行くときに持っていく小型のスポーツバッグに、装身具や身分証明書や現金を詰めて、そして、二度と帰ってこなかった。

　父親は怒り狂った。「おれは、おまえらガキと、これからどうすればいいんだ？」彼は怒鳴った。母親が逃げていったことよりも、わたしたちを連れていかなかったことに腹を立てているようだった。

　弟は最初のうち、どうしても呑み込めず、何時間も、家じゅうを探しまわっていた。地下室、屋根裏部屋、庭の物置小屋、さらには衣装だんすのなかで泣きながら服のあいだにもぐり込み、母親の香水のかおりを嗅《か》ぎながら、彼女がいちばんお気に入りのブラウスを持ち去ったことを知った。

母親にとってそのサーモン色の絹のブラウスは大事なものだった。でももう、子どもたちは彼女には必要なかったのだ。

　あの夕方、弟がまたも愛情テストのことを言いだしたとき、初めてわたしはそれに賛成した。それまでは、ただの空想でしかなかった。孤独な子どもたちの沈んだ気持ちから生まれた幻想であって、実現するとは思っていなかった。愛情テストなるものを考え出したのは弟だった。両親がまだ自分たちを愛しているかどうかを確かめるためのテストだ。基本は簡単だった。二人のうちのどちらかが死ななければならないのだ。

　その日が来るまで、わたしたちはマッチ棒を引くことだけを話し合っていた。勝ったほうには、埋葬の際、ママとパパが本当に泣くかどうかをチェックする役目が与えられる。

　でも、母親がわたしたちを置き去りにしたあの日、わたしは弟に、父親の愛情を試すための別のやり方をすすめた。

　隠れること！

　樹の上の家でも、湖畔の小屋でもなく、これまで一度も行ったことのないどこかに。

〝もしパパがまだぼくたちを愛していたら、探しに来るだろう。見つけるのが早ければ早いほど、パパの愛情は大きいのだ〟

　それは絶望している弟のために、七歳の子にして初めて企むことのできた子どもっぽい和解策だった。子どもの無邪気なその思いつきには、見事なまでに簡潔な論理が含まれ、何年もたった今でも、わたしはそれに魅了される。

　つぎの夕方、わたしたちは早くも、適した隠れ場所を見つけた。誰がそんな古い長持《ながもち》型の大型冷凍冷蔵庫を森までわざわざ運んできたのかは知らないが、ともかく、捨てる前に湯でよく洗うだけの手間は惜しまなかったとみえて、食べ物の残りも糊《のり》つきラベルのにおいもなく、以前なかに何がしまわれていたのか、わたしたちがなかに入るときには、まったくわからなかった。

たっぷり広さのあるそれが、家の近くにある森の伐採地のはずれにあって、わたしたちは喜んだ。おまけに、父親が毎晩ジョギングする道のそばでもある。これなら見逃すはずはない。そこで、わたしたちは頭上にかぶせた冷蔵庫の蓋《ふた》を、二度と持ち上げることができなくなっても何の心配もしていなかった。

最初は、冷蔵庫の前の持ち主がなかに置き忘れたらしい木の柄《え》付きの壊れたネジまわしが、わたしのお尻をつつくので冗談を言い合っていた。あとになって、空気がますます希薄になってきたときには、ネジまわしはわたしがズボンのポケットに入れておいた硬貨と同様、何の役にも立たなかった。

蓋はぴったり閉まっていた。何年も前に使用されていたものなので、現在のように安全の見地からマグネット式の錠をつける決まりはなく、閂《かんぬき》が取りつけられていたので、外側からしか開けることができなかった。

わたしたちの愛情テストは、思いがけなく生か死かの試練にまで発展していった。

「パパはもうすぐ来るから」わたしは言った。

何度も繰り返して言った。最初は大声で力強く、そのあと、しだいに疲れてきて、声もだんだん小さくなっていった。寝入る直前にも、目を覚ました直後にも言った。

「パパはもうすぐ来るから」

弟は寝小便をするときも、泣きだしたときも、喉が渇いて目を覚ましたときも、わたしの口からその言葉を聞いた。しまいには、彼が眠っているときにも、もう目を覚まそうとしなくなっても、わたしは繰り返し言った。

「パパはもうすぐ来るから。パパはぼくたちを愛しているから、探して、見つけるよ」

でもそれは嘘だった。パパは来なかった。

二十四時間たっても来なかった。三十六時間たっても、四十時間たっても来なかった。

最後にわたしたちは森林労働者に救い出された。四十五時間と七分後に。

この時点までに、弟はすでに窒息死していた。あとになって聞かされたが、父親は、ママが考えを変え、子どもたちを連れに戻ってきたのだと思っていたという。だから、わたしたちを探す代わりに、息抜きに、友だちといっしょに居酒屋をはしごしていたのだ。

弟が渇きのあまり、摘出されてしまった目の上に貼られていた絆創膏《ばんそうこう》を引きはがして、嚙《か》もうとしていたまさにその瞬間に、父親はよく冷えたビールをひっかけていたのではないかという想像が、わたしの頭から離れない。そしてわたしは、愛情テストに落第した父親のせいで死ななければならなかった弟の空っぽの眼窩《がんか》を見つめない夜はない。その後、健康が回復したわたしは青少年局によって祖父母のもとに送られた。祖父母は冷凍冷蔵庫の酸素欠乏のために、わたしにもあとまで尾を引く障害が残ったのではないかと非常に心配したと、一度、認めたことがある。祖父は高齢ながらまだ活動的な村の獣医だったが、助けを必要としている生き物を扱うことは、わたしのためになると考えていた。彼はわたしを診療所まで連れていき、彼の仕事を手伝わせ、しだいに獣医学の秘密を教えるようになった。それが今でもわたしの役に立っている。手術の際、安定した麻酔を保証するために、生き物の年齢、体重、状態を勘案して、全身性麻酔薬ケタミンの量を決めることもその一つだ。セントバーナード犬の腹を切り開く前に、どうやって吸入用マスクをつけさせるか、あるいは、猫の、腫瘍《しゅよう》で盲目となった目をどうやって摘出するかもそうだった。祖父はわたしの器用さと知識欲を褒《ほ》めてくれた。
村の野良猫が残らずいなくなったのを知ってからは——わたしが生き埋めにした猫も、まず袋に押し込んでからガソリンを注ぎ込んだ猫も——わたしが決まって目を覚ます原因となる寝小便についての祖父母の心配はいつしか薄れていった。
「あの子が嘗《な》めたさまざまな苦しみを思うと、寝小便しても無理はない」祖父母は何度も言っていた。
彼らはよき育ての親だった。
親切で、
高齢で、
そして、何も知らなかった。

第二十二章

(最後通告の期限まで、あと五十九分)

アレクサンダー・ツォルバッハ(わたし)

彼らはわたしが病室に現われるまで逮捕を待っていたのだ。きちんと閉まっていない浴室のドアの蔭から、しばらくわたしを観察していたのは、あとから誰かが追ってこないか、あるいはわたしが武器を携行していないかを確かめるためだったらしい。わたしが写真に気を取られ、両手で額縁をつかんだときになって、ようやく彼らは行動に出た。二人の制服警官だった。ロ髭を生やした若者と、力はそれほどでもないが不意討ちを味方につけた中年者と。二人は浴室から突進してきて、背後からわたしに襲いかかった。

わたしを床に押さえつけることはもとより、手首をプラスチックの手かせで結ぶことなど必要なかったのだ。どのみち、わたしは警察に出頭するつもりだったのだから。

「当然」ショルレが皮肉っぽく笑った。彼は二人の警官に引かれてきたわたしを、エレベーターの前でにやにや笑いながら待っていた。「当然、おまえは出頭するつもりだったんだよな」

病院の廊下は、なぜ逮捕の前に片づけていなかったのだろうと、わたしは訝《いぶか》しく思った。朝のこの時間には、確かにまだ混雑してはいず、看護師が一人おずおずしながら、さっと通り過ぎていっただけだった。それにしても、もしわたしが本当に目の収集人だったらどうだろう？　もしわたしが力いっぱい防御し、人質を取ったとしたらどうなるのだ？　また、それに関連して、二人の警官が明らかに、危険な暴力犯罪の犯人の逮捕を専門とする特別機動隊の者ではないという事実も解せなかった。

ショルレにプラスチックの手かせを点検されたあと、わたしは彼らとともに貨物用のエレベーターに乗った。

「地下一階？」わたしはエレベーターのボタンに目をやりながら言った。「地下経由で連れていくのか？」

口髭を生やした若い警官は、わたしたちのそばを通り過ぎていくむき出しのコンクリートの壁をそしらぬ顔で眺めていた。中年のほうは無頓着《むとんちやく》そうにガムを嚙みながら、わたしの向こうを見つめていた。「いったい、何をするつもりだ？」わたしは訊いたが、反応したのはショルレだけだった。

彼は腕時計に目をやった。

「最後通告の期限まで、残されているのはあと五十七分だけだ。だから、もしおまえが、おれの立場だったら、どういう決断を下すだろう？」

ショルレの額には汗の玉が吹き出ていた。彼はそれを手で拭いながら、視線でわたしを呪縛するかのように見えた。「もし、おまえの子どもだったら、どうする?」エレベーターは一階を通り過ぎた。

「もしおまえがおれの立場だったら、容疑者を反社会的な弁護士の待つ所轄署まで連行することで時間を無駄に使うだろうか? もしユリアンがどこかとんでもない場所で窒息死しかけていたら」

〝ユリアン?〟彼はわたしの息子の名を書類から知ったのだろうか? それとも個人的に、子どもたちを話題にしたことがあっただろうか?

ショルレについて知っていることを思い出そうとした。わたしが署にいたころ、ショルレはまだ殺人課に配属されてから日が浅かった。署内の食堂、そして、警察の夏のパーティで何度か出会った以外は、個人的に彼と話をした覚えはなかった。もちろん、彼のごたごたについては知っていた。署の全員が知っていた。

新聞には、外国人の父親がドイツ人妻に子どもを奪い取られた事件――たとえば、妻は原理主義政権下の国へ子どもを連れ去ったとか――が、くだくだしく述べられることのほうが多かった。しかし、特定の宗教やどちらかの性別のみに限られていたわけではないので、ショルレの事件も、逐一、記録されることになった。

「いいか、おまえは赤ん坊を救うために女の頭を撃った。では、もし目の収集人がすぐ前に立っていたら、おまえは最初に何をする?」

驚いたことに、わたしはショルレの修辞的な問いについて真面目に考え込んでいた。

彼の汗まみれになった小さな目のなかに、怒りに駆られた確信がひそんでいるのを見て取った。わたしはうなずいた。

彼とのつながりがわずかでしかなくても、彼が何を言おうとしているかは充分に理解できた。

ショルレは追い込まれていた。ためらいが長すぎたために人を失った経験のある人間として、この過ちを二度と犯してはならないと思っているのだ。

わたしのときは。

二度激しく揺れたのち、エレベーターは目的の場所に着いた。

地下一階。

「着いたぞ」ショルレは命令口調で二人の警官に言うと、わたしを左のほうの、節電灯に冷たく照らされた廊下に押しやった。

「以前なら、わたしもあんたと同じようにしていたかもしれない」わたしは言った。「わたしなら、目の収集人が子どもたちの隠し場所を自白するまで、たたきのめしただろう。だが、橋の上であの女性を殺してからは、すべてが変わった」

わたしたちは廊下の二十メートルほど先の突きあたりにある、ピカピカに磨かれた観音開きの大きい鋼鉄のドアの前まで来た。

「では、いいな？」ショルレは警官たちにドアの前に待つようにと命令した。

「なぜなんだ？」

「間違いなく容疑者を捕らえたかどうか自信が持てないと、どういう気持ちになるのか、今、わかった」

ショルレは笑った。

「あんたは間違っている。わたしは目の収集人ではない」

ショルレはあらためて眉にたまった汗を拭い、目を薄く閉じた。「試してみなくちゃな」しまいにショルレは言うと、わたしに向かって目配せした。

そしてドアを開け、わたしを暗闇のなかに突きとばした。

第二十一章

（最後通告の期限まで、あと五十五分）

トビアス・トラウンシュタイン

マトリョーシカ。彼は本当に人形のなかに閉じ込められていたのだ。その木のお棺を何と取り替えたのかよくわからなかったが、少なくとも今は何の問題もなく息をすることができた。長い長い時間がたったあとで、初めて、胸でレモネードの箱を持ち上げているような感じから解き放された。目の前がぼうっとなることもなくなった。まっすぐに立っていてもバランスを失わなかった。鋼鉄で囲まれたこの新しい環境では、それができた。

いまなお暗いことは確かだし、頭はガンガン痛み、最初、スーツケースのなかに入っていたときよりも、ひどくなっていた。それも不思議ではない。ネジまわしで、長いあいだ木の壁を突いていたのだから。ついには、まず木屑がばらばらに壊れ、つぎにかけら全部が取れ、板に穴が開いた。初めは人さし指が通るほどのごく小さな穴でしかなかったが、そのあと、手が全部と下腕が通るようになったとき、最初からやり直さなくてはならないことがわかった。もう少し右の、ずっと上を。運が悪かったのだ。でも、もっと悪い場合だってあったかもしれない。もう何センチか下から始めていたら、木箱の蓋《ふた》と側面の板を閉ざしている閂《かんぬき》に触れることすらなかったかもしれない。トビアスの指はすでに閂に触れていたが、動かすには離れすぎていたのだった。

〝だけど、ぼくは今、どこにいるんだろう？〟

トビアスは新たな不安でいっぱいになった。これまで、壁がこんなに冷たくてなめらかな部屋にいたことは一度もなかった。

〝ゴミ運搬車だ〟彼は思い、パニックに陥った。〝ゴミ運搬車のなかはこんなだろうと思っていた〟

幸いにも、においはそれほどきつくなかった。むしろ、どこかの工場か船みたいなにおいだった。

〝きっとそうだ。ここはパパが買いたがっていたモーターボートのにおいがする〟

潤滑油と淡水と塩水が混じり合ったようなにおいだ。それに、少し揺れている。

トビアスは床と壁の至るところを手で探り、もう一度、木箱のなかに這いもどりさえした。でも、今回は、鋼鉄の壁を多少なりとたたけるような道具は見つからなかった。

部屋の片側には真ん中に細いすきまがあるのが、手で触れてみてわかった。ネジまわしで持ち上げようとしたが、周囲に何の取っかかりもなかった。三度試したあと、木の把手《とって》から心棒がはずれ、大きな音をたてて下に落ちた。そして力なく、空しく床に転がった。

揺れている床に。

最初はまた平衡障害が起きたのかと思った。とにかく、ここ何日も飲まず食わずでいたので、精も根も尽き果てていた。だから、床がたわんだように感じても何の不思議もなかった。それだけでなく音まで聞こえた。乾いたロープが切れるような軋み音。

〝ほら……ほら、また始まった！〟

トビアスは疲労と闘った。言うに言われぬずっしりと重い疲労が不意に襲いかかってきた。暗闇のように。そのなかで彼は目を覚ました。

不安、飢え、渇き、ストレス、疲労——そのすべてに、あと三十分なら耐えられただろう。もしも今の彼にとって、呼吸するための空気よりも大事なものが欠けてさえいなければ。それは希望だった。

トビアスは二度とふたたび外には出られないだろうと思っていた。自力では無理だった。これを最後と立ち上がろうとしたが、力が足りなかった。どこかで一度聞いたことがあるが、事故の犠牲者は眠り込んではいけないという。死なずにいるには目を覚ましたままでいなければならないという。

〝だから、立っていなくちゃならない。これまでに立ったまま眠ったことはない。横になってしまか。でも、許されない……〟

「くそっ！」

汗びっしょりになったTシャツの下で、トビアスの心臓はどきどきと打っていた。

〝これは何だ？〟

彼は後ろ向けに一歩よろめき、もう一度、それを肩に感じた。

〝まさか、そんな。急にどこから来たのだろう？〟

さっきは暗闇のなかで、ロープのそばを気づかずに通り過ぎたのだ。

〝ロープ？　どうしてこの鋼鉄の部屋の天井からロープがぶら下がっているのだろう？〟

トビアスは上のほうに手を伸ばし、それをつかみ、下に向かって指を滑らせた。しまいに、合成繊維を縒《よ》り合わせたロープの端にある把手に手が触れた。

トビアスはためらったが、それも一瞬だけ。そのあと彼は、暗闇で何かにさわったら誰でもすることをした。

トビアスはそれを引っ張った。

〝ああ、だめ。お願いだ……〟

トビアスはロープをすばやく放した。でも、手遅れだった。

〝そんなつもりじゃなかったのに……やめてよ、お願いだから……〟

足元の床がまた揺れはじめたのだ。今度は前よりも強かった。

第二十章

（最後通告の期限まで、あと四十九分）

アレクサンダー・ツォルバッハ（わたし）

ほこりをかぶった白いタイル、磨きの不充分なアルミニウムの机、作業台の上のレンジフード——一瞬、病院の病理解剖室に来たのかと、恐怖を覚えた。

そのあと、食器戸棚と、部屋の中央にある汚れた皿を運ぶベルトコンベアーが見え、どこにいるのかが、うすうすわかった。ショルレは頭上にある蛍光灯をつけたがらなかったので、地下室の窓から射し込んでくる駐車場の鈍い明かりが唯一の光源だった。薄暗いなかで、わたしには蔭と輪郭しか識別できなかった。まるで白黒写真のなかに立っているようだった。

「ここは以前、介護施設の台所だった」ショルレは言うと、斜め右に置かれた三つの大きい料理鍋を指した。わたしにはむしろ、ビール醸造所にいるかのように思えた。「今では、料理は増築された建物のほうでおこなわれている。地下のこの部分はまったく使われなくなっている。つまり、おれたちを邪魔する者は誰もいないわけだ」

ショルレの革靴の下で、漆喰《しっくい》のくずが軋《きし》んだ。彼は使われなくなった台所の右側三分の一を占めている直方体の作業場のほうに歩いていった。それはコンパクトカーほどもの大きさがあり、レンジ台が四つ、流し台が二つのほか、褐色のタイルが貼られた調理台があったが、その上には、見捨てられた地下室には決まって溜まるゴミが散らばっていた。壊れたコンセント、ちぎれた電線、汚れた厚紙の食器、灰皿として使われていたプラスチックのコップ、そして半分飲まれたコーラの瓶などだ。ショルレはそれらをぜんぶ肘で床になぎ落とした。

「シュトーヤは、わたしたちがここにいることを知っているのか？」わたしは訊いた。

ショルレは笑った。「もちろん、知っているとも。だが公式には絶対に認めないだろう。あの臆病ネズミは、不法な逮捕で自分の出世を棒に振りたくないのだ。おれとは逆に、シュトーヤはおまえが犯人だとは思っていない。まだ一度も検事に電話をかけてはいないんだ。あの役立たずは」

〝不法な逮捕？〟

「逮捕命令を受けてきたんじゃないのか？」

「いったいなぜ特別機動隊の連中じゃなくて、パットとパタションの二人組がドアの外に立っていると思ってるんだ？　二人ともおれに借りがあるからだ」

ショルレは上着のポケットから市街地図を取りだし、たった今、空っぽにした調理台の上に拡げた。

「シュトーヤはおまえとしか話をしたがらない。警官対元警官だ。彼はおまえに最後のチャンスを与えたがっている。なぜ今日、すでに二つの犯行現場に現われたのか、そして、事件を細かな点まで知っているのか、その答えがほしいのだ。幸い、おれは彼に納得させることができた。もっと早くおまえから聞き出すには、おれのほうが適していると、な」

〝そういうことか〟おそらくシュトーヤは証人たちのいる公的な場では、わたしと二人だけで内密に話し合うために所轄署に連行してこいと言ったのだろう。だが蔭ではショルレに目配せしたにちがいない。

ショルレが背を向けた一瞬を利用して、わたしは、大きい台所にはかならずあるにちがいない非常口を目で探った。だがショルレは理由なしに灯をつけなかったのではなかった。肥った刑事が跳びかかってくる前にわたしに見えたのは、とうてい届きそうもない四つの小さな明かり取りの窓だけだった。普通の場合なら彼はわたしにとって、それほど大した相手ではなかった。わたしとは違い、彼はボクシングをテレビから知っているだけだった。図体の大きさも重さも、長年のトレーニングには敵《かな》わない。しかし、手かせをかけられていてはどうにもならなかった。

「わたしを放してくれ、ショルレ。今ならまだ間に合う」

「いや、もう手遅れだ」

ショルレはちらっと腕時計を見て、ため息をついた。

「もう時間がない。くだらん話はやめにして、取り引きしようじゃないか。おれが知っていることはぜんぶ、おまえに話す。だから、おまえはおれの聞きたがっていることを話す。いいな?」

「あんたは大きい勘違いをしている、ショルレ……」

「さあ、これで決まりだ。おれから始める。おれたちは、おまえが子どもたちを運んだ車を見つけた。ケーペニック地区の、ここから車で十分ほど行ったところにある人けのない廃棄物処理会社の駐車場で、パトロール警官が見つけたんだ」

ショルレは市街地図の右下三分の一の部分を指でたたいた。

「わたしは犯人じゃない」

「車のトランクに決定的な証拠があった。髪の毛、衣服の繊維、折れた爪」

「だとしても、わたしはそんな場所に車を停めたことはない」

彼は耳を貸さなかった。「シュトーヤはすでに現場に向かっている。現在、八頭の警察犬がその界隈《かいわい》を捜索中だ。だがおまえ自身もよく知っているように、あの辺はだだっぴろい工業地帯だ」

ショルレは言葉を嚙《か》まなければならないかのように、腹立たしげに下顎を動かしたあと、その言葉をわたしに投げつけた。「残された時間以内にやってのけるには広すぎる。だから、おまえの協力を必要としているんだ」

「ショルレ、頼む……」

「よし、これがおれの側の話だ。今度はおまえの番だ。言うんだ。子どもたちはどこにいるのか」

「わたしは知らない」

「おまえが子どもたちを溺死《できし》させた隠し場所はどこなんだ？」

〝溺死？〟

「誓って言う。わたしもあんた同様、その忌まわしい野郎を探しているのだ」

ショルレはかぶりを振り、強情な子どもへの忍耐をそろそろ失いかけている父親のように、わたしを見つめた。

「ま、いいだろう」彼は言うと、市街地図をふたたびたたんだ。「少なくとも、ここにはまだ電流は通じている」


カチッという音が聞こえ、つぎに、誰かが古いテレビのスイッチを入れたかのような静電気の音がした。同時に、台所の前のほうに赤い照明がともった。

つぎにさまざまなことが同時に起きた。

まず、微風を感じ、つぎにうなじに痛みが走った。首の骨が折られそうな感じがして、頭を動かすことができなかった。ショルレの上腕に押されて息ができなくなり、彼が力まかせに、わたしを赤く燃えはじめたレンジのほうに引っ張っていこうとしたときにも、叫ぶことすらできなかった。

そのあとショルレに脚を蹴られて、倒れ、膝が床のタイルに激しくぶつかった。そのとき、突然、明るくなった。

最初は、痛みが網膜に稲妻を走らせたのかと思ったが、つぎに、頭上で蛍光灯が明滅し、誰かが灯をつけたのだとわかった。

〝シュトーヤか？〟わたしは思いながら、相棒にたいするショルレの評価が誤りであってくれますようにと、祈っていた。

だが、台所の入口に汚れたブーツが現われたときには、なんとか拷問は免《まぬか》れるかもしれないという望みは消えた。

第十九章

「邪魔するなと言っただろう……」

ショルレはわたしをつかむ手をゆるめ、驚いたように笑った。「驚かすなよ」

ショルレはわたしを脇に押しやった。わたしはレンジ台の前でハーハーあえぎながら横たわったままだった。

「たった今、上のロビーでコーヒーを飲もうとしていたら、彼女が門衛にツォルバッハの母親のことを問い合わせていた」一人の警官が言っている。

〝くそっ、アリーナだな。戻ってくるまで、車のなかで待っているようにと言ったのに〟

「さっきのあんたの話じゃ、彼女とも話したがっているように思えたんでね、ショルレ」

この瞬間、締めつけられていた喉があまりにも痛くて、わたしは肺に新たな空気を送り込むために、全力を振り絞らなければならなかった。そのため、頭を上げるまでにしばらくかかった。だが、はき古したカウボーイブーツが見えかけたとき、アリーナはショルレの顔に唾を吐きかけた。

「わたしにさわらないで、この変態!」

ショルレはにやにや笑いながら警官に礼を言い、ふたたび部屋から出ていくように頼んだ。ドアが閉まるやいなや、彼はアリーナの腕をつかみ、ステッキをかすめ取り、彼女を乱暴にわたしのほうに押しやった。

「驚いたな、幽霊はやっぱりいたんだ!」

〝幽霊?〟

わたしは立ち上がった。うなじをマッサージしたいところだったが、両手は後ろで拘束されている。

〝いったい、どういう意味なんだ?〟わたしは思ったが、つぎの瞬間、驚いたことにショルレはその疑問に答えたのだ。どうやら、わたしは声に出して言ったらしい。

「アリーナは彼女の本名じゃないんだ。驚いたか、ツォルバッハ。それに、おまえの目の見えないガールフレンドは、署で証言をしたことなど一度もない」

〝偽名? 調書なし?〟

割れるような頭痛はしだいに薄らいでいったが、わたしの意識のなかで疑問がふくらんでくるまでには、まだしばらくかかった。

「本当なのか?」わたしはあえいだ。

ギラギラした光のなかで、アリーナはさながら生ける屍《しかばね》のようだった。肌は蒼白で、豊かな唇はすっかり血の気を失い、うつろな目は捨てられた玩具の人形のそれに似ていた。

「きみは警察に行かなかったのか?」

居住船のなかで初めて出会ったばかりの彼女が打ち

明けたいろいろの話を、わたしは思い浮かべないわけにはいかなかった。目の収集人の最近の犯行についての幻覚。そのなかのいくつかは真実であることが明らかになった。

〝……四十五時間と七分のこと。ガレージのそばにバスケットボールの籠《バスケット》が設置された平屋のこと〟

それらは決定的に誤っている記憶と入り混じっていた……〝子どもは一人だけだった。拉致《らち》されたのは二人ではなかった……それとも、何の意味もないことなのか……つぎに、女性が笑って言った……ちょうど今、息子と隠れん坊をしていたところ……どこを探しても見つからない……ああ、なんてこった……ぜったいに地下室には行くな〟

「バカなことを言わないでよ」アリーナは語気荒く言った。「もちろん、あのくそ所轄署に行ったわよ。彼らは役目を頭の弱い警官になすりつけた。たぶんその警官は殴り書きしたものを、きちんと処理しなかったのよ」彼女は上腕から、ショルレの手を振り払おうとしたが、失敗した。

「それに、いつから仮名を使って仕事をすることが禁じられているの？　指圧は一つの芸なのよ。アリーナ・グレゴリエフはわたしの芸名なの。まったく、そんなくだらない調査などしているから、目の収集人が見つからないわけよ」

「まあ、落ちつけ」

ショルレはアリーナの手首をつかみ、レンジ台のほうに力ずくで引っ張っていくと、わたしの向かい端で、彼女の片手を流し台に縛りつけた。

「役立たずの元警官と、目の見えない秘術使い」ショルレは頭を振りながら言った。「ほら、これで敗残組がついに顔を揃えたってわけだ」

「あんたは大きな過ちをしでかしている」わたしは言った。一瞬後には、またも、ささやき声でしか話せなくなった。ショルレがわたしのそばまで来ると、力いっぱい腹を蹴ったからだ。ふたたび息ができるようになるまでに、わたしはもう少しでレンジ台の赤く焼けたクッキングプレートの上に倒れるところだった。ぎょっとして頭を後ろに反らせ、その姿勢をとりつづけていた。〝顔を下げるな――胸と腹を冷たいタイルの表で支え、顔は――下げるな。何があっても顔を下げるな――赤く焼けたプレートに迫っていた！

燃えはじめたと思ったとき、最後に目にしたのは、アリーナがジャケットの袖で額の汗を拭っている姿だった。彼女の位置は二メートルと離れていなかったが、二人を隔てているレンジ台のせいで、彼女がまったく別の部屋にいたとしても何の違いもなかった。彼女は縛られていないほうの腕をクッキングプレート越しに、こちらに伸ばすこともできず、指先でわたしに触れることすらできなかった。

おまけに、ショルレはかけ出しの警官ではない。思いがけない事態を避けるために、彼は古いバケツ、へら、丸めた針金など床に転がっているゴミのなかで、武器として、または投げつけられそうなものは一切合財わたしたちの手に届かないところに隠した。

〝わたしの負けだ〟あともう少し、顔の熱さに耐えられるには、どうすればいいのかと、わたしは自問していた。だが、事態はさらに悪化した。

「さあ、もう一度」ショルレは息をこらして訊いた。「どこに子どもたちを隠した？」

わたしの顎とクッキングプレートとのあいだの距離は、ますます縮んできた。ショルレはその手でわたしの頭をしっかりと押さえ、情け容赦もなく下に押しつけようとする。

「知らないと言っただろう！」わたしはあえいだ。汗の玉が顔の間近に迫った真っ赤に焼けたクッキングプレートの上で、シューッと音をたててはじけた。クッキングプレートはさらに近づき、わたしは乾燥から守ろうと、目を閉じた。

「いったい、隠し場所はどこなんだ？」

〝ああ、なんてこった。彼は気がふれている〟わたしは思った。〝すっかりいかれている。だが、わたしには対抗する術《すべ》がない〟

頸椎《けいつい》がポキッと音をたてた。力が萎《な》えていくのがわかった。壊れた首の筋肉はかなり長いあいだ、ぴんと張ることができないだろう。「知らないんだ」わたしはささやくような声で言った。そもそもショルレに聞く耳があるのかどうかも、わからなかった。

焼けつくような熱は、さながら地獄の業火のようだった。わたしの鼻はクッキングプレートから指の幅ほどしか離れていなかった。鼻毛が溶けたのを感じた。

「やめなさい」女の声が叫んだ。アリーナの声だと思った。わたしの知覚能力は、生き延びるための必要ぎりぎりのところまで低下していた。アリーナがそのほか、いろいろのことを言っているのが聞こえるように思った。「そんなことをしても無意味よ」とか、「間違った人間を拷問にかけている」とか。だが、唇がクッキングプレートにキスせんばかりに迫っているなかで、もはやわたしには確信が持てなかった。血管、耳、皮膚の下がドキドキ脈打っている。不安の幻覚のなかで、皮膚はすでに頭蓋《ずがい》からはがれていた。

やけくその力を振り絞って、わたしは後頭部を上のプレス・マシーンにあてて突っ張り、最後にもう一度、目を開けて……叫ぼうとした。

〝ああ、どうしよう。やめてくれ〟レンジ台のそばで、ショルレの影がますます大きくなってくることに混乱しつつ、わたしは思っていた。

〝やめてくれ、お願いだから……〟

わたしは願っていた。いや内心で祈っていた。アリーナがこれ以上無茶な真似をしませんようにと。だが、彼女はその無茶を予告したのだ。「答えがほしかったら、わたしを痛い目に遭わせればいいのよ」

ショルレが驚きのあまり「くそっ」と小声で言おう

としたまさにそのとき、アリーナは縛られていない片手を、真っ赤に焼けたクッキングプレートの上に押しあてた。

第十八章

（最後通告の期限まで、あと三十九分）

二人の警官（使用されていない台所の入口前で）

「そんなことをして、どうなる？」年上の警官はそう訊くと、ガムを下顎でよく嚙みながら、舌で反対側に押しやった。

病院の元の台所のドアを、今まさに開けようとしていた若いほうの警官は、身をこわばらせた。ドアの向こうではアレクサンダー・ツォルバッハがぞっとするような大声で絶叫していた。

「やめろおおおおお……」

「思わないのか、われわれで……」

「何を？」

今度は女のほうも叫びだした。さっきの男の声よりもっと大きく、もっと苦しげだ。

口髭を生やした若い警官は青ざめた。「様子を見るんだ。一度、様子を見たほうがいいと思う」

「いいか、チビ。おれが目の見えない女を連れていっただけで、ショルレは不機嫌になって、邪魔するなと言った。何が起きたって、かまうもんか」

何かが女の声を二つに裂いた。甲高《かんだか》いほうは、たちまち静まった。喉の奥からの暗いほうの声は、まだしばらく苦しげにあえいでいた。

「いいか、おまえ」上役である年上の警官は小声ながらきっぱりと言った。「ここで何が起きていると思っているんだ？　建物のこの部分にはおれたちしかいない」

ガタガタという音がし、ショルレが声をかぎりに罵《ののし》った。「くそっ、こんちくしょう……」

若い警官の手がふたたび、ドアの把手《とって》のほうに動いた。

「もし、今、なかに入っていったら、おまえの人生は変わってしまうんだぞ、若いの。そうしたら、おまえは決心しなければならなくなる。それがどんな決心であっても、その後はもう何もかも、以前とは同じではなくなること請け合いだ」

ドアの奥では殴打する鈍い音がし、ツォルバッハがうめき声をあげた。そのあと、石の床を袋が引きずっていかれるような音がした。

「思ってもみろ。報告を必要とするような何かを見たとしたら」年上の警官は説明をつづけた。「もし、そんなことになったら、おまえは生涯の敵を作ることになる。そして誰もおまえを相棒にはしたがらなくなるだろう」

ガムはふたたび反対側に移された。

「おれと同じようにするんだ。身体を動かしたければ、上へ行って、自動販売機からコーヒーを取ってこい。いいな？」彼は笑った。「しかし、また目の見えない女を連れてくるんじゃないぞ」

新米警官はいらだたしげに、髪を短く刈ったうなじに手をやった。「もし報告しなかったら、もう鏡で自分の顔が見られなくなると思う」

「何を報告するんだ？」

「だから、なかで起きている騒ぎのことを」

「何の話をしているんだ？」年上の警官は訊いた。彼は右耳のうしろに手をあてた。「何も聞こえないぞ」

本当だった。

若い警官は息を止め、音に気持ちを集中したが、もはや何も聞こえてこなかった。

かつての台所のドアの奥は、しんと静まり返っていた。

〝死んだように静かだ〟彼は思った。ドアの把手から指をはずしたときには、胸がむかむかしていた。

第十七章

アリーナ・グレゴリエフ

〝ごめんなさい。少し頭が混乱しているの。今、息子と隠れん坊をして遊んでいる最中なんだけど、まったくわけがわからないの。どこを探しても、彼が見つからないのよ〟

まぎれもなく興奮した女性の声だ。でも、遠く離れたところからのように、ぼんやりとしか聞こえない。意識の大半を占めている痛みのために記憶が呼び覚まされ、今や、溶岩流のようにアリーナのなかに拡がりつつあった。ほんの短いあいだ、彼女は責めさいなまれた現実とのあいだで揺れていた。そのなかで、皮膚が焼ける甘く、腐ったようなにおいがした……自分自身の皮膚の……一方、ますます深く落ちていく夢の世界では、度を失った父親が音量を上げた電話で、妻に最後の警告を伝えていた。〝ああ、なんてこった。どうして今まで気づかなかったのだろう？　何もかももう手遅れだ。どんなことがあっても、地下室には行くな〟

台所のタイルに身体をぶつけたことは、まだ覚えていた。そのあと、あまりの痛さに、目の奥に猛り狂ったような光のみが残った。そのなかで、子どもたちが連れ去られて間もない最後の何秒かを、もう一度見た。地下室に通じるドアの蔭から。目の収集人の目で。

〝聞こえているか？　地下室には行くな〟

父親の最後の言葉は、彼の妻が息絶える前にしだいに弱まり、誰かがアリーナの頭のなかの映画を、早送りした。

彼女はもう一度、体験した。他人の身体にもぐり込み、子どもたちの母親の首をへし折り、死体を庭まで引きずっていき、子どもを……〝子どもは一人だった……いったいぜんたい、二人目はどこに隠したのだろう？〟小屋から車のトランクに運んだ。

彼女はふたたび車を丘まで走らせ、やってきた父親が殺された妻の前の芝生でくずおれるのを双眼鏡でじっと見つめた。そのあと悪夢の演出家は思いきったカットをほどこし、彼女が平屋まで車を走らせ、そこでコーラを飲んだシーンを飛ばし、まったく新しい記憶を見せた。脈絡のない、せかせかとカットされて、偶然並べられた映像のように見えた。

〝車椅子。椅子の枕にもたれかかって身動きひとつしない子ども。大きな足にスニーカーをはいた男が車椅子を最初は砂利の上を、そのあと、スロープを押していく……〟

いや、スロープではない。むしろ……

〝小桟橋。ボートの小桟橋〟

渡り板の下に水があり、インクのように黒く光っている。周囲には多くの白い箇所と影がある。目が見えなくなる以前には知らなかったために記憶の夢のなかでは見ることのできない物体があり、それの座席を確保するための人々がいる。

映画はふたたび先に飛んだ。今度見えたのは茶色の目だった。まばたきしながら鏡に近づいていく。

〝なんということ。わたしには彼の目が見える。殺人犯の目が。でも、鏡のなかではなく……〟

……ドアののぞき窓の拡大鏡だ。

その目は消えた。彼女のまつ毛が冷たい金属のドアに触れたときに……

〝……白くて厚いドア。開けるにはレバーが要る。昔のアメリカの冷蔵庫みたいに。ただ、それよりはずっと大きい〟

それから、彼女はなかを見た。隠し場所のなかを。むき出しの床に子どもが一人いるのが見えた。両脚を引き寄せ、身体を胎児のように丸めている。男の子はぴくっと身を震わせた。喉がつかえ、両手を首に押しあてている。アリーナは突然、自分が手に時計を握りしめているのに気づいた。

〝ストップウォッチのようなものにちがいない。時計は秒を示しているだけだ〟

つぎに彼女は涙を感じた。

〝わたしは泣いている〟と思ったが、またすぐ、それを訂正した。〝いいえ、これはわたしではない。わたしが泣いているのではない。目の収集人が泣いているのだ〟

そのあと、自分が叫んでいるのが聞こえた。今度は他人の声ではなく、自分自身の声だった。手と足を使って防護ドアを押したり蹴ったりしたが、その奥でたった今、最後通告の最後の何秒かが、むなしく過ぎていき、幻の壁は消えた。

アリーナはなおも激しくたたき、大声で叫んだ。ふたたび痛みに襲われたとき、彼女は目を開けた。

映画はとぎれ、映像は消えた。

アリーナはすべてを呑み込む、なじみ深い暗黒の無の世界に戻っていた。

第十六章

（最後通告の期限まで、あと二十六分）

アレクサンダー・ツォルバッハ（わたし）

「今、あんたのほうに向かっている」わたしは携帯電話に向かって叫び、アクセルを踏んだ。隣でアリーナが大声でうめいた。またも指を折り曲げようとしたのだ。手当てを受けていない彼女の手のひらの皮膚は、蠟《ろう》に浸したかのように見え、すでに水泡ができていた。

「ちょっと待った……」シュトーヤは狼狽《ろうばい》しきっているようだった。「ツォルバッハ？　おまえなのか？」

〝そうだ。あんたは仰天しているのか、それとも、何なんだ？〟

　わたしはバックミラーでフランクを見やった。彼は機械的にトムトムの首を撫でている。たった今起きたことが、フランク自身にもよくつかめていないように見えた。

〝裏口からの彼の侵入。アリーナの自己傷害。闘い。逃走〟

　何秒かのあいだに、あまりにも多くのことが起きたので、おそらくフランクはそれらを頭のなかで整理するのに何週間もかかるにちがいない。それに加えて、彼はシュトーヤの圧力に屈し、わたしを隠れ場からおびき寄せるためのメールを送ったことで、今も自分を強く責めていた。だが、わたしはフランクを悪くは思っていなかった。卑劣なのはシュトーヤのほうだ。彼はわたしを逮捕するのではなく取り調べるだけだとフランクに約束したのだから。事態がこれほどまでにエスカレートするとは、誰にも予想がつかなかった。それにフランクは、わたしとアリーナを救出してくれたことで、とっくに失策を償《つぐな》っていた。

「ショルレはどこだ？」シュトーヤは訊いた。

「一度、古い台所を覗いてみたらどうだ」

それ以上のくだくだしい描写ははぶいた。もちろん、彼には説明することもできた。フランクに容疑事実がないからといって、彼を自由にさせたのは間違いだったと。フランクは恥知らずではなく忠誠を尽くしたのだ。ショルレが張り込んでいて、わたしを逮捕すると知った彼は、すぐさまパーク病院までタクシーを走らせた。最初は、裏口で降りるつもりだったが、細い路地にトヨタが停めてあるのを見て、その隣に停めるように運転手に頼んだ。料金を支払っているとき、アリーナが百メートルほど先で、ゆっくりと歩道をステッキで探りながら進んでいくのが見えた。

フランクは彼女の名を呼んだが、風のせいで、彼の言葉は反対の方角に飛ばされていった。フランクはトレンチコートのフードを頭から引っかぶり、目立たない見舞客となって受付まで来たとき、アリーナが中年の警官に話しかけられ、そのあと連れていかれるのを目撃した。驚いたことに荷物用のエレベーターのほうへ。しかもエレベーターは、表示どおりだとすると地下に向かって降りていく。

エレベーターは地下一階で停まった。

フランクは階段を使った。

〈建設工事中。通り抜け禁止〉の表示板が地下一階にあった。当初の驚きは、ここで何かよからぬことが起きているという確信に変わっていた。

ドアには、たぶん安全上の理由からだろうが鍵はかかっていなかった。

フランクはすぐに右に曲がり、同じく鍵のかかっていない裏の非常口から操業をやめただだっぴろい台所に降りていったが、パットもパタションもそれに気づいていなかった。

フランクはシュトーヤの残酷きわまりない相棒が、わたしの顔に火傷を負わせようとしているまさにその瞬間、暗闇のなかから現われた。わたしの背後でますます大きくなってきた影はショルレのものではなく、フランクのものだった。彼は床から拾い上げた金属製のつっかえ棒を手にしていた。彼はショルレがぎょっとした一瞬を利用した。ショルレはアリーナが自分の身を痛めつけたことに愕然とし、ほんの短いあいだ、わたしの頭をつかむ手をゆるめた。そうしたことのすべてをシュトーヤに話すことはできたかもしれない。だが今、そんな情報を伝える時間はなかった。最後通告の期限まであと二十五分しか残されていない。その間に、わたしたちが非常口からトヨタまで逃げ、現在、猛スピードで市内高速道路を走行中だと話すことで時間を無駄にしようとは思わなかった。

「おまえは今、どこにいるんだ?」シュトーヤはできるかぎり落ちついた声で話すように努めていた。

「あんたのところへ向かっている途中だ。が、そんなことはこの際、どうでもいい。それより、あんたたちが車を水辺で見つけたのは本当なのかどうかを聞きたい」

「どの車だ?」

「芝居はやめてくれ。これ以上は時間の浪費だ。はい《ヤー》、または、いいえ《ナイン》、で答えてもらいたい。川でも運河でも湖でもいい。近くに水があるのか?」

　ややためらったのち、シュトーヤは短い答えを返した。「はい《ヤー》」

「よし。これはあて推量なんだ。どうして、そう思ったかは、訊かないでほしいのだが……」

〝自分でも、ほとんど信じられない〟

「……しかし、子どもたちを探すのなら、船の上だ」

「船だって?」

「貨物船、ヨット、何でもいい、とにかく水上を行くものだ」

〝もし、この狂気の沙汰にあえて従い、アリーナがさっき見た記憶に何らかの意味があると信じるならば〟

「気分が悪いわ」アリーナが隣で、低くうめいた。わたしはいったん、電話を脇に置いた。彼女に病院に戻ったらどうかと勧めたが、彼女は今回も、強く断わった。

「くそっ。ここで全部の曳き船を調べている時間はない」わたしがふたたび耳にあてた携帯電話から、シュトーヤの声が聞こえてきた。「あと三十分もないのだ。もしおまえの言う手がかりが見当はずれだったとしたら……」

「あんたたちはまったく何の手がかりもつかんじゃいない」わたしは彼をさえぎった。「それに、隠し場所が水上だとしたら、これまで警察犬が吠えなかったのもうなずける。そうじゃないか?」

　間があった。聞こえるのは交通の騒音のみだった。そのなかをわたしたちの車は、難儀して走り抜けようとしていた。「わたしが正しいかどうか、確信をもって言うことはできない」わたしは引きつづきシュトーヤを説得しようとした。「正直なところ、わたしにも自信はないのだ。しかし、どのみち暗中模索しているのなら、やってみても害にはならないだろう?」

　それにつづく間は、さっきよりもっと長かった。わたしにとっては二十分にも思える二十秒が過ぎたあと、ショトーヤの決断の言葉が聞こえた。だがそれが失敗であったことが、あとになって明らかになった。

第十五章

（最後通告の期限まで、あと十九分）

フィリップ・シュトーヤ警部（殺人捜査班班長）

〝遠目には、美しくも何ともない〟

ペーター・フォックスによるベルリン讃歌の、的を射た正直な一行が、シュトーヤの頭から離れようとしなかった。彼は乏しい灯に照らされた駐車場に視線を走らせた。ぱっくり開いたアスファルト、傾き、窓の蹴破られた監視人小屋、車寄せの前の、もぎ取られた遮断棒、敷地全体にぞんざいに捨てられた、裕福な社会の生み出したゴミ。

もう何年も前に倒産したその廃棄物処理会社は、首都が破滅に瀕している証拠の一つにすぎなかった。普通なら、廃棄された車は、パワーショベルが焼却施設を煙突もろとも取り去ったあとで初めて目につくはずだった。しかしこれまで協力を拒んできたツファル警部は、一挙に残業時間を延長した。どんちゃん騒ぎをしたがっていた若者たちがディスコ入りに失敗し（ドアマンに拒否されて）、うっぷん晴らしのために、よりによって看護師カタリナ・ヴァンガルの緑色のフォルクスワーゲン・パッサートを選んだらしい。徹夜で巡回中だったパトカーが通りかかったときには、車の両側の窓もサイドミラーもなくなっていた。それが問題の車であることが書類で証明された。コンピューターで警報ランプが発せられたのは、目の収集人との関連で車の探索が開始されてから何時間もたっていなかった。

「問題の船は何隻ぐらいあるんだろう？」シュトーヤは特別機動隊の隊長に無線機を通して訊きながら、道路側に向きを変えた。

〝はい《ヤー》、または、いいえ《ナイン》。川でも運河でも湖でもいい近くに水があるのか？〟ついさっき終わったばかりのツォルバッハとの会話を思い出した。今、目の前に拡がる光景に、シュトーヤはヒステリックに笑いたい衝動をおぼえた。

〝くそっ、ツォルバッハ。ここはケーペニック地区だ。乾いた場所などどこにもありゃしない。目の収集人が犠牲者を溺死《できし》させた可能性のありそうな場所はごまんとあるんだ〟

工業地帯での徹底した捜査も、今のところ成果をあげていなかった。そこは川の三角地帯にあたり、ダーメ川、シュプレー川、テルトヴ運河の合流地点となっている。道路の名称自体にも湿った響きがある。彼は今、レガッタ通りの交差点に立っているが、タウヒャー坂の角でもある。タウヒャー（潜水夫）という名が凶兆のように思えた。

〝タウヒャー坂〟

手のなかの無線機がパチパチと音をたて、隊長の答えが返ってきた。「ここには個人所有の桟橋《さんばし》がうじゃうじゃある。冬季に係留しているボートのうち十二隻ばかり押さえたが」

「ボートのことは忘れてくれ」

ツォルバッハはがっしりした鋼鉄のドアのある部屋のことを話していた。そんな物が小型のレジャーボートやヨットにあるわけがない。

「もっと大型のものだろう。おそらく営業用の船だ」

「それに相当するものは二隻しかない」

シュトーヤはうなずいた。石炭運搬船とコンテナ運搬船だ。厚くたれこめた雲を通して月光は弱々しく輝いているだけだったが、上陸用桟橋はいくつもの照明で硫黄のような黄色の光に浸されており、シュトーヤの位置からもその二隻はよく見分けがついた。

冬が近づいてきたため、ベルリンにおける水上の貨物輸送はすでに大幅に減少していた。この二隻の産業船も任務を停止し、テルトヴ運河の対岸にじっと停泊している様子だった。

「石炭運搬船のほうが栈橋から近い」無線機を通して、機動隊の隊長は言った。

シュトーヤはなおもうなずきつづけていた。彼はもう一度、駐車場に戻ってきた。目の収集人が気絶させた子どもたちを、そこから隠し場所まで運んでいくためにどんな方法を選んだのか、そのイメージを得るためだった。

〝車椅子で〟とツォルバッハは言った。だとすると犯人は、二人の子どもを運んでいくために、すべてを二度やらなければならなかったことになる。車のトランクを二度、開け、気絶した犠牲者を二度、車椅子にすわらせ、対岸にある栈橋まで誰にも気づかれずに二度、車椅子を押していき、そして……

〝……そう。何のためなのか？〟飛行したのでもないかぎり、目の収集人にはただ一つしか可能性はなかった。対岸まで彼らを運んでいくには連絡用のボートに乗せるしかなかったはずだ。

〝でも、なぜだろう？　なぜすぐに自分の車で向こう岸まで迂回していかなかったのだろう？〟

「コンテナ船のほうだ」彼は言いながら、自分もまた、ツォルバッハに負けず劣らず分別を失っているのではないかと、秘かに自問していた。やつはどう見ても、頭がおかしい。しかし、何かを知っているようではある。まず最後通告のこと、それから駐車違反チケット、そして、とりわけあの平屋のこと。シュトーヤはいまだに、かつての同僚が直接、事件に関与しているとは、どうしても信じたくなかった。とはいえ、彼が内部事情に通じていることに疑いの余地はなかった。そして、ショルレの失敗が明らかになった今となっては、その理由を探る時間はもうなかった。目の見えない女の幻覚を注意深く検証する時間さえ残されていないのは、いまいましいかぎりだった。

「しかし、桟橋からより早く着けるのは石炭運搬船のほうだが」隊長は言った。

シュトーヤの耳に、特別機動隊の隊長、その四人の部下、一匹の警察犬を乗せたゴムボートが、対岸に向かって動いていく船外エンジンの音が聞こえてきた。音は電話からだけではなく、水上を渡る風によってじかに運ばれてきた。どうやら彼らはシュトーヤの指示に従って、船体の長い船のほうに向かっていくようだった。そこには少なくとも四十個のコンテナが三段積みにされていた。

「少し離れて係留されているからこそ、コンテナ船を第一の候補に選んだのだ」シュトーヤは説明した。

石炭運搬船が交通量の多い交差点からでもよく見えるのにたいして、コンテナ船のほうは、ほとんどその蔭になっている。桟橋の背後には、廃墟となった建物があるばかりだ……扱いにくい身体を秘かに船内に運んでいくには、もってこいだった。

〝そればかりでなく、石炭運搬船は船体が低すぎるように見える〟シュトーヤは思った。〝低すぎて、ツォルバッハの描写にあったような隠し場所を提供するだけの広い下甲板がない〟

しかし、この思いを、彼は自分の胸にしまっておいた。万一、間違っていた場合、彼の決断が事実だけでなく、目の見えない霊媒の勧めにも基づいていたことを種にして、あとでやっつけられないようにするためだった。

〝おまけに、主要容疑者の勧めにも基づいている！〟

「何とまあ、でかい船だな」隊長は言った。ゴムボートは目標物に近づきつつあった。

「そうなんだ。われわれには、両方の船に行くだけの時間はもうない！」

シュトーヤは無線機のマイクから汗に濡れた指を離し、間違いありませんようにと祈った。

第十四章

（最後通告の期限まで、あと十三分）

トビアス・トラウンシュタイン

一度、体育の授業のあとでケフィンが体育館の壁に固定されていたフォームプラスチックの重い青色のマットの紐《ひも》を、冗談半分にはずしたことがあった。ちょうど靴紐を結んでいたトビアスはすばやく反応することができず、そのバカでかい物の下敷きになってしまった。

分厚いマットよりも重い、全身の力を抜けさせるような不安が彼の小さい身体を床板に押しつけた。彼は立ち上がることができなかった。多くの子どもたちが面白がって、笑いながらマットの上で飛び跳ね、それを妨害したからでもあった。あのとき彼はあと何秒かで窒息するだろうと思っていた。彼は悲鳴をあげ……

〝まるで女の子みたいだ。なんてざまだろう。なんてバツが悪いんだろう……〟

……わめきはじめた……

〝ただ、おしっこだけは漏らさなかった。その寸前ではあったけど……〟

ケルナー先生がその〝無駄なあがき〟を止めてくれたあとも、彼は一週間のあいだ、ケフィンとは口をきかなかった。

〝それとも、あれはイェンズだったっけ。もう、どっちでもいいけど……〟

今、脚を引き寄せて冷たい床の上に横になり、光のない空間を睨《にら》んでいると、あのときの不安がどれほど小さなものであったかに気づいた。マットの角は全部が全部、床に触れていたわけではないので、呼吸するだけの空気は充分あった。木箱から自由になった今も、酸素はもはや問題ではなかった。酸素は金属の部屋のすきまから入ってくるからだ。でも、体育館でのあのときとは違って、ここには悪ふざけを終わらせ、マットを彼の頭から引き離してくれた体育教師のケルナー先生のような人はいないことが、しだいにわかってきた。あのときは、バカ騒ぎも何秒かあとには終わったが、トビアスはこれで二日間、暗闇のなかに横たわっている。水も食べ物もなしに。この牢獄は大小便のにおいがしていたが、トビアスはそれも感じなくなっていた。彼は朦朧《もうろう》状態にあった。

〝……ぼくはいったい、地図帳を持っていただろうか？〟彼は自問した。〝体育のあとは確か地理だった。でも、ぼくは地図帳を持っていくのを忘れて……〟

何かが壊れるような音がした。トビアスが耳をあてている鋼鉄の床の真下で。床の揺れは止まった。きっとよい兆候にちがいない。部屋全体が、トビアスがロープを引っ張った直後と同じように、動きを止めているようだった。

「あのロープ」トビアスはうめいた。「どうして、あんなことをしたんだろう？」そのうち彼はふたたび、熱っぽい思いの世界に滑り落ちていった。そこでは先生の学級日誌に書き込まれるのではないかというのが最大の不安だった。

〝もしぼくが今度もまた地図帳を持っていくのを忘れたら、ポール先生はマイナス一点をつけるだろう。マイナスは合わせて三点になる。パパはきっと腹を立てるだろう……〟

またも音が聞こえ、トビアスはぎょっとした。今度のは、鳴り響くようなさっきの音より快かった。かすかなささやきのように聞こえた。やわらかく、眠気を誘うような音。トビアスはふたたび、朦朧状態に陥ろうとしていた。

〝……だって、先生の学級日誌にマイナス三点をつけられたら、放課後、居残りさせられる……〟

だがその思いは、新たに起きた生々しい感覚によって妨げられた。突然それは現われた。彼が突っ張って身を離しても、暗闇のなかで指を伸ばして床に触れても、どこもかしこも氷のように冷たく、目には見えないが濡れている！

トビアスは貪るように口を開けて、犬のように、舌で濡れた床の上をなめた。

〝水だ。やっと〟

最初の水滴は酸《す》っぱかった。彼の渇ききった喉を内側から腐食していくようだった。何も飲まなくなってから、こんなに長い時間がたっていたのだ。そのあと、トビアスは少し気分が楽になった。どこから来た水かは知らないが、隠れ場所の下からしみ込んできて、どんどん上がってきた。彼にとって飲むのは楽になったが、そのため欲張って飲みすぎた。彼はむせて、嘔吐《おうと》しはじめた。吐きながら、頭蓋《ずがい》が割れてバラバラになり、この少ししょっぱい味のする液のなかに落ちてくるのではないかと思った。

〝もう無理だ〟トビアスはやけくそになって思った。

そして、不意に、飲むことさえできないほど弱っているのを感じた。

水は最初、数センチほどの高さを洗っていたが、しだいに、トビアスの身体の各部を浸し、彼を冷やした。そして彼は、激しい悪寒に襲われた。

〝こういうことか。もう降参だ〟

飲み込むにも、口を開けるだけでも超人的なまでの力を必要とした。立ち上がるなんて考えられなかった。横になっていること自体も難しかった。目を覚ましたままでいるのは不可能に思えた。

〝やっぱり、もう一度眠るのがいちばんだ〟トビアスは思った。半ば現実に、半ば夢の世界で。

〝ぼくが眠ってしまえば、パパは怒れなくなるだろうか？　眠りのなかでは、マイナス一点はつかないんじゃないだろうか？〟

　彼は胎児のように身体を丸め、床に横向きになって寝ていた。左の目はすっかり水に覆われていた。そのとき、隠れ場の壁の向こうから、誰かが大声で彼の名を呼ぶのが聞こえた。

第十三章

（最後通告の期限まで、あと十分）

特別機動隊
（コンテナ船上で）

「トビアス？」

　箱型の船に乗り込んだ特別機動隊の隊員たちは、自分たちの大それた試みに成功の見込みはないと悟ると、大声で子どもたちの名を呼びはじめた。

「レア？　トビアス？」

　増員の要請によって、岸のほうから援軍が加わりはしたが、残された時間内にすべてのコンテナを一つ一つこじ開け、内部を調べるのは不可能だった。おまけに警察犬はどの場所でも一度も吠えなかった。操縦室でも、潤滑油とディーゼルの悪臭漂う下甲板でも。たった一度、一つのキャビンの前で短く吠えたが、それによって船長を死ぬほど驚かせただけだった。船長はドアがこじ開けられる音に目を覚ましたのだが、つぎの瞬間、黒の迷彩服に身を固め、スキー用のマスクをつけた男たちによって、作りつけベッドから無理やりに連れ出されていった。

一分後、三人の隊員が船内の倉庫に突進していった。一方、上の甲板ではそれ以外の隊員たちが、徒労にひとしい仕事に着手し、コンテナ錠の封印を破砕していた。

「トビアス？　レア？」

呼び声は甲板からテルトヴ運河の水を越えてこだました。岸では物見高い人々が姿を見せはじめていた。ジョギング走者二人、散歩者一人、犬を連れた女性一人の全員が、朝まだき、隊員たちを乗せた車、救急車、パトカーがますます数を増やしつつある理由を知りたがっていた。

船内での隊員たちの呼び声は応答もないまま、下甲板の鋼板と暖房用の配管のあいだにも、ケーブルシャフトのなかにもこだました。

隊員たちの無力感は募るばかりで、ドアを開けて隅のほうに突進していったり、通路をあらかじめ確かめもしないで照らしたりするなど、自分の身を守ることを忘れがちになっていた。

あと七分しか残されていない。

〝とうてい、やり遂げることはできない〟自分も船に着いたシュトーヤは思っていた。

〝判断を誤った〟と思ったそのとき、機械室にいた犬たちが吠えだした。

第十二章

（最後通告の期限まで、あと五分）

アレクサンダー・ツォルバッハ（わたし）

「もう間に合わない」わたしは不吉にまたたくパトカーのライトを睨《にら》みつけ、この出動には勝ち目がないことを知った。

「何を見ているの？」アリーナが訊いた。彼女はフランク、そしてトムトムといっしょに車から降りていた。

わたしたちはトヨタを非常線から充分な距離を置いた場所に駐車した。テルトヴ運河にかかる橋まで二百メートルほどのところに。

〝橋！〟

今度もまた、わたしは時間と闘っている。そして運命はふたたび、わたしを橋へと導いた。

〝運命か偶然か？〟アリーナの刺青《いれずみ》が脳裏に浮かび上がってきた。

「隊員の数が足りない。これでは、船内を探しつくすのは不可能だ」わたしがアリーナの問いに答えようとしているところへ携帯電話が鳴った。シュトーヤにちがいないと思ったが、ディスプレーを見て、絶望感にとらえられた。

「もう、こっちに向かっているの？」

挨拶もなく、名乗りもしない。ただ短い、咎《とが》めるような問いだけだった。

ニッチにはすでに答えがわかっているようだった。声が疑いに満ちていた。

〝いやまだ。とても無理だ〟

わたしは口ごもった。何を言えばいいのかわからなかった。つまり真実を。自分が証人であること。二人の子どもが窒息死しないうちに救出しようと、警察の機動隊が空しい努力をつづけていること。それらを伝えるにはしのびなかった。口実として利用したくもなかった。

「ひどいじゃない、アレックス。あなたはユリアンに約束したのよ。彼はもう一時間も前に起きて、すごく興奮しているわ。あなたが七時に帰ってきて、みんなで朝食をとろうと言ったから。今もしユリアンが下に降りてきて、彼の誕生日を父親が忘れていたと知ったら、どれほど悲しむか想像できるかしら？」

「忘れちゃいないよ」

「でも、帰っていないじゃない。みんなで朝食をとることもできず、ロープにはあなたからの贈り物も吊るされていないわ」

わたしはうなり、やけくそになって手を額に押しあてた。フランクが怪訝《けげん》そうな目でわたしを見つめていた。

〝贈り物！〟どうしてまた、ユリアンに時計を贈るなどと約束したのだろう。時々刻々、われわれを死に近づけていく以外には何の役にも立たない残酷で致命的なしろものではないか！

わたしは自分のはめている古めかしい腕時計に目をやった……父からの形見の品……そして、この高価なスイス製の時計の動きが一度でいいから不正確であってくれたらよかったのにと思った。何らかの理由で針が早く進みすぎていればよかったのに。わたしは瞬《まばた》きをした。すると突然、脳が近くの何かに反応したのを感じた。すぐには意味がわからない何か。わたしは目を閉じ、全身の毛穴から深い不安が這い出してこないうちに、それが何であるのかを思い出そうとした。そして、ようやく目を開き、上を向いた。やっぱりそうだ。そこに立っていた。

街路表示板！

「彼に贈り物を渡そう」わたしは小声で伝え、電話を切った。

「どうしたんです?」フランクは知りたがった。

わたしの指はかじかみ、血の気が失せているようだった。わたしは腕時計をはずした。「これはユリアンが欲しがっていた銘柄のものではないが、その十倍も高価だ」

わたしは震える手で、それをフランクに渡した。

「いや、だめ、だめ」フランクはかぶりを振った。

「今、あなたを一人にはできない」

「頼む。わたしの願いを聞いてくれ。家族がどこに住んでいるか知っているね。ニッチにこれを渡して、磨いて包装するようにと伝えてほしい。そして、償《つぐな》いはあらためてするからと言ってほしい」

「いや、だめです」

「お願いだ。もう時間がないんだ」

アリーナは身じろぎもせず車にもたれかかっていたが、わたしのほうに耳を向けた。彼女もまた急に信じられないほど緊張しているように見えた。ついさっき、わたしが感じた不安を彼女も感じているかのようだった。

街路表示板への不安。

「で、もしあなたに助けが必要になったら?」

フランクはわたしの目をじっと見た。彼にはわかっているようだった。フランクは若いがバカでないことは何度も証明済みだ。フランクは一たす一の答えを知っている。わたしが理由なしに彼をここから追いやるのでないことは、当然、感じていた。

「この贈り物を息子に届けることが、わたしへのいちばんの助けになるんだ。いいかね?」

フランクはもう一度、異議を唱えようとして唇をとがらせたが、結局はあきらめ、言葉もなく車に乗り込むと、失望したような悲しげな視線をわたしに投げかけ、挨拶もなく走り去っていった。

わたしの目はふたたび街路表示板に向けられた。その色あせた文字によれば、わたしたちのいる場所はグリューナウアー通りだった。特定の建物ではなく、ある暗い倉庫の真正面にいた。

〝グリューナウアー通り〟

目よりも先に、脳が知覚したのは、まさにそれだった。

〝グリューナウアー通り　二一七〟

母のナイトテーブルに置かれていた写真の裏にあった数字は、日付ではなかった。家の番号だった。

〝グリューナウ　二一・七〟

そして、わたしたちはその真正面にいた。

第十一章

（最後通告の期限まで、あと三分）

アレクサンダー・ツォルバッハ（わたし）

わたしがユリアンを連れて、バーベルスベルクの映画パークのスタジオに行ったのは、まだそれほど前のことではなかった。そこで製作された戦争映画のセットを見物するためだった。わたしたちは爆撃で破壊された家の模型に強く印象づけられた。陥没した壁、飛び散った窓ガラス、燃えつきた屋根の骨組み、そこから空に向かって突き出ている、粉々《こなごな》に割れた骨のような石塀、そのすべてが本物と見紛うばかりに映画の舞台に設置されていた。しかし、今、わたしの目の前に拡がるこの光景に比べれば、それらは、くたびれた模造品にすぎなかった。

〝なぜ、こんなことをするのだろう？　どうして目の収集人はわたしに、あれこれヒントをくれるのだろう？〟

わたしはグリューナウアー通り二一七番の、老朽化した工場の敷地にある最初の裏庭に来ていた。そして、目に見えない犬の引き綱《リード》によって破滅へと導かれていくような感情にふたたび襲われた。

〝彼はゲームをしているのだ〟わたしは自分の考えを整理した。〝隠れん坊。世界最古の遊戯。わたしは彼の作った規則に従ってそれに加わっている。彼は子どもがキツネ狩り遊びのときに使う紙切れみたいに、ヒントをわたしの足元に放り投げる〟

「きみの助けが要る」わたしはアリーナに頼んだ。

まもなく夜が明ける。今はまだ、厚い雲が早朝のベルリンを覆っている。空を見上げると、月は羽毛布団の下の懐中電灯のような印象を与えた。いくつもの裏庭を結ぶ通路には、一筋の光も射し込んでこなかった。

「きみの助言が必要なんだ」

アリーナは左手を丸めたが、痛みのせいで顔をしかめた。

〝つづきを思い出してもらいたい！〟

もちろん、わたしはすでにシュトーヤに連絡しておいた。だが彼が、わたしの新たな空想に付き合うための人員を一人でもこちらに振り向けてくれるとは思えなかった。仮に、即刻、全隊員を送り込んでくれたとしても、それでも足りなかったことだろう。

「この敷地は、とにかく広すぎるんだ、アリーナ。裏庭だけでも四つある。そして周囲一体が廃墟だ。ここから見えるのはそれだけだ」

「残念だわ、アレックス」

彼女は目を開けたが、またすぐ閉じた。不快な雪まじりの霧雨が目に入ってきたかのように。

「さっき、わたしが感じたのは船だけだったわ。工場でも倉庫でもなかった」

〝そんなはずはない。写真も数字もある。偶然とは思えない〟

アリーナの幻覚がある部分では現実とぴったり合致しているのに、ある部分では、まったくかけ離れているのは、なぜだろう？

「それに、今のわたしには、もう何も見えないわ。そのわけは……」

「そのわけは何？」

「何でもないの」アリーナは手を振って拒否を示した。だがわたしは、彼女がうっかり口を滑らせそうになったわけがわかった。

〝子どもたちはもう死んでいるから〟

「トムトムはどうだろう？」わたしは訊いた。

「トムトムもここでは役に立たないわ。子どもたちを探すために、においのする物があったとしても、においを嗅《か》ぎ分ける訓練を受けた犬ではないから」

〝なるほど〟

それだけでなく、最後通告の期限がほとんど切れかかっていることも、わたしは知っていた。調べるための時計はもう手元にないが、すでに秒読みの段階に入っていることは予測がついた。

〝よく考えるんだ、ツォルバッハ。よく考えろ〟

どちらを見ても、空っぽの暗い建物ばかりだった。どれもこれも、そっくりだった。どの建物にも明かりはなく、どの門も開いている。どの入口の前にも、いわくありげな物体が積み重ねられていた。そこまでは確認できたが、同時に、そこに何のしるしもヒントも、道しるべも見いだすことができなかった。

〝目の収集人はゲームをしようとし、明確な規則を定めた。四十五時間と七分……〟

最初の裏庭だけでも、だだっぴろく、真ん中に積み上げられたトラックのタイヤが、玩具のトラックの残《ざん》骸《がい》のように見えた。子どもたちをここに隠すとしたら、可能性は無限にあった。彼らはわたしたちの真下にいるのか、向こうの、猫の餌の空き缶が積まれたあの壁際にいるのかもしれない。

「どこへ行くつもり？」アリーナの呼ぶ声がする。わたしはもう一度、最初の裏庭の、道路側まで戻っていった。具体的なプランよりも、自分のなかの、何かをしなければならないという衝動のほうに従っていた。わたしは携帯電話を開き、ディスプレーの弱い光で、古い会社の標識を打ちつけた看板を照らした。

〈ケーペニック織物製造所〉。いちばん上にある、もっとも大きい標識にそう表示されていた。それ以外のほうろう引きのものは剝《は》がれていたり、引っかき疵《きず》ができていたり、あるいは、汚れにまみれていたりして、当初は個別の部署を示していたはずの〈捺染《なっせん》、複製印刷、管理、店舗……〉などの文字も、ほとんど読み取れなくなっていた。

わたしは手のひらを冷えきった看板にあてて、身を支えた。

〝よく考えるんだ、ツォルバッハ。よく考えろ。目の収集人は子どもたちが探し出されることを望んでいる。これはゲームなのだ。勝つチャンスのないゲームはない。彼はチャンスの平等性を作り出すために、ヒントを与えているのだ。

なぜ彼はこの敷地までおまえをおびきよせたのか？おまえを断念させるためか？

もしかしたら、おまえに屈辱を与えるためかもしれない。目標の手前で、おまえが失敗するのを見たがっているのかもしれない。

あるいは、ここに新たなヒントが用意されているのではないだろうか？〟

わたしは一歩、横に踏み出し、設置が義務づけられている警告板の一つを照らした。それは、関係者以外は、老朽化した立入禁止区域に入らないようにと告げていた。

〝これがゲームの新たなカードだろうか？〟

〈生命の危険あり、注意〉。わたしは声に出して読んだ。

〝まさに、ぴったりの……〟

そのあと、警告板の真下に第二の警告板があるのを見つけた。

〈地下室七十七。完全に水没！〉

わたしの大声に、裏庭にいたトムトムが吠えだした。

〈地下室七十七！〉

これが解答か？　新たなカードか？

アリーナのほうに駆け戻っていく途中にも、わたしの記憶のなかでふたたび写真が閃《ひらめ》いた。

〈グリューナウ　二一・七・（七十七）〉

それからあとは一挙に、すべてが、すらすらと運んだ。

第十章

（最後通告の期限まで、あと一分）

トビアス・トラウンシュタイン

彼は泳いでいた。もがいていた。死にかけていた。

トビアスはこの日々以前に、死について本気で考えたことは一度もなかった。そうする理由もなかった。彼はやっと九歳になったばかりなのだ。「この年齢では、しなければならないことが、まだまだ山ほどある」お祖父《じい》ちゃんは祭日に訪ねてくると、よくそう言っていた。

〝くそっ。お祖父ちゃん、ぼくにはもう何もできないよ。ぼくの頭はこの金属のお棺の天井にぴったりくっついている。ほんのわずか、すきまがあって、そこから空気を吸っているんだ。でも、そこもだんだん水で塞がってきた〟

トビアスは泣いていて、口に流れ込んできた最初の水滴を吐き出そうとしていた。水は金属の箱のすきまというすきまから流れ込んできた。床からも、壁の割れ目からも。横からも、上からも、下からも。大量の水がすべての方角から流れ込んで、泉をこしらえた。今、それは天井のすぐ下まで届いていた。深くて暗くて冷たい泉だった。そのなかでトビアスは溺《おぼ》れかけていた。

〝息ができない〟彼は思った。マットに埋まったあのときのように。でも今度のは、まったく違っていた。あのときも彼は泣きわめいたが、心のなかでは、そのうちケルナー先生が来て、救い出してくれるだろうと思っていた。でも、今日、ここは体育館ではない。そして、彼の父親は頭からマットを引き離して、また息ができるようにしてくれる体育の先生ではない。彼の父親は……

〝……何もしない人だ。パパはぼくのためにそばにいてくれたことなど一度もなかった。どうして、よりによって今日なの？　ママなら立ち寄ってくれるかもしれない。

そうだ。ママならきっと彼を探すだろう。レアといっしょに橇《そり》遊びをしていて時間を忘れてしまったとき、ママはひどく心配して森まで走って迎えに来てくれた〟

〝トビアス〟ママは何度も呼んだ。〝レア、トビアス……〟

彼は嬉しかったが、同時に恥ずかしかった。ママが彼のために泣いたことが悲しかったのだ。でも、このことから、ママは彼がいなくて、どれほど寂しい思いをしていたかがわかった。

〝トビアス、ママよ。トビアス、どこにいるの？〟さっき、水（イタリア語のカルドではなく、とても冷たいという意味のモルト　フレッドの水）が彼をようやく目覚めさせる前に、誰かが彼の名を呼んだような気がした。ママはもう着いたのだろうか？

〝そうだ。ママだ。パパじゃない。パパなんてくそくらえだ。食事のときの決まりも、へたなイタリア語も、誰も理解できない外来語も、そして何よりも、パパの仕事なんてくそくらえだ。そのせいで庭で遊んでもらうこともできないんだ。パパは来ないだろう。でも、ママなら……〟

トビアスの唇は、水の表面と金属の天井のあいだの、わずかなすきまから最後の空気を吸った。水位はそのあと数ミリ上がり、彼の頭はすっかり水に包まれた。トビアスは溺《おぼ》れ死ぬだろうと思った。それでもなお、ママがまもなく見つけてくれるだろうという希望に満たされていた。

第九章

（最後通告の期限まで、あと一分）

フィリップ・シュトーヤ警部（殺人捜査班班長）
（コンテナ船上で）

「このなかに何があるんだ？」シュトーヤは鋼鉄のドアに向かって拳を振り上げた。

「それを開けるわけにはいきません」船長は答えた。

「どうしてだ？」

「そこは隔壁です。もし開けたら、ここの灯が全部消えてしまいます」

シュトーヤはドアの把手《とって》を握った。力いっぱい揺すったが、把手は微動もしなかった。

「ちょっと、どういうことですか、わたしの言うことが聞こえなかったんですか？」船長は声を限りに抗議した。シュトーヤが機動隊の隊長に、C‐4プラスチック爆薬のことを尋ねていたからだ。「あなたがここを開けたら、わたしは職を失います」

「どうして？」

「わからないんですか。動きがとれないんですよ。このオンボロ船は浸水しているんです」

船長は鋼鉄のドアを指さした。「このなかは、水が首まで来ています。嘘じゃありません。さっき犬が吠えたのは、ミズハタネズミが二、三匹いたからですよ」

第八章

アレクサンダー・ツォルバッハ（わたし）
（グリューナウアー通り二一七番地の工場敷地で）

われわれはたいてい、失敗したときにのみ、その原因を探ろうとする。成功したときは決してそんなことはしない。何かがうまくいくと、神によって与えられたのだと思う。金がなくなったり、愛に見離されたときにはそれを悲しむが、金や愛がなぜ留《とど》まっているのかを疑問に思うことはめったにない。試験に受かったことを訝《いぶか》しく思わないのと同じだ。にもかかわらず、われわれ人間が学べるのは失敗からよりも、むしろ、得るに値いしない成功のほうにあると、わたしは考えている。成功しても、その原因を探ろうとしなければ、われわれはそれに麻痺《まひ》し、高慢になり、二度と、成功をおさめることはできなくなるのだ。

最後通告の残された一分が始まったとき、わたしは自分の処世哲学を忘れていた。

七十七という番号を持つ建築施工部署への入口を、見落とすことはなかった。それは二つ目の裏庭に面していた。初めてアリーナが先に立って歩いていった。かつて倉庫だったその建物のなかは夜かと思うほどの暗さだった。トムトムの目でしか何かを見分けることはできないだろう。

そんなわけで、わたしは淡水と塩水の混じり合った水と潤滑油のなかを、アリーナの肩に手を置き、さながら不気味なポロネーズを踊るかのような形で、階段に向かった。時間感覚が間違っていて、あと数分は余裕がありますようにと祈るような思いだった。同時に、狂った男にあてどなく翻弄《ほんろう》され、人の不幸を大喜びする彼のねじれた心を満足させるために、無へと突き進んでいくのではないようにと、目に見えない力に向かって哀願していた。

結局、今、経験している狂気について熟考する時間は、わたしには一秒も残されていなかった。だが、最初に生の徴候を見つけたのは、トムトムではなくわたしの目だった。

赤々と輝き、丸かった。

賃貸住宅の階段で灯が消えたときに探すような、壁の小さな押しボタンだった。

それが光っていることは、この建物に電気が通じていることを意味していた。

「ここには誰かがいたんだ」わたしは小声で言い、手の下で、アリーナの肩の筋肉が緊張するのを感じた。

わたしはボタンを押した。つぎに、爆発したかと思った。

〝灯だ！〟

よりによってグリューナウアー通り二一七の、七十七番の建物に電気が通じていたのだ。

〃あるいは、発電機が設置されていたか。さっきの平屋のように……〃

「何があったの?」アリーナは訊いた。あまりにも突然、強い灯がついたので、アリーナも、その変化に気づいたにちがいない。

「ここは以前、倉庫だった建物の控え室だ」わたしは言った。「右のほうに階段、左のほうに貨物用のエレベーターがある」

〃そして、その真ん前に……〃

「どこへ行くつもり?」

自分がアリーナに答えたのかどうかもわからぬまま、わたしは把手《とって》を下に押して、ドアをぱっと開けた。

たぶん、わたしはひと言も言わなかったのだろう。

このときのことを思うと、わたしが覚えているのは、がっしりした重いドアがゴムのパッキングからはずれ、ピチャッという大きい音をたてて開き、なかから、目がこちらを凝視しているのを見て、わたしが安堵の叫びをあげたことだけだった。

古いアメリカ製の冷蔵庫のなかから、子どもが小声で言った。「ママ?」目はその子のものだった。

背後にいたアリーナは、ほっとしたようにうめいた。わたしの目にどっと涙が溢れた。

「いや、わたしはきみのママではない」わたしは言った。

〃チャーリーは死んでしまった。きみをここに閉じ込めた狂気の男によって、殺されたのだ〃

「でも、わたしはきみを助けに来たんだよ」

わたしは黒っぽい褐色の怯《おび》えきった目をした子どもに向かって手を差しのべた。子どもはすぐに、わたしの手をつかんだ。

身体はとても軽く、わたしは片方の腕で、難なくその子を牢獄から引き出すことができた。

目の収集人の隠し場所から。

「ようし。いいかい。きみはもう安全だ」わたしは言うと、手首の脈を調べた。

弱いが、規則正しく打っている。

「でも今、もう一人、助けのいる人がいるんだね？」

おずおずとしてはいるが、物わかりのいいうなずきが返ってきた。

「レア」わたしは声に含まれる絶望感を必死に抑えようとした。「きみの弟はどこにいるのか、何か知らないか？」

第七章

「エレベーターのなか？」

「そう！」レアはためらうようにうなずいた。「ママはどこ？」

「あとで」

〝あとで、わたしたちはいっしょにチャーリーを悼《いた》んで泣くだろう。でも、その前に、きみの弟を救い出さなくては〟

「エレベーターが下に降りていく音が聞こえたの」レアは言った。

わたしは彼女の汗に濡れた髪を撫《な》でながら、背後の貨物用エレベーターのほうを振り向いた。

〝下へ？　とんでもない。エレベーターは地下へ降りて行ったのではありませんように〟

最初の裏庭の道路側にあった警告板が、ふたたび目の前に浮かんできた。

〈生命の危険あり、注意。地下室七十七、完全に水没!〉

この瞬間から、つぎつぎに、さまざまなことが起きた。

まず、わたしはエレベーターのドアを素手で引き開けようとした。幸いにも、こんな無茶なやりかたでは無理だと気づくのに十秒とかからなかった。ここへ来るまでに、瓦礫《がれき》の山に鉄棒があったことを思い出したが、外の暗闇のなかでそれをすばやく見つけるには、危険が大きすぎた。

わたしはトムトムのハーネスをはずし、リードの把手をドアのすきまに挟み込んだ。アルミニウムは少したわんだが充分な固さがあったので、最初はわたしの指が、最後には足が入るまですきまを拡げることができた。つぎに肩をすきまにぐっと押しつけ、膝で鋼鉄のドアを押し開けた。明らかにドアは何かが邪魔をすると開くようにプログラムされているようだった。それでもまだ安心はできなかった。空っぽのエレベーターシャフトを目にしたときは、なおのことだった。

〝くそっ。だめだ〟見下ろすと、エレベーターの天井が一・五メートルほど下にあった。それは、エレベーターが間違いなく最後通告の期限が切れたあとで地下に降りていったことを意味していた。

水のなかへ!

わたしは犬のハーネスをドアに挟み、シャフトのなかの、エレベーターの天井めがけて飛び込んだ。すんでのことで、棒倒しさながら、倒れそうになった。

〝神よ、助けたまえ!〟

貨物用エレベーターの天井はすっかり水に漬かっていた。

一分か? 二分か? 水のなかでどれくらいのあい

だ、子どもは息を詰めていられるのだろう？

　水がどこから侵入してきたのかはすぐにわかった。頭のいい設計者が、修理点検をおこなう技師のため、また、緊急時のためにあらかじめ作りつけられていた天井のハッチ（緊急用乗降口）から、水がしみ込んできたのだった。まさか、エレベーターのなかで子どもが溺《おぼ》れ死ぬことまでは、想定されていなかったにちがいない。

　頭上で、アリーナがわたしの携帯電話を使って助けを呼んでいるのが聞こえてくるなかで、わたしは難なくハッチを開けた。

〝手遅れだ。何もかも手遅れだ！〟わたしは思った。ここまでは、何もかもが驚くほど順調に運んだのに。

〝順調すぎる！〟

　今度は、インクのように真っ黒な水がハッチから押し寄せてきた。

「トビアス？」無意味だと知りつつも、わたしは呼んだ。冷たい水が圧迫帯のように身を包み込んだとき、わたしはその暗い無に向かって手を差しのべながら、息を詰めた。

〝意味のないことだ。何もかも、もはや無意味だ〟わたしは熱に浮かされたように可能性を探った。別の逃げ道を。

　だが、そんなものはなかった。選択肢はほかにはなかった。

　わたしは一瞬、気持ちを集中し、可能なかぎりの空気を肺のなかに吸い込んだ。そして、足から先に、その冷たい水のなかへ身を滑らせた。

第六章

冷たさの度合いが、もはや摂氏ではなく痛みでしか計れなくなる境目がある。氷のように冷たい無のなかに飛び込んだわたしは、その境目に達していた。数百万もの細い針が肌を刺した。水底に一メートル沈んでいくごとに、針は深く、また深く、わたしの身体を突き刺した。一瞬、あまりにもショックが大きかったので、わたしは自分のことと、自分が生き延びることとしか考えられなくなっていた。そのあと、ブーツがようやく貨物用エレベーターの床に触れる前に、脛《すね》が固い縁にぶつかった。

〝トビアス？〟

わたしは子どもに触れるか見るかの希望を抱いて腕を伸ばし、目を開けたが、そのいずれでもなかった。

〝溺れた者はどこに向かっていくのだろう？　上か？　下に沈むのか？　それとも魚のように中間で漂い動いているのだろうか？〟

くそっ。どの問いにも答えがない。そのあと、しだいに息が切れてくるのがわかった。

〝おまけに、これだ。つい何秒か前に、飛び込んだばかりなのに〟

〝ああ、本当にもうだめだ〟わたしはふたたび思った。そして破裂するかと思った。

血液も肺のなかの残りの息も、すべてが内部から身体の壁を圧迫し、ばらばらにするように思えたその一方で、これまでの長いあいだに、こんなに素晴らしい感触を覚えたことはなかった。そのわけは、とうとう

……

……とうとう、わたしは何かに触れたのだ。

わたしは肺のなかから少し息を押し出しながら、ふ

たたび水底に沈んでいったが、幸福のあまり心のなかで喝采を叫んでいた。思い違いでないとわかったからだ。

〝髪の毛、耳、口。そう、そう……これは、確かに顔だ〟

　わたしは彼の頭をつかみ、自分のほうに引き寄せた。長い長い時間の末に、初めて、不安よりも希望のほうが大きくなっていた。

〝もしかしたら、すべてが無駄ではなかったのかもしれない。もしかしたら、まだ間に合うかも……〟

　ここから出るのだ！

　ようやくトビアスを見つけた今、わたしはここから出ることしか願っていなかった。しかし、希望とともに疲労が戻ってきた。わたしは睡眠をとっていなかった。拷問にひとしい扱いを受けた。これまでの人生で最悪の時間を苦しみながら過ごした。そしてさらに、低い水温によって最後の力を奪われようとしていた。

この瞬間、わたしの疲れきった腕のなかのトビアスがまだ生存しているのかどうかを感じ取ることはできなかった。だが、自分の脈がしだいに緩慢になっていくことだけはよくわかった。

　ドキドキ、ドキ……ドキ……

　心臓の鼓動の間隔がしだいに大きくなってきた。

〝さあ、出るんだ。上にあがりさえすればいいのだ。光のほうへ〟

　わたしはトビアスの頭をやっとの思いで腋《わき》の下に抱え込み、エレベーターの床を蹴って飛び上がった。

　その瞬間、二人は水に飲み込まれた。

第五章

黒。暗闇。無。

頭上の灯が〝くそっ。そもそも灯は上にあったのか？〟急に消え、驚いたわたしはもう少しでトビアスを手から離しそうになった。時々刻々、水は不透明な油膜に変わってきた。わたしにはもう、どの方向へ泳いでいけばいいのかわからなくなっていた。

〝いったいぜんたい、灯はどこにあるんだ？　ハッチはどこなんだ？〟

上、下、右、左。これらの言葉が意味を失い、わたしは方向感覚をなくしつつあった。

パニックが、もうこれ以上はないという限度にまで達していた。わたしが突然、平静になったのは、そのせいかもしれない。危険な範囲を超えたバルブが勝手にまわりだすように、わたしの場合も、緊張が解けていた。

〝それとも、溺死のときは、こうなるのだろうか？〟今まで、それについて書いたことは一度もなかった。溺死する場合、まず、水が肺に流れ込んできた瞬間の計り知れない苦しみのあと、忘我にも似た状態になるのだろうか？

まもなく、自分もそれを経験するのだ。口を開けたまま、深々と息を吸うこのような試みが、長くつづけられるとは思えなかった。

〝この甘く、抗しがたい感覚。嗜癖《しへき》か、ふけりたくなる致命的な麻薬のようだ〟

両手がトビアスの身体から離れようとしていた。そのときロープが脚にからみついた。

〝ロープ？　いったい何なのだ。急に、どこからこんなロープが現われたのだ？〟

空いたほうの手で、それを揺さぶったが、曲がらないことに驚いた。いずれにせよ、明晰《めいせき》な思考はもうできなくなっていたので、ロープが床に挟み込まれていたのか、天井にネジで固定されていたのか、考えようともしなかった。そこに生と死ほどの決定的な差があり、わたしがどの方向に向かっているのかは、それで決まったのかもしれないのに。わたしとトビアス・トラウンシュタイン。彼はわたしの腕のなかでますます重くなり、命の灯が消えかかっているように感じられた。

わたしはダイバーのように手足をばたつかせたが、足びれではなく重いブーツをはいているため、それがわたしを強く引っ張り下ろそうとした。

〝本当に下へだろうか？〟

片腕だけ使って、少しずつ自分を引き上げた。

〝いや、下がっているのか？

上がっていると思ったが、方角違いか？　破滅に向かっているのか？〟

わたしはぱっと目を開けた。この漆黒の闇のなかで何かが見えるとは思っていなかったが、頭が割れそうだったのだ。意識的にそう決心したというよりは、単なる反射作用からだった。あたかも目の上の圧力を調整したい、あるいは、淡水と塩水の混じり合った水から酸素を漉《こ》し取りたいと願っていたかのように。それだけに、現実に何かが見えたときには驚いた。

〝光だ！〟

確かに、ロープの端の後ろに、細い光線がほのかに見えた。

〝おかしなことを考え出す者は、みんな正しい〟ロープが手から離れていく前に、最後にわたしが思ったのはそういうことだった。

〝これが終わりなのだ。冷たく暗い無のなかで闘い、すべてが終わったとき、われわれは道の向こうに明るい光を見るのだ〟

わたしはほほ笑み、深く息を吸った。

第四章

（最後通告の期限が切れてから五十五分後）

アリーナ・グレゴリエフ

「何があったのか、話していただけませんか？」アリーナは訊いたが、彼女の火傷《やけど》の手当てをしてくれている男は、名を名乗らないばかりか、それ以外のことも言わなかった。

「すみません。自分はその係ではないので」彼は驚くほど甲高《かんだか》い声で答えた。身体に似合わないか細い響きだった。

これまで彼女が感じたのは救急救命士の手だけだが、一般に目の見えない人々にとって、相手の体重を推測するにはそれで充分だった。アリーナはほんのちょっと手首を握るだけで、相手の体型が想像できた。ただし今は、彼女を車から出させまいとしているその体重過剰の男の外形には何の関心もなかった。

「いけません。まだ終わっていませんから」

アリーナは彼女を担架に押し戻そうとする男の手の力に負けた。

「わたしのことなんかどうでもいいんです。それより、ほかの人たちはどうしているんですか？」

〝ツォルバッハは？　男の子は？〟

シュトーヤの部下たちがようやく彼らを救出するために倉庫の建物七十七番に急行したあと、そこで繰り拡げられた光景を見ないですんだことにたいして、アリーナは怒っていいのか感謝していいのか、またしてもわからなくなっていた。

頭のなかのイメージ。ほとんど音とにおいからのみ成っている貨物用エレベーターの恐ろしい瞬間の記憶。

彼女の耳にエレベーターのドアがふたたび閉まる音が聞こえた。ツォルバッハがドアのすきまに挟んでおいた、ハーネスのアルミニウムの把手《とって》がまず大きな軋み音をたてて滑り、床に落ちたのだ。そのあと光が消えたことはレアが確認した。

健気な少女レアがそっと静かに泣いている一方で、ツォルバッハはその瞬間から、エレベーターシャフトのなかでまったく無力な状態に陥っていた。道具もなく光もないなかで洞窟に閉じ込められていた。アリーナにはあたりに漂うにおいでしか想像することができなかった。腐った水、黴《かび》だらけの壁、ゴミ、そして身体からの排泄物。

トビアスの牢獄がとっくに水浸しになっていると知っていたら、二人にたいする彼女の不安は、際限もなくふくらんでいたことだろう。彼女はレアにもう一度ボタンを押してほしいと頼んだが、もはやツォルバッハの役には立たなかった。階段の周辺は明るくなったが、彼女の呼びかけにたいする答えは、もう返ってこなかったし、灯はシャフトにまでは届かなかった。それに、さっきツォルバッハがやってのけたことも、彼女には不可能だった。トムトムのハーネスの把手は曲がっており、彼女の力ではシャフトのドアをもう一度開けるのは無理だった。トムトムもレアもアリーナの火傷を負った左手も、無益な努力をする役には立たなかった。

彼女に残されていたのは待つこと、そして、自分の顔をレアの髪に埋めて、疲労困憊《こんぱい》して震えている少女をなだめることしかなかった。

アリーナはすっかり時間の感覚を失っていたが、隊員たちの到着が遅すぎたことは確信をもって言えた。

四人の隊員が来たが、時間がたちすぎていた。

彼らはほとんど同時に建物に突入してきたので、階段近辺ではまとまった一つの群れが湧き出てきたかのように聞こえた。群れの男たちはレアの姿を見ると、分散した。出発前、彼らはツォルバッハを逮捕せよとの指示を受けていた。だが、拉致《らち》された少女が〝生きて〟アリーナの腕のなかにいる光景を見たときから、すべてが変わった。

〝やっとみんな、わたしの話を信じはじめた〟アリーナは思った。でも、その思いに満足感はなかった。「あの人たちはまだここにいるんですか？」なおも彼女の手に包帯を巻きつづけている救急救命士に向かって、アリーナは訊いた。

〝それとも、とっくに運んでいったのだろうか？〟

静かに頭が振られる感じがした。救急救命士はうなずいたらしいと彼女は思った。

〝あるいは、かぶりを振ったのか？〟

「もういいかげんにして！　わたしを何も知ってはいけない子どもみたいに扱わないでください。何もかも聞こえているんですから」

「骨折り損だ。引っ張り出したとき、彼らはもう硬直していた」三十分ほど前、救急車の前でタバコを吸いながら、この出動について同僚としゃべっていた隊員がそう言っていた。「うちの娘のテディーベアに人工呼吸をほどこしたほうが、まだましだ」

できるものなら救急車から飛び下りて、その隊員を引っぱたき、大声で怒鳴ってやりたかった。〝よくもそんなことが言えるわね！　あんたがエレベーターのドアを開けたのは確かよ。それでまた灯がついた。あんたはなかに飛び込んで、懐中電灯で水の上を照らし、手を伸ばして、彼らがからまっているロープを引き上げようとした。でも、あんたは来るのがあまりにも遅すぎた〟

「あなたは、これまでに溺死の犠牲者とかかわりを持ったことがありますか？」彼女は悲しげに救急救命士に訊いた。彼はガーゼの包帯の上から、絆創膏《ばんそうこう》を貼ろうとしていた。アリーナはまだ涙をこらえることができた。

「まあ、その」

救急救命士は彼女に答えないようにとの指示を受けていたか、あるいは、この工場敷地での出来事に自分自身もショックを受けていたかのいずれかだった。

「どれくらいのあいだなら……」アリーナはぐっとこらえた。「つまり、水泳中の事故のあと、どれくらいで蘇生できるものでしょうか？」

どうやら彼は、この問いなら安全だと思い込んだようだ。

「簡単には言いきれませんが、一度、二十分後に蘇生させたことがあります。でも、これは例外です」

「普通はどうなんですか？」

アリーナは左手の絆創膏に触れた。

「一分から二分です」

〝二分？〟

ツォルバッハがエレベーターシャフトに達するだけでも、それくらいは経過していた。それまでにトビアスが、どれくらいのあいだ水のなかで耐えていたのか、わかったものではない。

ストレスにさらされていると、時間は流れ星のように過ぎていく。ほとんど気づかないほどの速さで。あるいは、歯根管の治療のときのように。でも、もしかしたら何秒かが何時間にも感じられただけで、実際は時計の針は彼女が恐れていたほどには、進んでいなかったのではないか？

アリーナは気分が悪くなった。二人の人間の生存が冷徹な数字の問題になっていた。時間の足し算。その合計が、最終的に死の確実性を明らかにするのだ。エレベーターのドアが開くまでの五分。ツォルバッハがエレベーターのケージの氷のように冷たい水のなかで過ごさなければならなかった二分。彼が引き上げられるまでの、さらなる二分……

長すぎた。子どもにとってもツォルバッハにとっても。そして最後には、彼女にとっても長すぎたことが突然、はっきりとわかった。ツォルバッハは彼女にとって視力にも等しい存在だった。彼を失ってみて初めて、自分の人生における彼の持つ真の意味を、アリーナは悟った。

〝彼は時計を手放さなければよかったのに〟彼女はその思いを止めることができなかった。ツォルバッハの子どもっぽさを知っていながら。

〝そのせいで、彼は時間を放棄したのだ〟

　アリーナは泣いた。そのため、かたわらの救急救命士が立ち上がった音が聞こえなかった。彼は困惑したように、咳払いをした。

「呼吸停止の世界記録が十七分四秒だったことを知ってるかい？」

　出し抜けに彼女のなかによみがえった感情はあまりにも強烈だったので、アリーナは窒息するかと思った。

「ダヴィッド・ブレイン、無呼吸ダイバーだ。でも彼はその前に、二十三分間の酸素補給を受けていた」

　彼女の見えない目から大粒の涙がこぼれ落ちた。あっという間に世界の姿は変わった。地球の両極が入れ代わり、ドイツはもうヨーロッパにはなく、ベルリンはほかの惑星にあった。そして彼女はもう人間ではなく、ただのエネルギーでしかなかった。

「だけどなあ、訓練なしの三分たらずというのも、捨てたもんじゃないだろう？」

　正のエネルギー。

　アリーナは不意に跳び上がった。もはや望みは、救急車の入口の前に立っている、嗄《しゃが》れ声の主の腕のなかに倒れ込むことしかなかった。

「生きていたのね？」アリーナは泣いた。そして幸福だった。

「ああ。だがきみには、わたしのひどい姿が見えなくて、よかったよ」

　ツォルバッハは彼女に合わせて笑った。彼が救急車に上がってこようとする音がした。

「それで、トビアスは？」

　アリーナはつい今しがたまで横になっていた担架の縁で身を支えながら、ツォルバッハが足を停めるのを感じた。

〝どうか、お願い〟

　彼女は顔の前で両手を合わせた。

「彼は六分間も水のなかにいた」その恐ろしい報せを聞いたとき、なぜツォルバッハがなおも、これほど落ちつきはらって話しているのか彼女は訝《いぶか》った。静かに、ほとんど喜ばしげに話している。「トビアスは二度も意識不明に陥った。でもどうやら、しぶといやつのようで、心臓はふたたび動きはじめた。まだ危険な状態で、しばらくは人工的に昏睡《こんすい》状態に置かれるだろうが、しかし医師たちは、彼が切り抜けるだろうと希望を抱いている」

　この瞬間から、彼女を引き止めるものは何もなくなった。両腕を伸ばし、用心も忘れ、救急車の観音開きのドアのほうへ、ツォルバッハがいると思われるステップのほうへと、やみくもに走っていった。彼女は笑っていた。もし自分が倒れても、彼が受け止めてくれると確信し、幸福感ではちきれんばかりになっていた。

　〝ツォルバッハは生きている。子どもたちは二人とも無事だった〟

　これからは何もかもうまくいく。そう彼女は信じていた。もう失敗はしない。

　一人の人間が、これほどまでに思い違いすることは稀《まれ》だった。

第三章

（最後通告の期限切れから一時間後、七時二十七分）

アレクサンダー・ツォルバッハ（わたし）

われわれ人間にとって、ただ一瞬のためにのみ生きることができる機会は、ごくわずかしかない。そこには未来も過去もなく、今、その場しかないのだ。

記憶にあるかぎり、わたしの人生にはそういう機会が二度あった。一度目は、赤ん坊のユリアンを初めてこの腕に抱いたとき。そしてつぎは、暖かい毛布に身をくるみ、膝をがくがく震わせながら、救急車の金属製のステップでアリーナの抱擁を待っていた瞬間だ。

それはわたしが幸福の絶頂にあった、そして疲労の極みにあった瞬間だった。その一分前にはまだ、ここまで来るために苦闘しなければならなかった。わたしの身を気づかい、蘇生したあとも器械をはずしたがらない医師たちのそばを通り過ぎ、わたしの心拍が確認されしだい、すぐにも事情聴取したがっているシュトーヤのそばも通り過ぎてこなければならなかった。

わたしの気管支にはまだ水がたまっており、集中治療室での監視が必要だった。わたしよりもっと長いあいだ酸素なしでがんばったトビアスも同様だった。しかし、止《とど》まるところを知らないこの喜びの瞬間、自分の健康のことなどどうでもよかった。同じく、休養できしだい、すぐにも解明しなければならないいくつもの疑問もどうでもよかった。

〝なぜアリーナはいつも、一人の子どもしか見なかったのだろう？　トビアスはまだ生きているのに、なぜ子どもが隠し場所で死んだと思ったのだろう？〟

最後の何時間かに、わたしはたびたび疑問に思った。なぜ彼女の説明不可能な記憶が、部分的には合致しているのかと。いかがわしい最後通告、平屋の描写……。しかし、決定的な瞬間には、ほとんどが思いちがいだった。

〝さっきわたしが感じたのは船だけだったわ。工場でも倉庫の建物でもなかった〟

そしてまた、目の収集人がなぜよりによって、わたしをゲームの駒として選び、わたしにアリーナを送り込んだり、瀕死の女性のところに導いたり、母のナイトテーブルの上に写真を置いたりしたのかといった疑問も、すべてがもう重要ではなくなっていた。目の収集人が何者なのか知りたいとも思わなかった。わたしたちはその犠牲者たちを最後の瞬間に犯人から奪い取ったのだ。今、わたしには過去も未来もなかった。あるのは現在のみだった。

現在。だが、アリーナが不器用な動きをしたために、すべては変わってしまった。

アリーナがつまずいたのだ。

彼女はステップにいるわたしのほうに駆けてくる途中で、足が担架の支柱に引っかかった。彼女はよろめき、思わず身を支えようとしたが、医薬品の戸棚の脇に吊り革があるのが見えなかった。彼女の手はどうすることもできずに下に滑り、除細動器を床になぎ落としたあと、床の金属の縁にじかにぶつかった。

彼女の顔から笑いが消え、痛みのあまり目に新たな涙が浮かんだ。

「きみの手が！」わたしはわめいた。それで何かが元に戻るかのように。そして、ステップを駆け上がった。

〝包帯をしたきみの左手〟

彼女はその左手に全身の重みをかけていた。床の金属の縁が包帯を通して肉を圧迫したにちがいない。

「気にしないで」わたしはアリーナの前に膝をついたが、彼女はうめきながら歯を食いしばっていた。

「何でもないのよ」細い汗の筋がアリーナの額に光っていた。わたしが腕に抱いたときも、痛みはまだおさまっていないようだった。わたしは彼女を抱きしめ、またも溺れかけたかのように彼女にすがりつき、もう二度と、彼女を離すまいと思った。

「もうだいじょうぶ！」アリーナはまだ言っていた。同じことを繰り返し言おうとしたが、うまくいかなかった。とても、だいじょうぶとは思えなかった。

なおいっそう強く抱きしめようとしても、彼女の抵抗は激しくなるばかりだった。突然、彼女の血管にはもう血が流れなくなったかのように感じられた。生きた存在ではなく、大理石像を抱いているかのようだった。そのとき、アリーナは小声で言った。「何かを感じたの！」

〝まさか！〟

わたしは目を閉じた。

〝接触だけではない……痛みを感じたときだけ、思い出す〟

彼女に退けられ、わたしの脚は震えていた。

「何を？」

「あなたの電話！」

わたしは救急救命士がアリーナのコーデュロイのジャケットを掛けたフックのほうを見上げた。

携帯電話の呼び出し音はますます大きくなってきた。

「それがどうしたんだ？」わたしは訊きながら、立ち上がった。

「電話に出ないで」アリーナはあえぎ、泣きながら両手で顔を覆った。「お願いだから、出ないで」

第二章

皮肉屋は、死は誕生とともに始まると言う。極端な考え方かもしれないが、この発言にも一抹の真実が含まれている。すべての人間はいつか人生の終点に到達し、そこから死が始まる。限りなく小さくはあるが測ることのできる必然的な一瞬に、われわれは目に見えない生存の境目を越えるのだ。境目の向こうにあるのは、われわれがいつかは来ると思っていたものだ。眼前に拡がっているのは死のみだ。たいていの人々は人生航路の最後の四分の一あたりのどこかで、この分岐点を見つける。それ以外の、たとえば重い病気を患っていたような人々は、すでに航路の半ばでその境目に遭遇するかもしれない。故意にそれを越える人はほとんどいない。人生の段階が終わり、死が始まるのだと言える人はわずかしかいない。たとえばわたしだ。わたしにはそれが正確に言える。

わたしにとって死は、救急車のなかで携帯電話を耳にあて、いらだたしげな妻の笑い声を聞いたときに始まった。「ごめんなさい。少し頭が混乱しているの。今、息子と隠れん坊をして遊んでいる最中なんだけど、まったくわけがわからないの。どこを探しても、彼が見つからないのよ」

〝バターン〞

わたしの心の奥深くで、ドアが閉まった。これまでの人生で、生きる目的であったものすべてでから、わたしは永久に締め出されたのだ。

〝ああ、なんてこった〞わたしは思い、大声で言った。

「ああ、なんてこった！」

わたしを取り巻くすべてのものがまわりだした。わたしは茫然としながら救急車からよろめき出た。

「どうして今まで気づかなかったのだろう?」

解明されていない疑問のすべてに、はっきりとした答えが返ってきたのだ。今、すべてに、ぞっとするような恐ろしい意味があることが明らかになった。

「何もかももう手遅れだ」わたしは泣きながら、受話器に向かってしゃがれ声で言った。これまで間違った方向を見ていたと知って全身の力が抜けていった。わたしたちは後方を、背後を見ていたのだ。

でも、アリーナには過去を見ることができなかった。うまくいった試しがなかった。彼女が話したことは一度も起きなかった。

〝この瞬間まで〟

つまずいたわたしは救急車の前にひざまずき、濡れた砂利に向かってハーハーとあえいでいた。本当の意味を知って、わたしは吐き気をもよおしていた。

〝何もかも、これから起きるのだ〟

恐怖は前方にあるのだ。アリーナは一度として過去を見たことはなかった。いつも未来のみを見ていたのだ!

「どんなことがあっても地下室には行くな。聞こえているか?」わたしは愕然としながら、受話器に向かって叫び、やっとの思いでまた立ち上がった。

〝出口はどこだ? わたしの車は?〟

「地下室には行くな」わたしは繰り返した。

狂気の沙汰だった。もし最悪の推測が当たっているのなら、わたしはアリーナが何時間も前に読み上げた目の収集人のシナリオどおりに動いていることになる。ただ、アリーナの幻覚とは違い、ニッチを生き延びさせるために、わたしは何が何でもこの警告を実行させるつもりだった。

地下室には行くな!

つまずき、意気消沈しながらも、わたしはあきらめるわけにはいかなかった。これまでずっと目の前にありながら一度も見えていなかった避けがたい運命と戦わなければならなかった。ニッチが人生最後となる言葉を口にしたときにも。「怖がらせないでよ」

そのあと、人がもみ合っているような物音が聞こえた。

〝地下室のドアの背後にいた男。彼は彼女に襲いかかり、針金を首に巻きつけた。そして彼女を庭に引きずっていった……〟

もみ合っているような音はアリーナが語ったシナリオに合致していた。

わたしは大声で叫びだした。ニッチの住まいの敷地には木造の物置小屋があることが頭に浮かんだのだ。

第一章

アレクサンダー・ツォルバッハ（わたし）

あとになって（ずっとあとになって）、抗鬱剤と鎮静剤のカクテルのおかげで、まとまりのある思考ができるようになったわずかな瞬間に、わたしはなぜこのように致命的な間違いにこれほど長いあいだ気づかなかったのかをじっと考えた。

アリーナはわたしに話す以前には、一度も誰かに自分の能力について詳しく話したことがなかったのだ。もし彼女が、これほど混乱していない状況下でそうしていたら、幻覚の細部がどれ一つとして、〝過去〟を見た決定的な証拠にはならないことに気づいていただろう。酒に酔った運転手によって引き起こされた事故についての最初の幻覚でも、自分がアスファルトに横たわっているのが見えたとは言ったが、アリーナが彼の轢《ひ》いた最後の女の子だったとはかぎらないのではないか？　また、自分の妹に性的暴行を加えたことをアリーナに面罵《めんば》されたしつこい学生の場合はどうだろう？　これは記録でも証明されていたことだが、学生は自殺する前に少なくとももう一度、同様の罪を犯していたのだ。アリーナが見たのは未来の暴行であって、すでに起きた暴行ではなかった。

〝見えていなかった。わたしたちにはまったく何も見えていなかった〟

　グリューナウアー通りからルドヴァー・デルファーブリックまで車で行けば普通なら十五分かかる。だがわたしは十分で走り抜けた。それでもひどく長い時間がかかったように感じられた。

〝それから、わたしは彼女の首をへし折ったのです。生卵を割ったときのような音がしました。即死でした〟

　昨日、すでに彼女から聞かされたことが、頭のなかで安っぽいステレオのような効果を発揮し、耳から耳に突き抜けていった。わたしは頭をたたくと、車のラジオのスイッチを入れ、居住船での最初の会話についての記憶がかき消されない程度の音量に調節した。

〝死体はどうしたのですか？〟

〝針金で結んで力ずくで引っ張り……居間からテラスのドアを通って、庭まで引きずっていきました……こぢんまりした物置小屋の少し脇にある柵の近くまで。最後には死体をそこに横たえました〟

　わたしはもう信じようとは思わない神に向かって祈った。わたしの愚かさを暴いてほしいと懇願した……

〝誰にも未来など見えないのだ。そんなことは不可能だ〟……あと数秒で、ニッチとともに十二年を過ごした家のある通りへと曲がっていく。

この一瞬、道路が目の前で割れて車を呑み込んでくれていたら、わたしはもっと冷静に反応していただろう。それどころか喜んだだろう。未来を見ずにすむからだ。

〝つぎに何が起きたのですか？〟記憶のなかで自分の声が訊いている。

〝死んだ女性の手にストップウォッチを握らせたあとのことですか？〟

わたしはアクセルを踏み、通りの突きあたりにある家に向かって猛スピードで車を走らせた。

〝わたしは庭の小屋まで行きました……金属ではなく木でできていました……床で丸まっているのは古びた絨毯のように見えました。でも、それはもう一つの身体でした。今、芝生の上に死んで横たわっている女性よりも、少し小柄で軽かった〟

ユリアンだ！

〝彼はまだ生きていましたか？〟

トヨタをまっすぐ車寄せに停めると、黒い鳥の群れが驚いて飛び立っていった。

〝お願いだ、神よ、お願いします。今日を、橋の上での失敗を償う日にしないでください〟

わたしは車から飛び降り、すぐにわめきださないように手を噛《か》んだが、バランスを失った。町はずれの戸外の気温は低く、雪も長く溶けずに積もっている。わたしは足を滑らせ、つるつるした砂利道で膝が崩れた。倒れたとき、わたしのなかで二度と元には戻らないであろう何かが壊れた。

わたしは四つん這いで進み、それから起き上がると庭に向かって駆けだした。そのうちいつかブランコをつけようと思っていた菩提樹《ぼだいじゅ》のそばを走り抜け、芝生でつまずいた。

「ニッチ！」わたしは大声で叫ぶと、首をのけぞらせ、最後にくずおれた。

「ニッチ！」

何度も繰り返し、あらんかぎりの声で彼女の名を呼んだ。でも彼女の曇った目が瞬《まばた》くことはなく、口は二度と開こうとしなかった。

この瞬間、わたしもまた死にたかった。自分がまだ生きていることを憎んだ。人生を誤った自分を憎んだ。そのために妻を死なせ、息子に苦しみに満ちた償いをさせ……

〝天にいます神よ、ユリアン！〟

わたしは小屋のほうに目をやった。木の閂《かんぬき》ははずされ、ドアは大きく開いていた。

〝わたしは子どもを森のはずれの柵の後ろに停めてある車まで運びました。日が昇ったばかりだったと思います。突然、すべてがまた暗くなり、幻覚が消えたことがわかりました。そして、わたしが少年を横たえた車のトランクに、二つの赤い灯がともりました〟

わたしは苦い真実を追い出そうとするかのように頭をたたいた。

〝しばらくはカーブの多い坂を登っていきました。それから車が停まり、わたしは降りました〟

〝それから、何をしたのですか？〟

〝何もしませんでした。ただ、そこに立って眺めていました〟

〝眺めていた？〟

〝ええ、いきなり、両手に何か重いものが載りました〟

ずっと以前、ユリアンがまだ赤ん坊で、わたしには良い父親になることとしか考えられなかったころ、一度、彼といっしょに物置小屋の前にすわっていたことがある。今、心が痛みに張り裂けそうになっているこの場に。

ユリアンの頭が横に垂れないように、そっと手を添えて胸に抱いていた。ちょうど今、ニッチの死んだ身体を抱いているように。

あのころ、わたしたちは何を夢見ていたのだろう？

かつてはどんな計画が、わたしたち小さな家族を結び合わせていたのだろう？　そのすべてを、わたしはあっという間に壊してしまった。

　わたしはニッチの冷たい指からストップウォッチをはずして、立ち上がった。

　ベルリンのはずれに位置し、晴れた日にはボーンスドルフ、シェーネフェルト、ヴァスマンスドルフの三つの村を、そしてもちろんわが家の敷地を、同時に見はるかすことのできる素晴らしい眺望を持つ八十六メートルの高さのルドヴァー・デルファーブリックの麓《ふもと》。ここでわたしたちは共に老いていきたいと願っていたのだ。

　わたしは殺された妻の死体を見下ろし、それから、かつては廃棄物に覆われていた緑の丘の頂上を見上げた。この丘の麓でわたしたちの希望は生まれ、そして、永久にはじけとんでしまった。わたしは溢れる涙のせいで見間違えたのか、それとも頂上には現実に一人の男がいて、その双眼鏡が冷たい冬の日に反射してきらめいているのか、確信は持てなかった。

目の収集人からの最後の手紙
発信元不明のEメールで
送られてきた

宛先：thea@bergdorf-privat.com
件名：最後の言葉

拝啓　ベルクドルフ様

長いあいだあなた宛にメールを送ってきたが、これをもって最後にしたいと思う。この挨拶《あいさつ》の言葉には、これまでの手紙以上にあなたへの敬意がこめられていることに気づいてほしいと願っている。とはいえ、あなたが今後の報道において、それと同程度の敬意をわたしにたいして示すという確信はない。

おそらくあなたは、双子が解放された今になっても、わたしをあだ名にふさわしい極悪人だと思っているだろう。だが、わたしが双眼鏡を通して見た光景にまったく心を動かされなかったというのは誤りだ。丘の上のあの場所から、ツォルバッハがくずおれる姿を目にしたとき、わたしは深い悲しみに打たれたのだ。

わたしが強い親愛の情を抱いているアレクサンダー・ツォルバッハが打ちひしがれ、死んだ妻を腕に抱いた瞬間、一挙に老け込み、命の火がすっかり消えてしまったのを見て、わたしは胸が張り裂けそうだった。

わたしにとって彼は指導者であり、本物の父親のような存在であり、真似したいと思う手本となるべき人だった。仕事場では彼の熱心さとユーモアを真似たが、そればかりではなく、外見も彼のようになりたいと思い、彼が好んで着ている衣服類まで秘かに買い求めた。アリーナの診療所から立ち去る際に、画廊のカメラに映った服装もそれだった。

何もかも、ただ彼に近づきたいがためにしたことだったのに、そのすべてを、彼はぶち壊してしまった。どうして彼は、この長いあいだ目を固く閉じてきたのだろう？　見たくなかったのだろうか？　わたしはこのゲームの危険さを彼にはっきりわからせようと、数えきれないほどヒントを与え、軽はずみに飛び込まないようにと警告を与えてきたのに！確かにわたしはゲームがしたかった。しかし、彼とはしたくなかった。彼の出る幕はどこにもなかったのだ。

あなたはあれこれ非難するだろうが、わたしはフェアでないゲームをしたことは一度もない。そのことは、これまでにもあなたに書き送ってきた。そして今、それが証明されるのだ。わたしは自分の決めた規則を守る。もし変えることがあっても、それは常に敵たちにとって有利になるように計らうためだ。

ツォルバッハの場合、最初の勝負が始まるずっと前から、ゲームの場に赴くかどうかは、彼の選択にまかせていた。

警察無線からの声は、在庫の充実した電子機器の店ならどこでも手に入るわずかな部品を使って自分で組み立てた、雑音を発生させる発信機から生じたものだ。つぎに財布のことだが、あれは編集部で彼から盗み取り、犯行現場に置いたのだ。わたしはそれによって彼を岐路に立たせた。これらのサインを解くのは彼しだいだった。自分にかけられた嫌疑を晴らすために、目の収集人を仕留めよと促されていると取るか？　それとも、人生で真に大切なものである家族に心を配れという警告だと受け取るか？

ツォルバッハは決心した。子どもの幸せよりも仕事を優先すると。そして、わたしを追跡することに取りかかった。わたしが隠した子どもたちの父親たちも全員そうだった。生涯を通じて、彼らには金を稼いだり女遊びをしたりするほうを取るか、または、もっと子どもたちの面倒を見るほうを取るかの選択肢があった。彼らはきわめて利己的で思いやりがなかった。わたし自身の父親のように。彼は子どもたちを冷凍冷蔵庫から解放するよりも飲み仲間と居酒屋をはしごするほうを選んだのだ。弟から命を、わたしからは理性を奪い去った利己主義。精神科医なら少なくともそう分析するだろう。もちろん、あのときわたしと弟に与えられていた基本的な条件を、毎回わたしが復元させたのは異常な行動であったことは認めてもいい。母親はわたしたちにとって死んだも同然だったので、まずゲームの場から追い出す必要があった。父親によってないがしろにされた子どもたちの隠し場所では空気が四十五時間と七分だけ持ちこたえた。そして、死体には弟と同じように左目がなかった。

最後通告を正確に保証するにはどうすればいいか、わたしは長いあいだ粘り強くこの問題と取り組んだ。なぜなら、もしゲームの参加者が期限切れの前に窒息するようなことがあれば、それはゲームの規則に反するからだ。同様に、一人の子どもが他の子どもよりも長い時間を与えられるのはフェアではない。弟にも、四十五時間と七分しか与えられなかった。そして彼はそれ以上の空気を得るための切り札も持ち合わせていなかった。できるものなら冷凍冷蔵庫も使いたかったが、そのような密閉された牢獄で、どれくらいのあいだ生き延びられるのかをあらかじめ計算するのは、残念ながらほとんど不可能だった。パニックに陥って過度に呼吸すれば、眠っている場合よりも酸素を速く消費してしまう。わたし自身が生きた証拠だった。二人の人間にとって、同じ量の酸素でもそれが間に合う時間はそれぞれ違っていた。したがって、基本的な条件になるべく近い状態を作るには、わたしがあらかじめ決めた時点に隠し場所から完全に空気をなくすのが唯一の可能性だった。

看護師の平屋で、ポンプの助けを借りて地下室から空気がなくなるまで吸い出す試みは、あまり納得のいくものではなかった。ツォルバッハとアリーナがそこで窒息死するかどうかも確かではなかった。なぜなら、実際に地下室が気密になるように外部から遮断することにうまく成功したとは思えなかったからだ。それゆえわたしは、隠し場所から酸素をなくすために別の方法を取ることに決めた。水を流し込むことだ。

「恐ろしい、病的なゲームじゃないですか」と、あなたは大声で言うだろうが、わたしは「フェアなゲームですよ」と答えるだろう。トビアス少年の例でもわかるように、犠牲者には脱出可能なチャンスが与えられていた。

　彼は何時間ものあいだ、あんなに骨を折る必要はなかったのだ。スーツケースのなかに留まったまま木箱から出られなかったとしても、彼は最後通告の期限前には死ななかっただろう。眠り込んでいたのだから。でも、彼に工具は与えなかった。無駄な努力をするという倒錯した楽しみを長引かせるためだ。硬貨も壊れたネジまわしも副葬品ではなく、実際に使える補助具だった。それによって彼は、弟にもわたしにも決して与えられなかった脱出のチャンスを得たのだ。残念ながらトビアスはロープを下に引っ張ったことでエレベーターが突然何メートルか下に向かって動きだし、自信を失った。もし彼が冷静さを保ち、ロープを押し上げていたら、のちにツォルバッハが入ってきたハッチを、ひょっとしたら開けることができたかもしれない。

　だがトビアスはチャンスを逃した。その直後、エレベーターはとうとう水の溢れる地下室まで降りていった。まさに四十五分と七分後に。ここでも、わたしの鷹揚《おおよう》さがわかってもらえると思う。健康な人間が水のなかで過ごせる時間を、わたしは計算に入れていなかったのだから。

つぎに、もしあなたが「レアはどうしたんですか？　なぜ彼女はエレベーターにいなかったんですか？」と訊いたとしたら、それだけで、あなたが何も理解していなかったことが暴露されるだろう。わたしは一家を皆殺しにするつもりはない。わたしはあのとき、愛情テストに耐えて生き残った。だからこのゲームにおいても、生き残る者がいることは許されていい。レアがいた冷蔵庫の酸素はまだ当分はもっただろう。むしろ彼女は喉の渇きに苦しんだことだろう。

あなたがどう解釈しようとも、ゲームは公正だった。そして、いまだかつてツォルバッハのときほどフェアであったことはない。

わたしは彼に警告を与えたが、それは同時にテストでもあった。しかし、人生における罪はすべてそうではないのだろうか？　タバコの箱のなかには髑《どく》髏《ろ》がひそんでいる。だが同時に、われわれは中身の持つうっとりさせる効果についても知っている。警告は同時に誘惑でもあるのだ。わたしがツォルバッハの居住船に送り込んだ目の見えない透視者アリーナもそうだ。船の場所は彼の母親が教えた。もちろん直接にではない。彼女はもはや話のできる状態にはないからだ。しかし、ツォルバッハが病院に母親を見舞ったとき決まって読み上げる、ナイトテーブルにしまわれていた日記のなかに、彼女が偶然、森で秘密の小道を見つけた日のことが詳細に記されていた。わたしは療養所に祖母を訪ねたときに、あの日記をそっと借りた。

老人ホームで苦しい思いをしていた祖母が、よりによって現在ツォルバッハの母親が入院しているあの療養所に移されたことは、確かに偶然ではない。わたしは老人ホームについて記事を書いたあと、もっと患者の面倒見のよいホームに祖母を移すように配慮した。

　ここパーク病院では、調査のおかげでわかったのだが、祖母をないがしろにした看護師カタリナ・ヴァンガルは密告によって何カ月も前にいったん即時解雇されていながら、ずさんな人事部幹部によってふたたび採用され、今度は祖母が自分のベッドで朽ちるまで放置され、床擦れが骨にまで及ぶ結果となった。褥瘡《じよくそう》というやつだ。その同じ苦しみをヴァンガルにも味わわせようと、わたしは彼女の家に押し入り、鎮静剤を与えたのちに彼女をプラスチックのラップで巻いた。この時点では、気持ちよく、きれいさっぱり恨みを晴らしただけのことだった。彼女が生きながら朽ちていくことが、わたしの大きいゲームのなかで重要な意味を持つことになろうとは思いもよらなかった。

　ツォルバッハとアリーナが駐車違反チケットを点検させようとしたあのとき、わたしは彼らをヴァンガルの平屋の家に送り込んだ。あれは誘いではあったが、同時に、わたしはツォルバッハに家のなかに入らないようにと明確な警告を与えた。戸口に設置された電光板で、そのことを教えた。簡単なメールの操作で文章はいくらでも変えることができた。

　ここでもわたしは、彼に選択の余地を与えた。それ以上つづけるのか、それとも降伏するのか？

　このときも彼は家族ではなくゲームのほうを選んだ。子どもが病気なのに。ユリアンの誕生日だというのに、暗闇に入っていったのだ。彼はこの場合も、子どもたちを何カ月も放置し、誕生日を忘れ、夜、一人で寝床に入った子どもに、「パパは本当にぼくを（わたしを）愛しているの？」というつらい疑問を抱かせる父親たちとどこひとつ違わない行動を取っていた。

　わたしがいかにフェアであったか、これでおわかりいただけたと思う。わたしはツォルバッハのパソコンを使って彼宛に送ったメールのなかで、真の動機についてほのめかした。まさに、追跡する者たちの捜査に一役買っていたのだ。そればかりか、ツォルバッハの母親のナイトテーブルの上に、謎の写真を置いた。わたしの弟が写っている合成写真で……裏面には決定的なヒントを記しておいた！ そして最後に、わたしのゲームの駒を退場させるべきときが来たとき、わたしはショルレの反則行為を妨害し、ツォルバッハをふたたび、ゲームの場に連れ戻した。

なぜか、とあなたは訊くだろう？ 答えはいたって簡単だ。目の収集人であるわたしは勝とうとは思っていなかったからだ。わたしは愛を信じていた。子どもにたいする父親の愛を。テストすることによって、わたしと世間に向かってそれを証明するチャンスを彼らに与えたのだ。もしわたしが負けたら、どんなに幸福だったことか！ この理由から、わたしは敵たちを助け、ツォルバッハの場合は、決定的なフィナーレに向かってわたし自身がグリューナウアー通りまで、彼を連れていった。

このときも、どの方向を選ぶかは彼しだいだった。破滅に向かって前に進むのか、あるいは、家で誕生日の贈り物を心待ちにしている息子のもとへ帰るのか。

ホールフォート教授はわたしが収集人ではないという一点でのみ正しかった。わたしは試験官なのだ。わたしは子どもたちにたいする父親の愛を試験した。何度も繰り返し。いつか、わたしが経験したのとは異なる結果が得られるようにと望みながら。

〝偶然か運命か？〟

この問いがいつもわたしを悩ませ、最近起きた出来事のあとでは、もはやわたしに一刻の安らぎも与えなくなっている。

所轄警察署で、目の収集人について証言しようとしたアリーナが、わたしの腕のなかに倒れ込んできたのは、偶然か、それとも運命か？　わたしはトラウンシュタインの子どもたちを車に積み込む際に、誤って肩を痛め、それを治療してもらうために彼女の診療所を訪ねたのだ！

目の見えない女性が、目の収集人について何を知っているというのか？　わたしはこれまで、男の透視者にも会ったことがなかった。

彼女が警官にたいして証言する前に、話を聞き出す必要があった。それでわたしは警官を偽り、誰もいない待合室に彼女を連れていき、作り声で、彼女の証言を調書に取るふりをした。ときどきドアが開いたが、部外者にはわたしが尋問する様子も、いたって普通の会話を交わしているように見えたにちがいない。

その後、わたしは彼女をツォルバッハのもとに送り込んだ。ふたたび彼女をテストするために。彼の母親の日記から、彼が一人になって考え事をする場所がほしいとき、どこに身を隠すかをわたしは知っていた。警察が探しているという情報で追いたてれば、彼はすぐにそこに向かうのは明らかだった。彼はアリーナを追い出し、ひっそりと一人で隠れていることも可能だった。あるいはユリアンのもとに車を走らせ、彼の十一歳の誕生日を祝っていれば、なおよかったのだ。

しかしアリーナがいかがわしい最後通告を漏らしたあとの彼の混乱は、正直言って、わたしにも実感として理解できただけでなく、分かち合うことすらできた。

そのことを考えれば考えるほど、これらの出来事には論理的な説明があるようだと、いや、あるはずだと信じるにいたった。あなたはこれについて、どう考えるだろう？

アリーナの物理療法の診療所を訪れたあの日、わたしは疲れていた。マッサージが始まるのを待つあいだに目が閉じてしまった。もしかしたらすでに眠っていたかもしれない。緊張をほぐすための音楽の柔らかい響きによって寝入ってしまったのか？　わたしは夢のなかで話していたのか？　数字をつぶやいたのだろうか？

〝四十五時間と七分〟

ひょっとするとアリーナはその少し前に、目の収集人について何かを読んだか、テレビで聞いたかして、それについて思いにふけっていたのかもしれない。そのとき彼女は裸足で花瓶を蹴とばした。痛みがそれ以外の感覚を上まわり、彼女が潜在意識のなかで捉えたことを忘れさせた。

〝四十五時間と七分……〟

いかがわしい最後通告。

だが彼女はどうやって、わたしが世間を騒がせている犯人だと確信できたのだろう？

〝偶然か運命か？〟

率直に言って、わたしにはわからない。今この瞬間も、自分が行為の主体なのかどうか、まったく自信が持てずにいる。アリーナには事の予定された成り行きが見えたのか、それとも、わたしにアイディアを思いつかせただけなのか？

当初、わたしはユリアンのためにまったく別の計画を練っていた。ところがそこへこの目の見えない女が現われ、隠れん坊をしているあいだに子どもが消えたという話を何度も繰り返した。わたしには天才の着想に思えた。なんという類似！　なんという象徴性！　隠れん坊の最中にわたしが子どもを連れ去る。新たな次元で生か死かのゲームを続行するために！　ゲームのなかのゲームだ！

もちろん現実にユリアンをつぎの犠牲者として選ぶことには、最後までためらいがあった。しかしツォルバッハが最終的に息子を突き放し、よりによってわたしに腕時計を届けさせるに及んで、わたしはそれを合図だと受け取った。ニッチの住む家の前に立つと、すぐさまユリアンが出迎えに現われた。彼はわたしを知っていた。一度、ツォルバッハが食事に彼を連れてきたことがあるからだ。そんなわけで、彼に母親といっしょに隠れん坊をしようと誘ってわくわくさせるのは、難しいことではないと思っていた。でもわざわざそんなことをする必要はまったくなかった。正直なところ、自分でも少し気味が悪いと感じたくらいだが……二人はまさに隠れん坊をして遊んでいるところだったのだ。わたしはユリアンに物置小屋に隠れるようにとヒントを与え、結局はそこで彼を気絶させたのだが、彼はわたしのヒントがなくても、物置小屋に隠れるという道を選んだのではないかとの思いが、なぜかわたしの頭から離れない。同じように、ニッチが口にした言葉も、数時間前にアリーナが話したのと一字一句違わなかった。

〝ごめんなさい。少し頭が混乱しているの。今、息子と隠れん坊をして遊んでいる最中なんだけど、まったくわけがわからないの。どこを探しても、彼が見つからないのよ〟

　これらはすべて本当に、アリーナが見たという、あらかじめ定められた〝運命〟だったのだろうか？　あるいは〝偶然〟か。なぜなら、このような状況に置かれた母親には、ほかのことは言えなかっただろうと思うからだ。

　どう考えるべきか見当もつかない。いずれを選んでも本当とは思えない。確実に言えることは、アリーナの最後の幻覚が、わたしによい思いつきを与えてくれたということだけだ。残念ながらすでに試験ずみの、エレベーターを使うアイディアは除外するしかなかったので、初めのうちはユリアンをどこに運んでいけばいいのか途方に暮れた。しかし、わたしの正体が明らかになった今は、動く隠し場所にしたほうが賢明だろうと思われた。船であれば、今度はそうやすやすとは見つかるまい。

あなたが何を考えているのかはわかっている。だが、祖母の車のグラブコンパートメントに貼られていた紙のことを思い出してほしい。〈未来を予知するのは簡単だ。具体的に計画してあれば〉。あるいは、違うのだろうか？

アリーナには一度も過去が見えたことはない。しかし、本当に未来を見ることができるのかどうか、わたしには確信が持てない。だがいずれにせよ、彼女はわたしの未来の行為のシナリオを仕立て上げた。その大部分を自分が実行しているというのは、大きな楽しみだと認めないわけにはいかない。

〝偶然か運命か？〟

わたしにはわからない。ただ、わたしはそれを知るためにもこのゲームをつづけているのではないだろうか？　わたしがあらかじめ決めたことを、父親たちは変えることができるのかどうかを見きわめるために。

ツォルバッハはもう一度、成功するだろうか？　わたしの次の一手をすでに知らされている今、彼は息子を探し、解放することができるだろうか？　そしてわたしはアリーナの予言とは異なる道を行き、自分の運命に自分で影響を与えることができるだろうか？

確信はない。しかし、わたしはその道を見つけるつもりだ。

時は過ぎていく。

ゲームはつづく。

大いにそれを楽しんでほしい。

敬具
フランク・レーマン

プロローグ

アレクサンダー・ツォルバッハ（わたし）

あなたに警告を発しておかなかっただろうか？　聴かされた者の意識のなかに、錆《さ》びついた銛《もり》のようにぐいぐいと食い込んでいくこの物語を語る前に。

〝永久運動〟。始まったこともなければ、いつ終わるとも知れない物語。なぜなら、これは永遠の死を扱っているからである。

このあとを読んではいけないと、わたしはしつこいほど忠告した。

あなたがどうやってこの本に出くわしたのかは知らないが、あなたに読ませようとしたのでないことは確かだ。誰にも。あなたの宿敵にさえも。

信じてほしい。わたしは経験から語っているのだ。

今、あなたには、それがわかった。涙が血の滴《しずく》のように目から溢れ出る男の物語を――数分前まではまだ呼吸し、愛し、生きていた人間のねじ曲げられた軀《むくろ》をひしと胸に抱きしめる男の物語を――たった今、あなたが読みおえた物語は本ではない。

わたしの運命。

わたしの人生なのだ。

なぜなら、苦悩の極致にありながら、死は今やっと始まったばかりだと悟らされた男――その男とはわたし自身だからだ。

序章　始まり

（最後通告の期限まで、あと四十五時間と七分）

捜索が始まった……

著者あとがきおよび謝辞

わたしは謝辞を、著者にとってもっとも大切な人々、読者の皆さん……に向かって、いわばお辞儀をすることによって始めるのが普通だ。今回わたしはそれに加えて、何人かのお名前を挙げたいと思う。なぜなら、本の執筆に際し、『アイ・コレクター』のときほど多くの方々から助けていただいたことは、いまだかつてなかったからだ。

二〇〇九年の初めに、次作では目の見えない女性物理療法士が重要な役割を演じると、ツイッターで発表するや、最初の反応が目の見えない方々から届いた。わたしの本を耳で聞く形で読んでおられる方々で、調査を助けたいと申し出てこられたそのほとんどに共通する指摘は、〝わたしたちについて、あまりにも多くのでたらめが書かれ、映画にされている。どうかそれらと同じ誤りを犯さないでほしい〟というものだった。そその忠告をわたしはきわめて真剣に受け止めた。そして、最初の一行から、目の見えない人々あるいは目の不自由な人々との連絡を絶やさぬように努めた。

調査において、わたしはまずインタビュー用のアンケート用紙を作成し、これをもって未知の世界への最初の一歩にしたいと思った。一般に通用している型にはまった考え方のなかで、もっとも誤っているのは何か？　目の見えない人々はどんな夢を見るのか？　日常生活のなかで、コンピューターや電話や洗濯などを、どのようにしてこなしているのか？　これらにたいする本物の答えのいくつかは www.sebastianfitzek.de で見ることができる。

重大な誤りを避けるために、アリーナ・グレゴリエフは実在の人物を参考にした。マイケ・マイだ。彼もまた、三歳のときに事故がもとで目が見えなくなった。もしわたしの本を超えて、手に汗握るような彼の実人生に興味のある方は、ロベルト・クルゾンによって書かれた伝記 *Der Blinde, der wieder sehen lernte——Eine wahre Geschichte*（目の見えない人、その実話）を強くお勧めする。マイケ・マイは子どものころ、誰の手も借りずに、独りで何マイルもの距離を自転車で走り、通学指導生徒（登下校時に下級生を先導する役目を持つ）であり、スキーでは時速百五キロの猛スピードで斜面を滑り降りた目の見えない人の世界記録を持っている！　彼の能力は想像を絶していたので、アリーナの描写においては、いささか和らげて書かなければならなかった。でなければ、その真実性を誰も信じてくれなかっただろう。

つぎの必読書、いや、必見の書は、品切れになっていなければいいのだが、ウルリケ・ツォリッチュ著の *Ich weiß, wo ich bin*（わたしの居場所はわかっている）だ。この感動的な本には、生まれつき目の見えない子どもたちによって描かれた絵がおさめられている。触覚による絵画法のおかげで、子どもたちは画用紙に鉛筆で想像の世界を描き、それによって〝心が体験した原像〟が生まれた。いまだかつて〝何も〟見たことのない人々の世界を、じかに覗き見ることができるのだ！

もう一つ勧めたいのは、ウェブサイトの www.anderssehen.at だ。ここには視力障害と盲目というテーマについて何も知らない者が質問しそうなほとんどすべてのことへの答えがある。わたしにとっても非常に重要な情報源だった。たとえば、あなたは目の見えない人が誰の助けも借りずに買い物をして代金を払うという行為が、どれほど大変なものかをご存じだろうか？　（一度、ズボンのポケットのなかで必要な金額の硬貨を目を使わず手でさわってみるか、または、目を閉じて領収書に署名するかしてみるといい）

最終的にわたしは、目の見えない人々あるいは目の不自由な人々から成るグループで、あらかじめもっとも重要な章のいくつかを朗読した。その際、たびたびの電話によって日程を調整してくれたウーヴェ・レーダーに、また、参加者全員にその章を読み上げることに前もって賛同してくれたイェニー・グルルケには特別の謝意を表したい。これがあったからこそ、わたしは重大な誤りを避けることができた。たとえば初稿では、盲導犬が見知らぬ環境でも静かに眠れるように書いていたが、それはぜったいにありえないこともわかった。目の見えない人々のなかには化粧をしたり、刺《いれ》青《ずみ》を入れさせたりする人がいることも知った。目の見えない人々の心配事や不安についても多くを学んだ。またときには、見える人々から、理解できないような無知で心を傷つけるような扱いを受けたとも聞かされた。

このほか数えきれないほどの貴重なご意見をいただいたことにたいして、前述の方々に加えて、フェオドラ・ツィーマン、アンドレア・チェック、ペトラ・クレーヴェス、ギュンター・ゾルフランク、クリスティーネ・クロック、ザーレ・ヴィッピヒ、ロスヴィータ・ヴァーゲラー、ニールス・ルイトハルト、ヘルゲ・イェーレス、アンケ・メトラー、ヌレイ・ギュルラー、アンドレアス・ハイスター、ブリギッテ・リーガー、ファニー・ホルツ、カリーナ・ショイレン、ヨハンナ・ゾパルト、ヴィクトリア・アムヴェニョーの皆さんに、この場を借りて感謝申し上げたい。

総じて、わたしはここに挙げた方々の親切さと率直さに圧倒された。最後の数カ月、わたしは実に多くの興味深いことを知りかつ学んだが、そのすべての情報をたった一冊の本に収めきることはできなかった。そのこともあって、わたしは次作にもアリーナとツォルバッハを再登場させようかと考えている。

とはいえ、わたしのような目の見える者が目の見えない人々の世界に完全に感情移入することは不可能であることは、率直に認めなければならない。どれほど精力的に調査しても、何時間もかけてインタビューし会話しても、暗いレストランで食事をするような実験をしても、また、目の見えない人々から前もって講義を受けても、描写において、何ひとつ間違わないというのは、おそらく不可能だろう（すべての責任はわたしにあることは言うまでもないが）。

それは『アイ・コレクター』が啓蒙的な実用書ではなく、まったく架空の物語であり、アリーナ・グレゴリエフはその〝天分〟ゆえに、当然、型破りであるという事情にもよっている。しかしながら本書には、視力なしで人生を乗り切っている人々へのわたしの尊敬の念がこめられていることに気づいてほしいと願っている。書き進めていくにつれて、尊敬の念はますます強まっていった。

この関連において、わたしはリーザ・マンタイをとくに強調したいと思う。彼女は十六歳という若い女性で、目の見えないティーンエイジャーの日常生活について、あらゆる質問に答えてくれた。

*

さあ、ではそろそろ、ほかの人たちのことも紹介しよう。皆さんはどう思われるか知らないが、わたしの知るかぎり、ほとんどの謝辞は映画の終わりの字幕のようである。それを見ようとしないのは、どのみち知らない名前ばかりが並んでいる上に、あっという間に過ぎていってしまうからだ。

この字幕効果を避けるために、わたしは借りのある人たちについて、いつもひと言付け加えることにしている（本のなかで言及するほうが食事に招待するよりも、いわば安上がりではあり、それに、わたしにインスピレーションを吹き込んでくれた破壊主義者たちといっしょにいるところを、必ずしも公《おおやけ》の場で見られたいとは思わないからだ。そうじゃないかい、フルーティ?)。

まず出版社から始めよう。特筆したいのは今回もハンスペーター・ユーブライスおよびベアーテ・クッケルッツだ。二人とも、すぐれた物語を感じとる絶対確実な勘の持ち主であり、そして常々、とくに嬉しく思っているのはすばらしく美しいその署名である。わたしの関係している出版社のなかで、これは最高のものだ。

次の二人の名前は、とくに太字で印刷されなければならない——カロリン・グラックルとレギーネ・ヴァイスブロット。わたしの原稿を審査するドリームチームだ。数えなおしてみると、二人はわたしの草稿にちょうど二百五十二のコメントを貼付したが、そのなかで少なくとも六つだけが、肯定的なものだった。もしそのためにあなたたち二人を愛するとしたら、わたしはよほどのマゾヒストだろう。あなたたちは本書の執筆においても、わたしに最高の力を発揮させてくれた。幾重にもお礼を申し上げたい。

編集部も、これまで以上の力量を示してくれた——ありがとう、ジビレ・ディーツェル! 今回、さかさまにページ数を打つ仕事のために、何人の部員が苦情を訴えたかと思うと(きっとそうだったにちがいない!)、わたしは気が気でないのだ。

一年に十万冊以上の本が市場に出まわるが、わたしの本がその紙の山のやや高いところに位置しているのは、マーケティングにおいて二人の世界チャンピオンが助けてくれたおかげだ。ケルスティン・レイツェ・ド・ラ・マーツァとクリスティアン・ティッシュだ。

わたしは名前を覚えるのがいたって苦手なので、次に代表として挙げる何人かのお名前をもって、ドレーマー出版社全体へのわたしの謝意だと理解していただきたい。シュザンネ・クライン、モニカ・ノイデック、イリス・ハース、アンドレア・バウアー、コンスタンツェ・トレーバー、ヌーミ・ロールバッハ、ゲオルク

・レギス、アンドレアス・ティーレ、カトリン・エンゲルベルカー、ハイデ・ボークナー。
今回もまた、決して忘れることがないのは、わたしを見つけてくれたドクター・アンドレア・ミュラー（ふたたび出版社に戻った）、そして、クラウス・クルーゲ（いまだに反逆者）だ。

そして出版社のほかでも同様に、支援者たちのリストはとぎれることがない。

ローマン・ホッケ――きみはわたしを作家にしてくれた男だ。ほかの全部の出版社から拒絶されたわたしに、一つの出版社を世話してくれた。そのほかAVAのきみのグループに所属しているクリスティーネ・ツィール、ウーヴェ・ノイマール、クラウディア・バッハマン、クラウディア・フォン・ホルンシュタイン。

著作を重ねるごとに、親しい友人たちや心を許せる人々のリストが短くならないのには驚かされる。書くことに追われて、人と接触する時間はますます少なくなってきているのに。でも、ツォルト・バックス、オリファー・カルクオーフェ、トーマス・コシュヴィッツ、ペーター・プランゲ、ディルク・シュティラー、アンドレアス・フルティガー、アルノ・ミュラー、ヨッヘン・トゥルス、イーフォ・ベックの諸氏はいつも決まって連絡をくれる。それがDVDをまだ返していないというだけの連絡であっても、また、歯根管の治療の予定日時を見え透いた理由で守らなかったときの連絡であっても。そうでしょうウリ？（ウルリケ・ハインツェンベルク、世界一の歯科医！）、ジモン・イェーガーはその素晴らしい声で、また、ミヒャエル・トロイトラーは嫌な顔ひとつせず協力し、わたしの本のCDを洗練されたものにしてくれた。

わたしはゲルリンデに感謝する。彼女といっしょにまことにふざけた朗読会を開くことが許された。彼女には作家の素質がある。きみの物語は最高だ。そろそろ、それを書きたまえ！　さあ、今すぐ、取りかかるんだ……

トーマス・ツォルバッハ——きみの素晴らしい苗字を借用させてくれたことや、少年少女たちについてのとんでもないアイディアを実現化することで、信じられないほど支えてくれたことに感謝する。ちなみにきみは五十六歳という年齢とは思えないほど若々しい！

マヌエラ・ラシュケに感謝するのはもちろんだ。彼女はわたしの頭脳だと思っている。美しい人で、わたしの全人生のマネージャーだ（その関連で、バルバラ・ヘルマンの名前も挙げておきたい）。

マヌ——きみのことを、この場で褒《ほ》めちぎってはいけないだろう。でないと今度、きみの夫カレ（グラチアーノ・ロッキジアーニの元フィットネストレーナー）は、わたしをサンドバッグに押し込めるだろう。

欠くべからざる、そして、最初からそばにいてくれた二人。それはザブリナ・ラーボフとクリスティアン・マイヤーだ。二人は新聞社への出入りを親身になって助けてくれる人たちだ。

フィツェック家の三人……クレメンス、ザビーネ、フライムートにもそれぞれ感謝したい。このうちの誰がわたしの父か、わかるだろうか？ 当てるチャンスは三回きりだ。彼らからは専門的な助言も受けたが、何よりもまず心の面で支えてもらった。わたしの全作品において家族が重要な役割を演じているのには、それなりの理由がある。ただ、主人公たちとは反対に、わたしの家族はまだ損なわれていないのは幸いだ。そしてこの家族には、もちろんザンドラも属している。彼女は、話の途中で別の考えが浮かんだからと言って言葉を切り……ああ、わたしはどこだ？……ああ、そうか、警官たちが！……などと口走るような頭のおかしい男と人生を分かち合う難行をやってのけている。

インゴ・ディートリッヒ警視およびミヒャエル・アダムスキー警視にも感謝を述べたい。彼らの捜査の仕事を、わたしは手に汗を握りながら覗かせてもらった。

最後に、そもそも〝目の収集人〟というアイディアを最初に与えてくれた人物を紹介したい。わたしの精神療法医であるコルデュラ・ユンクブルートだ。わたしは四年前から彼女の指圧療法を受けているが、治療のつど、わたしの人生と心理状態について彼女の的確な洞察を聞かされて唖然とさせられる。どうやら彼女は治療中にわたしの身体からそれを〝読み取る〟らしい。最初、彼女から、わたしが子どものころはアウトサイダーで（誰だってそうじゃないだろうか？）、内面に多くの克服されていない葛藤を抱えていたのではないか（へえ、そうなのか？）と聞かされたとき、わたしはただ面白がっているだけだった。その後、わたしは考えた。〝もし彼女がたださわるだけで、本当にわたしの過去を見ることができるとしたら、わたしが連続殺人犯だったらどうなるのだろう？　もしわたしがマッサージを受ける直前に、地下室で誰かを殺したとしたら、彼女はそれに気づくだろうか？〟そこから、アイディアが生まれた（地下室へではなく、もちろん書き物机に向かわせたアイディアが……）。

ちなみにユンクブルート夫人は最近、マッサージの手を止めて、わたしに言った。「あなたの新しいミステリでは、窒息死が多く扱われるのではありませんか？」わたしはまだ『アイ・コレクター』について何も話していなかったのに。彼女はわたしをさわっていて、呼吸困難に陥ったというのだ。ユンクブルート夫人、あなたには脱帽だ。そして、つぎの治療日を楽しみにしている！

では最後に、いつものように書店員の皆さん、販売担当者の皆さん、そして図書館員の皆さんに感謝の言葉を述べて終わりにしたい。皆さんのおかげで、読者の方々はこの本を手にすることができた。

そして、もしこの謝辞マラソンの後でもまだ余力の残っている方々は、わたしに読後感を送っていただきたい。その方法は以下のとおりだ。

ichfandssuper@sebastianfitzek.de
（褒《ほ》め言葉、サインの求め、結婚の申し込み等々）
または、
kritik@wandertindenspamfilter.de
（批判等々）

もちろん
fitzek@sebastianfitzek.de
も、これまで同様に機能している。

さようなら
あなたの
セバスチャン・フィツェック
ベルリン、二〇一〇年三月

訳者あとがき

本書は今やドイツ・ミステリ界を牽引《けんいん》していると言っても過言ではない、鬼才セバスチャン・フィツェックが二〇一〇年に発表した作品である。

すでに五作を発表し、日本にも多くのファンを持つフィツェックについて今さら多くを説明する必要はないかもしれないが、六作目にあたる本書が、ハヤカワ・ミステリで刊行されるこの機会に、あらためて彼の略歴と作風について少し触れておきたいと思う。

セバスチャン・フィツェックは一九七一年にベルリンで生まれた。大学では最初の一学期の半ばまで獣医学を学んだが、その後法学部に移り、著作権についての研究によって博士号を取得した。それから、いくつかの放送局を経て、ベルリン放送局のチーフディレクターとなり、同時に、放送事業についてのコンサルタントも務めた。二〇〇四年からは、104・6RTL局の番組ディレクターとなった。

放送局での仕事のかたわら、二〇〇六年には、行方不明となった娘を探す精神科医を主人公とする鬼気迫る悲劇的なサイコ・サスペンス『治療島』（*Die Therapie*）を発表し、ドイツじゅうを震撼させた。この本はドイツのベストセラー・リストのトップの座を長期間守りつづけたばかりでなく、ドイツ推理作家協会賞（グラウザー賞）にノミネートされたほか、二十三カ国語に翻訳され、世界中のミステリファンを唸《うな》らせた。

それ以降は、一年に一ないし二作のミステリを着実に発表している。二〇〇七年には『ラジオ・キラー』（*Amok Spiel*）、二〇〇八年には『前世療法』（*Das Kind*）および『サイコブレイカー』（*Der Seelenbrecher*）、二〇〇九年には*Splitter*を、そして二〇一〇年には本書『アイ・コレクター』（*Der Augensammler*）を世に送り出した。いずれも粒ぞろいの傑作であり、設定、筋立て、キャラクターのいずれの面においても、一作ごとに工夫を凝らし、新境地を切り開いている。とくに、作者の用意したさまざまな仕掛けやトリック、そして意外性に満ちた展開と最後に待ち受けているどんでん返しには、ただただ感嘆するほかはない。

フィツェックのより詳しい情報は彼のウェブサイト www.sebastianfitzek.de で知ることができる。

さて、本書『アイ・コレクター』では、かつてベルリン警察の優秀な交渉人であり、現在は大手新聞社の犯罪担当記者として活躍しているアレクサンダー・ツォルバッハが主人公だ。彼は三カ月前からベルリンじゅうを恐怖に陥れている連続殺人犯〝目の収集人〟の犯行をつぶさに報道していた。悪を追及する彼のひたむきな仕事ぶりには定評があった。犯人はまず子どもを拉致《らち》したのち、その母親を殺害して、その手にストップウォッチを握らせ、設定した時間内に父親が子どもを見つけられなかった場合は子どもを殺し、その左目をえぐり取るという残忍きわまりない犯行を繰り返していたのだ。警察に協力し昼夜を分かたず働きつづける主人公は、あろうことか、奸智《かんち》にたけた犯人が周到に用意した罠にはまり、自ら容疑者として警察に追われる身となった。彼の行動は、目の見えない魅力的な女性物理療法士との出遭いによって大きく左右されるようになる。彼女の謎めいた幻覚ははたして、彼の身の潔白を証明する助けとなるのか、それとも……？

冒頭、いきなりエピローグから始まり、最終章、第八十三章、第八十二章……と逆行していくという意表をついた構成をとっている。その意図はお読みになれば明らかになるだろう。

作者の工夫は登場人物にもはっきりと見て取れる。本書で重要な役割を演じる目の見えない女性物理療法士を描くにあたって、彼は数多くの目の不自由な人々へのアンケートを手がかりとして、障害を負った人々の世界に一歩でも近づけるよう努力を重ねた。その結果、不思議な幻覚に襲われるという彼女の存在と言動が非常にリアリティを感じさせるものとなっている（このアンケートについては、巻末の謝辞にくわしく書かれている）。そのほかにも心身の苦しみを背負った何人もの人物が描かれ、物語に重さと陰影を与えていることは注目に価する。

読者を不気味さのみなぎるプロットで惹《ひ》きつけ、最後のどんでん返しまで一気に読ませるページターナーでありながらも、その一方で深く考えさせるものを持つ作品だといえるだろう。

セバスチャン・フィツェックは現在、ベルリンの南西、ポツダムにある自宅の屋内庭園の一隅に机を置いて仕事に励んでいるという。寸暇を惜しんで書きつづけている彼であるが、一章書き終えるごとに、愛犬を連れて湖畔まで車を走らせるという。美しい水辺の風景が彼にひと時の安らぎを与える様子は物語にも反映されているようだ。『アイ・コレクター』のあと、続篇となる長篇第七作 *Der Augenjäger* もドイツですでに刊行されている。はたして、物語はどのような展開を見せることになるのか気になるところである。

二〇一二年三月

HAYAKAWA POCKET MYSTERY BOOKS No. 1858

小《お》 津《づ》 薫《かおる》

同志社女子大学英米文学科卒，
ミュンヘン大学美術史学科中退，
英米文学翻訳家，独文学翻訳家
訳書
『謝罪代行社』ゾラン・ドヴェンカー
『ひつじ探偵団』レオニー・スヴァン
（以上早川書房刊）他多数

この本の型は，縦18.4センチ，横10.6センチのポケット・ブック判です.

〔アイ・コレクター〕

2012年4月10日印刷　　2012年4月15日発行

著者	セバスチャン・フィツェック
訳者	小津　薫
発行者	早川　浩
印刷所	星野精版印刷株式会社
表紙印刷	大平舎美術印刷
製本所	株式会社川島製本所

発行所 株式会社 早川書房
東京都千代田区神田多町2－2
電話 03-3252-3111（大代表）
振替 00160-3-47799
http://www.hayakawa-online.co.jp

（乱丁・落丁本は小社制作部宛お送り下さい
送料小社負担にてお取りかえいたします）

ISBN978-4-15-001858-0 C0297
Printed and bound in Japan

ハヤカワ・ミステリ〈話題作〉

1843
午前零時のフーガ
レジナルド・ヒル
松下祥子訳
〈ダルジール警視シリーズ〉ダルジールの非公式捜査は背後の巨悪に迫る！　二十四時間でスピーディーに展開。本格の巨匠の新傑作

1844
寅《いん》申《しん》の刻
R・V・ヒューリック
和爾桃子訳
〈ディー判事シリーズ〉テナガザルの残した指輪を手掛かりに快刀乱麻の推理を披露する「通臂猿の朝」他一篇収録のシリーズ最終作

1845
二流小説家
デイヴィッド・ゴードン
青木千鶴訳
冴えない中年作家は収監中の殺人鬼より告白本の執筆を依頼される。作家は周囲を見返すため、一発逆転のチャンスに飛びつくが……

1846
黄昏に眠る秋
ヨハン・テオリン
三角和代訳
各紙誌絶賛！　スウェーデン推理作家アカデミー賞最優秀新人賞、英国推理作家協会賞最優秀新人賞ダブル受賞に輝く北欧ミステリ。

1847
逃亡のガルヴェストン
ニック・ピゾラット
東野さやか訳
すべてを失くしたギャングと、すべてを捨てようとした娼婦の危険な逃亡劇。二人の旅路の哀切に満ちた最後とは？　感動のミステリ

ハヤカワ・ミステリ〈話題作〉

1848
特捜部Q
―檻の中の女―
ユッシ・エーズラ・オールスン
吉田奈保子訳
未解決の重大事件を専門に扱うコペンハーゲン警察の新部署「特捜部Q」の活躍を描く、デンマーク発の警察小説シリーズ、第一弾。

1849
記者魂
ブルース・ダシルヴァ
青木千鶴訳
正義なき町で起こった謎の連続放火事件。ベテラン記者は執念の取材を続けるが……。アメリカ探偵作家クラブ賞最優秀新人賞受賞作

1850
謝罪代行社
ゾラン・ドヴェンカー
小津　薫訳
ひたすら車を走らせる「わたし」とは？　女を殺した「おまえ」の正体は？　謎めいた「彼」とは？　ドイツ推理作家協会賞受賞作。

1851
ねじれた文字、ねじれた路
トム・フランクリン
伏見威蕃訳
自動車整備士ラリーは、ある事件を契機に少年時代の親友サイラスと再会するが……。英国推理作家協会賞ゴールド・ダガー賞受賞作

1852
ローラ・フェイとの最後の会話
トマス・H・クック
村松　潔訳
歴史家ルークは、講演に訪れた街で、昔の知人ローラ・フェイと二十年ぶりに再会する。一晩の会話は、予想外の方向に。名手の傑作

ハヤカワ・ミステリ〈話題作〉

1853
特捜部Q
―キジ殺し―
ユッシ・エーズラ・オールスン
吉田　薫・福原美穂子訳
カール・マーク警部補と奇人アサドの珍コンビは、二十年前に無残に殺害された十代の兄妹の事件に挑む！　大人気シリーズの第二弾

1854
解錠師
スティーヴ・ハミルトン
越前敏弥訳
少年は17歳でプロ犯罪者になった。アメリカ探偵作家クラブ賞最優秀長篇賞と英国推理作家協会賞スティール・ダガー賞を制した傑作

1855
アイアン・ハウス
ジョン・ハート
東野さやか訳
凄腕の殺し屋マイケルは、ガールフレンドの妊娠を機に、組織を抜けようと誓うが……。ミステリ界の新帝王が放つ、緊迫のスリラー

1856
冬の灯台が語るとき
ヨハン・テオリン
三角和代訳
島に移り住んだ一家を待ちうける悲劇とは。英国推理作家協会賞、「ガラスの鍵」賞、スウェーデン推理作家アカデミー賞受賞の傑作

1857
ミステリアス・ショーケース
早川書房編集部・編
『二流小説家』のデイヴィッド・ゴードン他ベニオフ、フランクリン、ハミルトンなど、人気作家が勢ぞろい！　オールスター短篇集